SCIENCE FICTION

Herausgegeben
von Wolfgang Jeschke

Ein Verzeichnis weiterer Romane dieser Serie finden Sie am Schluß des Bandes.

DIANE DUANE

# SPOCKS WELT

STAR TREK

*Raumschiff ›Enterprise‹*

Roman

Deutsche Erstausgabe

*Science Fiction*

WILHELM HEYNE VERLAG
MÜNCHEN

HEYNE SCIENCE FICTION & FANTASY
Band 06/4830

Titel der amerikanischen Originalausgabe
SPOCK'S WORLD
Deutsche Übersetzung von Andreas Brandhorst
Das Umschlagbild malte Boris Vallejo

6. Auflage

Redaktion: Rainer Michael Rahn

Printed in Germany 1995
Umschlaggestaltung: Atelier Ingrid Schütz, München
Satz: Kort Satz GmbH, München
Druck und Bindung: Ebner Ulm

ISBN 3-453-05017-7

*Für Kim und Nic Farey*
*in Gedenken an den VFP-Con 1986:*

*Mit bestem Dank*
*für den klingonischen Radaumacher,*
*durch den ich bei allen*
*Diskussionsrunden zu spät kam*

# DANKSAGUNG

Mein Dank gilt den Sysops des SF-Forums von CompuServe: Jim Schneider, Rita McConville und dem Chef-Sysop Wilma Meier. Sie halfen mir, dieses Buch rechtzeitig fertigzustellen.

Darüber hinaus möchte ich mich bei Susie und Mike bedanken, die mir halfen, als ich in der Klemme saß...

Und bei Dave Stern, dessen unerschütterliche Ruhe der eines Vulkaniers in nichts nachsteht.

Ich danke auch Mr. James Hunter Blair und den Bewohnern des Blairquhan Castle in Schottland, wo die Grundlagen für diesen Roman entwickelt wurden. Ich wußte ihre verständnisvolle Gastfreundschaft sehr zu schätzen — sie machte alles möglich.

# PROLOG

In Starfleet heißt es, nur Nachrichten seien schneller als Warp 10.

Man erzählt sich viele Witze in Starfleet, doch für diesen gibt es eine reale Grundlage. Für eine Föderation, die aus Hunderten von Planeten besteht, wie Kometenstaub über Tausende von Lichtjahren verstreut, sind Nachrichten der Lebensnerv. Ohne sie wäre jede Welt so isoliert, als existierten überhaupt kein anderes Leben, keine anderen Gedanken und Perspektiven. Heute sind nur wenige Zivilisationen so unnahbar und paranoid, daß sie allein in der Dunkelheit verharren wollen, und deshalb ist die Übermittlung von Informationen eigentlich noch wichtiger als Kriege und das individuelle Bemühen, reich zu werden. Subraum-Sendungen (schneller als das Licht, aber nicht schnell genug), von Phasern ›gestauchte‹ Datenpakete aus Tachyonenimpulsen, Wurmloch-Übertragungen, die ›Seitenschritt‹-Technologie des komprimierten Kontinuums, Sinus-Neutralisierung und (innerhalb von Sonnensystemen) verschiedene Trägersysteme, von Radiowellen bis hin zu Holotrans — all das dient dazu, Nachrichten zwischen den vielen Föderationswelten und anderen Planeten auszutauschen, Abermilliarden von Kilometern und Tausende von Lichtjahren zu überbrücken, zu durchstoßen, zu umgehen oder einfach zu überlisten.

Die unvorstellbaren Weiten des Alls bleiben nicht ohne Einfluß auf die Informationen. Subraumstatik stört Signale; Daten verlieren wichtige Bits und Bytes; Übersetzungen sind ungenau oder mehrdeutig. Durch die große Entfernung erscheinen manche Nachrichten weniger wichtig, als es eigentlich der Fall sein sollte, und Nähe führt dazu, daß eher banale Mitteilungen eine Bedeutung bekommen, die ihnen gar nicht zusteht. Keine einzige Nachricht bleibt ohne Wirkung, nachdem sie die stumme Unendlichkeit des

Universums durchquert hat. Sie verändert die Gedanken derjenigen, die sie entgegennehmen, führt dabei zu unterschiedlichen Reaktionen.

Diese besondere Nachricht bildete keine Ausnahme.

Die Tür glitt beiseite, und der Mann betrat sein Quartier. Ein oder zwei Sekunden lang blieb er still stehen, sprach dann ein Wort, das den Zugang wieder schloß und die Geräusche draußen fernhielt. Sein Terminal summte leise — ein akustischer Hinweis, den die meisten Bewohner dieses Planeten nicht wahrnehmen konnten. Die Frequenz war zu hoch.

Der Mann streifte den dunklen Umhang ab und hängte ihn an einen Haken neben der Tür. Darunter trug er eine ebenfalls dunkle, braunschwarze Kombination aus Hemdjacke und Hose, und am Kragen der Jacke zeigte sich das goldene Familiensiegel. Es handelte sich um eine diplomatische Uniform, die durch seine Statur noch beeindruckender wirkte. Er war groß und nicht mehr ganz schlank — eine Folge des Alters. Sein Erscheinungsbild entsprach der Kleidung: dunkle Haare, dunkle, ernst blickende Augen, das Gesicht scharfgeschnitten und — für die meisten Menschen an diesem Ort — völlig ausdruckslos. Etwas in seiner Haltung deutete auf Kraft hin, auf starke Kraft, die einer strengen Selbstbeherrschung unterlag. Das Ausmaß der Kontrolle blieb den Beobachtern verborgen: Niemand von ihnen wußte, daß manchmal Risse in seiner mentalen Abschirmung entstanden, wodurch ihm ihre Gedanken entgegenfluteten. Vielleicht wäre er darüber verlegen gewesen — aber derartige Emotionen existierten nur in Kindern, Tieren und wahrhaft fremdartigen Aliens.

Er drehte sich um, blickte in den messingfarbenen und goldenen Nachmittag, beobachtete den braun gewordenen Rasen. Die Abenddämmerung eines Tages begann, den die Einheimischen für außerordentlich heiß hielten, viel zu heiß für die Jahreszeit. Mehrmals hatte der Mann entschuldigende Bemerkungen gehört: »Wenigstens ist es eine *trok-*

*kene* Hitze.« Offenbar wußten die betreffenden Menschen nicht, daß er solche Temperaturen als angenehm empfand. Für ihn war es ein kühler, anregender Frühlingstag, mit Hunderten von verschiedenen Pflanzen, die Triebe entwickelten oder bereits blühten; er entsann sich an Jagdausflüge in seiner Jugend.

Die eidetische Erinnerung hatte auch Nachteile. Ob er es wünschte oder nicht: Für einige Augenblicke kehrte er auf die Ebene unter dem brennenden Himmel zurück, roch die Luft, spürte brodelndes Entsetzen und konnte dieses Gefühl nicht kontrollieren – am Ende des Tages würde er entweder ein Mann sein oder tot. Dann kehrte das memoriale Fragment – es kam einem holographischen Standbild gleich – an die vom mentalen Index bestimmte Stelle im Gedächtnis zurück. Der Mann wölbte eine Braue angesichts dieser Nachgiebigkeit gegenüber sich selbst, beschloß, an diesem Abend etwas mehr Zeit mit den Disziplinen zu verbringen, und ging zum Terminal.

Als er es berührte, verklang das hochfrequente Summen. Innerhalb einer Sekunde las das Terminal sein EEG durch die Haut und identifizierte die charakteristischen Muster. Blaue Symbole bildeten Kolonnen auf dem Schirm, gaben Auskunft über die Anrufe während seiner Abwesenheit. Die meisten waren unwichtig, wenn man sie mit dem Namen und Kommunikationscode auf der rechten Seite der Liste verglich. Er hatte gehofft, daß ihn die Botschaft heute nicht mehr brauchte. Andererseits: Hoffnung und Logik schlossen einander aus. Im Leben ging es darum, sich mit konkreten Fakten zu befassen. Er berührte den Schirm, und der Computer stellte eine Verbindung her.

Er zögerte kurz, bevor er sprach. Die Mitteilungen wurden verschlüsselt, und bevor der Kontakt erfolgen konnte, mußte sich der Computer mit dem anderen Terminal auf den achtstelligen Code einigen, der die Geheimhaltung sicherstellte. Der Mann brachte dem Chiffrier-Vorgang uneingeschränktes Vertrauen entgegen – er hatte dieses spezielle Codierungsverfahren vor sechsundneunzig Jahren erfunden.

Er wartete genau zwei Komma drei Sekunden, und dann konnte die Kommunikation beginnen.

»Sarek«, sagte er.

Der Computer übermittelte die antwortende Stimme in einer Frequenz, die kaum ein Individuum auf diesem Planeten hörte. Ein Lauscher hätte nur leises Zischen und Zirpen vernommen, das mehrere Sekunden lang anhielt. Schließlich fragte Sarek: »Mit welcher Mehrheit?«

Erneut das Flüstern. »Nun gut«, sagte er. »Von wem stammt das Ersuchen?«

Ein zartes Raunen. »Sagen Sie ihr, daß ich kommen werde«, erwiderte Sarek. »Wenn alle Transportmöglichkeiten richtig funktionieren, treffe ich in vier Komma neun sechs Tagen ein. Ende.«

Er berührte eine andere Datenfolge auf dem Schirm, und diesmal hielt er sich nicht mit einer Codierung auf. »Sarek«, wiederholte er. »Man hat mich abberufen. Inoffiziell. Treffen Sie alle notwendigen Reisevorbereitungen und beauftragen Sie Svaid und T'Aimnu, meine Termine wahrzunehmen.«

»Bestätigung«, entgegnete der Attaché. »Ich kümmere mich sofort darum. Welchen Grund nennen wir dem Föderationsrat und der Einwanderungsbehörde?«

»Persönliche politische Angelegenheiten«, sagte Sarek. Er hörte T'Lies wortlose Neugier und fügte hinzu: »Man hat das Referendum anberaumt. Ich soll für den Antrag sprechen.«

Eine kurze Pause. »Diese Information fehlte im Bulletin von heute morgen. Vielleicht ein Versehen.«

»Nein. Ich bin gerade erst benachrichtigt worden. Mit ihrer nächsten Verlautbarung gibt die Exekutive eine Erklärung heraus. Veranstalten Sie eine Pressekonferenz, sobald Ihnen eine kontextpositive Übersetzung vorliegt.«

»Ja, Sir.«

»Ende.«

Der vulkanische Botschafter bei der Vereinten Föderation der Planeten — gleichzeitig vertrat er Vulkan auf der Erde — wandte sich vom Schirm ab und nahm langsam im Sessel vor dem Fenster Platz. Licht und Wärme strömten in ein stilles Zimmer. Sarek lehnte sich zurück, schloß die Augen und versuchte, mit der Stille und Wärme zu verschmelzen. Doch es gelang ihm nicht — die Ruhe war eine Illusion. Chaos herrschte hinter seiner Stirn. *Deswegen* wäre er bestimmt verlegen gewesen — aber ein derartiges Empfinden hätte das psychische Durcheinander nur verschlimmert.

*Wenn ich versage,* dachte er, *verliere ich die Ehre, und dann trägt meine Familie für immer das Stigma der Schande. Man wird uns ächten. Wenn ich Erfolg habe... Dann rette ich die persönliche Ehre, und mein Gewissen bleibt intakt. Aber es würde gleichzeitig das Ende meines Hauses bedeuten — oder ich muß damit rechnen, zu einem Ausgestoßenen und Verbannten zu werden. Und die Erde...*

Er hob die Lider und blickte aus dem Hochhausfenster. Ein Rotschwanzbussard ließ sich vom warmen Aufwind tragen und schwebte, wie ein verharrender Gedanke. Weit dahinter, in der dunstigen Ferne des blauen Himmels, jenseits der Hügel, die wie ausgeschnittene Kartonschnipsel wirkten, strichen cremefarbene Wolken über den Horizont, verdichteten sich allmählich und gebaren Gewitter.

*Dann ist die Erde für uns tot,* dachte Sarek und stand auf, um ein Gespräch zu führen, das er bisher hinausgeschoben hatte.

Vom Weltraum aus betrachtet, gewann die viele Kilometer tiefe, in einem ständigen Wandel gefangene Atmosphäre eine ganz neue Perspektive. Die unendliche, von Sternen durchsetzte Schwärze preßte sich auf eine dünne Hülle aus Luft hinab, eine gläserne, marmorierte Kugel, die glänzte, wo das Sonnenlicht sie berührte, ihre blauen Ozeane von vagem Dunst umschmiegt. Ein zerbrechliches, überaus empfindliches Etwas, ein Kunstobjekt, rund und perfekt.

Aber für wie lange? Aus der hohen Umlaufbahn gesehen, hatte es den Anschein, als könne man die Erde auf den Boden der Nacht schleudern und dort zerplatzen lassen. Man fühlte sich veranlaßt, behutsam zu schreiten und leise zu sprechen — um nicht jenes unsichtbare Wesen zu erschrecken, das die Kugel trug.

Die weite Wölbung des Planeten, blau und braun und grün, hier und dort weiße Flecken... Häufig betrachtete Spock diese Darstellung, wenn er sich allein auf der Brücke befand, so wie jetzt. Schon seit fast sechzehn Tagen hielt sich außer ihm niemand im Kontrollraum auf, abgesehen von einigen Wartungstechnikern und Brückenoffizieren, die gelegentlich zu Besuch kamen. Eigentlich erstaunlich: Selbst wenn sie Landurlaub hatten, zog es sie immer wieder ins Schiff zurück.

Aber Jim hätte vermutlich darauf hingewiesen, daß auch Spock der *Enterprise* nicht für längere Zeit fernbleiben konnte. Vorstellungsbilder formten sich... Jim Kirk, der über Spocks Versuche schmunzelte, rationale Gründe für seine Anwesenheit an Bord zu nennen, obgleich es dafür überhaupt keine Logik gab: Alle Instrumente und Geräte funktionierten einwandfrei und waren so gut justiert, daß selbst der Erste Offizier mit seinen erbarmungslos hohen Ansprüchen keinen Grund zur Kritik fand. Jim hätte die Gelegenheit sicher genutzt, um seinen vulkanischen Freund gutmütig zu verspotten. Nun, es war natürlich das Privileg des Captains, Spock nicht ernst zu nehmen — so wie Spock das Recht beanspruchte, angesichts des irrationalen, emotionalen menschlichen Verhaltens (äußerlich) die Brauen zu heben und (innerlich) darüber zufrieden zu sein, daß ihn jemand gut genug kannte, um ihn trotz seiner vulkanischen Herkunft zu belächeln.

Spock saß stumm im Kommandosessel, beobachtete die Erde und ging in Gedanken einige Listen durch. Nach den umfangreicheren und komplexeren Reparaturarbeiten — sie galten in erster Linie dem Warptriebwerk und der Antimaterie-Abschirmung in einer Warpgondel; hinzu kam die

Installation neuer Dilithiumkristalle — beorderte Starfleet die *Enterprise* aus dem Hauptdock von San Francisco High in einen Parkorbit über dem Nordatlantik, wo das Schiff mit neuen Vorräten ausgestattet wurde. Dazu gehörten eher banale Dinge wie der vollständige Austausch von mehr als einer Million Kubikmeter Luft in der *Enterprise*. Zwar verfügte das Raumschiff über hochmoderne und sehr leistungsfähige Wiederaufbereitungsanlagen, aber nach mehreren Jahren roch die Luft muffig und verbraucht. Während jener Phase hatte Spock das Schiff verlassen — er fand es ästhetisch unbefriedigend, für längere Zeit Vakuum zu atmen. Er verbrachte den Tag in der Nähe von Reykjavík, beschäftigte sich mit heißen Quellen und allgemeiner vulkanischer Aktivität.

Anschließend kehrte er zurück, um den Transport anderer Fracht zu überwachen: Nahrungskonzentrate für die Synthetisierer, hydroponische Komponenten, Kurzwaren, Textilien, Maschinenteile, Datenkassetten und -würfel, Reinigungsmittel, Wartungsmaterialien, all die hunderttausend Kleinigkeiten, die eine Besatzung benötigte, wenn sie längere Zeit im All blieb. Eigentlich brauchte Spock dabei gar nicht die Aufsicht zu führen — er hatte ebenfalls Landurlaub —, aber er legte großen Wert darauf (und glaubte, damit seinen Verpflichtungen als Erster Offizier gerecht zu werden), selbst festzustellen, daß die *Enterprise* in jeder Hinsicht raumtüchtig war. Er gab sich nicht damit zufrieden, eine entsprechende Meldung entgegenzunehmen.

Irgendwann wurde es zu einer Art Spiel, dem Quartiermeister und seinen Mitarbeitern in Dingen zuvorzukommen, an die sie von selbst hätten denken sollen. Daraus ergab sich etwas, das Spock für eine gesunde Konkurrenz hielt. Wer dachte als erster daran, dem einzigen Horta an Bord — manchmal wies er humorvoll darauf hin, daß der Mensch nicht allein von Nickel und Eisen lebte — genau den richtigen Granit und (als besonderen Leckerbissen) Marmor zu besorgen? Wer wußte, wo es genau die richtigen Haferflocken für den Chefingenieur gab, der gelegentlich einen ›ordentlichen‹ Porridge zum Frühstück verlangte? Wem gelang es, hunderttausend Tonnen arabischen Kaffee zum günstigsten Preis einzukaufen? (Spock hatte eine ebenso einfache wie elegante Methode entwickelt, um Kaffee zu lagern: Man beamte ihn in kleinen Mengen an Bord und unterbrach den Transfer unmittelbar vor der Rematerialisierung; er blieb als Strukturformel im Datenspeicher des Transporters, bis man ihn anforderte. Diese Technik war inzwischen in der ganzen Flotte zur gängigen Praxis geworden, soweit es um ›irrelevante‹ Fracht ging. Dadurch stand der Kaffee, bisher ein Luxus für wenige Personen, allen Besatzungsmitgliedern zur Verfügung. Insbesondere McCoy und Kirk hingen sehr an der schwarzen, koffeinhaltigen Flüssigkeit — und sie mochten sie frisch.)

Außerdem gab es noch angenehmere Formen der Wartung: vor allen Dingen die Erneuerung der Datenbibliotheken. Spock verbrachte fast hundert Stunden damit, Informationen zu sortieren, die vom Britischen Museum übermittelt wurden, im Auftrag der Smithsonian Institution in Washington, der Kongreßbibliothek, der Ryeshva Moskva, des Schweizerischen Landesmuseums, der Bibliothèque Nationale und anderer Institute. Sie mußten überprüft, katalogisiert und in elektronischen Verzeichnissen erfaßt werden. Anschließend kam der mindestens ebensowichtige Austausch von Daten: Nach der Rückkehr in ihren Heimathafen gab die *Enterprise* all das Informationsmaterial frei, das keinen speziellen Geheimhaltungsstufen unterlag. Nach dieser Arbeit schlief Spock siebenundzwanzig Stunden lang — wie ein Klotz, hätte McCoy sicher bemerkt. Allerdings blieb es dem Vulkanier ein Rätsel, wie ein Klotz schlief, und sicher wußte auch der Bordarzt keine Antwort auf diese Frage.

Die Ausstattung mit neuen Vorräten ging nun dem Ende entgegen. Spock ließ die gedanklichen Listen ruhen und betrachtete die Darstellung des Nordatlantiks. Er beobachtete die winzigen, präzisen Wettermuster aus weißgrauen

Strudeln und Wirbeln, während die Sterne im Hintergrund den Eindruck erweckten, sich um eine stationäre Kugel zu drehen. Dem Ersten Offizier bot sich ein vertrauter Anblick dar. Als Zeitvertreib und Übung in Logik hatte Spock damit begonnen, Prognosen in Hinsicht aufs irdische Wetter zu erstellen. In diesem Zusammenhang gab es eine faszinierend große Anzahl von Variablen: jahreszeitlich bedingte Tendenzen, Sonnenstürme, Fluktuationen in der irdischen Ionosphäre, die gelegentlich erfolgreichen Versuche, das Klima auf lokaler Ebene zu kontrollieren — und die endlosen Veränderungen, Störungen und Bewegungen des Jetstream und vieler anderer Winde. Spock brauchte eine Woche, um einen genauen Eindruck vom nordamerikanischen Wetter zu bekommen. Er schrieb einen Algorithmus mit den notwendigen jahreszeitlichen Variationen, schickte ihn dem für die westliche Hemisphäre zuständigen Wetterdienst und suchte dann nach einer größeren Herausforderung. Großbritannien und Irland versprachen ihn für längere Zeit beschäftigt zu halten: Alles deutete auf einen sehr komplexen Algorithmus hin. Vielleicht benötigte er diesmal mehr als eine Woche, etwa zehn Tage. Der Vulkanier fragte sich, ob sich die dort lebenden Menschen darüber freuen würden, daß endlich jemand ihr Wetterproblem löste.

Während Spock auf drei kleine, fleckige Tiefdruckgebiete über den Britischen Inseln sah, kehrten die mentalen Listen ins Zentrum seiner Aufmerksamkeit zurück. Inzwischen war fast alles komplett. Die letzten Lieferungen bestanden aus Fracht und Post für Föderationswelten, die kaum von Raumschiffen angeflogen wurden — zumindest nicht von Einheiten, die so gut bewaffnet waren wie die *Enterprise:* zwölf Tonnen Container mit schweren Maschinenteilen und Elektronik, das Äquivalent von fünfzig Tonnen Post, ein kleiner Teil davon in Form gegenständlicher Daten, der größere ebenso in der ›Schwebe‹ wie der Kaffee. Es kostete viel, bedrucktes Papier über interstellare Entfernungen zu transportieren, aber wichtige Dokumente,

Währung und persönliche Post mußten sowohl beim Absender als auch beim Empfänger in Form von Papier (beziehungsweise Kunststoff oder Metall) bestehen, und dafür gab es verschiedene Gründe. Auch hier bot sich die Kaffee-Lösung an, denn der Transport von Energie war billiger als der von Materie — trotz der zusätzlichen ›statischen‹ Energie, die gebraucht wurde, um die Strukturformeln im Datenspeicher des Transporters stabil zu halten. Sicherheitsprobleme existierten nicht: Spock hatte einen Code entwickelt, der verhinderte, daß sich jemand Zugang zur elektronischen Post verschaffen konnte, solange sie sich im Transit befand. Es handelte sich um eine sehr komplizierte Verschlüsselungsmethode, und ihre Grundlagen kamen von einer vollkommen zuverlässigen Quelle...

Ein Kom-Signal erklang.

Der Erste Offizier betätigte eine Taste in der Armlehne des Kommandosessels.

»*Enterprise*, Spock spricht.«

»Sarek«, erklang es aus dem Lautsprecher, und Spock wölbte die Brauen.

»Vater«, sagte er. »Geht es dir und Mutter gut?«

In der trockenen, fernen Stimme ließ sich ein Unterton von Ironie vernehmen. »Hast du dir das menschliche Verhalten so sehr zu eigen gemacht, Sohn, daß du versuchst, mit mir zu ›plaudern‹?«

Spock schwieg einige Sekunden lang und erwiderte dann: »Vater, für gewöhnlich setzt du dich nur dann mit mir in Verbindung, wenn es Mutter *nicht* gut geht. Deshalb bin ich der Ansicht, dir eine logische Frage gestellt zu haben.«

Die kurze Stille wiederholte sich. »Dieses Argument erscheint mir gerechtfertigt«, sagte Sarek. »Nun, deine Mutter und ich sind gesund und wohlauf.«

»Dann nehme ich an, daß du Kontakt mit mir aufgenommen hast, um die Abstimmung zu erörtern, die heute morgen auf Vulkan stattfand.«

»Liegt dir eine Mitteilung vor?«

»Nein. Aber es ist eine logische Schlußfolgerung. Wie lautete das Ergebnis?«

»Viertausenddreihunderteinundfünfzig Stimmen für die Sezession.«

Spock saß völlig reglos, und ein Teil seines Bewußtseins konzentrierte sich wieder auf die Britischen Inseln, beobachtete ein Tiefdruckgebiet, das sich langsam den Midlands näherte. Ein weiteres befand sich im Bereich der Borders, der englisch-schottischen Grenzdistrikte, und dadurch fiel es schwer festzustellen, ob das erste nach Norden oder Süden ziehen würde. Eins stand fest: Bestimmt regnete es in den Cotswold Hills.

»Dann hat man dich sicher gebeten, nach Vulkan zurückzukehren und für die Sezessionisten zu sprechen«, vermutete Spock.

Wieder eine Pause. »In der Tat. Mehr noch: Das Ersuchen stammt von T'Pau.«

»Wirst du ihm nachkommen?«

Eine längere Pause. »Du kennst meine Gründe, Sohn.«

Spock schwieg erneut und betrachtete ein Wolkenband über Ayrshire. »Nur zu gut, Vater«, antwortete er. »Doch du mußt nach deinem Gewissen handeln.«

»Das gilt ebenso für dich. Der Rat erwartet auch deine Aussage.«

Spock überlegte, welche Konsequenzen sich daraus für den wohlverdienten Urlaub der Besatzung ergaben. Er empfand kurzes Bedauern und verdrängte dieses Gefühl rasch. »Damit hätte ich rechnen sollen«, sagte er. »Zur Kenntnis genommen. Ich gebe alle erforderlichen Meldungen heraus und benachrichtige auch Starfleet — obgleich ich mir vorstellen kann, welche Entscheidung man dort treffen wird.«

»Einverstanden. Wir sehen uns zu Hause, Sohn. Ich schätze, du erreichst Vulkan vor mir.«

»Das glaube ich auch«, erwiderte Spock. Er zögerte einmal mehr und fügte dann hinzu. »Bitte richte Mutter aus, daß ich an sie denke.«

Das stille Geräusch einer vulkanischen Braue, die sich irgendwo in Los Angeles wölbte. »Etwas anderes wäre unlogisch«, sagte Sarek mit einem Hauch von Humor in seiner trockenen Stimme. »Ende.«

Spock betätigte den Schalter in der Armlehne zum zweitenmal und beobachtete den Süden von Großbritannien und Wales. Die kleine Wolke, die von Gwynedd nach Osten über die Irische See reichte – vielleicht bot sie eine Lösung. Die beharrliche Rückströmung vereinte sich mit dem primären, nach Nordosten reichenden atmosphärischen Fluß. Spock berechnete Bewegungsvektoren und Wahrscheinlichkeiten, wandte sich dann widerstrebend von einem Algorithmus ab, der allmählich Konturen gewann. Ein wundervoll komplexes Problem – doch das Leben hatte ihm ein noch komplizierteres gegeben. Das Wetter mußte warten.

Er stand auf, verließ den Befehlsstand, kehrte zu seiner wissenschaftlichen Station zurück und gab die ersten Meldungen heraus.

Sturm kam auf. Böiger Wind schleuderte Regen an die von der Nacht verdunkelten Fenster des Pubs und ließ die Luftklappe im Kamin rasseln. Einmal hörte Jim lautes Knacken und Krachen – eine gelöste Dachpfanne, die am Schornstein zerbrach –, gefolgt von einem Arpeggio aus mehrfachem Klacken, als einzelne Bruchstücke in die Regenrinne fielen. Aber James T. Kirk kümmerte sich nicht darum. Er saß in einem Sessel vor dem Kamin, die Füße zum Feuer ausgestreckt, in der einen Hand einen irischen Whisky. Er hatte es warm und behaglich, und es warteten keine Pflichten auf ihn. Entspannt lauschte er dem Stöhnen und Ächzen des Windes im Rauchfang.

»Ah, hier sind Sie, Jim«, erklang eine vertraute Stimme hinter ihm.

»Ronan«, sagte er und sah auf. »Die anderen Gäste halten Sie beschäftigt, wie?«

»Heute abend nicht.« Ronan Boyne nahm in dem anderen Sessel Platz, einer üppig gepolsterten Roßhaar-Antiquität, die mehr als hundert Jahre alt sein mochte. Die Kneipe gehörte ihm, und alle nannten sie Willow Grove, obgleich ›Deveraux's‹ über der Tür stand. Ronan stellte seinen allgegenwärtigen Orangensaft-mit-Zitrone-Drink ab und strich sich das Haar glatt; er war so schwarzhaarig, wie es ein Ire nur sein konnte, hatte ein breites, offenes Gesicht und große, kräftige Hände. »Nur Narren und vollkommen Verzweifelte sind heute abend draußen«, sagte er. »Selbst die Fähren von Wales verkehren nicht mehr.«

»Überrascht mich kaum. Wer will bei diesem Wetter unterwegs sein? Die Wellen sind mindestens drei Meter hoch.«

»Wenn *Sie* nicht unterwegs sein wollen, sollten wir anderen besser zu Hause bleiben! Wie wär's später mit Schach?«

»Klingt gut.«

»Also abgemacht.« Ronan stand wieder auf und kümmerte sich um einen ›Verzweifelten‹, der mehrere leere Krüge zur Theke brachte.

Jim seufzte und lehnte sich wieder zurück. Schon seit zwei Wochen genoß er diesen Frieden: eine Frage, vielleicht auch zwei, und dann ließ man ihn wieder in Ruhe. Aber gleichzeitig hatte er immer Gesellschaft, wenn ihm der Sinn danach stand. Er konnte sich keinen besseren Ort für einen Urlaub vorstellen.

Er brauchte diese Möglichkeit, richtig auszuspannen. Der Zwischenfall mit den Romulanern, danach die zahllosen Versorgungsflüge nach Gamma Muscae V, wo eine Hungersnot herrschte, schließlich die 1210-Circini-Mission, bei der die *Enterprise* ins Kreuzfeuer von vier Planeten geriet — so etwas genügte, um graue Haare zu bekommen. Als schließlich eine routinemäßige Wartung in den irdischen Raumdocks auf dem Plan stand, ließ sich Kirk dazu hinreißen, die Vorteile seines Rangs zu nutzen, um der Besatzung und auch sich selbst eine Abwechselung zu gönnen. Eine Stunde nach dem Erreichen der terranischen

Umlaufbahn setzte er sich mit dem Flottenkommando in Verbindung, machte von seinem Recht Gebrauch, den Urlaub der letzten beiden Jahre in einem Stück zu nehmen — und bereitete sich auf eine Auseinandersetzung vor. Doch Starfleet antwortete schlicht, die *Enterprise* sei längst überfällig für eine gründliche Überholung: Die Versorgung mit neuen Vorräten und das gründliche Testen aller Bordsysteme nehme mindestens einen Monat in Anspruch. Der Captain und seine Mannschaft bekamen unbefristeten bezahlten Urlaub — es sei denn, sie wollten vorübergehend an Bord von anderen Raumschiffen Dienst tun. Jim lächelte und wußte genau, daß niemand einen solchen Antrag stellen würde. Er packte seine Sachen, verabschiedete sich bis auf weiteres von seiner Crew und versuchte, spurlos zu verschwinden.

Durch die Technik wurde der Planet Erde kleiner, als er es jemals zuvor gewesen war, aber man konnte noch immer alle Spuren hinter sich verwischen, wenn man sich wirklich Mühe gab. Jims Reise dauerte nur drei Stunden, und mit voller Absicht verhielt er sich dabei wie ein gewöhnlicher Tourist. Er sah keinen Sinn daran, sich einfach ans Ziel zu beamen, als sei Terra nur ein anderer Ort, wo es irgendeine Pflicht zu erfüllen galt. Mit einer Raumfähre der *Enterprise* flog er zum Orbitalzentrum der Flotte, begab sich per Transporter nach San Francisco Interplanetar und ging an Bord eines hyperbolischen Shuttles, das ihn von SFO nach London brachte. Dort nahm er den Spas-Lingus-Ionenspringer, der vom Luton-Raumhafen nach Dublin startete. Für die letzte Etappe, nach Süden über die Küstenstraße, mietete sich Kirk einen Bodengleiter. Normalerweise hätte die Reise nicht länger als zwei Stunden gedauert, aber in Luton wartete er, mit einer Mischung aus Ärger und Erheiterung, fast sechzig Minuten lang auf die Starterlaubnis. Jim hatte nicht auf das richtige Timing geachtet und geriet dadurch in die Rush-hour der Pendler, die nach Europa und Asien zurückkehrten.

Aber als er den Gleiter über die Küstenstraße lenkte,

wurde er für die Verzögerung mit einem herrlichen Anblick entschädigt. Vorn und rechts ragten die Wicklow Mountains auf, zeichneten sich als schiefergraue und smaragdgrüne Umrisse vor dem purpurnen und goldenen Sonnenuntergang ab. Links erstreckte sich das Meer, blaugrau wie stille Augen, die Brandung in leiser Ferne zu Füßen der Bray Head. Es gab nicht viele Häuser, um die rauhe Herrlichkeit von Bergen, Wasser und Himmel zu beeinträchtigen. Die Orte schienen sich auf eine maximale Höhe von ein oder zwei Stockwerken zu ducken, blieben klein und unauffällig. Die vielgepriesene und oft bewunderte Stadt Dublin war in viele Richtungen gewachsen, aber nicht hierher. Man sah nur ihre Türme, wenn man übers Watt der Dublin Bay blickte – Zivilisation, die angemessen auf Distanz gehalten wurde, auf daß die Pferde nicht erschraken. Die Iren hatten gewisse Prioritäten.

Jim ließ den Bodengleiter noch tiefer sinken, steuerte ihn an hohen Hecken vorbei, passierte das Pub Willow Grove und schenkte dem Bed-and-breakfast-Schild nur beiläufige Beachtung. Doch nach einem knappen Kilometer drehte er um und kehrte zurück. Das Gasthaus wirkte auf eine ruhige Art und Weise einladend: ein altes georgianisches Gebäude, groß für diesen Teil der Welt, vorn zwei hohe Erkerfenster, drinnen fröhliche Trinker. Kirk trat ein und erkundigte sich nach den Preisen und dem Zahlungssystem. Eine halbe Stunde später saß er in diesem Sessel, aß Eintopf mit Lammfleisch, trank ein Guinness und ertrug die Neugier der Einheimischen.

»Hallo, Jimmy, wie geht's heute abend?«

»Bestens«, erwiderte er automatisch. Es spielte keine Rolle, wer die Frage stellte – die Antwort entsprach immer der Wahrheit. Als er den Kopf hob, sah er die Rücken von Riona und Erevan Fitzharris, die zur Theke gingen, um sich das übliche Pint zu genehmigen: ein großer blonder Mann und eine große Rothaarige, zwei Computerberater, die in Hamburg arbeiteten und jeden Abend nach Wicklow zurückkehrten. Sie waren die ersten, die Jim erkannten.

Ronan behauptete, gar nicht darüber nachgedacht zu haben, bis man ihm die wahre Identität seines Gastes enthüllte. »Es ist nicht meine Schuld«, sagte er später. »Meine Güte, hier gibt's ebenso viele Kirks wie Kuhfladen. Und ich hocke nicht dauernd vor der blöden Kiste«, fügte er hinzu, womit er den Holo-Fernseher meinte. Angeblich nahm er nur davor Platz, wenn ein Fußballspiel übertragen wurde. Nun, Jim zweifelte an diesen Auskünften des Wirts – immerhin hatte er beobachtet, wie Ronan seine spezielle Kreditmarke fotografierte. Erst als ihm Riona und Erevan eines Abends in aller Öffentlichkeit vorwarfen, zu Starfleet zu gehören und *der* James T. Kirk zu sein, legte er ein Geständnis ab. Daraufhin lachte die Gruppe im Pub und grölte vor Vergnügen, als Jim errötete (er versuchte sich einzureden, daß es am Whisky lag), aber anschließend verhielten sich alle so, als sei überhaupt nichts geschehen. Wenn er aus reiner Angewohnheit sein Übersetzungsmodul aktivierte, hörte er nur ab und zu, wie ein Ire einem anderen zumurmelte: *Ar captaen an t-arthaigh an rhealtai* Eachtra – *unser* Raumschiffkommandant, der von der *Enterprise*. Und dann wandte er sich ab, damit niemand sein Lächeln sah.

Jim nippte an dem Whisky und streckte sich ein wenig im Sessel. Die Menschen hier interessierte nur, wer er *war*; seine Tätigkeit kam erst an zweiter Stelle. Gerade deshalb fühlte er sich an diesem Ort so wohl. Die Einheimischen waren neugierig geworden, weil ihnen niemand gesagt hatte, womit er seinen Lebensunterhalt verdiente. Als dieser Punkt geklärt war, als sie ihn ordentlich dafür gefoppt hatten, ein galaktischer Held zu sein, sprachen sie über wichtigere Dinge: das Wetter, die Landwirtschaft, Sport und insbesondere den lokalen Klatsch. Fast alle fanden mehr oder weniger offensichtlichen Gefallen daran, Jim damit vertraut zu machen. Die Stammgäste im Pub schienen es für eine Frage der Ehre zu halten, daß er sie und ihre Nachbarn ebensogut kannte wie alle anderen. Kirk fand sich damit ab, hörte geduldig zu und sah darin eine Parallele zu seiner Arbeit als Captain. Es gehörte zu den Aufgaben eines Raumschiffkommandanten, den Klatsch der Crew zu kennen – zu wissen, wann man darüber lachte, wann man ihn weitererzählte, wann man schwieg und einfach nur schmunzelte.

Wenn ihn abends doch jemand in Versuchung führte, ein wenig zu fachsimpeln, so geschah das auf eine sanfte und zurückhaltende Weise. Einmal erwähnte jemand beiläufig die berühmt-berüchtigte Piratin Grainne, die zu Lebzeiten der Königin Elisabeth I. Handelsschiffe in der Irischen See überfiel, und daraufhin schien es ganz natürlich zu sein, über orionische Piraten, die von ihnen angerichteten Verwüstungen und den abscheulichen Handel mit grünen Sklavenmädchen zu sprechen. Bei einer anderen Gelegenheit gab jemand zu, daß sein Urururururgroßvater zu den ›Gentlemen‹ gehört hatte – vor einigen Generationen war der Schmuggel eine Art Nationalsport gewesen. Jim trug eine möglichst unschuldige Miene zur Schau und erklärte, wie man romulanisches Bier durch die Neutrale Zone brachte, ohne daß der Zoll Verdacht schöpfte...

»Bei ihm dauert das Zapfen eine Ewigkeit«, sagte Riona, als sie an Jims Platz vorbeitrat und sich in den anderen Kaminsessel sinken ließ.

»Das ist kein Laster, sondern eine Tugend«, kommentierte Erevan und nahm ebenfalls Platz. In der rechten Hand hielt er ein bis zum Rand gefülltes Pint und setzte es vorsichtig auf einem kleinen Tisch ab. »Stimmt's, Jimmy?«

»Klar stimmt es«, erwiderte Kirk sofort. Und dann: »Was meinen Sie eigentlich?«

»Dieses Zeug hier darf man nicht zu schnell zapfen«, führte Erevan aus. »All die kleinen Blasen, *pah* – sie geraten hinein und ruinieren den Geschmack.«

»Wenn man halb verdurstet ist und es eine halbe Stunde dauert, bis man etwas zu trinken bekommt, spielt der Geschmack keine Rolle«, behauptete Riona. Sie setzte das große Glas an die Lippen, und beigefarbener Schaum blieb an ihrem Mund zurück. Sie wischte ihn heimlich fort.

»Ronan sollte sich an den Wirten in der Stadt ein Beispiel nehmen, Pints im voraus zapfen und sie auf der Theke bereitstellen.«

»Schlabberwasser«, sagte Erevan. »Es wäre Schlabberwasser. Jimmy, ignorieren Sie diese Frau.«

»Schlagen Sie mich, wenn ich Ihren Rat nicht beherzige«, antwortete Jim. »Da fällt mir ein: Sicher *würden* Sie mich schlagen, wenn ich Ihre Frau einfach übersähe.«

»Dann seien Sie still. Muß was erklären. Man stelle sich einen Wirt vor, dessen Kneipe fast den ganzen Abend über leer war. Jetzt wird's Zeit, das Pub zu schließen, und er hat nicht alle Pints verkauft – was nun? Vielleicht schüttet er sie ins Faß zurück, um sie am nächsten Tag noch einmal zu zapfen. Schlabberwasser.« Erevan wiederholte dieses Wort mit Genuß. »Jedem Gast sein frisches Pint. Und wenn er warten muß ... der Preis für Qualität. Dieses Bier ist es wert, sich ein wenig in Geduld zu fassen.«

Jim lächelte, schwieg und nippte an seinem Whisky. Zu seinem großen Bedauern sah er sich außerstande, die Vorliebe der Iren für die braunschwarze Brühe namens *Stout* zu teilen. Seiner Ansicht nach schmeckte sie wie Teer. Er hatte solche Gespräche schon mehrmals gehört. Manchmal wurden die Diskussionen über verschiedene *Stout*-Arten so ›lebhaft‹, daß Schlägereien drohten. In solchen Fällen griff Ronan ein und ließ keinen Zweifel daran, daß er so etwas nicht zuließ; außerdem wies er auf die Gefahr hin, daß etwas verschüttet wurde.

»Was trinken Sie da?« fragte Erevan.

»Whisky«, entgegnete Kirk.

»Lieber Himmel, warum schütten Sie denn *das* Zeug in sich hinein?«

Jim setzte zu einer Antwort an, als in seiner Jacke – sie lag über der Rückenlehne des Sessels – der Kommunikator summte. Er hatte dieses Geräusch schon so lange nicht mehr gehört, daß es ihn fast ebensosehr verwunderte wie Riona und Erevan. »Jemand möchte mich sprechen«, sagte er so beiläufig wie möglich, griff in die Tasche, berührte den Codeschlüssel des Bodengleiters, ertastete einige Münzen und fand schließlich den Kommunikator. Er zog das Gerät hervor und klappte es auf.

»Hier Kirk.«

»Hier Spock, Captain«, tönte es aus dem kleinen Lautsprecher. Aus den Augenwinkeln stellte Kirk amüsiert fest, daß Riona und Erevan einen bedeutungsvollen Blick wechselten. Sie hatten gerade einen Namen gehört, den sie ebenfalls aus den Nachrichtensendungen kannten. »Sind Sie beschäftigt?«

»Ich plaudere mit Freunden. Möchten Sie, daß ich zurückrufe?«

»Nicht notwendig, Captain. Es geht um Neuigkeiten, die bald publik sein werden — wenn das nicht bereits der Fall ist. Vermutlich wird man alle Besatzungsmitglieder an Bord des Schiffes zurückbeordern. Ich dachte mir, daß Sie einen rechtzeitigen Hinweis zu schätzen wissen.«

»Danke. Was liegt an?«

»Heute morgen fand auf Vulkan eine Abstimmung statt, mit der das Referendum anberaumt wurde. Meine dortige Präsenz ist erforderlich. Ich bin ziemlich sicher, daß man die *Enterprise* schicken wird — um den Planeten daran zu erinnern, daß ihm die Föderation viele Dienste erwiesen hat.«

Kirk überlegte einige Sekunden lang. Dieses besondere Problem kündigte sich schon seit einer ganzen Weile an; er hatte damit gerechnet, daß es früher oder später aktuell wurde. *Bei solchen Gelegenheiten verabscheue ich es, recht zu behalten*, dachte er. »Es sind keine Befehle eingetroffen?«

»Nein, Sir. Aber die Wahrscheinlichkeit dafür, daß man uns bald Einsatzorder übermittelt, beträgt nach meiner Berechnung mindestens dreiundneunzig Prozent.«

*Mit anderen Worten: Er ist völlig sicher*, fuhr es Kirk durch den Sinn. *Aber er läßt mir die Möglichkeit, meinen Urlaub um einen Tag zu verlängern*. Er fühlte sich in Versuchung geführt, schüttelte dann andeutungsweise den

Kopf. *Bringen wir es hinter uns.* Er trank seinen Whisky aus. »Na schön«, sagte er. »Ich brauche etwas Zeit, um meine Sachen zu packen und hier alles zu regeln. In einer halben Stunde bin ich bereit, mich an Bord zu beamen.«

»Bestätigung. *Enterprise* Ende.«

Kirk klappte den Kommunikator zu, sah die beiden Fitzharris an und zuckte mit den Schultern. »Damit ist der Urlaub beendet.«

»Eine Schande, jawohl«, sagte Riona.

Jim war der gleichen Meinung, aber es blieb ihm nichts anderes übrig, als den angenehmen Platz am Kamin aufzugeben und alle notwendigen Vorbereitungen zu treffen. Er zog sich zehn Minuten lang in die Kommunikationsnische zurück und sorgte dafür, daß jemand den gemieteten Gleiter abholte. Weitere fünf Minuten dauerte es, um mit Ronan zu reden und die Rechnung zu bezahlen. Die restliche Zeit verbrachte er damit, diverse Dinge aus dem Fahrzeug zu holen und zu packen. Anschließend verabschiedete er sich von seinen neuen Freunden, während er darauf wartete, daß der Kommunikator erneut summte.

Kirk stand in der Tür und schüttelte Ronan die Hand, als das leise Zirpen erklang. »Es ist soweit«, sagte er traurig. »Die Schachpartie müssen wir verschieben. Geben Sie gut auf sich acht.«

»Verlassen Sie sich drauf.« Mehrere Personen im Schankraum winkten ihm zu. Sogar Renny, Ronans Tochter und Helferin, die hinter der Theke stand, rief etwas. Jim verstand die Worte nicht, doch Rennys Reaktion stimmte ihn neugierig. Normalerweise war sie sehr scheu und hatte nur das eine oder andere Wort an ihn gerichtet. »Bitte?« erwiderte er.

»*Go maire tú bhfad agus rath!*«

Jim bedauerte es nun, das Übersetzungsmodul nicht eingeschaltet zu haben. Er sah Ronan an. Der Wirt hob die Brauen und sagte: »Ein traditioneller irischer Gruß. Er lautet: ›Glück und langes Leben.‹«

Kirks Lippen deuteten ganz langsam ein Lächeln an.

»Ich kehre zurück«, versprach er. Da sich nur ein galaktischer Held mitten aus einem Pub gebeamt hätte, trat er in die schwarze, stürmische Nacht und schloß die Tür, hielt sie vorsichtig fest, damit sie der Wind nicht zuknallte.

Einige Sekunden später löste sich seine Gestalt auf, und der Regen fiel durch die Stelle, an der er eben noch gestanden hatte.

Der Speer im Herzen des anderen
ist der Speer in deinem eigenen:
Du bist Er.

---

Es gibt keine andere Weisheit
und keine andere Hoffnung für uns,
als daß wir weise werden.

*Surak zugeschrieben*

Stellen Sie sich am richtigen Ort vor, zum Beispiel auf der Oberfläche des Mondes, irgendwo in der Nähe des langsam dahinkriechenden Terminators oder in einem der L5-Habitate, die den Planeten in friedlicher Gefangenschaft umkreisen. Dann kann man es ganz deutlich sehen: die alte Erde in den Armen der neuen. Manche Leute ziehen sie auf diese Weise vor. Sie lehnen die große, blaue Scheibe mit den weißen Wolkentupfern und die von ihr symbolisierte Sicherheit ab. Sie verlangen Geheimnisse und Mysterien. Sie wollen das nächtliche Bad in der alten Dunkelheit. Nun, sie kommt immer wieder zum Vorschein, aber später (zur großen Erleichterung dieser Leute) taucht sie erneut hinein: Blaues Feuer verblaßt durchs Spektrum, bildet einen Regenbogen am Rand der Atmosphäre, glüht scharlachrot und weicht der Finsternis.

Dann erscheinen die Sterne. Sie sind ebenso treu wie die weiter entfernten Sterne in stabilen Konstellationen, leuchten in der ewigen Schwärze wie die künstlichen, kristallartigen Lichter in der irdischen Nacht, wie die urbanen Komplexe Bos Wash, Ellay, Groß-Peking, Bolshe-Moskva, Plu'Paris. Breite Straßen reichen wie helle Fäden über die Kontinente, so zart, als seien sie von Spinnen aus Feuer gewoben. Hier und dort ist das Licht ein wenig getrübt, denn es kommt vom Meeresgrund, von den Schelf-Siedlungen an den Küsten von Japan und Nordamerika. An der Peripherie zeigt sich schmales Glühen — ein neuer Tag, für immer ein Verfolger der Nacht. Doch es ist nur ein hauchdünner Streifen, eine Andeutung von perlmuttenen und türkisfarbenen Tönen am Rande der Schwärze. Derzeit regiert die Nacht.

An einigen Stellen schimmert Licht, ohne daß der Mensch dafür die Verantwortung trägt. Wenn der Mond in der richtigen Phase ist, erschimmern die polaren Eiskappen in einem brennenden Weiß. Die Rocky Mountains und der Himalaja, die Alpen und Anden — sie leuchten wie Glühwürmchen, schwach aber beharrlich. Manchmal kann man sogar die Chinesische Mauer sehen: ein silbernes Haar, zwischen dem langgestreckten Silber von Flüssen hin und her gewunden. Und dann gleitet der Mond weiter, setzt den langen Tanz um die Erde fort, blickt auf sein Spiegelbild im Atlantik oder Pazifik hinab. In einem halben Monat ist Neumond, und dann gibt die Erde, in hellen Sonnenschein gehüllt, das Licht zurück, läßt es aschgrau über Krater und Staubmeere streichen, während die pockennarbige Rückseite weiterhin der Dunkelheit ausgesetzt bleibt. Doch im Augenblick behält die Erde Mondschein und Romantik für sich selbst, dreht sich langsam, glänzt matt und wundervoll, wie ein Versprechen, das vor langer Zeit eingelöst wurde. Schwarzer Samt, mit Diamanten bestreut, eine nie ganz vollständige Finsternis: Dort liegt die Erde und dreht sich im Schlaf...

Und darüber leuchtet etwas anderes, klettert aus dem Feuer des Tages auf der anderen Seite: ein goldener Punkt, wie ein Stern. Sein Strahlen läßt nach, als er den Terminator in einer Höhe von fast vierzigtausend Kilometern passiert. Der Mondschein hüllt ihn in ein silbernes Gewand, als er sich nähert. Der Fleck hat es nicht eilig, bewegt sich mit einer Geschwindigkeit, die rund siebzehntausend Kilometer in der Stunde beträgt. Die Umlaufbahn ist nicht geosynchron: Der Funken holt im Vergleich zur Erde auf. Zuerst wirkt das Gebilde zart und zerbrechlich — ein Spielzeug, dünn, mit scharfen Kanten —, doch dann wird es allmählich größer und massiver. Die beiden Warpgondeln wachsen in die Länge, zeigen nach oben, ragen auf wie dreißigstöckige Gebäude, und das Diskussegment bedeckt den Himmel vom Zenit bis zum ›Horizont‹, als das Raumschiff vorbeischwebt, stumm und majestätisch, loderndes Silber, rubinrot und smaragdgrün dort, wo die Positionslichter blinken, schwarz nur an jenen Stellen, wo sich Schatten festklammern und Buchstaben ihren Namen nennen, in der Sprache des Planeten, den es nun verläßt: NCC 1701, die *Enterprise*. Der Mondschein tropft über ihre Flanken, verschmilzt mit dem Licht der irdischen Städte, das sich dort widerspiegelt — eine Königin der Nacht, bereit dazu, die Helligkeit aufzugeben und ins tiefe kalte Schwarz zurückzukehren, ihre wahre Heimat...

Es dauert eine Weile, um durch ein Raumschiff zu wandern. Elf Decks in der primären Sektion, zwölf in der sekundären, und die Länge der einzelnen Korridore reicht von knapp zweihundert Metern bis zu mehr als einem halben Kilometer — wer mit einer solchen Tour beginnt, versteht schon nach kurzer Zeit, warum man Raumschiffe mit kleinen Städten vergleicht. Doch Jim Kirk kümmerte sich nicht darum, wie lange die Wanderung dauerte. Er begann sie jedesmal, wenn er an Bord zurückkehrte, nahm sich Zeit genug.

Diesmal veränderte er seine übliche Routine ein wenig. *Ich habe den ganzen Tag beim Flottenkommando verbracht*, dachte er. *Dieser Umstand gibt mir das Recht auf eine Abwechslung — verdammte Schreibtischhengste!* Eine Sekunde später unterdrückte er den Ärger; immerhin hatte er bekommen, was er wollte. Jim lachte leise vor sich hin, und kurze Zeit später ließ er sich vom Frachttransporter an Bord beamen, zusammen mit Computer-Materialien, Toilettenartikeln und medizinischen Ausrüstungsgegenständen.

In gewisser Weise bot der Frachttransporter eine angenehmere Umgebung als die üblichen Transporterräume. Die große Kammer befand sich direkt neben dem Shuttlehangar, und zwar aus gutem Grund: Dort trafen all jene Dinge ein, die zu groß waren, um auf eine andere Art und Weise befördert zu werden. An diesem Ort herrschte immer laute und rege Aktivität, wenn sich die *Enterprise* in einem planetaren Orbit befand. Fröhlicher Lärm tönte Kirk entgegen. Überall standen Kisten, Container und mit Kraftfeldern abgeschirmte Gegenstände, und zwischen ihnen verkehrten verschieden große Antigravplatten. Jim sprang hastig von der Transferfläche, wich mehreren AG-Einheiten von der Größe eines Shuttles aus und zögerte dann, als er feststellte, wer die Platten steuerte: zwei terranische Besatzungsmitglieder, ein kleiner, drahtiger Mann mit kastanienfarbenem Haar, und eine rothaarige Frau mit der Figur einer Walküre unter dem Frachttechniker-Overall.

»Mr. Matejas«, sagte er. »Miß Tei.« Als sie den Gruß hörten und überrascht feststellten, von wem er stammte, wollten sie Haltung annehmen. Kirk winkte ab. »Rühren. Wie war die Verlobungsparty?«

Sie wechselten einen kurzen Blick. Jorg Matejas errötete, und Lala Tei lachte leise. »Einfach toll«, antwortete sie und warf ihr rotes Haar zurück. »Alle haben sich prächtig amüsiert, insbesondere die Sulamiden... Rahere und Athene gerieten in den Zucker, und Sie wissen ja, wie Sulamiden auf Zucker reagieren. Es kam zu einem wilden Durcheinander. Sie verknoteten ihre Tentakel, und wir brauchten eine ganze Stunde, um sie wieder zu befreien. Besten Dank für das Telegramm, Sir! Jorgs Mutter geriet ganz außer sich, als sie die Meldung von Starfleet bekam. Sie war so aufgeregt, als sie die Mitteilung vorlas...«

Jim schmunzelte und dachte: *Ich habe also genau die beabsichtigte Wirkung erzielt.* Eine seiner zuverlässigsten Quellen für den Bordklatsch hatte ihm erzählt, es bereite Mr. Matejas Mutter Unbehagen, daß er eine Frau heiratete, die einen höheren Rang bekleidete. Daraufhin ging Kirk Jorgs Personaldatei durch, stellte fest, daß eine Beförderung überfällig war, und brachte die Angelegenheit in Ordnung. Gleichzeitig sorgte er dafür, daß das Glückwunschtelegramm mit dem deutlichen Hinweis auf die Beförderung während der Party eintraf. Der Informant nahm an dem Fest teil und berichtete dem Captain später, daß der Name des Absenders am unteren Rand des Telegramms eine mindestens ebensogroße Wirkung erzielte wie Jorgs neuer Rang als Quartiermeistermaat. Jim freute sich darüber. Manchmal zahlte es sich aus, ein galaktischer Held zu sein.

»Sir«, sagte Jorg, »ich möchte diese gute Gelegenheit nutzen, mich bei Ihnen zu bedanken.«

»Sie verdienen die Beförderung«, erwiderte Kirk. »Das ist mein Ernst. Ich habe nur ein wenig beim richtigen Timing nachgeholfen, das ist alles. Wie steht's mit den Verladearbeiten?«

Jorg wußte, worauf der Captain hinauswollte. »In einer halben Stunde sind wir fertig«, erwiderte er. »Vielleicht sogar noch etwas früher.«

Kirks breites Lächeln hatte nichts mit dem Zeitplan zu tun. »In Ordnung«, sagte er. »Machen Sie weiter.« Er ging fort und empfand dabei eine ungewöhnlich stark ausgeprägte Zufriedenheit.

Als er übers Frachtdeck wanderte, hörte er immer wieder Stimmen: »Guten Morgen, Captain« oder »Guten Abend, Captain.« Aus Jims Lächeln wurde ein Grinsen. Es bezog sich nicht etwa auf die Widersprüche zwischen den Grüßen — an Bord der *Enterprise* herrschte nun wieder die übliche Diensteinteilung, die drei sich einander ablösende Schichten vorsah, und daher war die zeitliche Perspektive der Besatzungsmitglieder verschieden. Draußen im Korridor verhielt es sich ebenso. Die Crew begrüßte ihn nicht etwa mit ›Admiral‹, sondern schlicht und einfach mit ›Captain‹, so wie es Gottes Willen entsprach. Jims Grinsen verflüchtigte sich nicht, als er den Weg fortsetzte.

Der lange Nachmittag im Büro des Flottenadmirals Nogura war recht anstrengend gewesen, aber das Ergebnis lohnte die Mühen. Zwanzig Stunden nach dem Transfer von Willow Grove und acht Stunden nach der Rematerialisierung im Hauptquartier der Flotte — dort mußte er die unvermeidlichen Schreibarbeiten erledigen, die mit jeder neuen Mission einhergingen — war er ein glücklicher Ex-Admiral, zum Captain degradiert. Starfleet behielt sich das Recht vor, ihn jederzeit in den ursprünglichen Rang zu versetzen. Einige Leute hätten Kirks Wunsch, wieder zu einem ganz normalen Captain zu werden, sicher nicht verstanden. Aber die meisten entsprechenden Personen gehörten nicht zur Marine oder hatten ihre Traditionen in Starfleet vergessen. Nogura, in die Macht des Flottenadmirals verliebt (Kirk wählte diese tolerante Umschreibung), verstand es ebenfalls nicht. *Deswegen kann man ihm kaum Vorwürfe machen. Es liegt einfach daran, daß er diesen Rang seit zu langer Zeit bekleidet.*

Seit es Admiräle gab, befehligten sie keine einzelnen Schiffe, sondern ganze Flotten. Sie entwickelten Strategie und Taktik im großen Maßstab, und daran war Jim nicht interessiert. Ein Captain mochte dazu verpflichtet sein, Admiräle als Passagiere aufzunehmen und ihren Befehlen zu gehorchen, doch er behielt in jedem Fall das Kommando. Manchmal geschah es, daß sich mehrere Admiräle an Bord des gleichen Raumschiffs befanden — aber nie mehr als ein Captain. Selbst als Gast an Bord wurde ein anderer Captain vorübergehend zum Commodore befördert, aus Höflichkeit gegenüber dem einen wahren Herren des Schiffes. Das war *echte* Souveränität, die einzige, die Jim am Herzen lag. Er freute sich darüber, das zusätzliche Lametta an den Ärmeln loszuwerden und sich nicht mehr mit Flotten zu beschäftigen, sondern mit Besatzungsmitgliedern.

Eine Stunde lang schlenderte er durch die *Enterprise*, erreichte schließlich den bemannten Teil der technischen Sektion, betrat den Maschinenraum — und wünschte sich eine Sekunde später, ihm ferngeblieben zu sein. Teile des Reserve-Warptriebwerks lagen überall auf dem Boden oder schwebten in energetischen Platzhaltern. Scotty stand vor seinen Assistenten und schrie sie an — glücklicherweise in einem Tonfall, den Kirk gut kannte und der bedeutete, daß eigentlich alles in bester Ordnung war. Jim fühlte, wie die Anspannung aus ihm wich, und er beschränkte sich darauf, das Spektakel zu beobachten.

»Um Himmels willen, man kann einen Antrieb nicht so zusammensetzen, als sei er ein für Kleinkinder bestimmtes

Puzzle«, sagte Scott verächtlich, als die jungen Techniker umhereilten, Instrumente, Geräte und Maschinenteile justierten. Sie schienen der Panik nahe zu sein. »Man muß mit System vorgehen. Die Multiwandler dürfen erst aktiviert werden, wenn sich die Magnetfelder stabilisiert haben, das habt ihr wohl vergessen, was? Ich gebe euch noch zehn Minuten! — Guten Tag, Captain«, fügte er hinzu.

Jim lächelte erneut. »Probleme, Scotty?« erkundigte er sich — nur deshalb, weil der Chefingenieur bestimmt mit einer solchen Frage rechnete.

»Nein, nur eine Übung. Was ist, wenn diese armen Kinderchen eines Tages ganz allein ein Warptriebwerk zusammensetzen müssen, während nur Impulskraft zur Verfügung steht und Klingonen ein Scheibenschießen auf uns veranstalten? Bestimmt haben sie Grips genug — sonst gehörten sie nicht zur Besatzung der *Enterprise*. Besser, sie lernen es jetzt. In zwanzig Minuten ist hier wieder alles in bester Ordnung. Andernfalls könnt ihr was erleben!« grollte Scotty. Die Assistenten *stürmten* nun zwischen den einzelnen Komponenten hin und her. Offenbar glaubten sie, daß Scotty eine fürchterliche Laune hatte und in seinem derzeitigen Zustand weitaus gefährlicher war als irgendwelche hypothetischen Klingonen.

Jim nickte. *Vielleicht sollte ich gehen*, überlegte er. *Die armen Kerle sind schon nervös genug, ohne daß ich ihnen zusehe*. »Einsatzbesprechung der Offiziere: null Komma sieben, Scotty«, sagte er.

»Aye. Ich habe mein Terminal überprüft und kenne den Zeitplan.« Der Chefingenieur sah sich zufrieden um. »Und anschließend war ich so frei, alle Computer des Maschinenraums lahmzulegen.«

Jim ließ einen überraschten Blick durch die große Kammer schweifen und spürte einen Hauch Verlegenheit. Erst jetzt fiel ihm auf, daß die Schirme überhaupt nichts anzeigten. »Ihre Leute setzen das Ding *ohne* die Schemata zusammen? Sie müssen sogar auf die Hilfe der Ersatzsysteme verzichten?«

Scott zuckte mit den Schultern. »Wer kann ihnen garantieren, daß die Ersatzsysteme bei einem Notfall funktionieren?« erwiderte er. »Auch derartige Anlagen fallen aus. Aber auf die Gehirne der Techniker ist immer Verlaß – wenn wir sie richtig trainieren. NOCH FÜNF MINUTEN!« wandte er sich an das Universum und gestikulierte kurz. »Eigentlich sollte ich die Luft abpumpen und die Jungs in Druckanzügen arbeiten lassen. Wenn es zu einem Leck kommt, das selbst hier zur Dekompression führt... Sie müssen in der Lage sein, auch unter derartigen Bedingungen wichtige Reparaturen durchzuführen.«

Kirk schüttelte den Kopf und hatte Mitleid mit Scottys Assistenten. Sie würden sich in mechanische Genies verwandeln, so wie ihr erbarmungsloser Lehrmeister. »Sprechen Sie mit Spock, wenn Sie eine Änderung des Zeitplans für erforderlich halten.«

Scotty nickte. Gemeinsam beobachteten sie, wie die jungen Ingenieure mehrere Kraftfeldgeneratoren aktivierten und dadurch eine Energiesäule schufen, in der Materie und Antimaterie aufeinander reagieren konnten. »Übrigens, Captain: Haben Sie bereits festgelegt, wann die Crew informiert werden soll?«

»Null Komma vier, morgen früh.«

»Gut.«

Jim klopfte Scotty auf den Rücken. »Wir sehen uns später«, sagte er. »Bis dann.«

Der Chefingenieur musterte ihn argwöhnisch. »Höre ich da einen irischen Akzent?«

»Vielleicht«, erwiderte Kirk. »Die Leute, bei denen ich den Urlaub verbracht habe... Sie meinten, meine Familie stamme nicht aus Schottland. Tut mir leid«, fügte er hinzu, als er den nur zum Teil gespielten Schock in Scotts Gesicht bemerkte. »Im Ernst. Sie behaupteten, ›Kirk‹ sei eine Anglisierung von ›O'Cuire‹. Es würde erklären, warum meine Familie im östlichen Irland lebte...«

»Solche Leute behaupten alles«, brummte Scotty und lächelte schief. »Es wird Zeit für Sie, Sir.«

Jim verließ den Maschinenraum. »NOCH DREI MINUTEN!« donnerte es hinter ihm, als er den Turbolift betrat.

»Wohin, Captain?« fragte eine Sprachprozessorstimme.

Er schmunzelte erneut. »Zur Brücke.«

Als die Doppeltür des Lifts auseinanderglitt, wirkte der Kontrollraum ein wenig seltsam — wie jedes Heim, in das man nach längerer Abwesenheit zurückkehrt. Uhura und Sulu winkten, und Kirk nickte ihnen einen Gruß zu. Mit einer stummen Geste forderte er sie auf, ihre Tätigkeit fortzusetzen — worin auch immer sie bestand —, sah dann zur wissenschaftlichen Station. Spock beugte sich über die Geräte und nahm einige Rejustierungen vor. »Datenerfassung«, sagte der Vulkanier, richtete sich auf und blickte zu dem zottelig wirkenden Felsen im Befehlsstand.

Eine fransenartige Erweiterung berührte die in der Armlehne freigelegten Kommunikator-Schaltkreise. »Null Komma neun neun drei«, klang eine kratzige Stimme aus dem Voder am Rücken des Felsens. »Eine hübsche dreifache Sinuswelle.«

»›Hübsch‹?« wiederholte der wissenschaftliche Offizier. Jim hob eine Braue — Spocks Stimme war so trocken wie der Wüstensand auf Vulkan.

»Innerhalb hochnomineller Toleranzen«, sagte der Felsen, und Kirk stellte sich ein akustisches Lächeln vor, obwohl der Voder eigentlich gar keine Emotionen vermitteln konnte. »Eine Kurve der dritten Ordnung, Sir. Um nicht mehr als *e* minus null Komma zwei zwei vier sechs verzerrt. Keine Kristall-Interferenzen, keine parasitären Vibrationen, Signalverlust innerhalb der akzeptierten IEEE- und CCITT-Parameter, Absorption weniger als null Komma null zwei Prozent, hyperbolische ...«

»Das genügt, Mr. Naraht«, unterbrach Spock den Felsen, sah zum Captain und verzog andeutungsweise das Gesicht.

»Mr. Naraht«, sagte Jim und trat neben den Befehlsstand. Lieutenant Naraht war ein Horta, ein Nachkomme des ursprünglichen Horta auf Janus VI. Er gehörte zu einer überaus neugierigen Spezies: Als sie vom Weltraum erfuhr, konnte sie dem Drängen, ins All zu reisen, ebensowenig widerstehen wie dem Bedürfnis, festes Gestein zu verspeisen. Kirk hatte Narahts Karriere seit der Versetzung zur *Enterprise* mit Interesse und Genugtuung beobachtet. Innerhalb bemerkenswert kurzer Zeit verwandelte sich der Horta von einem eifrigen, begeisterten ›Raumkadetten‹ in einen erfahrenen Offizier. Eigentlich kein Wunder, wenn man daran dachte, was er zusammen mit der Crew erlebt hatte, seit er an Bord gekommen war. Kirk klopfte auf die Rückenlehne des Kommandosessels. »Probieren Sie ihn aus, Mister?«

Früher hätte eine solche Bemerkung Naraht veranlaßt, vor Verlegenheit zu zappeln. Und der Anblick einer Vierteltonne aus lebendem Stein, in Farbe und Form einer riesigen Asbest-Pizza ähnlich, die vor Verlegenheit zappelte, war unvergeßlich. Doch jetzt sah Naraht nur auf – Jim hatte zumindest das Gefühl, daß der Horta den Blick auf ihn richtete, obgleich sich nirgends Augen zeigten – und sagte: »Mit allem Respekt, Sir: Er bietet mir zuwenig Platz. Wie dem auch sei: Im Kommunikationssystem gab es eine Störung, und Mr. Spock bat mich, ihm dabei zu helfen, den Fehler zu lokalisieren.«

Jim nickte und wußte, was Naraht meinte. Es brachte erhebliche Vorteile, wenn man direkte ›neurale‹ Verbindungen mit Schaltkreisen herstellen und als eine Art Jucken *fühlen* konnte, wo der Fehler lag. Wer gleichzeitig auch noch imstande war, das Problem in Zahlen auszudrücken, leistete unschätzbare Dienste. Viele Abteilungen der *Enterprise* versuchten immer wieder, Naraht als neuen Mitarbeiter zu gewinnen. Biochemie, Geologie, Xenoarchäologie – alle wollten ihn. Der Horta nahm detaillierte chemische Analysen beziehungsweise Kohlenstoff- oder gar Selen-Datierungen vor, indem er einfach ein Stück des fraglichen Objekts aß und den ›Geschmack‹ beschrieb. Soweit Jim wußte, gab es für Naraht nur einen Aspekt seines

Aufenthalts an Bord, der ihn mit Unbehagen erfüllte: Er nahm erschreckend schnell zu und fragte sich, was seine Mutter dazu sagen würde, wenn sie ihn wiedersah...

Kirk sah Spock an. »Ich hätte schwören können, daß Ihnen Mr. Naraht mehr Daten übermittelte, als Sie brauchten.«

»Man kann nie zuviel Daten haben«, erwiderte der Vulkanier gelassen. »Aber es *gibt* unnötige Details. Dennoch wurde die Aufgabe auf adäquate Weise erledigt. Vielen Dank, Mr. Naraht.«

»Es war mir ein Vergnügen, Sir«, sagte der Horta und glitt lautlos und mit der für ihn üblichen Geschwindigkeit aus dem Befehlsstand. Es erstaunte Kirk immer wieder, daß sich ein so schweres und massives Wesen derart schnell bewegen konnte. »Captain? Sie haben das Kommando.«

»Danke, Mr. Naraht«, sagte Jim und setzte sich. Der Sessel war recht warm. Kein Wunder: McCoy bezeichnete den Komplex aus flüssigen Mineralien, der in Naraht als Äquivalent von Blut fungierte, häufig als ›fluorkarbonathaltige Lava mit Hämozyten aus Asbest.«

»Sir«, entgegnete der Horta und rutschte zum Turbolift. Jim lehnte sich zurück, als Spock mit einem Blockschirm auf ihn zutrat.

Kirk richtete seinen Blick darauf und neigte das kleine Gerät, um durch die einzelnen elektronischen Seiten zu blättern. Es handelte sich um eine aufs Wesentliche beschränkte Zusammenfassung des aktuellen Dienstplans, und ein Teil davon bildete ein Flußdiagramm, um die Interaktionen zwischen einzelnen Abteilungen zu zeigen. Den größten Teil davon hatte Jim bereits gesehen, als er im Starfleet-Hauptquartier den Einsatzbefehl der *Enterprise* sowie zahllose Dokumente unterschrieb, unter ihnen auch Rechnungen und Inventarlisten.

»Wir sind bereit«, stellte er fest.

»Natürlich«, bestätigte Spock. »Das Transferpersonal ist an Bord, und alle Besatzungsmitglieder befinden sich an ihren Posten oder sind entschuldigt. Die beiden Rendezvousmanöver mit der *Swiftsure* und *Coromandel* finden jeweils in eins Komma eins drei und eins Komma sechs Tagen statt.«

»Gut.« Jim las erneut die Namen der Personen, die an der Einsatzbesprechung für Offiziere teilnehmen sollten. Nach einigen Sekunden hob er den Kopf und musterte Spock.

Der Vulkanier nickte kurz. »Ich nehme die Situationsanalyse der Mission vor«, sagte er.

»Danke. Dazu scheinen Sie besser qualifiziert zu sein als sonst jemand...«

Bei einem Menschen wäre Spocks Gesichtsausdruck nicht weiter aufgefallen, doch bei ihm deutete er auf ein erstaunliches Maß an Ironie hin. »Einige Leute glauben vermutlich, ich sei Teil des Problems. Deshalb halte ich es für angebracht, auch zu einer Lösung beizutragen.«

Kirk brummte zustimmend und las die letzten Einträge. »Die Plauderparty der Crew beginnt recht spät.«

»Vermutlich deshalb, damit die Senior-Offiziere daran teilnehmen können«, entgegnete Spock.

»Ja.« In der *Enterprise* – und das galt auch für viele andere Raumschiffe – gab es die Tradition, während des ersten Abends an Bord eine sogenannte ›Plauderparty‹ zu veranstalten, so daß die Besatzungsmitglieder von ihren Erlebnissen während des Landurlaubs erzählen und Klatsch austauschen konnten, bevor sie zu ihrer Arbeit zurückkehrten. Einige Zivilisten hielten das für Unsinn, als sie davon erfuhren – bis Untersuchungen der psychologischen Sektion Starfleets folgendes ergaben: Wenn am ersten Abend die Gelegenheit fehlte, den gerade beendeten Landurlaub ausführlich mit Freunden, Bekannten und Kollegen zu erörtern, so zogen sich solche Gespräche über die nächsten Wochen hin und verringerten das Leistungsvermögen der Crew. Als man die Ergebnisse dieser Analyse veröffentlichte, verstummten die kritischen Stimmen. Die Plauderpartys der *Enterprise* standen in dem Ruf, besonders gut und interessant zu sein. »Andernfalls müßten wir uns schleunigst etwas einfallen lassen«, sagte McCoy manchmal, und es war keineswegs scherzhaft gemeint. Die Freizeit-Abteilung unterstand der Krankenstation, und gegebenenfalls nahm ihr Leiter Anweisungen von McCoy entgegen.

»Captain«, sagte Uhura und blickte über die Schulter zu Kirk, »eine persönliche Mitteilung ist für Sie eingetroffen. Der Computer hat gerade die Entschlüsselung beendet. Soll ich sie für einen späteren Abruf speichern?«

»Nicht nötig«, erwiderte Jim. »Übertragen Sie die Nachricht.« Er hob den Blockschirm.

Uhura führte einige Schaltungen durch und transferierte die Daten. Kirk betätigte die Tastenkombination für den neuesten Informationsblock, und die Botschaft erschien sofort auf dem kleinen Schirm. Spock sah höflich in eine andere Richtung.

»Nein«, sagte Kirk. »Sehen Sie sich das an, Spock...«

**An: Cpt. J. T. Kirk,**
**Kommandant der NCC 1701 USS *Enterprise***
**Von: T'Pau, Akademie der Wissenschaften**
**/ shi'Kahr / a'Shav / Vulkan**

**Captain,**

**Sie werden bemerkt haben, daß Ihr Erster Offizier aufgefordert wurde, bei den Vorbereitungen in Hinsicht auf das Referendum zur Aufhebung der vulkanischen Föderationsartikel auszusagen. Da Sie enge Beziehungen zu Vulkan und Vulkaniern unterhielten, ist es nur logisch, Sie ebenfalls um einen Diskussionsbeitrag zu bitten. Die Entscheidung liegt ganz bei Ihnen. Durch Ihre Ablehnung erwachsen der Föderation im allgemeinen und Starfleet im besonderen keine Nachteile. Bitte teilen Sie uns Ihre Absichten mit. T'Pau**

»Nun, Captain?« fragte Spock.

Kirk starrte auf den Bildschirm. *Lieber Himmel, ich hasse es, Reden zu halten... Doch diese Sache ist es wert, darüber zu sprechen.* »Uhura, senden Sie eine Antwort«, sagte er. »Mein größter Respekt für T'Pau. Es wird mir eine Freude sein, Ihr Angebot anzunehmen. Nein, halt, lassen Sie das mit der Freude. Ich bin *geehrt*. Hochachtungsvoll, Unterschrift und so weiter. Kopien der Nachricht und meiner Antwort an Starfleet.«

»Aye, aye, Sir«, erwiderte Uhura.

Jim holte den Dienstplan auf das kleine Anzeigefeld zurück und sah zu Spock auf.

»Gibt es sonst noch etwas, das meine Aufmerksamkeit erfordert?«

Der Vulkanier streckte die Hand aus und berührte das kleine Gerät. Die Darstellung auf dem Schirm veränderte sich. »Ein Antrag. Das ESB bittet um mehr Speichervolumen.«

Kirk betrachtete einmal mehr die Anzeige und stellte fest, daß dem Elektronischen Schwarzen Brett bereits einige Dutzend Gigabyte zur Verfügung standen — jetzt verlangte es fast doppelt soviel. »Was meint Dr. McCoy dazu?«

Spock blickte zur Decke hoch, als erwarte er von ihr Hilfe bei der Formulierung. »Wie ich von ihm hörte, befürwortet der Sektionsleiter Freizeit den Antrag. Dr. McCoy ist ebenfalls einverstanden und sieht in der Erhöhung des Speichervolumens insbesondere Vorteile für den Austausch von Nachrichten. Andererseits glaubt er, daß Mr. Sulu mit der ›verdammten blutdürstigen Kriegsspielmaschine‹ bereits mehr von Starfleet vernichtet hat, als für ihn gut sein kann.« Spock drehte den Kopf, sah jedoch nur Sulus Rücken. Der Steuermann unterhielt sich gerade mit Chekov, und bei dem Gespräch ging es um irgendein Restaurant. »Offenbar hat er im ESB-Simulator mit klingonischen Schiffskonstruktionen experimentiert und dabei sowohl Struktur als auch Leistung verbessert, wenn man den

Kommentaren einiger Ingenieure aus dem Maschinenraum glauben kann. Nach Sulus ›Modifikationen‹ sind die klingonischen Kreuzer in der Simulation weitaus besser als vorher.«

»Was ist mit Mr. Sulus Effizienzquotienten?« fragte Jim leise.

»Über null Komma acht, und sie steigen weiter«, erwiderte Spock halblaut.

»Pille hat ihm noch keinen Termin für die Erstellung eines neuen Psychoprofils gegeben?«

»Nein.«

»Nun, dann läßt er wahrscheinlich nur Dampf ab.«

Spock starrte so auf den Captain herab, als habe er gerade darauf hingewiesen, der Weltraum sei ein Vakuum. Sein Blick teilte mit, daß die Bemerkung etwas Offensichtliches verkündete und somit völlig sinnlos war. Nach einigen Sekunden räusperte sich der Vulkanier. »Wie dem auch sei: Der Nachrichtenaustausch im ESB hat seit einigen Tagen erheblich zugenommen.«

»Schlagen Sie vor, dem Antrag auf Erhöhung der Speicherkapazität stattzugeben?«

»Es ist logisch anzunehmen, daß während der vor uns liegenden Mission das allgemeine Streßniveau steigt und damit auch die Redseligkeit der Besatzung zunimmt. Und es wäre unlogisch, auf ein ›Sicherheitsventil‹ zu verzichten.«

Einige Sekunden lang beobachtete Jim die Darstellung auf dem kleinen Schirm, und dann drückte er mit mehreren Tasten einen Berechtigungscode. »In Ordnung. Sollen sie die Hälfte von dem bekommen, was sie verlangen.« Er blätterte zur letzten elektronischen Seite. »Ich möchte mir Sulus ›Modifikationen‹ ansehen. Vielleicht kommen andere Leute auf die gleichen Ideen wie er, wenn Sie verstehen, was ich meine.«

»Bestätigung. Mr. Tanzer hat eine der veränderten Simulationen im Freizeitraum Eins installiert.«

»Also heute abend, bei der Party.« Kirk stand auf und gab seinem Ersten Offizier den Schirmblock zurück. »Ich esse jetzt etwas. Wir sehen uns bei der Einsatzbesprechung.«

Der Kommunikator summte. »Krankenstation an Brükke.«

Jim nickte Uhura zu. »Brücke«, sagte er. »Was hast du auf dem Herzen, Pille?«

»Ich habe gerade höchst interessante Post erhalten...«

»Von T'Pau?« fragte Kirk. Er warf Spock einen kurzen Blick zu, und der Vulkanier wölbte eine Braue.

»Du auch?« erwiderte McCoy. Er zögerte ein oder zwei Sekunden lang, fügte dann in einem gekränkten Tonfall hinzu: »Verdammt, ich bin Arzt und kein...«

»Schon gut, Pille. Wie lautet deine Antwort?«

Wieder eine Pause, gefolgt von einem Seufzen. »Verdammt«, preßte McCoy hervor. »Ich lasse nie die Gelegenheit aus, ein Streitgespräch mit einem Vulkanier zu führen, und diesmal bietet sich gleich der ganze *Planet* an.«

»Zur Kenntnis genommen«, sagte Kirk. »Wir sprechen später darüber. Brücke Ende.«

Er wandte sich um. »Mr. Chekov?«

»Sir?« entgegnete der Navigator und drehte den Kopf.

»Berechnen Sie einen Kurs nach Vulkan, Warp zwei. Mr. Sulu, bringen Sie uns mit Impulskraft aus dem Sonnensystem, zehn Prozent *c*. Beginnen Sie anschließend mit dem Warptransfer.«

»Aye, Sir.«

Jim ging zum Turbolift, und als er darauf wartete, daß sich die Doppeltür öffnete, fügte er hinzu: »Falls Sie irgendwelche Klingonen orten sollten, Mr. Sulu... Halten Sie bloß nicht an, um ihnen neue Warptriebwerke zu verkaufen! Wir haben auch so schon Schwierigkeiten genug...«

Kirk hörte noch, wie Sulu leise lachte, und dann schloß sich die Tür.

Die Offiziersmesse war einer der angenehmsten Orte an Bord der *Enterprise*, und zwar nicht nur deshalb, weil sie für Offiziere reserviert blieb. Einige Bereiche des Freizeitdecks und das Arboretum mochten hübscher sein, aber niemand bestritt, daß die Offiziersmesse den besten Ausblick bot. Sie befand sich an der vorderen Kante des Diskussegments und verfügte über echte Fenster, keine Bildschirme. Sie reichten von der Decke bis zum Boden, und dadurch konnte man sich der Illusion hingeben, im Äquivalent eines Schiffsbugs aus dem dreiundzwanzigsten Jahrhundert zu sitzen. Wenn die *Enterprise* mit Unterlichtgeschwindigkeit flog, bewegten sich die Sterne natürlich nicht, aber Sulu hatte sich für eine malerische Route durchs Sonnensystem entschieden, die sogenannte ›prächtige Tour‹. Jupiter kam langsam in Sicht, eine große, bunt gestreifte Sichel, wuchs allmählich in die Breite, wurde zu einer Scheibe, dann zu einer Kugel, als das Raumschiff an der Wölbung des Planeten vorbeifiel, langsam genug, um durch Jupiters Schwerkraft eine Beschleunigung zu erfahren — und gleichzeitig schnell genug, um zu verhindern, daß der planetare Strahlungsmantel zu energetischen Störungen im Impulstriebwerk führte. Mehrere Monde sausten oder krochen um den Planeten, wie der Inhalt eines auseinandergebrochenen Kugellagers. Saturn war ein gelbweißer Stern in der Ferne und schwoll an, als Sulu direkt darauf zuhielt.

Jim hatte ein leckeres Steak gegessen, schob den Teller beiseite und zog einen Schwenkarm heran, der den Tischmonitor enthielt. Das Projektionsfeld zeigte eine Datenseite.

| | |
|---|---|
| **Nachricht:** | **2003469** |
| **Sternzeit:** | **7416.664** |
| **Rubrik:** | **GESUCHT / KAUFEN / VERKAUFEN / TAUSCHEN** |
| **Von:** | **Cally Sherrin / Spec4:Wiss** |
| **Objekt:** | **GEBRAUCHTE B'HIVA** |
| **Ursprung:** | **Xenobiologie, Laboratorium 4 Schicht 1154 / 606** |

---

ZU VERKAUFEN

Andorianische B'hiva, beste Qualität
Nur ein behutsamer Besitzer
Keine Dropouts! Alles klar und deutlich!
Gültige Garantie
180 Kredite oder bestes Angebot
Hinterlassen Sie Nachricht in KAUFEN / VERKAUFEN
oder in E-Post Bereich 6

---

*Bei allen Raumgeistern, was ist eine B'hiva?* dachte Kirk und las weiter.

| | |
|---|---|
| Nachricht: | 2003470 |
| Sternzeit: | 7417.903 |
| Rubrik: | GESUCHT / KAUFEN / VERKAUFEN / TAUSCHEN |
| Von: | Nyota Uhura / Comdr:Komm |
| Objekt: | aufgezeichnete Wörterbücher |
| Ursprung: | Kommunikation / Schicht 181 / 53 |

Habt Ihr während Eures Landurlaubs (auf Erde oder Mond) eins der Wörterbücher der lokalen Sprachen gekauft (elektronisch gespeichert oder in gedruckter Form), wie sie manchmal in Touristenläden angeboten werden? Wollt Ihr sie loswerden? Ich tausche die Dinger gegen klassische Musik, modern-progressiven Jazz, diverse Exotika und Dramen (BBC, RSC, Bolschoi als besondere Spezialität). Ich suche in erster Linie Romanianisch, Kampuche, t!Low, Eurisch (die Dalton-Revision, wenn möglich) und künstliche Idiome wie Anglisch, Neolangue, Chin-Französisch und Cynthetisch. Danke! N. U.

*Sie arbeitet noch immer an ihrer Dissertation,* überlegte Jim. Uhura war schon seit einer ganzen Weile damit beschäftigt, die den Übersetzungsmodulen zugrunde liegende allgemeine Theorie zu verbessern, indem sie die ursprüngliche systematisch zerpflückte und ihre einzelnen Bestandteile zu einer neuen zusammensetzte, die in akademischen Kreisen mehrerer Welten für erhebliche Unruhe sorgte. Kirk erinnerte sich deutlich daran, daß er Uhura eines Abends gefragt hatte, wie sie dabei vorging. Daraufhin hielt sie ihm einen begeisterten Vortrag, der eine Stunde dauerte und bis ins letzte Detail ging. Jim hörte dabei Fachausdrücke wie Phonem-Äquivalenz, Sechs-Sigma-Gleichungen, syntaktische Abweichungen, geschlechtsbedingte Modifikationen, Rekontextualisierung, linguistisches Strukturdesign und die Besonderheiten der menschlichen dextrozerebralen Brücke. Kirk schüttelte nur verwirrt den Kopf und trennte sich endgültig von der eigentlich beschämenden Vorstellung, Uhura sei nur eine gut ausgebildete Telefonistin. Was ihre Dissertation betraf: Eine schlichte Frage hätte genügt, um festzustellen, daß sie nach wie vor an terranischen Algorithmen feilte. Doch auf diese Weise war die Entdeckung interessanter. *Cynthetisch?* dachte er und nahm sich vor, Uhura bei der Party darauf anzusprechen.

Er las verschiedene Antworten auf Uhuras Anfrage — überraschend viele Besatzungsmitglieder hatten Wörterbücher gekauft, die sich schon nach kurzer Zeit als völlig nutzlos erwiesen — und beschloß dann, die übrigen Nachrichten später durchzugehen. »Rubrikwechsel«, wies er den Schirm an. »Gemeinschaftsecke.«

Sofort veränderte sich das Bild, und eine neue Datenseite erschien.

GEMEINSCHAFTSECKE
MEINUNGEN UND ANSICHTEN
HIER SIND SELBST DIE VERRÜCKTESTEN
BEMERKUNGEN ERLAUBT
NAMEN NICHT ERFORDERLICH

Diese Rubrik lieferte dem Captain deutliche Hinweise darauf, was seine Besatzung dachte. Die einzelnen Nachrichten brauchten nicht mit einem Namen ›unterzeichnet‹ zu werden, aber von Anonymität konnte trotzdem keine Rede sein. Der für die Gemeinschaftsecke zuständige System-Operator wechselte in regelmäßigen Abständen, und man bot diese Tätigkeit den Personen an, deren Psychoprofile Stärken in bezug auf Streßbewältigung und Gelassenheit aufwiesen. Der typische Sysop neigte dazu, verschwiegen und zuverlässig zu sein, und die anderen bezeichneten ihn als ›Felsen‹. (Einmal hatte *tatsächlich* Naraht diese Aufgaben übernommen, und die Reaktion bestand aus allgemeiner Erheiterung.) Die Gemeinschaftsecke gab der Crew Gelegenheit, frei von der Leber weg zu reden, verbalen Dampf abzulassen und Gerüchte in die Welt zu setzen, ohne daß der oder die Betreffende mit persönlichen Konsequenzen rechnen mußte. Manchmal ging es in dem elektronischen Kommunikationszentrum ruhig und friedlich zu, aber dann und wann kam es einem Pulverfaß gleich. Jim ignorierte es nie.

Er überflog die jüngsten Mitteilungen, und eine von ihnen weckte seine Aufmerksamkeit:

**Von:** **BUGS**
**Sternzeit:** **7412.1100**

**VULKANIER: WER BRAUCHT SIE?**

**Sie kommen nicht mehr allein zurecht. Sie werden nicht einmal mit einem Raumschiff fertig, wenn man ihnen eins gibt — und jetzt behaupten sie, wir seien nicht gut genug für sie? Nun, es sind verdammt ****, und das gilt auch für die blöden Sehlats, auf denen sie reiten.**

**Arrogante Narren.**

Jim ließ langsam den angehaltenen Atem entweichen. *Ist das ernst gemeint?* fragte er sich. *Oder handelt es sich um einen schlechten Scherz?* Die Bemerkung spiegelte Stimmungen wider, die auch auf der Erde entstanden waren, als sich die gegenwärtige Krise anbahnte. Kirk sah auf die übrigen Einträge.

Andere Besatzungsmitglieder legten Kommentare in der Gemeinschaftsecke ab und widersprachen Bugs — wer auch immer er oder sie sein mochte. Jim las mit wachsendem Interesse. »Vielleicht haben sie recht. Vielleicht sind wir *wirklich* nicht gut genug für sie. Vielleicht üben wir sogar einen *schlechten* Einfluß aus.« Und an einer anderen Stelle: »Wir brauchen sie. Das muß ihnen jemand klarmachen. Hoffen wir, daß es jemandem von uns gelingt, diese Erkenntnis in die vulkanischen Dickschädel zu hämmern...« Jim spürte, wie seine Wangen glühten: Er zweifelte nicht daran, daß sich die letzten Worte auf ihn bezogen. Und Starfleet hatte den Zeigefinger ebenfalls auf ihn gerichtet. Alle erwarteten von ihm, daß er dieses spezielle Kaninchen aus dem Hut zog.

Doch bei dem Kaninchen handelte es sich um einen Sehlat, und außerdem blieb ihm die Form des Hutes verborgen. Vielleicht verstand er ihn selbst dann nicht, wenn er so alt wurde wie... nun, wie ein Vulkanier. Und wenn er ihn auch weiterhin nicht verstand, gab es in der Föderation bald keine Vulkanier mehr.

Ganz zu schweigen davon, daß er dadurch einen seiner beiden besten Freunde verlieren würde. Und Starfleet würde ihn gnadenlos zur Verantwortung ziehen. Er überlegte kurz, welcher dieser beiden Punkte ihm mehr Unbehagen bereitete, schüttelte dann den Kopf und konzentrierte sich auf die restlichen Mitteilungen.

Nicht in allen ging es um Vulkanier. Einige boten Ratschläge für die Verwendung von Ersparnissen an oder berichteten von persönlichen Beziehungen, die sich prächtig entwickelten oder kurz vor dem Bruch standen. Mehrere Unbekannte ließen sich über Gott und die Welt aus oder kritisierten den widerlichen Geschmack der Fleischkäse-Konserven aus Lager Fünf – gab es einen Kurzschluß im Kontrollcomputer? Jim achtete kaum auf die Beschwerden, Grüße und das übliche Geschwätz – bis er eine Nachricht bemerkte, die ihn dazu veranlaßte, aus großen Augen auf den Schirm zu starren.

**Von: LLARIAN**
**Sternzeit: 7412.301**

**ANTWORT: an BUGS, 7412.1100**

**Du denkst ebenso verworren wie sie. Wer überlegt, ob wir gut genug für sie sind oder nicht, stellt sich die falsche Frage. Sie *kennen* uns nicht einmal – und wollen trotzdem über uns urteilen. *Wir* beurteilen uns schon seit Jahrtausenden – und kennen uns ebenfalls nicht.**

**Warum also die Aufregung? Es spielt keine Rolle. Bis es zu spät ist.**

Kirk sah auf. Uranus kam in Sicht, glitt langsam auf der Backbordseite vorbei und glänzte in einem trüben jadegrünen Ton. Die Monde bildeten ein kunterbuntes Durcheinander. Es dauerte nicht mehr lange, bis der Warptransfer begann; und in gut zwei Tagen erreichten sie Vulkan.

*Es spielt keine Rolle.*

»Ausschalten«, wies Jim den Computer an, wandte sich von dem Schirm ab und blickte eine Zeitlang in die Dunkelheit des Alls.

»Der Ausdruck ›Sezession‹«, begann Spock, »wird nicht ganz dem Antrag gerecht, den die planetare Regierung Vulkans prüfen wird, aber derzeit genügt er.«

Im Hauptbesprechungszimmer befanden sich alle Sektionsleiter der *Enterprise* und nahmen ihre traditionellen Plätze am Tisch ein. Als Erster und wissenschaftlicher Offizier saß Spock an der ›Ecke‹ mit dem zentralen Computeranschluß, der den übrigen Terminals und Sichtschirmen Daten übermittelte, bis jemand eine Prioritätsschaltung auslöste. Neben ihm saß Scotty als Repräsentant der technischen Abteilung. Es war auch einer seiner Assistenten zugegen, Lasja Ihirian, der sich um die meisten routinemäßigen Wartungen und Reparaturen an Bord kümmerte. Lasja wirkte gelangweilt, wie immer bei Konferenzen. Er interessierte sich nur dafür, defekte Dinge in Ordnung zu bringen; alles andere ließ ihn kalt. Der große, dunkelhäutige Mann – er trug einen weißen Sikh-Turban – betastete gedankenverloren den Griff seines Messers und erweckte den Eindruck, als würde er jeden Augenblick gähnen.

Dann kam Uhura, zuständig für die Kommunikation. Und neben ihr Lieutenant Meshav, aus der Sektion Daten-Management. Wer die Bordcomputer überwachte und programmierte, neue Software entwickelte oder andere von Fehlern befreite, wer sicherstellte, daß sich die vielen interagierenden Computersysteme der *Enterprise* nicht gegenseitig störten, brauchte eigentlich acht Hände und vier Gehirne. Und da Meshav diese Voraussetzungen erfüllte, eignete er / sie sich vorzüglich für diese Tätigkeit. Er / sie war ein / e Sulamid / in, der / die wie eine mehr als zwei Meter hohe Säule aus rosaroten und violetten Tentakeln aussah, oben mit einer zitternden Rosette aus Augenstielen geschmückt. Einschränkend muß hinzugefügt werden, daß diese Beschreibung nur dann die Wirklichkeit widerspiegelte, wenn er / sie in der richtigen Stimmung für rosarote und violette Tönungen und gleichzeitig entspannt genug war, um die Augen zu bewegen. Sein / ihr Gehirn bestand aus acht Kammern, was ihn / sie in die Lage versetzte, sich bis zu acht verschiedene Persönlichkeiten zuzulegen. Oft verzichtete er / sie darauf, angeblich ›aus Rücksicht gegenüber den armen Einhirnigen‹. Wie dem auch sei: Eine Pokerrunde mit Meshav konnte überaus interessant werden, wenn man berücksichtigte, daß seine / ihre einzelnen Persönlichkeiten durchaus die Fähigkeit hatten, bestimmte Absichten den anderen Aspekten des Multi-Ichs gegenüber verborgen zu halten. Die übrigen Spieler empfanden ihr Verhalten häufig als sehr verwirrend.

Neben Meshav saß Ingrit Tomson, die Leiterin der Sicherheitsabteilung: eine fast zwei Meter große, eisig anmutende Frau mit kurzem blonden Haar, die täuschend sanft wirkte. Dann kamen Dr. McCoy für die Krankenstation und hinter ihm der große, grauhaarige Harb Tanzer aus der Abteilung Freizeit und Erholung. Und die andere Seite des Tisches... Der Quartiermeister Seppu Visti, ein kleiner, dunkelhaariger Mann mit finnischem Blut in den Adern und einem Computer im Kopf — im wahrsten Sinne des Wortes: Er testete das neue Buchführungs-Implantat Starfleets (man bezeichnete es als ›Zweiten Gedanken‹). Damit konnte er jederzeit die Tonnage der *Enterprise* nennen, bis hin zum letzten Gramm, in Abhängigkeit vom Wo und Wann der jeweiligen Mission. Jim fand das zermürbend und entnervend; seiner Ansicht nach genügte ein Spock an Bord. *Wenigstens haben seine Ohren die richtige Form.* Neben Visti hatte Sulu Platz genommen und repräsentierte die Verteidigung — die Verantwortung dafür wechselte zwischen den Sektionsleitern für Navigation und Waffenkontrolle. Schließlich der Captain, am oberen Ende des Tisches.

Kirk spürte eine gewisse Nervosität, und er kannte auch die Ursache dafür: Heute erschien ihm Spock besonders ernst. Er sah McCoy an und stellte fest, daß es dem Bordarzt ebenso erging. Offenbar bereitete es ihm große Mühe, ruhig und gelassen zu bleiben. »Kam es in den letzten Stunden zu wichtigen Ereignissen?« fragte Jim.

»Es gibt keine bedeutenden neuen Entwicklungen«, erwiderte Spock. »Aber selbst kleine Veränderungen in der Gleichung können erhebliche Wirkungen nach sich ziehen.«

Er betätigte mehrere Tasten des Terminals und fuhr fort. »Im Grunde genommen wurzelt die gegenwärtige Situation im ersten Kontakt zwischen unseren beiden Völkern. Sie wissen sicher, auf welche Weise er erfolgte: Im Jahre 2065 der alten irdischen Zeitrechnung fand die UNSS *Amity* ein manövrierunfähiges Schiff im Sol-System.« Bei diesen Worten warf er Kirk einen wie beiläufigen Blick zu. Jim verstand die Botschaft sofort. Spock hatte andere Erinnerungen an die erste Begegnung zwischen Menschen und Vulkaniern, und der Captain teilte sie. McCoy starrte einige Sekunden lang ins Leere: Auch er wußte um jene Geschehnisse, die in keinem Geschichtsbuch Erwähnung fanden, ließ sich jedoch nichts anmerken. Er hörte mit geneigtem Kopf zu, nahm damit eine Haltung ein, die Spock häufig zu der ironischen Frage herausforderte, ob er sein Nickerchen kurz unterbrechen wolle, um einen Kommentar abzugeben.

»Beim ersten Kontakt ging es recht hektisch zu, aber nach menschlichen Maßstäben war er friedlich«, erklärte Spock. »Die Bewohner der Erde hatten bereits die Andorianer kennengelernt und dadurch Gelegenheit gefunden, zumindest einen Teil ihrer Xenophobie zu überwinden. Dadurch führte die Konfrontation mit der Existenz von Vulkaniern – und von Vulkan – nicht zu einem ausgeprägten Schock. Innerhalb weniger Jahre entstanden diplomatische Beziehungen, und Abkommen in Hinsicht auf Handel und Datenaustausch folgten kurze Zeit später. Während der vergangenen hundertsechsundfünfzig Jahre haben sich die Verbindungen zwischen den beiden Welten konsolidiert und blieben im großen und ganzen problemlos.«

Eine mit Anmerkungen versehene Zeitlinie formte sich auf den Bildschirmen der einzelnen Plätze. »Der Eindruck, daß es überhaupt keine Spannungen gab und gibt, ist jedoch eine Illusion, deren Hintergründe nur von jemandem verstanden werden können, der die vulkanische Geschichte kennt. Die projizierte Zeitlinie vergleicht die terranische und vulkanische Entwicklungsgeschichte während der letzten sechstausend Jahre. Bitte beachten Sie insbesondere den markierten Bereich bei 139000 nach der alten Zeitrechnung Vulkans. Er entspricht etwa 900 v. Chr. auf der Erde...«

»Etwa?« warf McCoy ein.

»Ich möchte Sie nicht mit unnötiger Pedanterie belästigen, Doktor«, entgegnete Spock ruhig. »Aber wenn Sie darauf bestehen...«

McCoy hob ein Lid, sah den Vulkanier kurz an und schloß das Auge wieder, als er sich gegen eine neuerliche verbale Auseinandersetzung entschied. Hier und dort erklang leises Lachen; Meshav ließ amüsiert seine / ihre Tentakel rascheln. »Setzen Sie Ihren Vortrag ruhig fort, Spock«, brummte McCoy. »Glauben Sie mir: Ich wache auf, wenn Sie etwas Interessantes sagen.«

Kirk unterdrückte ein Lächeln.

Spock wölbte nur eine Braue. »Nun, wenn Sie sich die Bewertung des technologischen Fortschritts ansehen, so werden Sie feststellen, daß die erste Landung auf dem vulkanischen Nachbarplaneten Charis in einem späten Abschnitt jenes Jahrtausends stattfand, ungefähr dreihundert Jahre vor Suraks Geburt. Während der nächsten drei Jahrhunderte blieben bei der Erforschung und Nutzung des 40-Eri-Sonnensystems durch die vulkanische Industrie und Wissenschaft nennenswerte Zwischenfälle aus. Doch hier...« — ein Cursor blinkte auf den Monitoren, und gleichzeitig blendete der Computer das Datum 139954 ein —, »...kam es zu einem wichtigen Ereignis. Zum erstenmal begegneten Vulkanier einer anderen intelligenten Spezies, und die Art des Kontakts bewirkte auf dem Planeten eine so starke xenophobische Reaktion, daß selbst Surak —

wenn er damals schon gelebt hätte — nicht in der Lage gewesen wäre, etwas dagegen zu unternehmen.«

Die Zeitlinie verschwand und wich einer Darstellung, die einen Teil der Galaxis zeigte. Es handelte sich um den Sagittarius-Arm, zu dem sowohl Vulkan als auch die Erde gehörten. Aber dieser Maßstab der Karte verbannte beide Planeten in eine ferne Ecke und hob unterschiedlich gefärbte und ineinander übergehende Zonen hervor; sie sahen aus wie Amöben, die miteinander rangen. »Hier sehen Sie ein Gebiet, das einst von einem interstellaren Reich kontrolliert wurde, dem unsere Historiker die Bezeichnung ›Inshai-Pakt‹ verliehen. Der Pakt bestand aus sechsunddreißig von Hominiden und Nichthominiden besiedelten Sonnensystemen im nördlichen Teil des galaktischen Arms: ein sehr alter und stabiler Zusammenschluß. Es fiel ihm nicht sehr schwer, dem ökonomischen und militärischen Druck des einzigen anderen bedeutsamen Machtfaktors in jenem Teil der Galaxis standzuhalten: den ›blockfreien‹ Welten der südlichen Orion-Ansammlung. Besser gesagt: Der Pakt widerstand dem Druck, bis jemand Sigma-1014 Orionis mit einer Sonnenbombe angriff und damit die Zentralwelt des Paktes zerstörte, den Planeten Inshai.«

»Soweit ich weiß, gibt es keine Beweise, daß damals eine Sonnenbombe eingesetzt wurde«, sagte Tomson und runzelte die Stirn.

»Die Wahrscheinlichkeit dafür ist extrem hoch«, erwiderte Spock. »Der betreffende Stern gehörte nicht zum veränderlichen Typus, und die alten spektographischen Aufzeichnungen sind vollständig und unmißverständlich. Eigentlich sollte die Sonne noch immer existieren — aber das ist nicht der Fall. Nach der Zerstörung von Inshai und der anderen Planeten im Sigma-1014-System fehlte plötzlich ein Verwaltungs- und Koordinierungszentrum, und daraufhin brach der Pakt innerhalb kurzer Zeit auseinander. Das Ergebnis war eine Schreckensherrschaft im entsprechenden Sektor. Die Orion-Ansammlung erweiterte ihren Einfluß und begann mit der langersehnten Piraterie. Kriege, ökonomischer und sozio-ethischer Kollaps, ausgerottete Völker: Hunger und Seuchen brachten diejenigen um, die das Grauen überlebten. Die großen interstellaren Gesellschaften des Paktes – schon seit langer Zeit dezentralisiert und gleichzeitig von der Justiz auf Inshai in Schach gehalten – nahmen das Gesetz in die eigene Hand und wurden zur Oberhoheit. Ihre Raumschiffe brachen auf, mit sogenannten ›Planetenknackern‹ bewaffnet, kämpften um beanspruchte Handelsrouten und Rohstoffe. Sie erpreßten ganze Welten und zerstörten jene, die sich ihnen nicht unterwerfen wollten. In dem Machtvakuum nach der Vernichtung von Inshai nahmen selbst abgelegene Pakt-Welten – friedliche Planeten wie Etosha und Duthul – an dieser Art von Piraterie teil. Andernfalls wären sie nicht in der Lage gewesen, ihren Einfluß und technischen Entwicklungsstand zu wahren, den sie in erster Linie Inshai verdankten. Sie trafen Übereinkünfte mit den Gesellschaften oder anderen, ähnlich verzweifelten Welten, machten Schrecken und Gewalt zu ihrer neuen Industrie.« Ein Schatten fiel auf Spocks Züge. Jim schauderte; er ahnte, was ein Vulkanier von solchen Verhaltensweisen hielt.

»Die genannten Welten und Gesellschaften degenerierten später zu den Gilden und Unternehmen, die wir als Vorfahren der heutigen orionischen Piraten kennen«, fuhr Spock fort. »Aber die damaligen Vulkanier wußten nichts davon – noch nicht. Nun, um mich kurz zu fassen: Als die Piraten alle reichen und nahen Welten überfallen, als sie mit den Resten von Inshai abgerechnet hatten, hielten sie nach neuen Opfern Ausschau und wandten sich ferneren Planeten zu. Man nimmt an, daß sie die ersten elektromagnetischen Signale Vulkans etwa zum Zeitpunkt von Suraks Geburt empfingen.« Spock fügte trocken hinzu: »Zur gleichen Zeit traf das Licht der zur Nova gewordenen Sonne Sigma-1014 Orionis im 40-Eri-System ein. Später behauptete man, es sei ein Zeichen des Himmels gewesen, ein Hinweis auf Suraks Geburt. Es kam einem Schock gleich, als sich diese Interpretation rund fünfundvierzig Jahre später als falsch herausstellte.«

Spock hob den Blick vom Computer und faltete nachdenklich die Hände. »Seit dem Beginn der Raumfahrt versuchte man immer wieder, sich den ersten Kontakt mit fremden Intelligenzen vorzustellen«, sagte er. »Viele Vulkanier ›freuten‹ sich darauf oder warteten zumindest mit Interesse. In der frühen vulkanischen Tradition fehlt die ›Furcht vor dem Fremden‹. In der damaligen Epoche gab es keinen Grund, einen Fremden zu fürchten, der aus dem Nichts kam: Man bot ihm Gastfreundschaft an, ohne Einschränkung. Die Furcht galt vielmehr den unmittelbaren Rivalen in Hinsicht auf Wasser, Nahrung und Unterkunft. Der Feind war der Nachbar, und umgekehrt. Das Leben in Außenwelt hielt man für einen wertvollen Schatz, der vielleicht ökonomisch genutzt werden konnte. Als Surak geboren wurde, beschäftigte man sich schon seit einem Jahrhundert mit den physikalischen und PSI-Technologien, die notwendig waren, um Generationsschiffe zu den nächsten Sternen zu schicken.«

Spock atmete tief durch. »Doch die erste Begegnung betraf Duthulhiv-Piraten, die sich nicht mit der vulkanischen Gastfreundschaft zufriedengeben wollten. Sie hatten bereits eine Technik des Erstkontakts entwickelt, um ihr Plünderungsziel leichter zu erreichen, und bei Vulkan funktionierte sie perfekt. Sie beobachteten den Planeten heimlich, blieben dabei außerhalb der Sensorreichweite, und die ersten – angemessen verzerrten und verstümmelten – Radiosignale sendeten sie aus einer Entfernung von einigen Lichtwochen. Ich möchte hier auf Einzelheiten verzichten: Man lud die Fremden als Gäste des Planeten ins Sonnensystem ein, und eine Gruppe aus Würdenträgern brach auf, um diplomatische Beziehungen herzustellen. Aber die Duthulhiv kamen mit einer Invasionsflotte, nahmen die vulkanischen Diplomaten entweder gefangen oder brachten sie einfach um. Anschließend begannen die Piraten für gewöhnlich damit, den betreffenden Planeten mit Hilfe von Erpressung, Drohungen oder lokalen Verwüstungen zu unterwerfen.«

Spocks Gesichtsausdruck veränderte sich ein wenig. »Auch in diesem Fall glaubten sie, leichtes Spiel zu haben. Die Würdenträger stammten aus allen Nationen Vulkans, und daher glaubten die Piraten, es gebe keine staatlichen Differenzen mehr auf dem Planeten. Sie vermuteten, dort herrsche schon seit vielen Jahren Frieden, rechneten daher nicht mit der Existenz eines großen Waffenpotentials. Ihre Beobachtungen der vulkanischen Handelsflotte — die aufgrund eines früheren Abkommens nicht bewaffnet war — schienen diese Annahmen zu bestätigen. Die Duthulhiv ahnten nicht, daß sich unsere Geschichte in ihrer wahrscheinlich aggressivsten Phase befand: Man hatte mehrere Kriege unterbrochen oder verschoben, um mit den Besuchern von Außenwelt zu verhandeln. Die Duthulhiv-Piraten mußten eine blutige Niederlage hinnehmen und wurden aus dem Sonnensystem vertrieben.« Spock zögerte kurz. »Dieser Zwischenfall hatte viele negative Folgen, und dazu gehörte auch ein tiefer Riß im vulkanischen Volk. Viele vertraten folgende Ansicht: Um mit einem Universum fertig zu werden, in dem es derartige Spezies gab, müsse man erbarmungslos zuschlagen, alle Feinde unterjochen und ebenfalls zu einem Schrecken werden. Andere wiesen darauf hin, wir dürften uns von der Niederträchtigkeit nicht anstecken lassen. Sie schlugen vor, in völliger Isolation zu leben, unsere eigenen Kriege zu führen, die wir gut verstanden, und niemanden in die Nähe lassen — ganz gleich, ob es sich um mögliche Feinde oder Freunde handelte. Es ist einzig und allein Surak zu verdanken, daß Vulkan jene Ära überstand.« Spock neigte den Kopf. »Und er ging daran zugrunde.«

»Ich nehme an, auch dafür gab man den Außenweltlern die Schuld«, erklang Meshavs flötenartige Stimme.

»Zum Teil, ja«, sagte Spock. »Allerdings ist heute kein Vulkanier bereit, ein so krasses und erniedrigendes Gefühl wie Schuldzuweisung einzugestehen. In diesem Kontext müssen auch die restlichen Informationen verstanden werden.«

Er projizierte wieder die Zeitlinie. »Für Menschen sind sechstausend Jahre fast eine Ewigkeit. Einem heute lebenden Terraner käme es nie in den Sinn, negativ auf ein Ereignis während des Pyramidenbaus zu reagieren. Das Rassengedächtnis der Menschheit ist vage und außerordentlich ungenau, wenn man es mit dem präzisen Erinnerungsvermögen der Vulkanier vergleicht. Jene alten Reminiszenzen sind uns näher als ein Traum: Wir haben leichteren Zugang zu ihnen als Menschen zu ihrem Unterbewußtsein. Sie sind kein Archetypus, sondern Erfahrungen, die mit Hilfe von direkten und indirekten Engrammen vermittelt werden. In diesem Zusammenhang wird eine PSI-Fähigkeit verwendet, auf die ich hier nicht weiter eingehen darf. Ich möchte nur soviel sagen: Jeder Bürger von Vulkan erinnert sich so an Suraks Epoche, als habe er selbst zu jener Zeit gelebt — und bei den individuellen Reaktionen gibt es keine Garantie für Homogenität.«

»Aber bestimmt fehlt es dabei nicht an Logik«, warf Harb Tanzer ein.

»Von wegen«, brummte McCoy leise.

Spock nickte. »Unglücklicherweise hat der Doktor recht. Logik ist keine Krankheit, mit der sich alle Vulkanier infiziert haben, obwohl Terraner sich oft derartigen Vorstellungen hingeben. Sie stellt vielmehr eine gelehrte Lebensweise dar, die manche Vulkanier stärker beeinflußt als andere. Denken Sie dabei an Religionen oder Philosophien, die auf Menschen unterschiedlich stark wirken. Wir sind ebensowenig ein vollkommen einheitliches Volk wie die Menschheit. Einige von uns werden den Menschen und der Föderation mit Logik begegnen, andere nicht.«

»Ich vermute, die derzeitigen Probleme gehen vor allen Dingen von den ›anderen‹ aus«, sagte Kirk.

»Nicht unbedingt«, widersprach Spock. »Offenbar treten einige der größten Logiker dafür ein, daß Vulkan die Förderation verläßt.«

Erneut betätigte er mehrere Tasten. »Hier ist der englische Text des offiziellen Kommuniqués, das dem Föderationsrat übermittelt wurde. Achten Sie auf die Formulierung. Es ist eine Absichtserklärung: Es wird erwogen, ein früheres Gesetz zu annullieren. Damit sind die vulkanischen Artikel gemeint, die den Anschluß an die Föderation sanktionierten. Das Dokument stammt von hr'Khash'te, einer der drei gesetzgebenden Körperschaften, die für die planetare Legislative Vulkans zuständig sind. Die beiden anderen – ihre übersetzten Namen lauten ›Vorschlagsgruppe‹ und ›Korrekturkomitee‹ – regen neue Gesetze an und befürworten oder ändern sie. Aber die hr'Khash'te, die Annullierungsgruppe, ist einzig und allein damit beauftragt, ihr Veto einzulegen oder bestehende gesetzliche Regelungen abzuschaffen. Dort fällt es besonders leicht, Anträge durchzubringen. In den beiden anderen Gruppen können nur große Mehrheiten Entscheidungen treffen; bei Annullierungen reicht die Zustimmung von fünfundzwanzig Prozent der insgesamt zweitausendundsechs Abgeordneten aus. Dahinter steckt folgendes Konzept: Ein gutes Gesetz muß recht großen Konsens finden – dadurch wird der Vorschlag von banalen rechtlichen Bestimmungen verhindert –, und schlechte Gesetze können leicht abgeschafft werden.«

»Ausgesprochen logisch«, bemerkte Scotty.

»Und leicht ausnutzbar«, fügte Spock hinzu. »Es kommt sehr auf Logik an, um zu verhüten, daß gute Gesetze annulliert oder schlechte befürwortet werden. So etwas geschieht manchmal. Leider ist Vulkan kein Paradies.«

»*Das* höre ich jetzt zum erstenmal«, murmelte McCoy.

Spock warf ihm nur einen kurzen Blick zu. »Nun, das System kann unterminiert werden; die vulkanische Vergangenheit bietet Beispiele dafür. Auf Vulkan gibt es viele Parteien und Gruppen, die gegen unsere Mitgliedschaft in der Föderation sind und Menschen aus verschiedenen

Gründen für abscheulich unethisch halten. Einige — viele — vertreten den Standpunkt, daß wir keine Verbindungen zu einer Spezies unterhalten sollten, die bewaffnet von Stern zu Stern reist. Solche Beziehungen, so heißt es, beeinträchtigen irgendwann die Herrschaft von Frieden und Logik. Die entsprechenden Gruppen weisen auf die zunehmende Anzahl von Vulkaniern in Starfleet hin, die aufgrund ihres Treueeids manchmal dazu gezwungen sind, während des Dienstes Waffen einzusetzen und Gewalt anzuwenden. Sie behaupten, dadurch bestehe für ganz Vulkan die Gefahr, in die kriegerische Barbarei zurückzufallen, die unsere Welt an den Rand des Untergangs brachte.« Wer Spock gut kannte, sah Anzeichen von Verlegenheit in seinen Zügen. »Mein Vater galt lange Zeit als überzeugter Anhänger dieser Theorie, und soweit ich weiß, wurde er in die Heimat zurückgerufen, um für den Sezessionsantrag Stellung zu beziehen. Seine Aussage hat sicher großes Gewicht.«

»Einen Augenblick, Spock«, brummte McCoy. Diesmal wirkte er völlig wach, aber in seinem Gesicht gab es keine Hinweise darauf, was er dachte. »Soll das etwa heißen, daß jemand Ihren Vater zwingen kann, etwas zu sagen, das seiner Meinung widerspricht? Ich kenne Sarek gut genug, um zu wissen, wie absurd das ist.«

»Es sind Kräfte in Bewegung geraten, die nur schwer zu erklären sind, Doktor«, entgegnete Spock. »Selbst ich verstehe sie nicht alle, weil ich Vulkan zu lange ferngeblieben bin. Wenn T'Pau einen Vulkanier bittet, als Zeuge auszusagen, so verfügt sie über erhebliche Macht, um ihre ›Bitte‹ durchzusetzen. Nun, sie läßt sich bestimmt nicht dazu herab, Druck auszuüben, wenn sie glaubt, daß allein logische Gründe genügen, um das gewünschte Ergebnis zu erzielen. Wenn mein Vater keine Argumente vorlegen kann, die noch stichhaltiger sind und T'Pau veranlassen, ihre Meinung zu ändern, wird er sich ihr fügen — aus freiem Willen.«

Stille schloß sich an. *Ganz Vulkan, in einer Person ver-*

*körpert* – so hatte Kirk sie einst genannt. Und zu Recht. T'Pau, die einen Sitz im Föderationsrat abgelehnt hatte, als man ihr ein entsprechendes Angebot unterbreitete – eine sehr alte Frau, mit einer Macht, die Menschen kaum verstehen konnten. Eigentlich war sie Jim noch immer ein Buch mit sieben Siegeln. Er erinnerte sich an die ruhige Begegnung mit ihr, am Bindungsort von Spocks Familie, glaubte erneut, ihren Blick zu spüren, so heiß wie die lodernde Sonne, gleichzeitig kühl und durchdringend. Augen, die ihm so unpersönlich erschienen wie lebloser Stein, die immerzu maßen und einschätzten, so komplexe Berechnungen anstellten, daß ein Computer um Urlaub gebeten hätte. »Gehört sie zu der Bewegung, die für Vulkans Trennung von der Föderation eintritt?« fragte Kirk.

»Ich weiß es nicht«, antwortete Spock. »Das ist einer der vielen Punkte, die geklärt werden müssen. Aber eins steht fest: Ohne T'Paus zumindest stillschweigende Billigung hätte diese Angelegenheit nicht so weit eskalieren können.«

Als Jim nickte, fuhr Spock fort: »Nun, die eben erwähnten Gruppen gibt es schon lange, in manchen Fällen seit vielen hundert Jahren. Immer mehr Vulkanier neigen zu der Ansicht, daß sich der Planet abkapseln muß, um seine kulturelle Integrität zu schützen. Aber es gibt auch andere, die glauben, daß *wir* das Recht der Terraner in Frage stellen, Menschen zu sein, daß wir nicht zulassen dürfen, mit unserer Lebensweise negativen Einfluß auf die ihre zu nehmen.« McCoy hob die Brauen. »Bevor Sie Beifall spenden, Doktor, möchte ich auf folgendes hinweisen: Jene Gruppen sind ebenfalls davon überzeugt, daß Menschen nicht zu Logik und Vernunft fähig sind. Einige Vertreter dieser Denkweise gehen sogar noch weiter. Sie meinen, die Terraner seien weitaus besser dran, wenn sie in den Wald zurückkehren und sich wieder als Affen von Ast zu Ast schwingen, so wie früher, bevor sie lernten, aufrecht zu gehen, das Feuer als Werkzeug zu nutzen und ihre Mitmenschen umzubringen.« McCoy öffnete den Mund, schloß ihn dann wieder. »Sie können sich bestimmt vorstellen, was die betreffenden Personen in bezug auf Vulkanier vorschlagen«, sagte Spock. »Oder vielleicht auch nicht. In diesem Zusammenhang erscheint mir ein Punkt besonders interessant: Es ist noch nie zuvor geschehen, daß sich diese vielen kleineren und größeren Gruppen zusammengeschlossen haben, um ihre Bemühungen zu koordinieren — bisher gab es immer zu viele Differenzen. Aber offenbar sind sie jetzt überwunden. Die Anzahl der verschiedenen Resolutionen — und die Schnelligkeit, mit der sie verabschiedet wurden — stimmt mich mißtrauisch.«

»T'Pau?« fragte McCoy. »Aber warum?«

»Darauf kann ich keine eindeutige Antwort geben«, erwiderte Spock. »Ich halte es jedoch für unwahrscheinlich. T'Pau ist tatsächlich in mehrfacher Hinsicht die Verkörperung unserer Welt — sowohl der neuen als auch der alten —, aber während der letzten beiden Jahrhunderte beschränkte sie sich auf die Rolle einer Beobachterin und ließ den Dingen ihren Lauf, obwohl es manchmal zu schlimmeren Krisen kam. Warum sollte T'Pau ausgerechnet jetzt, nach so langer Zeit, drastische Maßnahmen gegen die Föderation ergreifen, Maßnahmen, die auch für Vulkan ein ernstes Trauma heraufbeschwören? Dieses Verhalten würde schwerwiegende Fehler in ihrer Logik nahelegen: Sie hätte die aktuelle Entwicklung voraussehen und verhindern müssen.« Spock preßte die Fingerspitzen aneinander und blickte eine Zeitlang ins Leere. »Ich glaube, die Sezessionsbestrebungen werden von jemand anders gesteuert. Hoffentlich bleibt mir Zeit genug, den oder die Verantwortlichen zu finden. Aber gerade die Zeit wird knapp.«

»Wie schnell geschieht das, was sich nun auf Vulkan anbahnt?« fragte Scotty.

Spock neigte den Kopf ein wenig zur Seite. »So lange, wie es die Bevölkerung interessant oder erbaulich findet, den verschiedenen Argumenten zuzuhören. Wir sollten von einer Woche ausgehen. Die Annullierungsgruppe hat sich darauf geeinigt vorzuschlagen, die Föderationsartikel in den vulkanischen Statuten für ungültig zu erklären. Normalerweise wären die entsprechenden Gesetze schon nicht mehr in Kraft. Aber T'Pau hat sich gegenüber dem vulkanischen Rat durchgesetzt – er besteht aus Senior-Legislatoren, die über alle von den ›unteren‹ legislativen Körperschaften beschlossenen Gesetze befinden – und dafür gesorgt, daß die ganze planetare Bevölkerung über den möglichen Austritt Vulkans aus der Föderation abstimmt. Als Grund führte sie an, die Entscheidung sei zu wichtig, um sie allein dem Rat zu überlassen.«

Daraufhin runzelte Kirk die Stirn. »Die Sache wird also eine Woche lang diskutiert. In den öffentlichen Kom-Kanälen, nehme ich an.«

»*Vielleicht* bleibt uns eine Woche. Vielleicht auch etwas mehr. Eine Majorität der vulkanischen Wählerschaft ist notwendig, um die Debatte zu *beenden*, bevor die Abstimmung bezüglich des Referendums beginnt.«

»Gibt es wirklich Vulkanier, die all dem Geschwafel Beachtung schenken?« warf McCoy ein.

»Doktor«, entgegnete Spock geduldig, »in der modernen vulkanischen Sprache geht das Wort für ›Idiot‹ auf einen zusammengesetzten Ausdruck zurück, der ›wer nicht an öffentlichen Angelegenheiten teilnimmt‹ bedeutet. Achtundneunzig Prozent aller Vulkanier haben bis zum zweihundertsten Lebensjahr irgendwann einmal ein Amt bekleidet. Sie hören sich die Diskussion nicht nur an, sondern werden auch eigene Beiträge leisten.«

McCoy wirkte verblüfft.

»Die Debatte dauert an, bis eine bestimmte Anzahl von Zuschauern und Zuhörern ihre Beendigung beschließt«, erklärte Spock.

»Es müssen etwa zwei Milliarden sein. Die genaue Anzahl wird gerade ermittelt. Anschließend trifft die Wählerschaft eine Entscheidung. Viele Stimmen werden davon beeinflußt, was wer während der Diskussion sagt, aber ich fürchte, daß sich bereits viele Vulkanier eine feste Meinung gebildet haben.«

»Welchen Vortrag wollen *Sie* halten?« fragte Harb Tanzer ruhig. »Auf welcher Seite stehen Sie?«

Spock sah ihn einige Sekunden lang wortlos an. »Das weiß ich noch nicht«, erwiderte er schließlich. »Ich muß mein Verhalten allein von Logik bestimmen lassen, denn man wird gerade mich aufmerksam beobachten. Das gilt auch für Sarek, T'Pau und Sie, Captain.«

»Zur Kenntnis genommen«, sagte Kirk.

»Wenn meine Glaubwürdigkeit leidet«, fügte Spock hinzu, »so gereicht das den Personen zum Vorteil, die sich gegen die Föderation aussprechen. Aus diesem Grund ist höchste Vorsicht geboten. Nun, wir haben es mit einem sehr komplexen Problem zu tun... Vielleicht erweise ich der Föderation den besten Dienst, indem ich mich gegen sie wende.«

Wieder folgte Stille. »Nach der Debatte beginnt also die Abstimmung«, brummte McCoy. »Und wenn sich die Wählerschaft für einen Verbleib in der Föderation ausspricht?«

»Dann gehen wir wieder auf Patrouille«, sagte Kirk.

»Und wenn Vulkan die Sezession beschließt?«

»In dem Fall sind alle Handels- und Verteidigungsabkommen ungültig«, antwortete Spock. »Private Verträge müssen neu ausgehandelt werden, wenn es die beteiligten Seiten wünschen. Alle vulkanischen Zivilisten kehren entweder in die Heimat zurück – oder emigrieren für immer, falls sie sich auf einem anderen Planeten niederlassen wollen. Alle vulkanischen Stützpunkte werden geschlossen, alle vulkanischen Raumschiffe in Diensten der Föderation zurückbeordert, ebenso alle vulkanischen Diplomaten und das entsprechende Personal in Starfleet. Wer diesem Befehl nicht gehorcht, verliert die vulkanische Staatsbürgerschaft und wird verbannt. Die Föderation existiert für Vulkan einfach nicht mehr.« Spock sah auf. »Sie alle wären tot für uns.«

Diesmal wirkte die Stille bedrückend. »Noch Fragen?« Kirk sah sich um.

Niemand meldete sich.

Der Captain nickte kurz. »Nun gut. Morgen früh bekommt die Crew eine Zusammenfassung dieser Einsatzbesprechung. Bitte berücksichtigen Sie das in Ihren Dienstplänen. Damit ist die Konferenz beendet. Wir sehen uns später bei der Party. Bitte bleiben Sie noch, Mr. Spock. Und auch du, Pille.«

Die anderen verließen den Raum. Kirk streckte sich ein wenig — bei einer längeren Einsatzbesprechung bekam er immer einen steifen Rücken. Als die Tür zuglitt, fragte er Spock: »Wie ist die Wahrscheinlichkeit?«

»Für die Sezession?« vergewisserte sich Spock. »Hoch. Schon seit einigen Monaten gebe ich alle neuen Daten in den Computer und erweitere damit die Szenarien der aktuellen Situation. Derzeit beträgt die Wahrscheinlichkeit etwa siebzig Prozent.«

McCoy pfiff leise durch die Zähne. »Keine besonders guten Gewinnchancen für jemanden, der gern wettet.«

»Dann wird's Zeit, sie zu ändern«, sagte Kirk.

McCoy musterte ihn. »Wie?«

»Ich habe keine blasse Ahnung. Aber eins wissen wir aus Erfahrung: Wenn es die *Enterprise* mit Vulkan zu tun bekommt, gibt es immer wieder Überraschungen.«

Der Arzt lächelte. »Willst du, daß ich den ganzen Planeten auf die Schippe nehme? Das dürfte ziemlich schwer werden.« Eine kurze Pause. »Was hast du vor, Jim?«

»Ich weiß es wirklich nicht. Ich möchte nur, daß ihr beide Augen und Ohren offenhaltet und mich sofort über alles informiert, das euch wichtig erscheint. Spock, habe ich die Möglichkeit, in aller Ruhe mit Ihrem Vater zu reden, wenn wir auf Vulkan sind?«

»Ich glaube schon. Bestimmt hat er die gleiche Idee.«

»Gut.« Kirk streckte sich erneut und verschränkte die Hände hinterm Kopf. »Wir werden den besten Ersten Offizier in der ganzen Flotte nicht einfach so aufgeben, ebensowenig wie seinen Heimatplaneten.« Er dachte einige Sekunden lang nach. »Ihr könnt jetzt gehen. Wir sehen uns bei der Plauderparty.«

Spock und McCoy verließen das Konferenzzimmer. Nach einer Weile beugte sich Kirk vor und drückte eine Taste des Bildschirms auf dem Tisch. Die graphische Darstellung löste sich auf und wich der Dunkelheit des Alls. Sterne strichen lautlos vorbei, bildeten lange Fäden aus Licht. Jim legte den Kopf auf die Arme, starrte in die Finsternis und grübelte...

Viele Leute machen den Fehler, sich den eigenen Planeten — oder andere — als stationär vorzustellen. Wir sprechen so von planetaren Koordinaten, als könnten wir auf eine Karte zeigen und die betreffende Welt am nächsten Tag an der gleichen Stelle wiederfinden. (Das ist tatsächlich der Fall, aber nur deshalb, weil der Computer in der Zwischenzeit so freundlich war, die Sternkarte auf den neuesten Stand zu bringen. Er berücksichtigt dabei, daß der Planet in seiner Umlaufbahn seit dem vergangenen Tag mehr als zwei Millionen Kilometer zurückgelegt und sich gleichzeitig zusammen mit dem Zentralgestirn zur Seite bewegt hat. Das ganze Sonnensystem treibt — beziehungsweise *rast;* es kommt ganz auf die Perspektive an — einem anderen Stern entgegen, dessen Gesellschaft es schon seit achttausend Jahren sucht ...)

Die gleichen Leute sprechen einen Satz später vom Urknall, dem Big Bang, und es wird sofort klar, daß sie nur die Tatsache an sich kennen, sonst nichts. Sie haben nie darüber nachgedacht, welche Veränderungen sich dadurch für unser Bild vom Universum ergeben — die langen, stillen Reisen, die unglaublichen Geschwindigkeiten. Durch den interstellaren Raumflug haben wir eine gute Vorstellung von der Größe der Galaxis bekommen, aber die Erfindung des Warptriebwerks und die damit einhergehende Neutralisierung von relativistischen Effekten gibt uns kein Gefühl für die Zeit. Nun, das wird niemanden überraschen. Die Galaxien drehen sich mit wuchtiger Würde, mit stummer Erhabenheit, doch nur wenige Zivilisationen werden Gelegenheit bekommen, eine vollständige Rotation zu erleben: Immerhin dauert sie rund zehn Millionen Jahre. Würde und Erhabenheit, zwei Begriffe, die für lebende Geschöpfe einen Sinn haben. Schwieriger wird es, wenn wir daran denken, daß jede einzelne Galaxis durchs

Universum donnert, sich selbst durchs Nichts schleudert, mit jeder Umdrehung brodelt und kocht, ständig alle ihre Sterne und Welten verändert: Sonnensysteme beeinflussen sich wechselseitig, fließen manchmal ineinander; Sternhaufen gewinnen neue Formen; Sterne explodieren und sterben, und andere werden aus ihrer Asche geboren — ein kosmisches Billardspiel, das auf wundervolle Weise Amok läuft. Die Milchstraße hat uns über zahllose Lichtjahre hinweg mit sich gerissen, ohne daß wir protestierten, zusammen mit Myriaden Planeten und ihrem Leben. Ein modernes Raumschiff fliegt weitaus schneller, aber es kann die hohe Geschwindigkeit nicht über Milliarden Jahre hinweg halten.

Wenn man diese Dinge berücksichtigt, ist es sinnlos, auf einen bestimmten Raumbereich zu zeigen und zu sagen: »*Dort* wurde Vulkan geboren.« Die Geburt fand vor drei Milliarden Jahren statt, und während jener Zeit wurden viele Millionen Lichtjahre zurückgelegt. Außerdem gibt es gar keinen ›Ort‹ an sich, nur eine dunstige Schwade aus Gas, ein wolkiges Etwas mit möglichen Loci, wie eine Elektronenschale. Computer wären vielleicht in der Lage, eine Ortsbestimmung (mit allen Einschränkungen, die dieser Begriff mit sich bringt) vorzunehmen, aber was hätte das für einen Sinn? Viele Sterne haben jenen Bereich passiert, und viele weitere werden ihn durcheilen, bevor das Universum erkaltet und zu implodieren beginnt. Derzeit strahlt dort ein Röntgenstern, den die Föderation als Navigationsbake verwendet. Doch bis morgen hat sie drei Millionen Kilometer zurückgelegt, und dann ist der betreffende Raumbereich wieder ›leer‹. Alles ist in Bewegung, und genau darin liegt paradoxerweise unsere Stabilität.

Nun, wir können einen veränderlichen Beobachtungspunkt postulieren, der dem nebligen Streifen aus Wahrscheinlichkeitsloci folgt, einem langen, spiralförmigen Schatten, der sich seit drei Milliarden Jahren durch eine bestimmte Zone des Weltalls erstreckt. Die Geduld des Beobachters wird auf eine harte Probe gestellt: Mehr als zwei Milliarden Jahre lang geschieht praktisch gar nichts.

Selbst ›leerer‹ Raum ist nicht leer. Unsichtbare Kräfte füllen ihn: die sanften Wölbungen der Gravitation, gelegentlich ein substanzloses Wurmloch, die noch immer rätselhaften ›Strings‹ aus Nichtmaterie und Nichtenergie, Bestandteile der eigentlichen Struktur des Weltraums. Materie und Energie reagieren auf sie, folgen den von ihnen bestimmten Bahnen und sammeln sich an einigen Stellen, wie Regentropfen an Spinnweben. Auf diese Weise gerinnt die erste Generation der galaktischen Sterne aus der dahinsausenden dunklen Staub- und Gaswolke. Der Staub sammelt sich an zahlreichen Gravitationsnexi, verdichtet sich schließlich so sehr, daß atomares Feuer in ihm zu brennen beginnt.

Nur wenige jener ersten Sterne haben Planeten. Während sich die Galaxis formt, gibt es kaum freie Energie, und die jungen Sterne verwenden sie praktisch nur dazu, das nukleare Feuer zu schüren. Hier und dort bilden sich kleinere Materieklumpen und werden tatsächlich zu Planeten, aber kaum einer von ihnen bringt Leben hervor. Zeit und der normale Lebenszyklus der ersten Sonnen verwischen bald alle Spuren dieses frühen, unglückseligen Lebens. Manche Sterne verbrennen ihre Welten mit einer Nova-Explosion oder zerstören ihre Bewohner und Zivilisationen mit plötzlichen Strahlungsschüben, so daß keine Hinterlassenschaften zurückbleiben, nicht einmal stumme Zeugen der Katastrophen. Doch einige Planeten sind besser dran und entwickeln Völker, die dem kosmischen Schrecken trotzen können. Zu ihnen gehören die Organianer und Metronen, die schließlich zu Pilgern werden, ihre Ursprungswelten um viele Millionen Jahre überleben, schließlich die körperliche Existenz aufgeben und nur noch *sind*. Nach unseren Maßstäben gelten solche Wesen als unsterblich. Niemand weiß, wie viele von ihnen noch immer die Galaxis durchstreifen, unberührt von Raum, Zeit und allem Physikalischen.

Unser Interesse gilt nicht den ältesten Sonnen, die bald zu Zwergsternen werden oder mit gelbweißem Glanz auf ihr Alter hinweisen, sondern der zweiten Generation, die Astronomen als Population II bezeichnen. Das breite und flache Oval der jungen Galaxis fliegt durch String-Knäuel und streckt sich in die Nacht. Besser gesagt: Sie *wird* von den Knäuel gestreckt. Infolge der Eigenrotation entwickeln sich Arme. Erst sind es stumpfe Auswüchse, aber sie werden länger und wölben sich, bis die weitgestreckten und vertrauten Spiralarme entstehen: gewaltige Ansammlungen aus interstellarem Wasserstoff und Staub, erhellt von den Sternen der ersten Generation, die infolge der Zentrifugalkraft zu den Randbereichen treiben. Die Galaxis wird zu einem Feuerrad, einem Strudel aus Staub und Licht. Die kalte Materie sammelt sich erneut an Milliarden Stellen, und diesmal ist das Muster durch die verschiedenen wirkenden Kräfte noch wesentlich komplexer. Klumpen wachsen, und der Druck in ihrem Innern nimmt zu, bis er ausreicht, um erneut atomares Feuer brennen zu lassen. In den Spiralarmen werden Millionen Sonnen der zweiten Generation geboren, und mit ihnen auch viele Planeten. Auch hier verwirrt uns der zeitliche Maßstab. Wir können frei wählen: Entweder sehen wir ein Glühen, aus dem langsam ein helles Schimmern wird, wie von Kohlen, die allmählich der Glut zum Opfer fallen – oder (wenn wir uns die Perspektive der Galaxis zu eigen machen) ein jähes Aufblitzen, ein feuerwerkartiges Strahlen, eben noch tote Dunkelheit und jetzt plötzlich überall Leben und Licht...

Im großen und ganzen handelt es sich um einen kontinuierlichen Prozeß, aber hier und dort ist die stellare Schöpfung schneller. Der gleiche ›Entstehungshaufen‹ schuf die meisten Föderationssonnen, darunter auch Sol und 40 Eridani, vor etwa acht Milliarden Jahren. Die Erde entwickelt sich viel später. 40 Eri – wie Astronomen das vulkanische Sonnensystem abkürzend nennen – formt sich sechzig Millionen Jahre früher. Im planetaren Maßstab spielt der Unterschied kaum eine Rolle.

Doch derzeit sieht man weder etwas von den beiden Welten noch von ihren Sonnen. Der interstellare Staub ist fast unsichtbar, denn es gibt keinen nahen Stern, dessen Licht die primordiale Materie zum Glühen anregt oder sie als Silhouette aus der ewigen Nacht hervorhebt. Die Masse besteht aus vielen Billionen Tonnen und reicht aus für fünf ›harte‹ Planeten, drei Gasriesen und eine Sonne — und damit beginnt die Geschichte.

Die Entstehung des vulkanischen Sonnensystems ist eigentlich typisch und entspricht der ›planetaren Formation‹, wie man sie von der Schule her kennt. Staub und Gas sammeln sich in der Dunkelheit und ahmen die Form der Galaxis nach. In den kleinen Spiralarmen bilden sich erste Materieansammlungen, verhärten sich zu Kondensationskernen. Nach und nach wird die Gravitation stärker und zu einer erheblichen Kraft, zumindest auf lokaler Ebene, während sie im restlichen Universum eine der schwächeren Kräfte bleibt.

Nun, man muß natürlich sein eigenes Licht mitbringen, um all dies zu beobachten, denn während des betreffenden Zeitraums herrscht praktisch völlig Finsternis. Nur ein mattes, kaltes Glühen geht vom staubumschleierten galaktischen Zentrum aus. Die Milchstraße ist jetzt drei Milliarden Jahre alt. Sie befindet sich erst in einem frühen Stadium ihrer spiralförmigen Struktur, und aus der Ferne betrachtet (wenn es dort einen Beobachter gegeben hätte) sieht sie aus wie ein dichtes Oval, in dem die Sterne der ersten Generation leuchten, die blauweißen Riesen der Population I. Doch die vermeintliche Dichte ist eine Illusion. Überall gibt es Leere, abgesehen von jenen Bereichen, in denen sich interstellarer Staub sammelt. In *diesem* Streifen kündigt sich die Geburt von drei Sonnen an.

Sie beginnen als gewaltige, glühende Kugeln, die sich langsam erhitzen, unter dem Einfluß der eigenen Gravitation schrumpfen, gelb und weiß werden, bis die Hitze in ihrem Innern genügt, um die Elektronenschalen von den Atomen zu sprengen und Plasma entstehen zu lassen. Daraufhin brennt nukleares Feuer. Der größte Stern strahlt in hellem Weiß. Die beiden anderen sind kleiner, gewinnen gelbe und goldfarbene Tönungen. Sie bilden eine Tri-Sonne, besser gesagt: einen Doppelstern mit Begleiter. Sie haben sich aus der gleichen Materiewolke gebildet, und es kommt zu komplexen Wechselwirkungen der Gravitation. Die beiden kleineren Sonnen umkreisen sich gegenseitig, und der Abstand zwischen ihnen ist gering. Dadurch ›altern‹ sie recht schnell und werden zu Zwergsternen; der eine überaus dicht und weiß, der andere wesentlich leichter, rot und ungewöhnlich klein.

Das Zwergenpaar und der weiße Riese sind eher ferne Nachbarn. Sie wären nur besonders helle Sterne beziehungsweise ein heller Doppelstern, wenn man sie von den jeweiligen Oberflächen aus beobachten könnte – was aus verständlichen Gründen nicht möglich ist. Von den entsprechenden Planeten aus betrachtet, sind sie nicht einmal als Scheiben zu erkennen. Sie verbringen ihr ›Leben‹ damit, um verschiedene Schwerkraftzentren zu kreisen, in einem trägen Tanz, der nur von einer stellaren Katastrophe beendet werden kann. Und so etwas ist keineswegs ausgeschlossen – andere multiple Sterne geben deutliche Beispiele dafür. Vielleicht ist die eine Komponente eines Doppelsterns zu groß: Eine Zeitlang brennt sie blauweiß, wird dann instabil, explodiert durch den Schwartzschild-Radius, kollabiert zu einem Schwarzen Loch und verbringt Jahrtausende damit, in einer langen tödlichen Spirale das Plasma des Nachbarn anzusaugen. Zurück bleibt schließlich eine stellare Leiche – und ein lichtloses kosmisches Grab, eine Gravitationsfalle. Oder andere Sterne nähern sich, um die zufriedene Dreiergruppe zu stören, einen Partner aus dem Schwerkraftverband zu lösen. In unserem Fall bleiben solche Geschehnisse aus. Der Gravitationseinfluß der beiden Zwergsterne auf den weißen Riesen ist gering; die 40-Eridani-Gruppe erlebt eine lange und ereignislose Partnerschaft, während ihre Planeten kondensieren.

Der Prozeß hat begonnen, während die drei Sterne allmählich schrumpften. Jetzt beschleunigt er sich aufgrund des Sonnenwinds, erzeugt von stärkeren Magnetfeldern und erhöhter Gravitation — direkte Ergebnisse der atomaren Fusion. Aus der spiralförmigen Staubwolke sind bereits weite Streifen geworden, die nun schmaler und schließlich zu Klumpen werden. Einige dieser Klumpen, am Rande des Einflußbereichs der großen weißen Sonne 40 Eri A, sammeln leichtere Elemente und wachsen zu Gasriesen heran. Vier Planeten, drei ganz nahe, einer weit entfernt, ziehen genug schwere und metallische Elemente an, um den üblichen Eisen-Nickel-Kern und die siliziumreiche Kruste ›harter‹ Welten zu entwickeln. Doch dort schlägt das Leben keine Wurzeln. Die ersten drei sind dem Zentralgestirn zu nahe und deshalb zu heiß, und der letzte ist in einen Eismantel aus immerwährendem Frost gehüllt. Doch in der vierten Umlaufbahn passieren seltsame Dinge.

Wenn Klumpen entstehen, so ist meistens einer von ihnen groß genug, um mit seiner Schwerkraft andere einzufangen und ihre Masse zu einem einzigen Planeten zu vereinen. Allerdings kennt dieser Vorgang gewisse Variationen. Manchmal beginnen zwei größere Klumpen damit, sich zu umkreisen. Oder eine Staubwolke trennt sich vom Rest, gewinnt eine elliptische Form und bildet zwei Foci, an denen sich Materie sammelt. Der diesbezügliche Mechanismus ist noch nicht ganz geklärt, aber das Resultat besteht in zwei Himmelskörpern, die beide eine planetare Masse haben und sich um ein gemeinsames Gravitationszentrum drehen. Auf diese Weise entsteht ein Doppelplanet.

Solche Systeme sind häufiger, als man erwarten mag. Selbst heutzutage weiß kaum jemand, daß Erde und Mond ein gutes Beispiel darstellen. Man geht gemeinhin davon aus, der Mond sei ein Satellit der Erde, aber es gibt eine wichtige Voraussetzung für Satelliten, die der Mond nicht erfüllt: In seiner Umlaufbahn fällt er nur *zur* Sonne und niemals von ihr fort. Ein wahrer Satellit oder ›Mond‹, der sich fest im Schwerkraftgriff des Planeten befindet, muß sich dann und wann vom Zentralgestirn des Sonnensystems entfernen, und das ist beim Mond — der seinen Namen gar nicht verdient hat — nie der Fall. Um die lakonische Bemerkung eines Astronomen zu zitieren: Ein Satellit kann ein Mond sein, aber der Mond ist kein Satellit.

Erde und Mond zeigen auch, wie prekär das Gleichgewicht eines solchen Systems ist. Wenn ein Himmelskörper mehr schwere Elemente bekommt als der andere, so kann der Partner keine Atmosphäre entwickeln oder verliert sie — wie es vor langer Zeit beim Mond geschah. Bei manchen Paaren wird das Gleichgewicht abrupt gestört, weil andere Planeten vorbeiziehen und ihnen beiden die gasförmige Materie rauben, und ohne Atmosphäre ist die Entstehung von Leben unmöglich — zumindest von Leben auf Kohlenstoffbasis. Mit anderen Worten: Wenn sich ein Doppelplanet bildet, genügt ein Haar, um die Balance zugunsten des einen oder anderen zu verändern.

Das Paar in der vierten Umlaufbahn von 40 Eri A ist besser dran. Ein Planet, der größere, behält sowohl seine Atmosphäre — schon jetzt dünn und heiß — als auch den größten Teil des Wassers. Ein wahrer Glücksfall: Bei einer gerechteren Verteilung hätte das Leben dort nicht Fuß fassen können. Darüber hinaus enthält er das meiste Nickel-Eisen, das die ursprüngliche Staubwolke anbot. Fast der gesamte Metallvorrat befindet sich im heißen Kern; die planetare Kruste enthält nur einen kleinen Prozentsatz in Form von Eisenoxid.

Dem anderen Planeten werden die schwereren Elemente vorenthalten. Wer sich nicht mit der betreffenden Physik und den Dichteverhältnissen auskennt, glaubt vielleicht, daß ihn seine Umlaufbahn gefährlich nahe an den Partner heranbringt. Nun, es sieht wirklich *gefährlich* aus, insbesondere für einen Menschen, der an den fernen, kühlen und silbrigen Mond gewöhnt ist. Wenn er auf Vulkan steht und den Blick hebt, beobachtet er eine rötliche, wie aufgebläht wirkende Masse, die ein Drittel des ganzen Himmels beansprucht und den Eindruck erweckt, jederzeit herabstürzen und alles unter sich zermalmen zu können. In der dunklen Phase kann er sogar die aktiven Vulkane des anderen Planeten sehen. »Vulkan hat keinen Mond«, sagen manche Vulkanier — eine wissenschaftlich exakte Bemerkung. »Da haben die Spitzohren verdammt recht«, soll ein Mensch erwidert haben. »Vulkan hat keinen Mond, sondern einen Alptraum.« Der zweite Planet heißt T'Khut, die weibliche Form des Substantivs ›Hüter‹. Das Auge, das sich öffnet und schließt, aber immer sieht (wie die Legende später behauptet), am besten in der Dunkelheit. Terranische Astronomen bezeichnen ihn als ›Charis‹, nach der griechischen Göttin der Anmut beziehungsweise der Gattin des Hephaistos, der später dem Feuergott Vulcanus gleichgesetzt wurde. Niemand weiß, was die Vulkanier von diesem Namen halten — oder davon, daß die Menschen ihre Heimatwelt Vulkan nennen. Sie waren höflich genug, diese Bezeichnung als offizielle Nomenklatur der Föderation zu akzeptieren. Aber sie haben andere Namen für ihren Planeten, und mindestens einen verbergen sie vor Außenweltlern.

Aber in der Frühzeit gibt es weder Namen noch irgendwelche Lebewesen, die etwas benennen könnten. Viele Jahrtausende lang drehen sich die beiden Planeten umeinander und umkreisen den weißen Riesen. Ihre Sonne und die beiden Zwergsterne tragen sie durch den neuen galaktischen Spiralarm, während Kontinentalplatten gegeneinanderstoßen, während Erdbeben und Vulkanausbrüche immer wieder die erkaltende Oberfläche zerreißen. Zu dieser Zeit entspricht die Welt tatsächlich den weitverbreiteten Vorstellungen von ihr: eine rotbraune Wüste aus Lava, heißem Stein und Feuer. Doch eine Veränderung liegt (im wahrsten Sinne des Wortes) in der Luft. Vulkans Atmosphäre füllt sich allmählich mit Rauch und Dampf, und schließlich entstehen Wolken, aus denen es regnet. Wer den heutigen Planeten kennt, denkt sicher nicht daran, daß über viele Jahre hinweg Regen aus dichten, dunklen Wolken herabströmte, als der Wasserdampf kondensierte.

Doch wir sehen nun, wie eine lange Sintflut beginnt, wie sie erbarmungslos vulkanisches Gestein fortspült und in den ersten Meeren ungewöhnliche Kombinationen aus verschiedenen Mineralien schafft. Später gefundene Fossilien bestätigen unsere Beobachtungen: Heute besteht die Oberfläche Vulkans zu sechsundneunzig Prozent aus trockenem Land, aber damals — im perspektivischen Jetzt — war sie zu neunzig Prozent Wasser: ein globales, heißes Meer, aus dem nur hier und dort einige Inseln ragten. Mehrere hunderttausend Jahre lang ging T'Khut auf, und ihr düsteres rotes Antlitz spiegelte sich in dem gewaltigen Ozean wider. Wenn man kosmische Maßstäbe anlegt, dauert jene Epoche nicht lange — aber sie ist lange genug, um ein Wunder zu ermöglichen.

Die exakte Natur dieses Wunders bleibt ebenso rätselhaft wie die Entstehung des Doppelplaneten-Systems. Gehen wir von der Annahme aus, daß wir Dinge sehen, die in Laboratorien nachvollzogen wurden: die richtigen Elemente im Wasser, richtige Nukleinsäuren, die sich zu komplexeren Verbindungen vereinen, eine langsame, brodelnde Inkubation; fast kochender Regen; das Donnern von Gewittern. Und dann herabzuckende Blitze. Mehr ist gar nicht notwendig. Zurückgebliebene Spuren des primordialen Meeresbodens deuten darauf hin, daß Vulkans Meere keine Ursuppe bildeten, sondern eher eine Art Ur*brei:* eine zähflüssige Masse, in der es weitaus mehr Nukleinsäuren gab als auf vielen anderen Welten, die Kohlenstoff-Leben hervorbrachten. Hier gab es einen besonders reichhaltigen Vorrat an organischen Molekülen. Mehrere Theorien postulieren, daß die aktuellen Äquivalente der vulkanischen DNA und RNA auf Auseinandersetzungen oder Zusammenschlüsse verschiedener Arten zurückgehen, auf versuchte und erfolgreiche Rekombinationen, die im trüben, schlammigen Wasser überlebten. Es erscheint als Ironie des Schicksals, daß in den frühen Phasen der Lebensgeschichte Vulkans Krieg herrschte.

Schließlich setzt sich eine bestimmte DNA-Form durch,

und der Ozean erstreckt sich still und friedlich. Das Bild der Harmonie ist natürlich eine Illusion. Die Analogien von Algen und Pflanzen — und viele andere Lebensformen, für die es auf anderen Welten keine Analogien gibt — ringen unter der Wasseroberfläche miteinander. Dennoch hält die Illusion lange Zeit an. Viele tausend Jahrhunderte verstreichen, bevor sich das Klima plötzlich verändert, bevor das Leben die kleiner werdenden, blutroten Meere verläßt, um in den rotbraunen Sand zu kriechen oder sich dem grellen Licht des Tages auszusetzen. Bis das geschieht, träumt jene Welt, die man Vulkan nennen wird, groß und stumm unter den Ozeanen, während T'Khut geduldig auf sie herabstarrt. Beide Welten drehen sich im endlosen Fall um den weißen Riesen, während er die beiden Zwergsterne umkreist und durch den länger werdenden galaktischen Arm eilt. Das Leben schickt sich an, anderem Leben zu begegnen — wer weiß, mit welchen Konsequenzen?

In jedem Starfleet-Schiff fanden andere Plauderpartys statt, um der Crew Gelegenheit zu geben, über den gerade beendeten Landurlaub zu sprechen. Manchmal handelte es sich um förmliche Begegnungen, bei denen großer Wert auf Protokoll und Etikette gelegt wurde. Gelegentlich fanden klassische Tänze statt. Wenn die Besatzung zu einem Ernst neigte, den Menschen als ungewöhnlich empfanden — zum Beispiel Vulkanier und Andorianer —, so veranstaltete man Diskussionsrunden. Aber es gab auch Raumschiffe, in denen die Partys von Ausgelassenheit bestimmt wurden. Die *Enterprise* fiel in diese Kategorie. Für den Sektionsleiter Freizeit und Erholung ging damit eine Menge Streß einher, aber er nahm ihn bereitwillig hin.

Harb Tanzer stammte aus der sogenannten Diaspora. Anders ausgedrückt: Er kam von einem Planeten, auf dem sich im frühen zweiundzwanzigsten Jahrhundert ein Teil der ersten großen Kolonistenwelle niedergelassen hatte. Es handelte sich um besonders zähe Menschen, und sie vererbten diese physisch-psychische Fähigkeit an ihre Nachkommen. Es kam zu geringfügigen Mutationen, da einige der ersten Generationsschiffe nicht ausreichend gegen Strahlung abgeschirmt waren. Die meisten Kinder der Diaspora verloren früh ihr Haar, und wer es behielt, entwikkelte bemerkenswert hellglänzende, silberne Strähnen. Das galt auch für Harb Tanzer: Neuen Besatzungsmitgliedern fiel zuerst seine silberne Mähne auf; dann bemerkten sie die stämmige, untersetzte Statur — ein Zeichen hohen Alters. Tanzer meinte häufig, er ginge allmählich auf die Hundert zu. Im Laufe der Zeit wirkte sein breites, freundliches Gesicht immer vertrauter. Es war erstaunlich glatt (ein weiteres Ergebnis der Mutationen), wies praktisch nur dünne Lachfalten in den Augenwinkeln auf.

Harb stand im größten Freizeitraum der *Enterprise* und

ließ einen zufriedenen Blick über das allgemeine Durcheinander schweifen. Dies war das ›Schlachtfeld‹, der Ort, an dem der Freizeitchef den größten Teil seiner Arbeit erledigte. Es fiel ihm nicht immer leicht, eine für alle Besatzungsmitglieder angenehme Atmosphäre zu schaffen – dazu mußten viele Vorbereitungen getroffen werden. Aber es lohnte die Mühe, immer. Um nur ein Beispiel zu nennen: die Einrichtung. Tanzer mußte dabei viele individuelle Bedürfnisse berücksichtigen, was manchmal zu erheblichen Problemen führte. Ein fünfhundert Kilogramm schwerer, wirbelloser Denebianer nahm für gewöhnlich in einer Vorrichtung Platz, die wie eine Salatschüssel aussah; mit Kontursesseln konnten solche Wesen nichts anfangen. Und dann die Mizarthu an Bord – halb Drache, halb Python und sechs Meter lang. Oder die Irdesh, kristallartige Siliziumwesen, die so empfindlich waren, daß ein Stoß genügte, um sie wie sprödes Glas zersplittern zu lassen. Das Starfleet-Standardmodell ihrer Gravitations-Neutralisatoren genügte unter normalen Umständen, um sie vor Verletzungen zu schützen, aber in einer dichten Menge bestand die Gefahr, daß es früher oder später zu einem fatalen Zwischenfall kam. Für die Mizarthu hatte Harb mehrere Barren aus der Sporthalle des Schiffes gestohlen (beziehungsweise vorübergehend beschlagnahmt): Daran konnten sie sich nach Herzenslust aufrollen und über Philosophie diskutieren, während sie sich mit Ammoniak-und-Wasser einen Schwips holten. Für die Irdesh besorgte Harb genug Trägheitsabsorber aus den Physiklaboratorien, um ihnen allen die Möglichkeit zu geben, wie lebendige Schneeflokken umherzuschweben, ohne achtlose Stöße anderer Partygäste befürchten zu müssen, da die Absorber das entsprechende Bewegungsmoment sofort neutralisierten.

Nach der Lösung aller Komfort-Probleme blieb die Frage der Speisen und Getränke.

Abgesehen von Harb Tanzer machte sich bestimmt niemand Gedanken darüber: Dutzende von Besatzungsmitgliedern standen vor den mit kulinarischen Spezialitäten beladenen Tischen und gaben sich diversen Gaumenfreuden hin. Der Freizeitchef hatte sich für ein Büfett entschieden, um zu vermeiden, daß sich lange Schlangen vor den Terminals bildeten; wenn jemand einen Teller mit persönlichen Hors d'œuvre bestellte, dauerte es nur wenige Sekunden, bis der Computer die gewünschten Speisen synthetisierte und ins Ausgabefach beamte, aber diese Zeit summierte sich. Außerdem: Wenn viele Anfragen schnell hintereinander eintrafen, brachte das Elektronengehirn manchmal gewisse Dinge durcheinander — Harb wagte es nicht, sich einen Transporterunfall vorzustellen, der sowohl Speisen als auch Personen betraf. Aus diesem Grund bot er das Essen auf die traditionelle Weise an, hielt den Aufschnitt und die auf Stärke basierenden Snacks mit niederenergetischen Stasisfeldern frisch. Die Getränke erforderten zum Glück keine besonderen Vorbereitungen. Die entsprechende Synthetisierungseinheit verfügte nur über einen lokalen Transporter, dessen Datenspeicher Informationen über Gläser, Kirschen, Papierschirme und dergleichen enthielt. Es handelte sich um einen sehr zuverlässigen Apparat: Zur letzten Fehlfunktion war es gekommen, als jemand Buttermilch bestellte. Harb lächelte schief und hoffte, daß sich so etwas an diesem Abend nicht wiederholte.

Im Freizeitraum Eins ging es so ausgelassen zu wie sonst. Es gab nur einen wichtigen Unterschied: Es waren viel mehr Leute zugegen. Wenn die Plauderparty stattfand, wurde die normale Diensteinteilung in drei Schichten außer Kraft gesetzt, so daß möglichst viele Mitglieder der Crew an der Feier teilnehmen konnten. Man löste die wenigen Männer, Frauen und Neutren ab, die dennoch an ihren Posten bleiben mußten, gab ihnen zumindest für kurze Zeit Gelegenheit, ebenfalls die Party zu besuchen. Häufig gerieten die einzelnen Dienstpläne so durcheinander, daß sich die mit genügend Eigenpersönlichkeit ausgestatteten Personalcomputer darüber beschwerten. Derzeit herrschte in Raum Eins dichtes Gedränge. Viele Personen standen vor und neben den einzelnen Spieltischen, deuteten auf die holographischen Darstellungen, lachten und boten mehr oder weniger hilfreichen Rat an. Überall ertönten laute Stimmen, die in allen Sprachen der Föderation lachten, riefen, schrien oder sangen. Die automatischen Übersetzungsmodule sorgten dafür, daß es keine Verständigungsprobleme gab. Mehr als dreihundert Kehlen (beziehungsweise ihre organischen Äquivalente) schufen eine Kakophonie, die Harb Tanzer um nichts in der Welt gegen Ruhe und Frieden eingetauscht hätte.

Die Gesangsgruppe war größer als alle anderen: Vierzig oder fünfzig Personen standen in einer der offenen Gesprächsnischen und ließen seltsame, aber recht angenehm klingende Melodien erklingen. Einige von ihnen hatten Instrumente mitgebracht: akustische und elektrische Gitarren, Velodikas, sogar eine Quetschkommode; Uhura spielte wie üblich auf Spocks vulkanischer Harfe. In einer Ecke der Nische standen die Musikanten der *Jetzt-geht's-ab*-Band, die zwei- oder dreimal pro Woche auftrat, bei privaten Partys oder anderen Anlässen. Sie bestand aus drei Banjo-Spielern — einer von ihnen, ein Alarshin, erweckte große Aufmerksamkeit, weil er gleich mit drei Händen an den Saiten zupfte — einem Kompakt-Piano, einem Tenor, einem Sopransaxophon, und einem synthetischen Schlagzeuger (der Musiker, nicht das Instrument: Dethwe war ein Klon).

Harb beobachtete die Gestalten mit vager Sorge. Sie schienen recht munter zu sein — aber vielleicht ein wenig *zu* munter für Leute, die gerade ihren Landurlaub hinter sich hatten. Er glaubte, bei ihrem Spiel so etwas wie Nervosität zu beobachten. Tanzer kannte diese Art von Unruhe. Normalerweise zeigte sie sich dann, wenn die Crew wußte, daß eine kritische Mission bevorstand, daß die *Enterprise* vielleicht in eine gefährliche Situation geriet. Er konnte kaum etwas gegen eine derartige Stimmung unternehmen, beschloß jedoch, die weitere Entwicklung im Auge zu behalten und gegebenenfalls beruhigend einzugreifen.

Der Freizeitchef schritt zu der Gruppe, lauschte dabei einzelnen Gesprächsfetzen, begrüßte verschiedene Besatzungsmitglieder und vergewisserte sich, daß auch weiterhin genügend Speisen und Getränke zur Verfügung standen. Schließlich vernahm er ein leises ›Harb‹ im Ohr.

Es war eine vibrierende, temperamentvolle Stimme, und sie gehörte dem für Spiele und Holographie zuständigen Computer. Seine Komplexität versetzte ihn in die Lage, eine eigene Persönlichkeit zu entwickeln, und Harb hatte so schnell wie möglich ein Pseudo-Ich installieren lassen — was er inzwischen bedauerte. Der Computer war ziemlich launisch, und manchmal lehnte er es ab, sich Harb unterzuordnen. Durch dieses *Manchmal* wurde Tanzers Arbeit interessanter. »Was ist los, Moira?«

»Wir haben keine Zwiebelsoße mehr.«

Harb rollte mit den Augen, als ihm die Stimme — nur er konnte sie hören — durch den Saal folgte. »Dann besorg uns Nachschub.«

»Geht nicht. Wie mir das Lager gerade mitteilte, gibt es keine Sauerrahm-Kulturen mehr. Offenbar hat jemand versäumt, neue Bestellungen aufzugeben.«

Harb murmelte etwas auf jiddisch.

»Das richte ich Seppu aus«, sagte Moira. »Es dürfte interessant sein zu beobachten, wie er den Kopf in die hydroponischen Anlagen steckt und mit den Beinen zappelt.«

»Wehe dir!« brummte Harb. »Nun, ich schlage vor, du benutzt einfach das, was wir für Joghurt verwenden — das Rezept kennst du ja. Und beeil dich.«

»Unmöglich«, erwiderte Moira . »Für Joghurt setzen wir *Lactobacillus acidophilus* ein, und Sauerrahm verlangt *Lactobacillus bulgaricus.*«

Harb blieb stehen und dachte nach. Hinter ihm unterhielten sich mehrere Personen, und eine von ihnen sagte in einem bewundernden Tonfall: »Deine neue Hautfarbe gefällt mir sehr. Woher hast du sie?« Harb schmunzelte. Dann kam ihm plötzlich eine Idee, und er überhörte die Antwort.

»Wo ist Harry?«

»Dein Verwaltungsunteroffizier sieht Mr. Sulu zu, der einen neuen klingonischen Kreuzer konstruiert«, entgegnete Moira zuckersüß.

»Warum auch nicht? Er hat ebenfalls das Recht, sich zu amüsieren. Ich bitte dich um folgendes, Moira: Flüster ihm zu, er soll sich eine der leeren Schüsseln schnappen und die biologische Abteilung aufsuchen. Meine besten Grüße an Mr. Cilisci – wenn er mir ein halbes Pfund des Organismus in der Schüssel klont und es in dreißig Minuten oder weniger hierherbringt, sorge ich dafür, daß Commander Wen einen Kubikmeter hydroponischen Treibhaus-Platz für sein Basilikum reserviert.«

Moira kicherte. »Ich kümmere mich sofort darum, Boß.«

Harb nickte zufrieden und setzte den Weg durch die große Kammer fort. Nach einigen Schritten vernahm er eine neuerliche Stimme: »Wir haben keine Soße mehr.«

»Wenn Sie noch eine halbe Stunde durchhalten können, besteht keine Gefahr, daß Sie verhungern«, antwortete er, drehte sich um – und lachte laut. »Captain...«

Kirk schnitt eine Grimasse. »Dreißig Minuten? Ich werd's versuchen.« Dann grinste er. »Eine gute Party, Mr. Tanzer.«

Harb schmunzelte ebenfalls, als sie gemeinsam durch den Saal schlenderten. »Es ist ihr Verdienst.« Er deutete auf die Besatzungsmitglieder. »Ich räume nachher nur auf.«

Kirk lächelte wissend. Die Freizeitabteilung an Bord eines Raumschiffes hatte große Bedeutung, auch für den Captain: Ein Kommandant, der sich nicht entspannen und einfach nur ›Mensch sein‹ konnte, vergaß irgendwann die Bedürfnisse seiner Crew. Aber diese Sektion diente nicht nur dazu, eine gute Atmosphäre an Bord zu schaffen. Wenn sich gefährliche Situationen anbahnten, konnte der Freizeitchef Auskunft über Bereitschaft und Moral der Besatzung geben. Woraus folgte: Wenn Harb davon sprach, nur Reinigungspflichten wahrzunehmen, so waren derartige Bemerkungen zweifellos scherzhaft gemeint.

»Ich möchte etwas mit Ihnen besprechen, Mr. Tanzer«, sagte Kirk.

Das ›Mr.‹ wies Harb auf etwas Offizielles hin. »Gewiß, Sir. Suchen wir uns eine ruhige Ecke.«

»*Hier?*« fragte Jim und ließ einen amüsierten Blick über die Menge schweifen. Die Musiker gingen noch immer *zu* begeistert mit ihren Instrumenten um.

»Sie sind ein bißchen laut, nicht wahr?« meinte Kirk, als sie sich einen Weg durchs Gedränge bahnten.

Harb nickte. »Ich halte es für besser, wenn sie jetzt alles aus sich herauslassen«, erwiderte er und führte Kirk zu einer großen, leeren Wand auf der einen Seite des Freizeitraums. Dahinter erstreckte sich der holographische Bereich, an den sich Harbs Büro anschloß.

»Nein«, sagte Jim. »Ein Gespräch unter vier Augen ist nicht nötig. Es genügt, ein wenig Abstand zu dem allgemeinen Rummel zu gewinnen. Haben Sie sich in letzter Zeit mit dem ESB beschäftigt?«

Sie blieben neben der Tür zum Holo-Zentrum stehen, und Harb lehnte sich an die Wand, verschränkte die Arme. »Ja.«

»Ist Ihnen in Hinsicht auf die Diskussionen in der ›Gemeinschaftsecke‹ etwas Ungewöhnliches aufgefallen?«

Harb neigte den Kopf zur Seite und überlegte. »Ich habe die üblichen semantischen Analysen vorgenommen. Der Computer hat keine besonders hohe Anzahl von Schlüsselworten festgestellt.«

»Das meine ich nicht. Dem Computer fehlen Instinkte.«

»Meine Instinkte täuschen mich gelegentlich.«

»Das ist immer noch besser, als ganz und gar auf Ahnungen zu verzichten.«

Harb musterte den Captain. »Sie machen sich Sorgen wegen einiger antivulkanischer Bemerkungen.«

Kirk nickte.

Harb schüttelte den Kopf. »Es hat sie schon immer gegeben«, sagte er ruhig. »Unter den gegenwärtigen Umständen kommen solche Empfindungen nur stärker zum Ausdruck.«

Jim verzog andeutungsweise das Gesicht. »Ich finde es überraschend, daß es heutzutage noch immer Borniertheit gibt...«

»Ich würde es nicht unbedingt Borniertheit nennen«, wandte Harb ein. »Wahrscheinlich steckt nur Neid dahinter. Betrachten Sie die Vulkanier aus der Perspektive einer Person, die nicht genau weiß, welchen Platz sie im Universum einnimmt, die festzustellen versucht, ob von den Vulkaniern eine Bedrohung ausgeht. Dann fallen einem gleich mehrere Gründe dafür ein, die Bewohner des Planeten Vulkan nicht zu mögen. Sie sind friedlich und außerordentlich stark, sowohl physisch als auch psychisch. Sie sind geheimnisvoll. Sie besitzen eine Macht, die ›normale‹ Leute nicht verstehen. Sie haben einen hohen politischen Status, der erheblichen Einfluß mit sich bringt. Gleichzeitig bleiben sie unter sich. Sie legen so großen Wert auf ihre Privatsphäre, daß man sie für egozentrisch und arrogant halten könnte. Ich halte es für natürlich, daß Menschen ihnen ab und zu mit Antipathie begegnen.«

Kirk nickte erneut.

»Ich bin nicht sehr besorgt«, fuhr Harb fort. »Manchmal wird das ESB als emotionales Ventil benutzt, um sich von belastenden Gefühlen zu befreien. Die Leute schreiben eine Nachricht, und anschließend beschäftigen sie sich wieder mit wichtigeren Dingen. Stellen Sie sich eine Art Selbsttherapie vor.«

»Manchmal«, wiederholte Jim. »Aber nicht immer.«

Diesmal nickte Harb. »Ich werde darauf achten. Aber bestimmt handelt es sich nicht um ein ernstes Problem. Immerhin steht uns keine Gefechtssituation bevor; die Einstellungen einzelner Personen führen bei der bevorstehenden Mission wohl kaum zu irgendwelchen Einschränkungen unseres Leistungspotentials. Andererseits: Die *Enter-*

prise ist ein Mikrokosmos und spiegelt die Tendenzen in der Föderation wider...«

Sirenen heulten. Die Feiernden sahen plötzlich auf und stellten ihre Gläser ab. Der Gesang verstummte, als hätte jemand einen Aus-Schalter gedrückt. Einige Sekunden lang herrschte eine sonderbar anmutende Stille, und dann erklang Chekovs Stimme aus den Lautsprechern der internen Kommunikation:

»Nur für das Personal der technischen Abteilung und Navigation: Alarmstufe Gelb. Rendezvous mit der USS *Coromandel* in dreißig Sekunden. Wir beenden jetzt den Warptransfer.«

Diese Ankündigung führte zu erfreuter Aufregung, und viele Leute eilten zu den Beobachtungsfenstern im oberen Bereich des Freizeitraums. Während des Überlichtfluges schenkte ihnen kaum jemand Beachtung. Die Lichtgeschwindigkeit in jenem Hyper-Kontinuum ging weit über die im Einstein-Universum hinaus: Selbst die langsamsten Partikel waren wesentlich schneller als Tachyonen. Die meisten intelligenten Wesen fanden den Anblick des *anderen* Kosmos als beunruhigend. Während des Warptransfers blieben die großen Fenster entweder geschlossen, oder der Computer ›filterte‹ die visuellen Daten. Doch mit den Sternen im normalen Raum sah es ganz anders aus – die Besatzungsmitglieder der meisten Raumschiffe waren geradezu süchtig nach ihrem Licht.

»Nach oben?« fragte Harb.

»Warum nicht?« erwiderte Kirk. Die beiden Männer gingen über den Laufsteg und gesellten sich den anderen hinzu, die am Geländer lehnten und aus den breiten Glasstahl-Fenstern blickten. Sie sahen etwas, das man nicht oft beobachten konnte: ein anderes Raumschiff, das den Warptransfer unterbrach. Eine silberne Speerspitze sauste aus der Dunkelheit heran, begleitet von hellem Schillern in allen Regenbogenfarben. Cherenkow-Strahlung wurde frei, als die *Coromandel* ins gewöhnliche Raum-Zeit-Kontinuum zurückkehrte; sie stammte von superrelativistischen Partikeln, die sie aus dem Hyperraum mitnahm. Der Kreuzer jagte durchs All, wurde dabei rasch langsamer und paßte sich dem Kurs der *Enterprise* an. Es dauerte nur wenige Sekunden, bis das Schimmern verblaßte und wieder der ewigen Nacht wich.

»Ich habe immer das Gefühl, daß irgendein lautes Geräusch ertönen müßte, wenn so etwas geschieht«, wandte sich Kirk an Harb. »Ein kosmischer Knall oder etwas in der Art.«

»Eine romantische Vorstellung«, kommentierte der Freizeitchef. »Was ist der Grund für dieses Rendezvous, Sir? Nehmen wir Passagiere auf?«

Jim nickte. »Ja. Einige Personen, die nach Vulkan unterwegs sind und von entfernten Außenbasen kommen. Starfleet hat sie an Bord der *Coromandel* zu uns geschickt. Später erwarten wir die *Swiftsure* aus dem gleichen Grund, und anschließend geht's auf direktem Wege nach Vulkan.«

Sie sahen aus den Fenstern und beobachteten, wie das kleinere Raumschiff noch etwas näher heranglitt. Eigentlich war das gar nicht nötig: Die Reichweite der Transporter betrug mehr als zwanzigtausend Kilometer, aber wahrscheinlich wollte die Besatzung der *Coromandel* einen Blick auf die *Enterprise* werfen. Nach einer Weile summte ein naher Interkom-Anschluß. »Brücke an Captain Kirk.«

Jim betätigte eine Taste. »Hier Kirk, Mr. Chekov.«

»Wir haben alle Passagiere aufgenommen, Sir. Captain Warburg fragt, ob Sie irgendwelche Vashath-Spezialitäten wünschen.«

Kirk lächelte. »Geben Sie ihr folgende Antwort: Wenn sie mir das blaue Zeug schickt, das man in ihrer Heimat als Frühstück anbietet, räche ich mich, indem ich einen Behälter mit Hafergrütze an Bord ihres Schiffes transferiere.«

»Aye, Sir«, erwiderte Chekov und lachte leise. »Brücke Ende.«

»Blaues Zeug?« fragte Harb.

»Verlangen Sie bloß nicht von mir, in die Einzelheiten zu gehen«, sagte Kirk. »Vashath ist ein wundervoller Planet, aber wer beabsichtigt, dort Urlaub zu machen, sollte seinen eigenen Proviant mitbringen.«

Die *Coromandel* beschleunigte mit Impulskraft, schlüpfte dann in einen Kokon aus Feuer, sprang fort und verschwand, als sie wieder auf Überlichtgeschwindigkeit ging. Kirk und Harb Tanzer wandten sich von den Fenstern ab und traten die Treppe hinunter. »Nun«, sagte Jim, »prüfen Sie weiterhin die Einträge im ESB. Vermutlich habe ich bald alle Hände voll zu tun...«

»Aye, aye.« Harb ließ seinen Blick durch den Saal wandern, als sie die letzten Stufen hinter sich brachten. »Oh, da kommt Mr. Spock.«

Kirk runzelte überrascht die Stirn. »Tatsächlich. Es geschieht nur selten, daß er zu einer Plauderparty zurückkehrt, die er zu Anfang bereits besucht hat. Ich hoffe, es gibt keine Probleme auf der Brücke...«

»In dem Fall hätte er Sie per Interkom verständigt. Nun, wir finden es sicher bald heraus.«

Sie erreichten das Bodenniveau und begegneten dort einigen Besatzungsmitgliedern, die gerade aus dem Holo-Zentrum kamen. Die Männer und Frauen wirkten aufgeregt.

»Was für eine Szene haben Sie dort drin geschaffen?« fragte Kirk. »Vermutlich keine Wiese, die zu einem gemütlichen Spaziergang einlädt.«

Harb lächelte dünn. »Nein, nicht ganz. Kommen Sie, ich zeige es Ihnen.«

Sie näherten sich der Wand, und vor ihnen glitt die Tür beiseite. Musik hallte ihnen entgegen, ein harter, donnernder Rhythmus ohne erkennbare Melodie. Jim und Harb betraten die Kammer und warteten darauf, daß sich ihre Augen den veränderten Lichtverhältnissen anpaßten.

Sie standen in der Finsternis, an irgendeinem hohen Ort über einer großen Stadt. Einst mochte sie prächtig gewesen sein, aber jetzt erweckten die gläsernen Gebäude einen düsteren Eindruck: gesplitterte Fenster, fleckiger Stein, eine allgemeine Patina des Zerfalls. Es nieselte aus dem sternenlosen Himmel, und im Dunst glühten Hinweise aus seltsamen Zeichen und sonderbaren Symbolen. Der sanft fallende Regen gab ihnen etwas Unwirkliches. Einige kleine Shuttles oder Ionengleiter flogen durch die feuchte Nacht. Kirk bemerkte Dutzende von Mitgliedern seiner Crew, die mitten in der Luft auf Plattformen aus schimmernder Energie tanzten. Einige von ihnen bewegten sich langsam, Wange an Wange, was in einem auffallenden Kontrast zu der pochenden, rasenden Musik stand; andere drehten sich und sprangen, zeigten Tänze, die auf ihren jeweiligen Heimatwelten üblich waren und keine einheitliche Struktur zu haben schienen.

»Was ist das?« erkundigte sich Jim.

Harb zuckte mit den Schultern. »Eine Synthese. Es könnte die Erde sein, Andor oder die cetianische Gruppe — oder hundert andere Orte, auf denen Humanoiden leben.«

Kirk schüttelte den Kopf. »Sieht alt aus. Die Gegenwart ist mir lieber...«

»Mhm«, machte Harb skeptisch. »Ich nehme an, aus diesem Grund wählen Sie ständig das Marine-Szenario aus dem achtzehnten Jahrhundert. Dadurch wird hier immer alles naß...«

Jim schmunzelte und ging nicht darauf ein. »Seltsam«, murmelte er nach einer Weile. »Die Musik klingt ziemlich dissonant. Es sind zwölf verschiedene Töne, nicht wahr?«

»Ich glaube schon.«

»Nun, warum haben Sie ausgerechnet ein Glockenspiel hinzugefügt?«

Woraufhin das ›Glockenspiel‹ lauter wurde und direkt hinter ihnen erklang. »Hallo«, sagte es. »Sie sehen gut aus, Jim. Haben Sie abgenommen?«

Jim und Harb drehten sich um und blickten überrascht nach unten. Hinter ihnen stand eine zwölfbeinige und etwa hundert Zentimeter große Glasspinne mit kristallenen Dornen auf dem kuppelförmigen Leib. Zwölf glühende blaue Augen musterten die beiden Männer amüsiert.

»K't'lk!«

»Ich habe eine Silbe hinzugefügt«, sagte die Spinne und hob eine gläserne Klaue, als sich Jim niederhockte und die Hand ausstreckte.

»Ich bin jetzt K's't'lk.« Wieder ertönte das Glockenspiel; es klang wie ein leises Lachen. »Ich habe ein Recht auf die zusätzliche Silbe — immerhin bin ich tot gewesen. Freut mich, Sie wiederzusehen, Jim.«

Der Ausdruck ›tot‹ wurde den besonderen Umständen nicht ganz gerecht.

K's't'lks Spezies, die Hamalki von Alpha Aretis IV, starben nicht so wie andere Lebewesen. K's't'lk — beziehungsweise die frühere K't'lk — war ›kreative Physikerin‹, hatte das Warptriebwerk der *Enterprise* modifiziert und sie dadurch zu einem Ort gebracht, der jenseits von Raum und Zeit lag. K't'lk fand aufgrund dieses Zwischenfalls den Tod, aber sie ließ ein Ei in Kirks Kabine zurück, einen Kokon aus gesponnenem Glas. Er öffnete sich, als sie starb, und das neue Leben trug alle ihre Erinnerungen. Als die *Enterprise* in den normalen Raum zurückkehrte, begann K't'lks Tochter-Selbst damit, sich wieder mit Physik zu beschäftigen.

»Lieber Himmel, was führt Sie hierher?« entfuhr es Jim verblüfft. »Bitte verstehen Sie mich nicht falsch: Wir freuen uns natürlich, daß Sie hier sind. Scotty wird bestimmt entzückt sein.« Das kam einer Untertreibung gleich. Zuerst hatte der Chefingenieur in der Glasspinne einen Störfaktor gesehen, doch dann fand er sie immer sympathischer: Für dieses muntere Geschöpf war es völlig normal, die Gesetze der Physik zu ändern, wenn sie nicht den gewünschten Zweck erfüllten. Bestimmt gab es Personen an Bord der *Enterprise*, die nicht lange darüber rätselten, warum K't'lk ausgerechnet ein ›s‹ als zusätzliche Silbe gewählt hatte.

K's't'lk schüttelte sich und verursachte damit ein dissonantes Läuten, das mehr zum Dröhnen der Hintergrundmusik paßte. »Die vulkanische Sache – was sonst? Den größten Teil meiner Grundlagenforschungen habe ich mit den Spezialisten an der vulkanischen Akademie der Wissenschaften betrieben. Als sich der gegenwärtige Schlamassel ankündigte, ernannte mich Starfleet wieder zum Offizier und gab mir den Auftrag, ebenfalls auszusagen.«

»Wie lange bleiben Sie bei uns?«

»Bis Vulkan, länger nicht. Ich habe einen Abend, um mit Mr. Spock über die Dynamik des galaktischen Zentrums zu sprechen – und dann wird's ernst. Ich fürchte, uns stehen erhebliche Schwierigkeiten bevor. Es ist leichter, dem ganzen Universum eine neue Form zu geben, als einen sturen Vulkanier zu beeinflussen.« K's't'lk sah Kirk an und zwinkerte humorvoll. »Wie dem auch sei: Was halten Sie davon, wenn ich die gute Gelegenheit nutze und mir Ihr Warptriebwerk ansehe? Die Ergebnisse meiner letzten Forschungen deuten darauf hin, daß einige geringfügige Rejustierungen genügen, um...«

»*Nein!*« platzte es aus Jim heraus. Dann lachte er laut. »Wagen Sie es bloß nicht! Wenn Sie den Antrieb auch nur *berühren*, sorge ich dafür, daß Sie in der Arrestzelle untergebracht werden, bei Wasser und...« Er zögerte. »Da fällt mir ein: Ich weiß gar nicht, was Sie essen. Abgesehen von Graphit.«

K's't'lks Augen glitzerten, und sie stimmte ein klimperndes, läutendes Lachen an. »Ebensogut könnten Sie Sc'tty mit einer Kiste Scotch einsperren, Captain. Aber ich habe Ihren Befehl gehört und verstanden – schade«, fügte sie hinzu.

»Wir müssen ein *bestimmtes* Ziel erreichen«, erklärte Harb. »Für Ausflüge in andere Universen bleibt uns leider keine Zeit.«

Die Glasspinne klirrte fröhlich. »Nun gut. Übrigens: Wo *ist* der Graphit?«

»Drüben beim Salat«, antwortete der Freizeitchef, deutete durch die offene Tür des Holo-Decks und zeigte auf einen der Büfettische.

»Bis später, meine Herren«, sagte K's't'lk, stakte davon und erwiderte die Grüße diverser Besatzungsmitglieder. Harb grinste und führte Kirk in den Saal zurück. Hinter ihnen schloß sich die Tür.

Nach dem dröhnenden Pochen erschien ihnen nun plötzlich alles still.

Jim und Tanzer folgten der Glasspinne, und Harb schüttelte den Kopf. »Welche Passagiere haben wir sonst noch aufgenommen?« fragte er.

»Die Liste ist im Computer gespeichert«, erwiderte Kirk und verharrte an einem der Getränke-Synthetisierer. »Angosturabitter und Soda«, sagte er und beobachtete, wie die Maschine zuerst die Flüssigkeit ins Ausgabefach beamte und dann das Glas, im letzten Augenblick. Hinzu kam ein kleiner Löffel, der in einem winzigen Modell der *Enterprise* endete. »Ist das zu fassen?« murmelte er und legte den Löffel beiseite. Dann bemerkte er etwas auf einem nahen Tisch. »Bei allen Raumgeistern: Was hat es denn *damit* auf sich?«

Jim meinte eine Schüssel, die dunkle Bohnensuppe zu enthalten schien – doch für gewöhnlich wirkte dunkle Bohnensuppe nicht wie zähflüssiges Pech.

Ein Fransenrand Narahts schob sich auf der anderen Seite des Tisches nach oben und hielt ein Objekt, das offenbar aus angesengtem Metall oder verschmortem Kunststoff bestand. Naraht tauchte das Etwas in die Schüssel, und kurz darauf sank der Fransenrand zurück, begleitet von einem Geräusch, das nach leisem Zischen und Schmatzen klang.

»Bei Siliziumwesen gilt so etwas als leckere Soße«, sagte Harb.

»Rohöl und Eisenspäne, gewürzt mit Natriumoxid und einigen Edelmetallen. Nun«, fügte er hinzu, »viele Silizies essen so etwas, doch die Andalusianer an Bord verschmähen solche Delikatessen. Aus religiösen Gründen.«

Kirk schüttelte erneut den Kopf. »Das Appetithäppchen sah aus wie ein Speichermodul.«

»Dieser Eindruck täuschte nicht. Wir haben sie früher desintegriert, wenn sie die Zuverlässigkeitsgrenze erreichten — bis wir entdeckten, daß Naraht sie als Snacks mag.«

Sie gingen weiter und erreichten einen der ›Spieltische‹ in der Mitte des Saals. Es handelte sich um eine schlichte, etwa vier Quadratmeter große programmierbare Plattform, die holographische Bilder projizierte und mit dem Zentralcomputer der Freizeitsektion verbunden war. Das Repertoire reichte von 3D- und 4D-Schach über Rollenspiele bis hin zu reiner Action, bei der die Spieler Kontrollen betätigen, anstatt einfach nur mit dem Computer zu sprechen. Derzeit befand sich das Gerät im zuletzt genannten Modus, und Sulus Hände ruhten auf den Sensorflächen, die sich rechts und links von ihm wölbten. Das Projektionsfeld zeigte einen klingonischen D7D-Schlachtkreuzer, der sich einer Sonne näherte. Sulu versuchte ein Katapult-Manöver mit hoher Warpgeschwindigkeit, das erhebliche Risiken mit sich brachte: Wenn ein Raumschiff während des Warptransfers dicht an einem Stern vorbeiflog, so bestand die Gefahr, daß die betreffende Sonne zur Nova wurde. Die Zuschauer am Rand der Plattform lobten Sulus Mut und kündigten mit fröhlichen Stimmen eine Katastrophe an; hier und dort wechselten Kreditchips den Besitzer.

Harp und Kirk sahen lange genug zu, um festzustellen, daß Sulu als Favorit galt. »Wie wär's mit einer kleinen Wette?« flüsterte Harb.

Kirk lächelte. »Wer auf Sulu setzt, wird gewinnen — ich kenne seine Qualitäten. Kommen Sie. Ich möchte mit jemandem sprechen.«

»Ach? Mit wem, wenn ich fragen darf?«

Jim zuckte mit den Achseln.

»Nur eine Vermutung, mehr nicht. Aber Spock *ist* hier, und wir haben gerade Passagiere von der *Coromandel* aufgenommen.«

Sie schritten zur Haupttür, wo sich der Vulkanier ernst mit einigen Fachleuten aus der wissenschaftlichen Abteilung unterhielt. »Haben Sie K's't'lk gesehen, Mr. Spock?« fragte Kirk.

»Ja«, bestätigte der Erste Offizier. »Das Gespräch mit ihr war außerordentlich interessant. Es ging dabei um ihren jüngsten Artikel, in dem sie über die Anwendungen der String-Theorie auf Materie-Antimaterie-Reaktionen schrieb. Ich bin sicher, daraus ergeben sich bedeutsame Innovationen für die Warptechnik.«

»O nein«, ächzte Jim.

»Vorausgesetzt natürlich, K's't'lk kann die Wissenschaftler der Föderation davon überzeugen, daß ihre Mischungsformeln nicht absurd sind.« Spock seufzte leise.

»Was halten Sie davon?« erkundigte sich Harb.

»Ich verstehe sie nicht«, gestand Spock ein. »In bezug auf normale Parameter scheinen sie überhaupt keinen Sinn zu ergeben. Aber in K's't'lks Physik sind erste Eindrücke oft sehr irreführend. Ich werde mich mit einer Bewertung zurückhalten, bis die ersten praktischen Versuche stattgefunden haben. In der Zwischenzeit ...«

»Ja«, sagte Kirk, als das Schott des Freizeitraums beiseite glitt.

Dunkelheit trat ein: Sarek in seiner üblichen diplomatischen Uniform. Er kam nicht allein. Neben ihm trat eine Frau durch die Tür und berührte die beiden gestreckten Finger des Botschafters. Sareks Gemahlin und Spocks Mutter: Amanda.

Jim hatte sie vor vielen Jahren als sehr attraktive Frau kennengelernt, doch jetzt erschien sie ihm geradezu hinreißend. Sie war schlanker als damals, erweckte dadurch den Eindruck, alles Unwesentliche abgestreift zu haben und sich auf reine Essenz zu beschränken. Das Haar glänzte als makellose silberne Wolke, die ihr Haupt umhüllte. Sie trug einen langen Umhang, weite Kniehosen und weiche Stiefel — typisch vulkanische Reisekleidung, von Logik geprägt. Aber in ihrem Fall bestand sie aus terranischer Seide, und dadurch kam ein ausgeprägter exotischer Effekt hinzu.

Jim griff nach Amandas linker Hand und verbeugte sich. »Es ist lange her«, sagte er.

»Ich bin froh, wieder zurück zu sein«, erwiderte die Frau. »Und mitten in einer Party.« Trocken fügte sie hinzu: »Ein wenig Ablenkung ist ganz angenehm, bevor die Flut über uns hereinbricht.«

Sarek musterte Kirk nachdenklich. »Meine Frau spricht im übertragenen Sinn«, sagte er. »In der Tradition ihres Volkes. Auf Vulkan gibt es keine Fluten.«

»Mein Mann spricht bedächtig und wohlüberlegt«, kommentierte Amanda. »In der Tradition *seines* Volkes.«

Sarek neigte kurz den Kopf. »Captain, mein Sohn hat uns unmittelbar nach dem Transfer hierher begrüßt. Ich würde gern gewisse Dinge mit Ihnen erörtern, bevor wir Vulkan erreichen.«

»Wann es Ihnen paßt, Botschafter«, entgegnete Kirk. »Ich stehe Ihnen jederzeit zur Verfügung.«

»Soweit ich weiß, gibt es bei Ihnen folgendes Sprichwort: ›Was du heute kannst besorgen, das verschiebe nicht auf morgen.‹«

»Mein Quartier bietet nicht gerade übermäßig viel Platz«, sagte Kirk. »Die Offiziersmesse?«

»Wie Sie wünschen.«

»Und wenn Sie nichts dagegen haben: Ich möchte, daß auch Dr. McCoy an der Besprechung teilnimmt.«

»Ihr Bordarzt befand sich ebenfalls im Transporterraum, als unser Retransfer erfolgte«, erwiderte Sarek. »›Um das Ergebnis seiner Arbeit zu überprüfen‹, wie er sich ausdrückte. Ich war so frei, ein entsprechendes Anliegen an ihn heranzutragen.«

»Dann sollten wir uns sofort auf den Weg machen.«

»Ich bin davon ausgegangen, daß wir uns erst auf Vulkan begegnen«, sagte Kirk, als sie in der Offiziersmesse saßen.

McCoy stand an der Bar und machte eine Schau daraus, sich einen Mint Julep zuzubereiten, während er gespannt zuhörte.

Sarek erlaubte sich ein dünnes Lächeln. Damit überraschte er den Captain — bis Jim begriff, daß der Botschafter nur ein diplomatisches Werkzeug benutzte. Er setzte es ebenso bewußt ein wie seine Uniform oder die studierte Eleganz, mit der er Englisch sprach. Während seines langen Aufenthalts auf der Erde hatte Sarek irgendwann die Entscheidung getroffen, solche Instrumente zu nutzen, um seine Pflichten effektiver wahrzunehmen — und gleichzeitig Vulkanier zu bleiben.

»Meine Arbeit bestand eigentlich darin, an Bord eines Liners zu gehen«, erwiderte Spocks Vater. »Aber jemand in Starfleet hielt es für angebracht, daß ich vor der Rückkehr nach Vulkan mit bestimmten Personen spreche.« Das Lächeln verflüchtigte sich, doch in den Augen zeigte sich ein amüsierter Glanz. »Ich vermute, daß einige hochrangige Repräsentanten der Föderation vermeiden wollten, den Anschein geheimer Absprachen zwischen uns zu erwecken.«

»Aber Sie sind hier«, warf McCoy ein und nahm neben Spock Platz. »Einige Leute werden zweifellos bemerken, daß wir zusammen kommen und daraufhin eine Art Verschwörung wittern.«

»Das stimmt«, räumte Sarek ein. »Aber wenigstens können wir uns hier ungestört unterhalten, ohne daß uns jemand beobachtet. Und genau das ist wünschenswert. Wir erweisen der Föderation zumindest einen kleinen Dienst, wenn man sieht, daß Sie auf Vulkan eintreffen und bereits die Erfordernisse der Debatte kennen. Das wird jene Vulkanier beeindrucken, die Terraner für fähig halten, sich wie zivilisierte Personen zu benehmen, ohne ständig Hilfe zu benötigen.«

»Trotzdem: Wir *brauchen* Unterstützung«, sagte Kirk. »Spock hat uns einen allgemeinen Überblick in Hinsicht auf die bevorstehende globale Diskussion gegeben. Bei den

Diskussionsrunden in der Starfleet-Akademie bin ich immer gut zurechtgekommen, doch es ist eine Sache, mit Menschen zu reden. Bei Debatten mit Vulkaniern habe ich aber des öfteren den kürzeren gezogen.« Er zwinkerte Spock zu.

»Sie meinen: mit einem halben Vulkanier«, erwiderte Sarek, und es klang vollkommen sachlich. »Verzeihen Sie, Captain, aber es ist wichtig, daß Sie den Unterschied verstehen. Mein Sohn...« Er unterbrach sich und wirkte ein wenig verlegen, obgleich er ein reinblütiger Vulkanier war. Kirk vermutete, daß der Botschafter genau darauf hinweisen wollte. »Mein Sohn ist ein ausgezeichneter Offizier und setzt seine Logik sowohl innovativ als auch flexibel ein. Aber er stammt von zwei Welten, aus zwei verschiedenen Ambienten. Er versteht natürlich, was es bedeutet, nur Mensch oder Vulkanier zu sein, aber in dieser Hinsicht hat er keine direkte Erfahrung. Das ›reine‹ Vulkanische ist weitaus starrer, als Sie vielleicht aufgrund von Spocks Beispiel annehmen. Es zeigt kaum Bereitschaft, etwas aufzugeben, das es für seine Privilegien und Rechte hält; für gewöhnlich hält es an seinen Einstellungen fest. Ich fürchte, auf Vulkan gibt es ein ›kulturelles Bild‹ von den Menschen und der Föderation, das praktisch keine Änderungen zuläßt. Viele Vulkanier haben nie die Gelegenheit wahrgenommen, ihre Heimat zu verlassen, verschiedene Völker der Föderation zu besuchen und dort Informationen und Erfahrungen zu sammeln, die sie veranlassen, ihre vorgefaßten Meinungen zu überdenken.«

»Es ist ziemlich überraschend, Captain...«, begann Amanda.

»Bitte nennen Sie mich Jim.«

Amanda lächelte.

»Einverstanden, Jim. Nun, es ist wirklich überraschend. Weil Vulkanier erheblichen Einfluß in der Föderation haben, glaubt man auf der Erde, daß sie oft durchs All reisen. Aber wenn man sie mit anderen planetaren Bevölkerungen vergleicht: Nur wenige von ihnen verlassen ihre

Heimat, um Urlaub zu machen oder auf anderen Planeten geschäftliche Dinge zu erledigen. Es sind kaum fünf Prozent. Dreißig oder vierzig Prozent der Bürger anderer Welten unternehmen wenigstens ein- oder zweimal in ihrem Leben interstellare Reisen.«

Kirk nickte. »Davon habe ich schon gehört«, sagte er. »Und es klang seltsam. Ich wußte nicht genau, ob man diesen Zahlen trauen kann.«

»Es sind präzise Angaben«, bestätigte Sarek. »Nun, Captain, Sie haben mehrfach Ihre Aufgeschlossenheit unter Beweis gestellt, aber trotzdem fällt es Ihnen schwer, sich mit einer solchen Tatsache abzufinden. Vulkanier sind kaum bereit, ihre Meinungen über Menschen zu ändern – und diese Neigung wird durch den Umstand verstärkt, daß nur wenige Bürger meiner Heimat direkte Kontakte zu Terranern unterhielten. Wir stehen in dem Ruf, sehr intelligent und rational zu sein, aber ich fürchte, eine unserer größten Schwächen besteht in geistiger Starre.«

»Sie meinen Sturheit«, kommentierte McCoy und nippte an seinem Drink.

»Dieser Ausdruck hat einen hohen emotionalen Gehalt«, sagte Sarek. »Aber er spiegelt prinzipiell die Wirklichkeit wider. Doktor, es mag einem Schock für Sie gleichkommen, aber nicht alle Vulkanier sind frei von Gefühlen.«

McCoy schwieg und ahmte das vulkanische Gebaren nach, indem er eine Braue wölbte.

»Eigentlich handelt es sich dabei um ein linguistisches Problem«, meinte Amanda. »Es existieren einige vulkanische Konzepte, die von den automatischen Translatoren schon seit vielen Jahren nicht ganz korrekt übersetzt werden. Zum Beispiel die Bezeichnung *Arie'mnu.*« Sie errötete aus irgendeinem Grund und fuhr fort: »Wir kennen sie als ›Mangel an Gefühl‹ oder ›Unterdrückung von Emotion‹, was schon ein wenig besser ist, wenn auch nicht viel. Eigentlich müßte es heißen: ›Beherrschung der Leidenschaft‹. *Arie'mnu* zeigt, daß Vulkanier tatsächlich Gefühle haben, ihnen jedoch nicht nachgeben.«

»Fehlerhafte Übersetzungen müßten sich doch problemlos korrigieren lassen«, sagte McCoy. »Ein Föderationskomitee kümmert sich um solche Dinge, oder? Soweit ich weiß, beschließt es Änderungen und bringt die entsprechenden Computerprogramme auf den neuesten Stand.«

Amanda seufzte.

»Ich bin einmal Mitglied jenes Komitees gewesen, Doktor«, erwiderte sie. »Jetzt wohne ich auf Vulkan, und daher nimmt die Revisionsgruppe an, daß ich keinen objektiven Standpunkt mehr vertrete. Warum sie mich für unvoreingenommen hielt, als ich noch auf der Erde wohnte, ist mir ein Rätsel. Welcher Mensch ist *völlig* ohne Vorurteile? Wie unlogisch!«

Sarek bedachte seine Frau mit einem Blick, in dem Kirk zurückhaltende Zuneigung zu erkennen glaubte. »Das Problem wiederholt sich also und widersteht allen Lösungsversuchen«, stellte der Botschafter fest.

»Unsere Aufgabe besteht darin, es irgendwie aus der Welt zu schaffen.«

Der Captain nickte. »Sir, ich möchte Ihnen nicht zu nahe treten, aber ich muß diese Frage stellen. Spock gab mir zu verstehen, daß T'Pau versucht, Ihnen ihren Willen aufzuzwingen; offenbar möchte sie, daß Sie sich für die Sezession aussprechen. Wollen Sie tatsächlich einen solchen Standpunkt beziehen? Und gehe ich recht in der Annahme, daß Sie trotzdem versuchen werden, für die Föderation einzutreten?«

Sarek schwieg einige Sekunden lang. »T'Pau *versucht* nichts«, antwortete er schließlich. »Sie trifft Entscheidungen und setzt sie durch. Sie hätte mich vermutlich als Botschafter auf der Erde entlassen, wenn ich nicht bereit gewesen wäre, mich ihr zu fügen.«

»Ich verstehe«, sagte Kirk.

»Was mich natürlich in keiner Weise daran hindern würde, nach eigenem Ermessen zu handeln«, fügte Sarek hinzu. »Ich habe das Amt des Botschafters aus ethischen und anderen Gründen wahrgenommen. Es verpflichtet mich dazu, die Ansichten meiner Regierung zu vertreten, aber wenn ich sie nicht teilen kann, oder wenn ich zu dem Schluß komme, daß man übermäßig starken Druck auf mich ausübt... In dem Fall würde ich sofort zurücktreten.«

»Doch diese Möglichkeit haben Sie bisher nicht wahrgenommen.«

»Man sollte sich nie zu voreiligen Reaktionen hinreißen lassen«, entgegnete Sarek.

»Ich hatte noch keine Gelegenheit, mit T'Pau zu sprechen — mir liegt nur eine schriftliche Nachricht von ihr vor, in der sie ihre Wünsche äußert. Ich benötige zusätzliche Daten, um mich zu entscheiden. Nun, Captain, ich möchte folgendes feststellen: Es widerstrebt mir sehr, gegen den Planeten zu sprechen, auf dem ich als Botschafter Vulkans tätig gewesen bin. Die Gründe dafür haben nichts mit den Erfahrungen zu tun, die ich auf Terra sammeln konnte, auch nichts mit meiner Ehe und den Beziehungen zu Spock und Starfleet. Viele Jahre lang habe ich mich bemüht, Ihr Volk und die Unterschiede zwischen unseren Kulturen besser zu verstehen. Jetzt sehe ich mich mit der bedauerlichen Erkenntnis konfrontiert, daß mein Wissen als Werkzeug benutzt werden soll, um neuen Abstand zu schaffen, um mein Volk von der Erde zu isolieren. Das steht in einem krassen Widerspruch zu den Aufgaben, die ich bisher wahrgenommen habe.«

»Trotzdem werden Sie einen derartigen Standpunkt beziehen, wenn Sie das für Ihre Pflicht halten«, sagte McCoy.

»Selbstverständlich, Doktor. Auch in diesem Fall ist das Allgemeinwohl wichtiger als die Bedürfnisse einzelner Personen. Angenommen, die nächsten Tage überzeugen mich davon, daß es für mein Volk besser wäre, die Föderation zu verlassen. Müßte ich mich dann nicht *für* die Sezession einsetzen, um die Interessen Vulkans wahrzunehmen? Nun, es kommt in erster Linie darauf an, den Geboten der Logik zu gehorchen.«

Sarek blinzelte kurz und sprach ein Wort, das die Translatoren nicht übersetzten.

»Nein. *Cthia*. Ich darf nicht mißverstanden werden. Es geht darum, *Cthia* zu achten – sonst sind wir alle verloren.«

Kirk runzelte verwirrt die Stirn. »Ich verstehe nicht ganz. Sie haben sicher einen vulkanischen Ausdruck benutzt, aber seine Bedeutung ist mir unbekannt.«

Amanda musterte ihn traurig. »Genau dadurch wird diese Angelegenheit so schwierig. *Cthia* gehört zur modernen vulkanischen Sprache, und wir übersetzen diesen Begriff mit ›Logik‹, aber eigentlich müßte es ›Realitätswahrheit‹ heißen. Die Wahrheit über das Universum, darüber, wie die Dinge wirklich *sind*, eine Wahrheit, die persönliche Perspektiven ausschließt und sich nur auf das Sein bezieht. Sie betrifft sowohl die physikalischen als auch alle inneren Realitäten und ihren Wandel. Es geht dabei um folgendes: Wenn wir dem Universum nicht die Wahrheit über sich sagen, wenn wir den Kosmos und das Leben darin nicht als das behandeln, was sie sind – real und kostbar –, so wird sich die Wirklichkeit gegen uns wenden und uns Unglück bescheren.«

Amanda seufzte erneut.

»Ich fürchte, das ist eine recht naive Erklärung des Begriffs. Viele Bücher sind geschrieben worden, um *Cthia* zu definieren. Sarek meint: Wenn wir bei dieser Sache nicht den größten Respekt gegenüber der Wahrheit walten lassen, wenn wir nicht das berücksichtigen, was unsere Völker wirklich brauchen, so beschwören wir eine Katastrophe herauf.«

McCoy räusperte sich. »Das Problem besteht allerdings darin, daß unsere Bedürfnisse individuellen Anschauungen unterworfen sind.«

Sarek nickte ernst. »Wenn ich den Planeten meiner Geburt verteidigen muß, indem ich gegen meine Jahre auf der Erde Stellung beziehe, so bin ich dazu bereit. Andererseits: Wenn ich feststelle, daß ich bei meiner Aussage guten Gewissens für die Föderation eintreten kann, so werde ich nicht zögern, diese Möglichkeit zu nutzen. Aber um es noch einmal zu wiederholen: Es kommt in erster Linie darauf an, *Cthia* zu achten, ohne irgendwelche Einschränkungen. Sonst wäre alles sinnlos.«

»Und wenn Sie zu dem Schluß gelangen, daß Sie sich gegen uns wenden müssen...«, sagte Kirk. »Wenn es bedeutet, daß Sie Sohn und Ehefrau nie wiedersehen oder mit ihnen ins Exil gehen...«

Die Züge des Vulkaniers veränderten sich, und für einen Sekundenbruchteil zeigten sie Schmerz. Kirk bedauerte sofort, diesen Gesichtsausdruck gesehen zu haben. McCoy hatte bereits den Kopf zur Seite gedreht. »Dann muß ich mich damit abfinden«, erwiderte Sarek mit ruhiger, kühler Stimme, doch ein mimischer Schatten verriet ihn. »Von den Ereignissen der nächsten Wochen gehen Wirkungswellen aus, Captain. Jedes Handeln verursacht reaktive Wechselwirkungen im Universum, aber sie sind besonders stark, wenn intelligente Wesen das Schicksal ihrer Welten ganz bewußt beeinflussen. Die kurzfristigen Folgen einer Trennung von der Föderation – unser persönlicher Verlust, die eher banalen Angelegenheiten des Exils und so weiter – spielen keine Rolle, wenn man sie mit einer Einschränkung der Mannigfaltigkeit vergleicht, mit dem Wohlergehen und der Identität ganzer Völker. Damit meine ich sowohl Vulkan als auch die Erde. In diesem Fall sind die Bedürfnisse der Mehrheit tatsächlich wichtiger als die der Minderheit, und das gilt auch für mich. Mein Sohn und meine Frau werden eigene und zweifellos wohlüberlegte Entscheidungen treffen.«

Sarek sah Spock und Amanda an, und Kirk spürte den Stolz des Botschafters. »Was mich betrifft: Ich darf nicht auf die möglichen Folgen achten. Ich stand bereits in den Diensten meines Heimatplaneten, als Sie noch nicht geboren waren, Captain. In dieser Hinsicht habe ich einen Schwur geleistet, über den Vulkanier normalerweise nicht mit Außenweltlern sprechen. Ich bin fest entschlossen, auch weiterhin die Interessen Vulkans zu vertreten, ungeachtet aller Konsequenzen.«

Sarek holte tief Luft. »Was jedoch nicht bedeutet, daß ich Gefallen daran finden muß.«

»Das ›Gefallen‹ wird von Emotionen bestimmt«, warf McCoy ein.

»Ja«, sagte Sarek und begegnete dem Blick des Arztes. »Sie haben recht. Es wäre eine große Erleichterung für mich, wenn Sie auf dieser Grundlage bescheinigen, daß ich nicht zu einer Aussage fähig bin. Aber ich bezweifle, ob das medizinische Konzil Vulkans Ihre Diagnose bestätigen würde.«

McCoy zuckte mit den Schultern. »Ein Versuch könnte vielleicht nicht schaden...« Er rutschte ein wenig zur Seite und verschränkte die Arme. »Warum hat man *uns* aufgefordert, einen Diskussionsbeitrag zu leisten, Sarek? Ich meine Jim und mich selbst.«

»Eine gute Frage«, sagte der Botschafter. »Die Wahl wurde entweder vom Hohen Rat oder den Delegierten getroffen. Es geht darum, ein möglichst breites Spektrum der Interaktion zwischen Vulkan und der Föderation zu gewährleisten. An der Debatte nehmen Logiker, Historiker und viele verschiedene Wissenschaftler teil. Zum Beispiel K's't'lk: Sie hat länger als alle anderen Föderationswissenschaftler mit uns zusammengearbeitet und ist bekannt für ihre Resultate – auch wenn sie nicht auf der uns vertrauten Logik basieren. Aber für Vulkanier sind konkrete Ergebnisse ebenso wichtig wie Theorien. Nun, hinzu kommen einige Starfleet-Repräsentanten. Ich vermute allerdings, daß man Ihren Aussagen größere Bedeutung beimißt. T'Pau gehört schon seit vielen Jahren zum Hohen Rat, und wenn sie jemanden wählt, widerspricht ihr niemand. Außerdem: Es gibt sicher einen guten Grund dafür, daß ihre Wahl ausgerechnet auf *Sie* fiel...«

»Gerade das finde ich so rätselhaft«, erwiderte McCoy. »Um ganz offen zu sein, Sarek: Bei unserem letzten Besuch hielten wir uns nicht unbedingt an die vulkanischen Regeln. Als wir uns auf den Planeten beamten, um an Spocks Bindungs-Zeremonie teilzunehmen, als wir herausfanden, daß – wie hieß sie doch noch? – T'Pring überhaupt keine Partnerschaft mit ihm wollte...«

»Wenn Vulkanier darüber sprechen, was selten genug geschieht, so bringen sie folgende Meinung zum Ausdruck: Indem T'Pring von Captain Kirk verlangte, einen Zweikampf um Leben und Tod mit Spock zu führen, zeigte sie ein höchst unangemessenes Verhalten. Auf diesen abscheulichen Zwischenfall konnte mein Sohn Sie unmöglich vorbereiten.«

»Abscheulich, in der Tat«, sagte Kirk und rieb sich nachdenklich die Kehle.

»Es ist nicht gerade angenehm, mit einem *Ahn woon* erdrosselt zu werden.«

»Wenn ich Jim nicht unter die Arme gegriffen hätte, als ich ihn ›behandelte‹, wäre er jetzt tot. Aber mein Verhalten stellte das ganze Heirat-und-Herausforderung-Ritual in Frage. Verdammt, Sarek, ich habe *gemogelt!*«

Der Botschafter nickte würdevoll. »Vielleicht hat T'Pau Sie genau aus diesem Grund gewählt...«

McCoy riß verblüfft die Augen auf. »Der Captain hat sich damals vollkommen korrekt verhalten«, fuhr Sarek fort und warf Kirk einen anerkennenden Blick zu. »Und was Sie betrifft, Doktor... Sie haben Ihren Eid gegenüber Starfleet und dem *anderen* geachtet und Leben erhalten. Kein Vulkanier wird Sie deshalb für schuldig halten, jedenfalls nicht für lange – falls es überhaupt jemanden von uns gibt, der zu so niederen Empfindungen in der Lage ist.«

»Äh, ja«, murmelte McCoy und erinnerte sich daran, daß Spock bei der Einsatzbesprechung ähnliche Worte benutzt hatte.

»Wenn die *Enterprise* den Warptransfer mit der vorherigen Geschwindigkeit fortsetzt, erreichen wir Vulkan in eins Komma sechs Tagen«, sagte Sarek. »Captain, Spock weiß bereits, auf welche Weise die Debatte stattfindet. Wenn Sie morgen früh etwas Zeit erübrigen können, gebe ich Ihnen zusätzliche Informationen und Hinweise. Ich nehme an, Doktor McCoy möchte dabei ebenfalls zugegen sein.«

»Selbstverständlich, Botschafter. Um null Komma drei fünf, wenn es Ihnen recht ist.«

»Ausgezeichnet. Ich ziehe mich jetzt zurück. Meine Frau begleitet mich.« Sarek stand auf, und Amanda folgte seinem Beispiel. »Gute Nacht, Captain. Sohn...«

Sie gingen, und die Tür schloß sich hinter ihnen. »Ihre Mutter sieht immer prächtiger aus«, wandte sich McCoy an den Ersten Offizier.

Spock nickte.

»Mir fiel auf, daß sie errötete«, fügte der Arzt hinzu. »Warum?«

Spock hob eine Braue und dachte kurz nach.

»Vermutlich wissen Sie inzwischen, daß meine Mutter an den ersten Versionen des Translators arbeitete, bevor sie als Lehrerin tätig wurde. Sie wies darauf hin, daß sie zum Übersetzungskomitee der Föderation gehörte. Die fehlerhafte Übertragung des Begriffs *Arie'mnu* stammt von ihr. Sie hatte damals gerade erst meinen Vater kennengelernt und wußte noch nicht um die Feinheiten der vulkanischen Sprache Bescheid. Ich glaube, deshalb zieht er sie ein wenig auf.«

McCoy lächelte dünn. »Ich dachte mir etwas in der Art. Nun, irren ist menschlich.«

»Genau das werden Sie auf Vulkan zu hören bekommen«, erwiderte Spock. »Captain, Doktor... gute Nacht.«

»Nacht, Spock«, entgegnete Kirk. Einige Sekunden später war er mit McCoy allein. »Nun, Pille?«

Der Arzt trank den Rest seines Mint Julep und schüttelte den Kopf. »Sarek«, murmelte er. »Wer hat gesagt: ›Nur ein Mann mit Prinzipien ist schlimmer als ein Schurke‹?«

»Klingt nach Twain oder Averith.«

»Mhm.« McCoy setzte das Glas ab. »Vulkanier...«

Kirk richtete einen neugierigen Blick auf ihn.

»Sie sind stark«, brummte der Arzt. »Und trotzdem fürchten sie sich. Aus welchem Grund?«

»Was uns Spock heute morgen schilderte, sollte eigentlich als Erklärung genügen«, meinte Kirk.

McCoy schürzte die Lippen. »Nein, es steckt noch mehr dahinter...«

Worte existierten noch nicht. Gedanken genügten.

Ihm fehlte ein Name. Zumindest hatte er keinen, den er seinen Artgenossen mitteilen konnte. Natürlich dachten die anderen in bestimmten Begriffen von ihm: der Große, der mit dem schwarzen Haar, der Tierfänger, der Mann, der leicht Feuersteine findet. Aber er glaubte nicht, daß diese Gedanken wirklich ihm entsprachen. Es waren keine genauen Beschreibungen, wurden nicht seinem *wahren* Selbst gerecht. Manchmal wünschte er sich einen Namen, doch die meiste Zeit über schien so etwas überhaupt keine Rolle zu spielen. Er war er. Der *andere* wußte es.

Den größten Teil des Tages verbrachte er auf die gleiche Weise wie seine Artgenossen: Er wanderte unter den Bäumen, aß, wenn er Hunger verspürte, trank, wenn er durstig wurde, und legte sich hin, wenn Körper und Geist nach Ruhe verlangten. Es gab noch andere Bedürfnisse, aber sie regten sich seltener. Seine letzte Entrückung lag schon einige Jahre zurück. Er erinnerte sich daran, durch die Schatten der hohen Bäume verfolgt worden zu sein und seinerseits jemanden verfolgt zu haben, und anschließend stellten verschiedene Körper seltsame Dinge an. Er wußte nicht, woher dieser sonderbare Drang kam, und er dachte ebensowenig darüber nach wie über die Frage, warum man hungrig oder durstig wurde. Es spielte keine Rolle. Es gab immer genug zu essen und zu trinken, und überall stand weicher, mit grünem Etwas bewachsener Boden zur Verfügung, auf dem man sich ausstrecken und schlafen konnte. Manchmal folgten den Entrückungen neue Artgenossen, nach einer Mischung aus Schmerz und Wohlbehagen, und auch für sie gab es Nahrung. Sie kamen aus den Körpern und verschwanden nach einer Weile — der Grund dafür blieb rätselhaft wie so vieles andere. Es spielte keine Rolle. Der andere wußte Bescheid.

Während sie unter den Bäumen blieben, mangelte es nie an Früchten. Verschiedene Arten kamen und gingen. Manche waren reif, während andere noch heranwuchsen. Wenn kühleres Wetter herrschte, gab es große süße Kürbisse, flache, leckere Blumen, die auf Felsen wuchsen, lange Schoten an Lianen und steinharte Kugeln, die man aufbrechen mußte, um das weiche, schmackhafte Innere zu genießen. Man konnte praktisch alles essen, bis auf die Steine. Einige wachsende Dinge schmeckten einfach besser als andere und hatten verschiedene Aromen. Die Gruppe experimentierte häufig: Einer rief die übrigen herbei, zeigte ihnen neue Pflanzen und Früchte, die sie noch nie zuvor gesehen hatten, reichte sie herum, damit jeder einen Bissen probieren konnte. Man bewunderte die Entdecker: Die anderen umringten sie und versuchten, von ihnen zu lernen. Die Gruppe schlief im Warmen, erwachte, wanderte durch endlose Wälder, aß und trank, sah sich staunend um. Ansonsten gab es nichts zu tun. Manchmal starben Artgenossen, ohne daß jemand den Grund dafür verstand — sie begriffen nicht, was der Tod bedeutete. Es spielte keine Rolle. Der *andere* wußte Bescheid.

Sie waren Hominiden und gehörten zu einer Art, die jedem modernen Xenopaläontologen vertraut erschienen wäre. Vielleicht handelte es sich um eine ›Saat‹ jener mysteriösen Spezies, die man Bewahrer nannte, vielleicht auch nicht. Sie ähnelten den paläolithischen Menschen der Erde, man hätte sie leicht mit ihnen verwechseln können. Ein junges Volk, untersetzt und stämmig, mit starken Armen und muskulösen Beinen. Die an Reizen reiche Umwelt sorgte für eine rasche Entwicklung des Gehirns. Nur mit genauen Untersuchungen wäre es möglich gewesen, den Unterschied zu Menschen festzustellen. Die Haut unter dem zotteligen Haar und der dicken Schmutzschicht, die damals niemanden störte, gab den ersten Hinweis. In den Adern floß nicht etwa rotes Blut, sondern grünes. Dieser Umstand ermöglichte Rückschlüsse auf jenes Molekül, das den Verwandtschaftsgrad vieler Spezies mit den Pflanzen der jeweiligen Heimatwelten zum Ausdruck brachte. Auf der Erde besteht die Differenz zwischen den Molekülen von Chlorophyll und Hämoglobin nur aus einem Atom: Mangan im chemischen Zentrum des pflanzlichen Farbstoffträgers; Eisen in den Blutzellen von Menschen und Tieren. Auf Vulkan gab es nicht einmal diesen geringfügigen Unterschied: Im chemischen Zellmotor von Vulkaniern und Pflanzen befand sich jeweils ein Kupferatom. Nur wenige Planeten sind in ihrer Jugend so herrlich grün gewesen wie Vulkan: ganze Kontinente mit Wäldern bedeckt, manche Bäume dreihundert Meter hoch; Meere, in denen lange Faserstränge Dutzende von Metern weit bis zur Oberfläche wuchsen. Die primitiveren Tiere kamen fast Pflanzen gleich, und das galt manchmal auch für höher entwickelte Arten. In evolutionärer Hinsicht handelte es sich um eine freundliche Welt, auf der es kaum einen Überlebenskampf gab. Die verschiedenen Organismen wurden nicht zu einer raschen Entwicklung gezwungen; es genügte völlig zu *sein*.

Aber manche Orte hielten Schwierigkeiten bereit. Die Wanderer mieden sie, ohne ihnen Namen zu geben und besondere Gedanken an sie zu vergeuden. Hier und dort vergrößerten sich die Abstände zwischen den Bäumen, und das Unterholz war nicht mehr ganz so dicht. An jenen Stellen fiel es schwerer, Früchte zu finden; Wasser floß nicht mehr aus hohen Felsen oder von den Bäumen. Wenn die Wanderer solche Regionen erreichten, spürten sie Unbehagen und kehrten dorthin zurück, wo die Früchte süß schmeckten, wo man jederzeit Wasser finden konnte.

Doch nicht alle verhielten sich so.

Er bildete eine Ausnahme. Er verstand sich gut darauf, die süßesten Früchte und das kühlste Wasser zu finden – sonst wären die anderen vielleicht ohne ihn weitergezogen. Er hatte die Gabe des Findens, sah besser und aufmerksamer als seine Artgenossen. Und deshalb tolerierten sie – ohne es zu wissen – auch sein zweites Talent: Seine Gedanken verweilten nicht nur in der unmittelbaren Gegenwart; er blickte nach vorn und fragte sich häufig, ob andere Früchte besser schmeckten als diejenigen, die sie bereits kannten. Manchmal verließ er die Gruppe, obgleich ihm die Trennung inneren Schmerz bereitete; daß ihn ihre Gedanken begleiteten, änderte nichts daran. Manchmal blieb er wochenlang fort, wanderte unter dem hohen Baldachin aus Ästen, Zweigen und Blättern, lauschte neuen Geräuschen, schmeckte, berührte und dachte über das nach, was er sah. Ab und zu fand er nichts. Gelegentlich kehrte er mit einer schweren Last aus Früchten zurück, die er an einem fernen Ort gesammelt hatte. Oder er kam mit Geschichten, die er nur mit gedanklichen Bildern erzählen konnte. Die Bilder waren ungenau und fragmentarisch, zerrissen von einem undisziplinierten Verstand, der in seiner Begeisterung verschiedene Eindrücke miteinander verschmolz. Dennoch stellten sie das einzige Mittel dar, um von seinen Reisen zu berichten, was ihn mit wachsender Unzufriedenheit erfüllte. Es mußte noch eine andere Möglichkeit geben, sich den Artgenossen mitzuteilen, sie *alles* verstehen zu lassen. Er beschloß, danach zu suchen.

Er entfernte sich immer mehr von dem üblichen Wandergebiet seiner Gruppe. Es mochte seltsam erscheinen, daß er Ortsbestimmungen auf die Gruppe bezog, aber dafür gab es einen guten Grund: Wenn er unterwegs war, entfernte sie sich nie sehr weit, damit der Sonderbare zu ihr zurückfinden konnte. Die Gedanken der Artgenossen begleiteten ihn, aber sie erwiesen sich als ebensowenig ausgeprägt wie seine Bildersprache, und deshalb erreichten sie ihn nur selten. Manchmal fühlte er ihre Besorgnis einer sanften Berührung gleich, mitten in der feuchten Nacht oder am Tag, wenn er irgendwo kletterte. Wenn das geschah, spürte er eine eigentümliche, angenehme Sicherheit. Sie kannten ihn, so wie der *andere*.

Die Welt erschien fürs Wandern geschaffen: eine warme, sommerliche Welt, unter deren Bäumen selbst am Tag Zwielicht herrschte. Nachts, wenn T'Khut über den Horizont stieg, glühten das Meer aus Wipfeln und die weiten Wasserflächen in einem kupfernen Schein. Das Jahr auf Vulkan war etwas kürzer als das irdische, aber dem Planeten fehlte die starke Neigung der Rotationsachse, die auf anderen Welten zu unterschiedlichen Jahreszeiten führte. Darüber hinaus bildete die Umlaufbahn keine weit gestreckte Ellipse, sondern einen fast perfekten Kreis. Das Ergebnis bestand aus einem ewigen, milden Sommer. Die warmen Ozeane brodelten und kochten nicht mehr, glänzten so grün wie alte Bronze; ihr verdunstendes Wasser führte dazu, daß es auf den Landmassen häufig regnete. Aufgrund der üppigen Vegetation hatte die Atmosphäre einen hohen Sauerstoffgehalt und hielt die Hitze der weißen Sonne fern. Eis gab es nur an den Polen, in Form von zwei kleinen Kappen. Selbst im fernsten Norden und Süden schmolz es manchmal oder verfärbte sich grün, wenn temperaturtolerante Algen – die ersten Organismen auf dem Planeten – einen geeigneten Nährboden fanden.

Durch diese ruhige Welt streifte der Wanderer, ohne Ziel, ohne eine bestimmte Absicht. Er wußte nur, daß er etwas suchte. Um ihn herum fand das Leben des Waldes statt, und er schenkte ihm nicht mehr Beachtung als sonst. Manche Pflanzen und Tiere stellten anderen Lebensformen nach, anstatt sich von Früchten zu ernähren, doch der Wanderer fürchtete sich ebensowenig vor ihnen wie die anderen aus seiner Gruppe. Dann und wann fiel ihnen jemand zum Opfer, aber man nahm es nur beiläufig zur Kenntnis. Das seltsame Aufhören und die Veränderung passierten früher oder später, und deswegen trauerte man nicht. Man hörte die Veränderten noch immer in den Gedanken der Lebenden, und sie schienen irgendwie *mehr* zu sein; deshalb war es eine Freude, ihr Flüstern zu vernehmen. Niemand kannte den Grund für die Veränderung; niemand dachte darüber nach. Der *andere* wußte Bescheid.

Viele Tage und Nächte lang ging der Wanderer unter den hohen Bäumen, aß und trank und schlief. Die Zeit an sich spielte keine Rolle, wäre nicht einmal dann wichtig gewesen, wenn er sich ihr bewußt gewesen wäre. Welcher Sinn lag darin, die eigenen Atemzüge zu zählen, wenn es so viele Wunder zu bestaunen und zu entdecken galt? Irgendwann stellte er fest, daß es schwieriger wurde, Nahrung zu finden. Er freute sich über diese Erkenntnis, freute sich so wie jemand anders über eine besonders große Frucht. Der Wanderer begriff, daß er sich dem Ende seiner Suche näherte: Vor ihm lag ein Gebiet, in dem alles anders war. Mit wachsender Aufregung setzte er den Weg fort.

Bald gab es nicht mehr so viele verschiedene Bäume und nur noch eine Fruchtart. Außerdem gehörten die Bäume nicht zu jener Sorte, deren Zweige Flüssigkeit enthielten. Nur noch selten floß Wasser aus Steinen. Der Wanderer legte eine Pause ein und überlegte. Er saß an einer der Quellen, knabberte an einem Kürbis und tauchte die Hände ins Wasser. Ihm war klar, daß man aufhörte, wenn man längere Zeit kein Wasser bekam — und er wollte keine Stimme in den Ohren eines anderen werden, auch wenn die Stimmen froh und glücklich klangen. Woraus folgte: Wenn er weiterging und kein Wasser fand, mußte er umkehren. Er entschied, ausgiebig zu trinken und eine möglichst große Strecke zurückzulegen. Wenn er unterwegs wirklich kein Wasser entdeckte, blieb ihm nichts anderes übrig, als wieder den Ort aufzusuchen, wo seine Gruppe auf ihn wartete.

Er trank, bis er zu platzen glaubte, und dann ging er los. Als erfahrenster Wanderer, den es jemals in der Gruppe gegeben hatte, deutete er gewisse Zeichen, ohne es zu merken. Zum Beispiel wußte er, daß es am Fuße eines Hanges seltsamere Gebiete gab als weiter oben. Schon seit Tagen war ihm aufgefallen, daß sich das Gelände sanft nach unten neigte, und nun wählte er absichtlich diesen Weg. Schon nach kurzer Zeit fiel ihm auf, daß der Wald lichter wurde.

Fast eine Woche lang wanderte er, ohne zu trinken, ohne etwas zu essen. Die Vulkanier waren schon damals zäh und ausdauernd — vielleicht noch zäher und ausdauernder als heute. Es wuchsen immer weniger Bäume, und in dem Blätterdach entstanden größere Lücken. Der Wanderer sah zum blaugrünen Himmel hoch und dachte darüber nach. Er hatte ihn nur selten gesehen und für einen Teil der Bäume gehalten. Jetzt überlegte er, ob es genau andersherum war, ob die hohen Pflanzen zu der strahlenden Helligkeit gehörten, die ihm in den Augen schmerzte. Der *andere* wußte es zweifellos — vielleicht würde er ihn irgendwann einmal fragen. Derzeit beschränkte er sich darauf, den Weg fortzusetzen.

Als er den ersten Durst spürte, verschwanden die Bäume plötzlich. Der Wanderer sah das jähe Ende des Waldes weiter vorn, bemerkte den Gürtel aus hellem Licht, den Horizont. Er streckte die Hand nach einem der letzten Stämme aus und hielt sich daran fest, als ihn heftiger Schwindel erfaßte. Die Welt verlor sich nicht in einem endlosen, schattigen Wald; sie endete in der Leere. Er beobachtete einen breiten, *flachen* grünen Streifen, und die bunten Flecken darin erinnerten ihn an einige Blumen, die an den Bäumen der Heimat wuchsen, aber in diesem Fall wirkten die Farben trüb. Dem Streifen folgte etwas Blasses, das den grellen Sonnenschein reflektierte und den Wanderer veranlaßte, die Augen zuzukneifen — er war der erste Vulkanier, der eine Wüste sah.

Dort gab es sicher weder Früchte noch Wasser. Doch er wollte unbedingt herausfinden, *was* sich dort befand, und deshalb ging er weiter.

Der Durst wurde zu einem ständigen Begleiter. Nur einmal befreite er sich davon, als ihn Regen überraschte. Er lag auf dem Rücken, sammelte das Naß mit offenem Mund und lauschte dem Donnern des Gewitters — hier in der Weite klang das Krachen viel lauter. Später saugte er jeden Tropfen von den wenigen Blättern und Halmen, die er finden konnte, bevor der heiße Himmel die Feuchtigkeit zurückverlangte. Und dann wanderte er wieder.

Büsche und Sträucher wichen Steinen und Hügeln — weit und breit nur loses Geröll. Während seines bisherigen

Lebens hatte der Wanderer nur weiches Moos und Gras unter den Füßen gespürt; er ließ grüne Spuren zurück, achtete jedoch nicht darauf. Seine Aufmerksamkeit galt einzig und allein dem grenzenlosen Weiß. Er näherte sich dem Schimmern, trat an den Rand heran, wo das Geröll dem Sand wich, und dort blieb er stehen.

Dutzende, Hunderte von Dünen, eine nach der anderen. In einem brennenden Weiß rollten sie dahin, bis in eine unabschätzbare Ferne voll scharfer Konturen. Der Wind zischte über sie hinweg, hob Sand von den Kuppen; Böen bliesen ihn ins Gesicht des Wanderers. Er verharrte weiterhin mit tränenden Augen im unerträglich grellen Licht, starrte in eine Welt, die nur aus Kanten zu bestehen schien — aus Kanten, die viel zu weit entfernt waren, um sie zu berühren.

Und dahinter... *Etwas* kratzte am Himmel, und der Wanderer sank ehrfürchtig auf die Knie.

Ein einzelner Berg: Abseits aller Gebirge wuchs er in die Höhe. Ein grüner Mantel bedeckte ihn, und nur ganz oben zeigte sich nackter Fels. Der Gipfel bestand aus reinem Weiß, spiegelte das Licht schmerzhaft intensiv wider. So sah Mount Seleya, der höchste aller Berge auf Vulkan, in seiner Jugend aus: Von der Erosion noch völlig unbeeinträchtigt, wuchs er kühn zum Firmament empor, kannte sogar die Kühle des Schnees. Auch viele Jahrhunderttausende später wirkte er noch beeindruckend, jener uralte, mächtige Berg am Rand von Vulkans Schmiede, der eine zentrale Rolle in der vulkanischen Geschichte spielte. Doch für den Wanderer — damals, als alles begann — war es das größte Objekt, das er jemals gesehen hatte, noch größer als die höchsten Bäume: das Zentrum des Universums. Er sank auf den Sand herab und empfand eine Sehnsucht, die noch kein anderer Vulkanier vor ihm gespürt hatte. Bisher gab es keinen Grund für Wünsche, doch jetzt begann ein Vulkanier damit, sich etwas zu wünschen, und damit legte er den Grundstein für umfassenden Wandel.

Der Wanderer saß im heißen Sand, starrte über die

Wüste und beobachtete sehnsuchtsvoll den gewaltigen Berg. Er war ein erfahrener Reisender, aber selbst er konnte die Entfernung unmöglich abschätzen. Er kannte nur eine Welt, die aus nahen Bäumen bestand, aus dichtem Grün, und die endlose Weite verwirrte ihn. Er glaubte jedoch, daß es sehr, sehr lange dauern würde, um den Berg zu erreichen. Wenn er wirklich so weit entfernt war, wie er glaubte, und wenn sich die scheinbare Höhe ebenso veränderte wie die eines Baums, dem man sich näherte, so mußte der steinerne Baum — in diesen Begriffen dachte er — unerhört groß sein. Er stellte sich vor, ihn zu erklettern und, ganz oben angelangt, den Himmel zu berühren. Und dann... An diesem Punkt versagte seine Phantasie.

Ein weiter Weg. Und ein Problem: Vermutlich gab es unterwegs weder Wasser noch Früchte. Wenn er zum Himmel emporklettern wollte, mußte er eine Lösung finden. Er hatte bereits Durst, und ein Hunger ganz besonderer Art gesellte sich hinzu. Er fühlte so ein Bedürfnis nun zum erstenmal, und es belastete ihn sehr: Er mußte unbedingt zu dem Berg.

Schließlich ging die Sonne unter, und mit der Nacht kam T'Khut. Langsam schob sie sich über den Horizont und sah auf den Wanderer hinab. Er wußte, daß er beobachtet wurde. Bis sein Blick auf den Berg fiel, schienen nur die Artgenossen fähig zu sein, zu sehen und zu beobachten. Als sich jetzt T'Khut übers Firmament streckte, dabei vom Linseneffekt der Atmosphäre verzerrt wurde, zweifelte der Wanderer immer mehr an der unbelebten Natur der Welt. Mehrmals hatte er diese Erscheinung durch die Wipfel der höchsten Bäume beobachtet, doch dabei sah er nur kleine Teile von ihr, während der weitaus größere Rest jenseits der Blätter und Zweige verborgen blieb — sie bot sich dabei als etwas Rundes dar, das sich nie veränderte. Doch nun verlieh ihr das Hitzeflirren der Luft ständig neue Formen. T'Khut wirkte wie etwas Lebendiges, das über den Rand der Existenz kroch, das atmete und so reifte wie die neuen Artgenossen in den Sie-Bäuchen, nach der Entrückung. Ihre Umrisse zitterten. Sie schwoll an, wurde noch größer, sah nach wie vor wie gequetscht aus – ein schwangeres Ding, voller Verheißung. Feuer flackerte im dunklen Silber der Sichel, die sie mit sich trug.

Der Wanderer bebte am ganzen Leib und schlug die Hände vors Gesicht. Wenn der *andere* von dieser enormen, seltsamen Schönheit wußte, so wollte er sicher nicht, daß man sie verstand.

Allmählich beruhigte sich der Wanderer wieder, als T'Khut zu ihrer üblichen Gestalt fand und Dunkelheit das letzte Licht des Tages verdrängte. Die Augen glitten übers Firmament, erst das weiße, dann das rote. Er begriff, daß er umkehren mußte, wenn er nicht verdursten wollte.

Die Rückkehr dauerte wesentlich länger, denn er hatte sich alles abverlangt, um die Wüste zu erreichen. Mehrmals streckte er sich einen Tag lang unter einem früchtetragenden Baum aus, rührte sich nicht und atmete kaum. Zuerst war der Schatten kostbar, doch dann gab es wieder mehr Bäume, und er genoß die von ihnen gespendete Kühle. Aber seltsamerweise dauerte es nicht lange, bis er sich wieder nach dem weiten türkisfarbenen Himmel zu sehnen begann. Als er die erste – beziehungsweise letzte – Quelle erreichte, trank er, sank daneben zu Boden und schlief ein. Am nächsten Morgen aß er süße Kürbisse und trank erneut, trank so, als sei dies das einzige Wasser auf der ganzen Welt. Er verbrachte mehrere Tage an der Quelle, aß und trank, kam langsam wieder zu Kräften und dachte an den langen Weg zum Berg, ohne Wasser und Nahrung...

Eines Morgens beschloß er, die Quelle zu verlassen und zu seiner Gruppe zurückzukehren. Vorfreude erfaßte ihn, und er brach gleich mehrere Kürbisse auf, verspeiste das süße Fruchtfleisch und warf eine große Schale in den kleinen Teich am Fuße der Felsen.

Sie sank nicht wie ein Stein zum Grund. Sie schwamm auf der Oberfläche, drehte sich langsam unter dem von weiter oben herabfließenden Wasser.

Der Wanderer beobachtete sie eine Zeitlang.

Dann stand er auf, ging zum nächsten Baum und pflückte einen weiteren Kürbis, obwohl er keinen Appetit mehr verspürte. Er trug ihn zur Quelle, nahm Platz, schlug die Frucht mit einem geeigneten Stein auf und warf die Hälfte in den Teich.

Sie schwamm. Wasser spritzte hinein, bildete silbrig glänzende Tropfen.

Der Wanderer griff vorsichtig nach dem Kürbis. Die Tropfen rollten hin und her, blieben jedoch im Innern.

Er hob den halben Kürbis an die Lippen und neigte ihn unbeholfen. Das Wasser floß heraus, und er trank es.

Er zögerte kurz, tauchte die Frucht noch einmal in den Teich, stand auf und ging einige Schritte. Das Wasser schwappte hin und her, blieb jedoch im Kürbis. Er trank erneut.

Er schöpfte mit dem Kürbis, ging, trank und fühlte sich erfrischt.

Wieder tauchte er die Frucht in den Teich, hielt sie hoch über den Kopf und schüttete sie triumphierend aus. Kühles Wasser spritzte auf ihn herab... Selbst damals lachten Vulkanier nicht, aber fast hätte der Wanderer auch in diesem Fall eine Ausnahme gebildet.

Er blieb einige weitere Tage lang bei der Quelle, und als er sie schließlich verließ — mit einem Kürbis, den er ganz oben vorsichtig aufgeschlagen hatte — regte sich Nervosität in ihm. Vielleicht blieb das Wasser nicht auf Dauer in der Frucht. Vielleicht stellten die Quellen und Früchte in diesem Teil der Welt etwas Besonderes dar. Aber am nächsten Morgen stellte er fest, daß er bei der zweiten Quelle den gleichen Erfolg erzielte: Wasser war Wasser. Als er vertrautere Regionen erreichte, fand er heraus, daß sich manche Kürbisse besser als Behälter verwenden ließen — sie hatten ein geringeres Gewicht oder boten mehr Platz im Innern. Voller Freude kehrte er heim, zufrieden mit sich selbst und dem *anderen;* bestimmt verdankte er seine Entdeckung ihm.

Die Gruppe wartete wie üblich auf den Sonderbaren. Sie

bereitete ihm einen glücklichen Empfang, doch niemand wirkte sehr überrascht — er kehrte immer zurück. Zu verblüfften Reaktionen kam es erst, als die Artgenossen sahen, daß er einen ihnen allen bekannten Kürbis trug, der jedoch nicht das erwartete Fruchtfleisch enthielt. Daraufhin glaubten sie zunächst, er hätte ihnen doch eine neue Frucht gebracht.

Der Wanderer versuchte, es ihnen zu erklären, doch wieder gelang es ihm nicht, mit gedanklichen Bildern die gewünschte Botschaft zu übermitteln. Er wollte ihnen den gewaltigen steinernen Baum zeigen, seine Höhe, die große Entfernung; er wollte ihnen die Wüste aus Stein und Geröll zeigen, den flachen grünen Streifen, die Blitze des Gewitters, das laute Krachen, den herabströmenden Regen, der sich so sehr vom sanften Nieseln im Wald unterschied; er wollte ihnen T'Khut zeigen, die sich mit erhabener Pracht über der Welt wölbte. Es gelang nie, alles zum Ausdruck zu bringen. Nur die Bilder erreichten sie, doch nicht das Staunen, die Ehrfurcht und der Schrecken. Sie verstanden ihn nicht. Die mentale Beschreibung des Berges rief allein Verwunderung hervor, und das betrübte den Wanderer sehr. Es *mußte* eine Möglichkeit geben, sich den anderen verständlich zu machen.

Sie begriffen bald, was es mit dem Kürbis auf sich hatte, aber sein Nutzen blieb ihnen verborgen. Warum sollte jemand Wasser aufbewahren? Es gab doch immer genug. Warum sollte jemand Wasser tragen? Es war schwer, und niemand brauchte lange zu suchen, um Quellen oder Bäche zu finden. Außerdem floß es von manchen Bäumen herab. Sie verwendeten den Kürbis wie ein Spielzeug, und das verärgerte den Wanderer. Nach einer Weile verzichtete er darauf, ihnen Dinge zu erklären, begann statt dessen damit, sich auf seine große Reise vorzubereiten.

Er sammelte viele Früchte, öffnete sie auf die Weise, die er bereits gelernt hatte, und trug sie versuchsweise. Wie sich herausstellte, konnte er nicht viele tragen, und als ihn die leeren Kürbisse ermüdeten, dachte er daran, wie sehr sie ihn im gefüllten Zustand belasten würden. Nein, so kam er nicht weiter. Er nahm Platz und betrachtete sich selbst. Zwei Arme, zwei Beine. Die Beine eigneten sich nicht dafür, irgendwelche Gegenstände zu tragen. Er drehte den Kopf und hielt nach etwas Ausschau, das man als zusätzliche Arme verwenden konnte. Plötzlich erinnerte er sich daran, daß eine der dünnen Ranken wie Hände geformte Blätter aufwies. Er sammelte alle Faserstränge, die er finden konnte, bis die Artgenossen glaubten, er sei übergeschnappt. Vielleicht war das tatsächlich der Fall — aber sechs Tage später hatte er einen Netzbeutel erfunden, der genug Platz für fünf oder sechs große Kürbisse bot.

Er übte, indem er sie füllte und umhertrug, stellte dabei fest, daß es einen großen Unterschied machte, auf welche Weise er sie im Netz verteilte. Die meisten von ihnen verloren ständig Wasser. Nach einer Weile fiel ihm ein, daß es noch besser gewesen wäre, vollständige und unaufgebrochene Früchte zu verwenden, selbst nachdem er sie geöffnet und mit Wasser gefüllt hatte. Er setzte sich und dachte einige Tage lang darüber nach, aber nicht einmal ein Vulkanier konnte *dieses* Problem lösen. Dann erfand er den Stöpsel: Er benutzte dabei einen dicken Moosfladen und Erde aus einem der Bäche, dichtete die Kürbisse damit ab.

Und dann war es soweit, wieder zur Wüste zu gehen und sie zu durchqueren.

Die Gruppe beobachtete ihn, und es überraschte niemanden, daß er aufbrach. Er wußte, daß sie glaubten, er kehre irgendwann zurück — oder vielleicht auch nicht. Eine seltsame Leere entstand in seinem Innern. Er hatte sich lange auf diese Reise vorbereitet und bedauerte es sehr, daß ihn niemand begleitete. Der Wanderer stand diesem Empfinden hilflos gegenüber; schon damals stellten Gefühle eine ambivalente Angelegenheit für Vulkanier dar. Als er allein durch den Wald schritt, verdrängte er die Gedanken an seine Artgenossen.

Es fiel dem Wanderer nicht schwer, den richtigen Weg zu finden. Er brauchte viele Tage, und insbesondere die letzte Phase der Reise dauerte recht lange, weil er eine schwere Last aus mit Wasser gefüllten Kürbissen und möglichst leichten Nahrungsfrüchten trug, aber schließlich stand er erneut am Rand der Welt, beobachtete die gewaltige Masse aus Fels und Schnee, die weit entfernt gen Himmel ragte. Unterwegs hatte er seine Ausrüstung erweitert. Zum Beispiel das grelle Licht, das in den Augen schmerzte — er brauchte eine Möglichkeit, sich davor zu schützen. Zuerst versuchte er, die Augen zu bedecken, doch das behinderte ihn dabei, einen oder mehrere Netzbeutel zu tragen. Er griff nach einer dünnen Liane und verknotete sie zu einer Schulterschlinge, an der er die Beutel befestigen konnte, doch kurz darauf fand er heraus, daß es nicht genügte, die Hände vor die Augen zu heben. Dann dachte er an die Blätter, die im bewaldeten Teil der Welt Schatten spendeten. Er kehrte zum Waldrand zurück und sammelte Blätter, band sie über den Augen sowie an den Seiten des Gesichts fest und befeuchtete den grünen Schirm — er hatte bereits festgestellt, wie unangenehm und gefährlich ein Sonnenstich sein konnte. Auf diese Art gerüstet, setzte er den Weg fort, kam schneller und leichter voran. Am Rand der Wüste richtete er einen ehrfürchtigen und sehnsuchtsvollen Blick auf Mount Seleya. Doch diesmal verharrte er nicht; ohne zu zögern, ging er weiter.

Der Sand setzte ihm immer mehr zu. Seine letzte Reise hatte ihn nicht darauf vorbereitet, mit welcher Intensität der weiche Boden die Hitze der Sonne aufnahm und wieder abstrahlte. Schon nach kurzer Zeit taumelte er und war halb blind, trotz der Blätter, die ihn vor dem grellen Licht schützen sollten. Drei Tage lang ging er und schien sich dem Berg überhaupt nicht zu nähern. Fast eine Woche lang trank er keinen Tropfen und hielt an der Entschlossenheit fest, das Massiv zu erreichen, ganz gleich, was auch geschah. Nach einem weiteren Tag begriff er, daß es klüger war, des Nachts zu wandern und tagsüber zu ruhen. Daraufhin lief er während der Dunkelheit und sah, wie sich das kupferne Glühen T'Khuts auf dem Schnee des Berges widerspiegelte. Keine anderen Gedanken berührten seine eigenen, und nur endlose Leere bot sich seinen Blicken an. Diese sensorische Deprivation führte bald zu Halluzinationen. Er hörte seltsame Geräusche und sah Bewegungen im Sand, doch als er später zu den entsprechenden Stellen gelangte, fiel ihm dort gar nichts auf. Eine eigentümliche Benommenheit erfaßte ihn, und er gewann den Eindruck, von sich selbst getrennt zu sein. Er wußte nicht, wie erschöpft er war, setzte auch weiterhin einen Fuß vor den anderen. Wenn er fiel, blieb er einfach liegen, am Fuß einer Düne oder in einer kleinen Mulde, bis er genug Kraft fand, um wieder aufzustehen. Er reagierte auf die Geräusche um ihn herum, aber sie zeigten nicht die geringsten Reaktionen auf ihn. Abends stemmte er sich in die Höhe und ging wieder los: ein einsames Geschöpf, schmutzig, das zottelige Haar verkrustet, der Kopf von getrockneten Blättern gesäumt, die Haut trocken und rissig, halb verdurstet und verwirrt — aber noch immer entschlossen.

Und dann hörte er die Stimme.

Sie ähnelte den vielen anderen Dingen, die er sich einbildete, und deshalb schenkte er ihr zunächst keine Beachtung. Seit einigen Tagen kannte er den Unterschied zwischen Halluzinationen und der Gedankenberührung seiner Artgenossen. Es überraschte ihn, daß man auch Dinge wahrnehmen konnte, die überhaupt nicht existierten. Jetzt stellte er fest, daß manche Realitäten beharrlicher waren als diese Art von Wirklichkeit, die von ihm fortwich, wenn er sich auf sie zu konzentrieren versuchte. Irgendwann beschloß er, sich einfach damit abzufinden. Doch als die Stimme erklang, blieb er aus einem Reflex heraus stehen, lauschte und wartete darauf, daß sie sich wiederholte. Als das nicht geschah, ging er weiter, in Richtung des matten Schimmerns, das von dem Berg ausging.

Plötzlich geriet der Sand unter seinen Füßen in Bewegung. Der Wanderer nahm ruckartig Platz und überlegte, ob sich jetzt etwas Reales anbahnte.

Es handelte sich nicht in dem Sinne um eine Bewegung,

eher um eine dumpfe Vibration. Es fühlte sich an, als atme der Sand und die Steine darin, als hole die ganze Welt Luft. Der Wanderer dachte daran, daß er selbst atmete, ebenso wie die Artgenossen. War die Welt vielleicht eine Person, nur wesentlich größer und sonderbarer? Hatte sie Bäume als Haar, Steine als Knochen und Sand als Haut? Wenn das stimmte, so erschien es ihm nicht besonders seltsam, daß sie auch eine Stimme besaß. Ja, vielleicht. *Der andere wußte es.*

Die Stimme erklang erneut, und der Wanderer antwortete. Natürlich nicht mit Worten — es existierten noch keine Worte. Aber er gab einen Laut von sich, der ›Ich bin hier‹ bedeuten sollte. Emotionen zitterten in dem Geräusch. Der Wanderer hatte nie die Angewohnheit entwikkelt, zu der Welt zu sprechen; er war interessiert, aber auch nervös.

Der Sand bebte und sang und knisterte, glitt immer rascher beiseite. Ein lautes Fauchen ertönte, ein Zischen, das den Wanderer an herabstürzendes Wasser erinnerte. Und dann entwickelte die fremde Stimme einen Körper, und der Körper kam aus den Tiefen empor und sah auf den Wanderer herab.

Heute ist jeder Quadratmillimeter Vulkans kartographisch erfaßt, und Satelliten können aus dem Orbit Bilder von einzelnen Sandkörnern anfertigen. Aber trotzdem weiß man nur sehr wenig über die Intelligenzen in den Sandmeeren. Man nennt sie *A'kweth*, die Verborgenen, oder auch *Tcha'besheh*, Die-in-der-Tiefe. Über ihre Physiologie und Evolution hat man oft spekuliert, denn derartige Lebensformen erscheinen seltsam in einer Kohlenstoff-Welt. Offenbar atmen sie nicht, brauchen weder Sauerstoff noch Nahrung. Manche Wissenschaftler glauben, sie sind eine Art Experiment der Bewahrer, die sie nach Vulkan brachten. Abgesehen von den Hortas handelt es sich um die einzige Silizium-Spezies, die auf einem Planeten mit Kohlenstoff-Leben existiert. Andere Fachleute weisen darauf hin, daß solche Annahmen und Vermutungen nicht von Daten gestützt werden: *Wie* soll man feststellen, ob Lebewesen, die unter vielen hunderttausend Tonnen Sand leben, atmen oder Nahrung benötigen? Im Verlauf der Jahrhunderte hat man sie gelegentlich beobachtet: ein langer, breiter und glitzernder Rücken — aber ist es wirklich ein Rücken? —, so groß wie ein Haus und mit dicken Sandkrusten; ein oder zwei Tentakel, die mit einem hellen Stein spielen und sofort in den Sand zurückweichen, wenn man das Wesen überrascht. Sondierungen mit Scannern und dergleichen haben keinen Zweck; die vielen natürlichen Elemente im Sand absorbieren fast alle Signale. Wenn man Sensoren benutzt, so reagieren die Lebensindikatoren, und dann bekommt man Anzeigen, wie man sie normalerweise von tausend Geschöpfen erwartet. Doch auf den Bildschirmen von Bewegungsdetektoren beobachtet man nur einen Punkt, der wie träge durch den tiefen Sand der großen Wüsten gleitet, der den Ausläufern von Gebirgen ebenso ausweicht wie ein Wal Inseln oder Sandbänken. Manchmal verschwindet eine geortete Präsenz einfach, ohne irgendwelche Spuren zu hinterlassen.

In Hinsicht auf diese eigentümliche Lebensform gehen die Meinungen weit auseinander. Manche Leute halten sie für ein vulkanisches Äquivalent der Dinosaurier — für Dinosaurier, die nie ausstarben, ihr langes und sonderbares Leben in dunkler, stiller Tiefe verbringen, nur selten aufsteigen, um die hektisch-aktive hominide Spezies zu beobachten, die sich auf der Oberfläche des Planeten ausgebreitet hat. Die meiste Zeit über bleiben sie in den Ozeanen aus Sand und schweigen, behalten selbst ihre Gedanken für sich.

Der Wanderer sah etwas, das er unmöglich verstehen konnte. Er hatte sich Berge gewünscht, und nun kam einer zu ihm. Das riesige Etwas glänzte im Licht T'Khuts, richtete sich auf und starrte auf die zweibeinige Gestalt herab. Der namenlose Vulkanier saß im Sand und ließ sich mustern. Er fürchtete sich nicht, aber die Nervosität kehrte in ihn zurück. Er begriff, daß es Dinge gab, die ihm der *andere* nicht erklärt hatte. Das bedauerte er, gerade in diesem Fall.

Der *A'kweth* sprach erneut. Es war ein Geräusch, das der Wanderer kaum hören, geschweige denn wiederholen konnte. Es hörte sich an, als riebe man zwei Steine aneinander. Wieder sprach der Riese, und der Wanderer saß erstaunt und verblüfft, wußte nicht, wie er sich verhalten sollte.

Dann kroch das Fremde in seine Gedanken und wiederholte dort das Wort. Ein Bild entstand, zeigte ihm ein bemitleidenswertes Wesen, ganz Schweiß und Staub, ein zweibeiniges Geschöpf, das mit einem Netzbeutel im Sand hockte. Der Verborgene sprach zum drittenmal und übermittelte erneut das klare Bild.

Der Wanderer verstand. Jenes Geräusch *beschrieb das Bild*.

Er spürte, wie er innerlich zu zittern begann. Genau danach hatte er die ganze Zeit über gesucht. Dies war die Antwort, eine Möglichkeit, den Artgenossen vom Berg zu erzählen. Wenn alle das gleiche Geräusch für ein Bild benutzten, so mußte es jeder verstehen. Es ging nur darum, Laute zu verursachen, Worte zu bilden.

Der Wanderer begann sofort damit und gab sich große Mühe, ein mentales Bild des Wesens zu formen. Es fiel ihm nicht leicht, denn das Etwas schien die ganze Welt auszufüllen. Unmittelbar darauf gab er das erste Geräusch von sich, das ihm einfiel: ein kehliges, klickendes Grunzen. Er wiederholte das Bild, dann auch das Geräusch.

Der *A'kweth* ragte noch höher empor, höher selbst als der Berg, beugte sich so über den Wanderer, daß der Himmel dahinter verschwand. Er gab ein melodisches Pfeifen von sich, und es klang wie der Wind, der während eines besonders starken Regens durch die Baumwipfel strich. Dutzende von Bildern fluteten dem Wanderer entgegen, und sie waren so seltsam, daß er beide Hände an den Kopf preßte. Sie zeigten Leben und Tod, schreckliche Hitze und enormen Druck, sonderbare Wünsche und Triumphe, vor allen Dingen aber Dunkelheit, eine süße, allesumfassende und herabpressende Finsternis, neben der die Nacht wie heller Tag wirkte, offen, enthüllt und bloß. Aus dem Pfeifen wurde ein Brummen, dann ein Seufzen. Der Sand glitt einmal mehr beiseite, donnerte unter dem Wanderer und glättete sich wieder. Schließlich zitterte er nicht mehr. Stille herrschte — der *A'kweth* war fort.

Der Wanderer blieb lange Zeit sitzen, sah über die nun kühle Wüste und beobachtete den Berg. T'Khuts Licht gab dem Schnee am Gipfel einen rötlich-warmen Glanz, und diesmal schien das Massiv nicht mehr ganz so weit entfernt zu sein. Es erfüllte den Wanderer mit Kummer, daß die Distanz geschrumpft war, denn nun lag die Entscheidung bei ihm. Zur Gruppe, um ihr das Geschenk der Sprache zu geben? Oder zum Berg, um ihn zu erklettern und ganz oben den Himmel zu berühren?

Und wenn er nicht vom Berg zurückkehrte? Dann ging das Geschenk verloren. Wer außer ihm würde jemals diesen Ort aufsuchen?

Zwei Tage lang hockte er im Sand und ignorierte die Sonne. Zwei Nächte lang überlegte er, ohne auf die Sterne zu achten. Stille umhüllte ihn, während sein Blick an dem Massiv festklebte.

Am dritten Tag stand er auf, drehte sich um und ging in Richtung Wald.

Als sich das Wort auszubreiten begann, konnte es niemand mehr aufhalten. Einmal ausgesprochen, findet es immer seinen Weg.

Er hieß jetzt Wanderer. Er hatte ein Wort geschaffen und es den Artgenossen gelehrt. Sie durchstreiften noch immer den Wald, aßen und tranken, waren wunschlos zufrieden, aber jetzt sprachen sie miteinander. Jeder besaß einen Namen, und den eigenen Namen folgten andere für die Dinge. Dann kamen Worte für bestimmte Tätigkeiten; irgendwann begann jemand damit, einzelne Worte miteinander zu verbinden und erste Sätze zu bilden. Kurze Zeit später erfand jemand das Singen. Musik erklang im Wald und schien von ganz allein auf die Wanderschaft zu gehen. Weitere Artgenossen gesellten sich der Gruppe hinzu. Andere gingen und brachten noch mehr. Besucher trafen ein, lernten und zogen weiter. Bald wußten von der Sprache auch viele Leute, die nicht zur Gruppe des Wanderers gehörten, benutzten sie ebenfalls und erweiterten sie.

Der Wanderer ließ sich ständig neue Worte einfallen. Er hatte das erste gebracht; die anderen glaubten offenbar, er müsse auch den Rest schaffen, und er versuchte, ihren Erwartungen zu genügen. Aber immer wieder kehrte er zu dem ersten Wort zurück, das er für sein bestes hielt: *Heya*. Ein überraschter Ausruf, Freude darüber, etwas Wundervolles zu sehen. Und mit diesen beiden Silben ging das Bild des Berges einher, so wie er ihn zum erstenmal gesehen hatte: grüner Wald und weißes Feuer, unendlich fern, herrlich hoch und gewaltig. Es erschien einfacher, dieses Bild zu formen, denn es befand sich inmitten seiner Gedanken, so wie auch alle anderen. Aber er dachte nur an dieses eine, während ihm die Artgenossen Früchte, Tiere und Werkzeuge zeigten, auf daß er ihnen Namen gab. Oft erinnerte er sich an den Sand der Wüste, an die Stimme des Riesen. Oft wünschte er, sie nicht beachtet und den Weg fortgesetzt zu haben. Doch dann entsann er sich an die Größe des Wesens, das zu ihm gesprochen hatte, und bei solchen Gelegenheiten seufzte er. Es ist schwer, die Welt zu ignorieren, wenn sie beschlossen hat, mit einem zu reden.

Es war ein angenehmer Tag im Schatten der Bäume, ein etwas hellerer Tag als sonst; er erinnerte den Wanderer an die lichteren Bereiche des Waldes unweit der Wüste. Er legte die Frucht beiseite, für die er einen Namen suchte, trachtete statt dessen danach, sich ein Lied einfallen zu lassen. Eine weitere Erfindung der Gruppe; sie stammte von einer weiblichen Person, noch zu jung für die Entrückung. Um ein Lied zu entwickeln, sprach man beliebige Worte hintereinander aus und verursachte gleichzeitig ein Geräusch. Der Wanderer freute sich über diese neue Kunst, denn schon vor seiner ersten Entrückung, die lange zurücklag, hatte er sich gut darauf verstanden, verschiedene Geräusche hervorzubringen.

Er saß nun an seinen Lieblingsbaum gelehnt und schuf ein neues Lied. Die Welt war gut, das Licht hell, und es gab überall leckere Früchte zu essen; der *andere* wußte es und hatte es so bestimmt. Einige aus der Gruppe hörten das Lied, fanden es so gut wie alles andere und sangen es ebenfalls. Es ging von Artgenosse zu Artgenosse, zu denen, die aßen, still unter den Bäumen lagen, spielten oder tranken. Die Ruhenden bewegten sich im Schlaf, und einige von ihnen murmelten unverständliche Worte. All dies erschien dem Wanderer gut, und eine Zeitlang sang er unter seinem Baum.

Nach einer Weile unterbrach er sich, weil er etwas Seltsames roch. Ein höchst sonderbarer Geruch: Er hatte ihn nur dann wahrgenommen, wenn er bei seinen Wanderungen durch den Wald Stellen erreichte, wo die Bäume geborsten und schwarz waren. Er sah zum hellen Himmel hoch, der nun noch heller wirkte als sonst. Neigten sich die Wipfel beiseite, um mehr Licht passieren zu lassen, wie es manchmal geschah, wenn heftiger Wind aufkam? Aber er spürte nicht einmal eine leise Brise. Nun, es spielte keine Rolle. Der Wanderer beschloß, dem Geruch einen Namen zu geben. Er atmete tief durch, schnupperte ...

Plötzlich gingen die Bäume in Flammen auf, und überall verstummten die Lieder. Artgenossen starrten verblüfft nach oben, während es immer heißer wurde und die Wipfel verbrannten, während helles, schrecklich helles Licht herabgleißte. Die Gruppe schrie und floh. Der Wanderer drehte den Kopf von einer Seite zur anderen und fühlte sich verraten, von seinem Lied und dem *anderen,* denn *so etwas* konnte gewiß niemand verstehen. Verwirrt und unsicher brach er auf, ging in Richtung Waldrand und dachte an den gewaltigen Berg.

Nur wenige Sonnen neigen zu jähen Strahlungsschüben, und meistens geschehen sie sehr schnell. Das kommt wahrscheinlich einer Gnade gleich: Die innerhalb kurzer Zeit erfolgende Einäscherung einer planetaren Oberfläche ist immer noch besser als ein langsames Verbrennen durch die Hitze eines expandierenden roten Riesen. Fossilienfunde auf Vulkan zeigen deutlich, wie rasch sich 40 Eri A um zehn Prozent ihrer ursprünglichen Größe aufblähte, als die seit Millionen Jahren stabilen Fusionsreaktionen im Innern der Sonne praktisch von einem Augenblick zum anderen aus dem Gleichgewicht gerieten. Es dauerte nur zehn oder zwanzig Minuten, bis fast alle Wälder verbrannten. Nach einem Tag kochten die Ozeane; siebzig Prozent des Meerwassers verdunsteten, und zurück blieb nur Schlamm. Hier und dort schmolz Wüstensand zu Glas. Frei an der Oberfläche liegende Metallvorkommen verflüssigten sich. Bestimmte Gase in der Atmosphäre verbrannten. Ein großer Teil des Sauerstoffs und Stickstoffs wurde ionisiert und verlor sich im All. Berge schrumpften. Die Eiskappen an den Polen verschwanden. Seleyas Schnee verdampfte, und die Hänge wurden zu Schlacke, aus der die schwarzen Dornen verkohlter Baumstämme ragten. Als T'Khut aufging, wirkte sie wie ein Dämon am Himmel. Das reflektierte Strahlungsfeuer der Sonne verlieh ihr ein grelles, blendendes Rot. Sie war ebenfalls verbrannt, und auf der dunklen Seite flackerte die Glut zorniger Eruptionen.

Die meisten lebenden Geschöpfe auf Vulkan starben.

Aber es gab auch welche, die Glück hatten. Wer sich zum Zeitpunkt des Strahlungsschubs auf der Nachtseite befand, konnte sich verstecken und überleben. Einige Vulkanier suchten in Höhlen Zuflucht, und als sie die Kavernen Tage später verließen, fanden sie sich in einer völlig anderen Welt wieder. Viele von ihnen erlagen den schrecklichen Stürmen, die dem Feuer folgten, fielen Hunger und Durst zum Opfer oder erstickten in einer Atmosphäre, die wesentlich weniger Sauerstoff enthielt. Manche starben am Schock über den grundlegenden Wandel.

Vulkan war nicht mehr freundlich, und nur die Zähesten widerstanden dem Tod. Zu den Überlebenden gehörten auch einige, die das Geschenk der Sprache empfangen hatten. Nach dem Brand formten sie Worte, die Zorn und Schmerz zum Ausdruck brachten, und für lange Zeit sang man keine Lieder mehr. Sie fühlten sich von der Welt verraten — diese Botschaft wurde von Mund zu Mund gereicht, von Bewußtsein zu Bewußtsein. Sie übte erheblichen Einfluß auf alle anderen Worte aus und prägte die Struktur der Sprache. Die Welt lebt; die Welt ist wütend. Hütet euch davor, der Welt zu vertrauen. Gebt acht, wenn sie lächelt, denn dann schickt sie euch den Tod. Seid ständig bereit, sofort zu fliehen. Hütet euch vor dem Fremden und Neuen. Hütet euch vor Lichtern am Himmel, die ihr nicht kennt. Vertreibt sie und lebt. Kämpft gegen die Welt, kämpft gegen das, was sie euch bringt. Schlagt die Welt, wenn sich eine Gelegenheit dazu bietet. Denn früher oder später wird sie euch schlagen.

Der *andere* schwieg. Oder vielleicht hörte man nicht mehr auf ihn. Viele Worte gingen verloren, als sich die Sprache während der nächsten Jahrhunderte in ein neues Gewand kleidete — die Worte für Frucht, Regen, Frieden und Muße. Es entstanden Worte für Sandstürme, rußigen Stein, verbrannte Wälder, heißen, trockenen Wind, für eine Sonne, die nun wieder ruhig und gleichmäßig leuchtete, jedoch Argwohn verdiente. Worte für Trauer und Verlust und Einsamkeit, für verzweifelte mentale Verbindungen, die das Überleben in einer Welt erleichterten, die zur Hölle geworden war.

Doch das Wort für ›Berg‹ blieb *Heya*...

McCoy stand hinter dem Befehlsstand. »Weißt du, aufgrund seines Klimas steht dieser Planet nicht gerade in einem guten Ruf, aber eigentlich ist er hübscher, als es zunächst den Anschein hat. Irgendwie gewöhnt man sich an ihn.«

»Ich bin gespannt, ob du deine Meinung änderst, nachdem wir uns hinuntergebeamt haben«, erwiderte Kirk und streckte sich im Kommandosessel. »Häufig sprichst du davon, daß man trockene Hitze gut ertragen kann — bis du sie am eigenen Leib spürst. Dann heißt es immer wieder: ›Gibt's hier denn keine Klimaanlage?‹ — bis wir an Bord zurückkehren und dich ins Schwimmbecken werfen.«

McCoy verschränkte die Arme und schnitt eine Grimasse, als er das leise Lachen der Brückenoffiziere hörte.

»Status, Mr. Sulu«, sagte Kirk.

»Die Raumkontrolle hat unseren Anflug bestätigt, Captain. Noch drei Minuten bis zum Standardorbit.«

»Gut.« Jim schaltete den in die Armlehne des Sessels integrierten Kommunikator ein. »An alle. In drei Minuten schwenken wir in die vulkanische Umlaufbahn. Normale Bereitschaft. Landurlaub für alle Abteilungen genehmigt; lassen Sie sich von den Sektionsleitern einteilen.«

»Ich beneide die Crew«, murmelte McCoy und beugte sich vor. »Ein angenehmes Sonnenbad...«

»Während du deine Zeit in irgendeinem Konferenzzimmer verbringen mußt. Ach, du tust mir leid, Pille.« Kirk lehnte sich zurück, sah auf den Wandschirm und beobachtete den anschwellenden Planeten.

McCoy hatte durchaus recht: Vulkan war gar keine so unangenehme Welt, obwohl sie, vom Weltraum aus betrachtet, nicht gerade sehr einladend wirkte. Aber die Oberfläche bestand nicht nur aus heißen Wüsten, wie es oft in den Medien dargestellt wurde. Es gab Wasserflächen, einige von ihnen so groß wie das terranische Mittelmeer. Außerdem dachte kaum jemand daran, daß Vulkan über ein recht komplexes Wetter verfügte. Das Klima war dem in Südkalifornien vergleichbar — nur mit noch weniger Regen. Das Projektionsfeld zeigte jetzt deutlich ausgeprägte Wolken; der wesentliche Unterschied zur Erde bestand darin, daß ihre kondensierende Feuchtigkeit nur selten den Boden erreichte und meistens in den unteren Schichten der Atmosphäre verdampfte. Hinzu kam: Sie waren sehr dünn, bildeten nur eine Art Dunst über den betreffenden Gebieten. Darunter erstreckte sich eine graubraune, rote und goldene Landschaft: hier und dort ein Meteoritenkrater oder das Becken eines ausgetrockneten Meers; Gebirge, im Laufe der Jahrmillionen von Wind und Sand abgeschliffen. Eine Art ernste Schönheit. Während seines letzten Aufenthalts hatte Kirk kaum Zeit gefunden, den Planeten zu bewundern. Vielleicht ergab sich diesmal eine Gelegenheit dazu.

*Und wenn sich eine bietet, solltest du sie sofort wahrnehmen,* dachte er. *Falls wir bei der Abstimmung eine Niederlage hinnehmen müssen, bekommst du nie wieder eine Chance, dir Vulkan anzusehen...*

»Standardorbit«, meldete Sulu. »Zwanzigtausend Kilometer, hephaistossynchron.«

»Impulskraft für Stabilisierung. Navigation auf Automatik. Danke, meine Herren.«

Kirk wandte sich an Spock. »Ich nehme an, jetzt stehen uns die gewöhnlichen Einreiseformalitäten bevor. Und dann...?« Er bedachte seinen Ersten Offizier mit einem fragenden Blick.

»Sicher erwarten uns einige Repräsentanten der vulkanischen Behörden«, erwiderte Spock. »Vermutlich wollen sie den Zeitplan in Hinsicht auf die Debatte mit Ihnen erörtern. Heute abend findet in der vulkanischen Akademie der Wissenschaften ein Empfang für verschiedene Würdenträger statt, und morgen gibt es keine Verpflichtungen für uns. Übermorgen beginnt die Debatte.«

»Also haben wir heute und morgen frei«, stellte Kirk fest. »Nun gut. Uhura, geben Sie dem Transporterraum Bescheid und fragen Sie dann Sarek und Amanda, ob sie uns begleiten möchten. Es ist keine Eile notwendig; wir können uns auch später treffen.«

»Aye, Sir.«

Der Botschafter und seine Frau befanden sich bereits im Transporterraum, als Kirk, Spock und McCoy dort eintrafen. Sie warteten mit ihrem Gepäck auf den Transferfeldern. Sarek wirkte so ruhig und gelassen wie immer — wie *fast* immer. Jim erinnerte sich an den Schmerz, den er am vergangenen Abend für einen Sekundenbruchteil im Gesicht des Diplomaten gesehen hatte. Amanda machte kein Hehl aus ihrer Aufregung und lächelte offen.

»Wir sind lange fort gewesen«, sagte sie, als Kirk neben sie trat. »Unser letzter Abstecher nach Vulkan liegt fast zwei terranische Jahre zurück. Ich freue mich darauf, unser Haus wiederzusehen.«

»Eins Komma neun drei Jahre, Gemahlin«, murmelte Sarek. Eine Sekunde später verwandelten sich die Gestalten auf der Plattform in schimmernde Energiesäulen.

Sie rematerialisierten in einem anderen Raum, und Amanda sagte etwas zu Sarek, das der Translator nur in unverständliche Reibelaute übersetzte. Der Botschafter blinzelte und erwiderte: »Vielleicht hast du recht.«

In Amandas Mundwinkeln zuckte es, und Kirk wandte den Blick ab. Er war plötzlich davon überzeugt, gerade erlebt zu haben, wie man einen Vulkanier in aller Öffentlichkeit gutmütig verspottet hatte. *Interessant,* dachte er. *Er findet es keineswegs entwürdigend, ab und zu auf unlogisches Verhalten zu reagieren. Er hat recht: Es ist falsch, von Spock auf alle anderen Vulkanier zu schließen. Vielleicht sind wir uns ähnlicher, als wir glauben. Das könnte gut sein — oder schlecht.*

Der Raum, in dem sie nun standen, war nicht so öde und trostlos, wie man es vielleicht von einem Zimmer im Einreiseamt erwartete. Offenbar glaubten Vulkanier, daß kompetente Effizienz nicht unbedingt klinische Sterilität verlangte. Die Einrichtung der Kammer bestand aus Computerterminals und Sitzplätzen, und es fehlten alle anderen Dinge, die nicht unbedingt erforderlich waren. Aber die Sessel erwiesen sich als recht bequem und wurden auch ästhetischen Ansprüchen gerecht. In einer Ecke, neben dem Fenster, stand eine Pflanze, die wie eine Mischung aus Kaktus und Trauerweide aussah. Draußen erstreckte sich ein Garten aus Sand und Steinen, so glatt und perfekt symmetrisch, daß nicht einmal Mönche aus einem Zen-Kloster Verbesserungen hätten vornehmen können.

Hinter einem der Computerpodeste saß ein ernster junger Mann, der die Uniform eines Beamten trug. Er nahm die ID-Chips entgegen, ließ sie von einem Scanner prüfen und reichte sie mit einem höflichen Nicken zurück. Als er nach Kirks elektronischem Ausweis griff, sah er sofort wieder auf – offenbar genügte ihm der in der Oberfläche des Chips gespeicherte Interferenz-Code, um die Identität des Menschen zu erkennen – und richtete einen kühlen, durchdringenden Blick auf Jim. »Sie sind hier auf Vulkan sehr willkommen«, sagte er.

Für gewöhnlich konnte Kirk seinen Gefühlen vertrauen, aber diesmal war er nicht ganz sicher. »Danke«, erwiderte er. »Ich habe mich darauf gefreut, hierher zurückzukehren, obwohl ich andere Umstände vorgezogen hätte.«

Der junge Mann schob den Chip ins Scannermodul, sah auf die Anzeige und gab ihn zurück. Erneut nickte er. »Damit sind alle notwendigen Formalitäten erledigt«, verkündete er. »Durch die Tür dort erreichen Sie die Durchgangszone.« Mit diesen Worten wandte er sich um und verschwand durch einen anderen Ausgang.

Die Gruppe näherte sich der Tür, und Kirk sah Sarek an. »Mir ist gerade etwas aufgefallen, Sir. Hier auf Vulkan bin ich nur selten imstande, auf den ersten Blick einen klaren Eindruck von bestimmten Personen zu gewinnen. Hat der junge Mann seine Worte ernst gemeint?«

»Nun, es heißt, Vulkanier lügen nicht«, erwiderte der Botschafter.

»Aber sie können übertreiben, die Wahrheit für sich behalten oder sogar Ausflüchte machen«, sagte Jim.

In Sareks Wangen zuckte es kurz, als sie die Durchgangszone betraten. Der große, runde Saal enthielt lokale Transporter, mit denen sich fast jede beliebige Stadt auf Vulkan erreichen ließ. »Das stimmt, Captain«, bestätigte der Diplomat. »Aber auch in diesem Zusammenhang dürfen Sie nicht alle Vulkanier ›über einen Kamm scheren‹, wie es bei Ihnen heißt. Einige von uns praktizieren das *Cthia* und lehnen Lügen strikt ab, weil sie in einem krassen Widerspruch zum Sinn der Sprache stehen — sie stellt ein Mittel dar, um die Welt möglichst genau zu beschreiben. Aber manche Vulkanier beschäftigen sich eingehender mit dem *Cthia* als andere. Einige befassen sich überhaupt nicht damit. Und selbst wer behauptet, die *Cthia*-Prinzipien zu achten: Gelegentlich wählt man gewisse Grundsätze und ignoriert andere.« Sie blieben vor dem Transporter stehen, der eine Verbindung zur regionalen Hauptstadt Tu'Khrev bot. »Vor einigen Jahren fand ein kulturelles Austauschprogramm auf der Erde statt, und man lud mich zu einer religiösen Versammlung ein«, fuhr Sarek fort. »Die betreffenden Terraner bekannten ihren Glauben auf der Grundlage eines heiligen Buchs und meinten, man könne nur dann gerettet werden, wenn man sich genau und in allen Einzelheiten an die Anweisungen des Buches hielte. Nun, ich weiß noch immer nicht genau, warum die Menschen das Bedürfnis verspürten, gerettet zu werden, aber das ist in diesem Zusammenhang auch nicht weiter wichtig. Was das Buch betrifft: Ich halte es für sehr bedeutsam, denn es bietet dem aufmerksamen Leser weisen Rat. Aber manche dieser Ratschläge beziehen sich auf vergangene Epochen, wie ich glaube. Ich fragte die Anwesenden, ob es ihrer Meinung nach erforderlich sei, *alle* im Buch dargelegten Vorschriften zu achten, und das bejahten sie. Daraufhin fragte ich, ob sie wirklich — wie das Buch verlangte —

hölzerne Schaufeln nahmen, außerhalb der Stadt die vorgeschriebene Strecke zurücklegten, ein Loch gruben, sich dort erleichterten und ihre Ausscheidungen anschließend mit Erde bedeckten. Daraufhin waren die Menschen recht verärgert. Ich sagte, meiner Ansicht nach habe niemand das Recht, andere zur Einhaltung aller Gesetze aufzufordern, wenn er selbst nicht dazu bereit sei.« Sanft fügte Sarek hinzu: »Ich fürchte, daraufhin nahm der allgemeine Ärger noch weiter zu.«

»Die auf Sensationen spezialisierten Info-Dienste berichteten darüber«, warf Amanda mit einem schelmischen Lächeln ein. »›Dämonen-Alien von Lynch-Mob verfolgt.‹«

Spock musterte Sarek, und seine Züge zeigten so etwas wie Erstaunen – eine emotionale Reaktion, die er sofort unterdrückte. McCoy sah wie jemand aus, der von einem Augenblick zum anderen in schallendes Gelächter ausbrechen konnte. Sarek zuckte mit den Achseln. »Die Terraner verhielten sich nicht logisch.«

»Es lag an den Ohren«, sagte Amanda.

Der Botschafter warf ihr einen neugierigen Blick zu. »Das hast du auch damals behauptet, ohne eine Erklärung hinzuzufügen. Warum sollten meine Ohren jene Menschen so verärgert haben?«

Amanda gluckste leise.

»Ich glaube, ich kann Ihnen eine Antwort auf diese Frage geben.« McCoy holte tief Luft, sprach über Dämonologie, Ikonographie, Heugabeln und Hörner – bis Sarek verwundert den Kopf schüttelte. »Man hielt mich also für eine Personifizierung der Entropie. Oder die Terraner glaubten, ich ähnelte einer solchen.«

»So könnte man es ebenfalls ausdrücken«, bestätigte Kirk. »Gibt es solche Gestalten in vulkanischen Legenden?«

»Ja«, antwortete Sarek. »Und sie *alle* haben spitze Ohren. Wir kennen uns gut genug, um zu wissen, daß die Entropie nur unser eigenes Abbild benötigt, um ihre Ziele zu erreichen. Wie dem auch sei...« Er sah McCoy an, und seine ernste Miene brachte vage Sorge zum Ausdruck. »Wie dem auch sei, Doktor: Ich rate Ihnen davon ab, diese Besonderheit Ihrer Kultur mit anderen Vulkaniern zu erörtern. Es könnte zu ... Mißverständnissen kommen.«

»Das würde mich nicht wundern«, erwiderte McCoy. »Nun, kein Problem, Sir.«

Das Transportersystem meldete Bereitschaft. Kirk und seine Begleiter traten auf die Transferfelder, während Sarek seinen Diplomaten-Chip in den Zahlschlitz des Terminals schob und Koordinaten eintippte. »Sie werden zum Konsulats- und Botschaftskomplex gebeamt«, sagte er. »Dort überlasse ich Sie den Personen, mit denen Sie sprechen müssen. Amanda und ich suchen zuerst unser Haus auf, und später nehme ich an den geplanten Konferenzen teil. Ich fürchte, es sind zu viele. Wir sehen uns beim Empfang heute abend. Die Beamten im Konsulat programmieren Ihren Chip mit den Koordinaten der Akademie oder bringen Sie dorthin, wenn Sie das wünschen, Captain.«

»Ich bitte sie darum, die *Enterprise* zu verständigen«, entgegnete Kirk. »Noch einmal besten Dank, Botschafter.«

»Höflichkeit Gästen gegenüber ist eine Pflicht«, stellte Sarek ruhig fest. »Energie.«

Die Welt löste sich auf, und als sie einen nicht meßbaren Zeitraum später wieder feste Konturen gewann, standen Jim, Spock und McCoy vor einem eindrucksvollen Gebäude. Kirk vermutete, daß es von einem Architekten stammte, dessen Familie eine Glasfabrik besaß. Es kam einem Kunstwerk gleich, bestand aus mehreren fragil anmutenden Türmen, die mit gläsernen Brücken und Strebepfeilern verbunden waren. Überall glänzten goldene, grüne und hellblaue Töne, verschmolzen miteinander und formten eine farbliche Harmonie.

»Prächtig«, kommentierte Kirk.

»Bestimmt sind die Scheiben polarisiert, um das Sonnenlicht zu filtern«, fügte McCoy hinzu. »Sonst wär's dort drin noch heißer als in einem Backofen.«

»Ein typisch vulkanischer Stil«, sagte Spock. »Kunst

und Wissenschaft werden miteinander verbunden. Es gibt keinen Grund, warum etwas Funktionelles nicht auch schön sein sollte – tatsächlich erhöht Ästhetik die Effizienz. So etwas überrascht viele Leute, die glauben, daß auf Vulkan alles nur der Nützlichkeit dient und / oder aus Stein und Sand besteht.«

Sie näherten sich dem Gebäude. »Manchmal verhält sich Ihr Vater ungewöhnlich«, bemerkte Kirk. »Für gewöhnlich neigen Botschafter nicht dazu, sich irgendwelchen Gefahren auszusetzen, so wie es damals bei Sarek der Fall war. Normalerweise sind es Leisetreter, wenn Sie verstehen, was ich meine.«

»Dieser Ausdruck ist mir durchaus geläufig«, erwiderte Spock, als sie das Gebäude erreichten und die beiden Türflügel vor ihnen aufschwangen. »Mein Vater fällt nicht in die Kategorie des ›normalen‹ Botschafters – ein Umstand, für den wir vielleicht noch dankbar sein werden.«

Der Nachmittag wäre sicher langweilig gewesen – wenn sich Kirk nicht in der Gesellschaft einer Person gefunden hätte, die ihm sofort unsympathisch war.

Der Mann hieß Shath und gehörte zu den für die Debatte zuständigen Beamten. Für einen Vulkanier war er klein, kaum eins achtzig, und sein blondes Haar weckte sofort Jims Aufmerksamkeit, als man sie im Büro des Konsulats einander vorstellte. Blonde Vulkanier waren recht selten, und die blauen Augen stellten eine zweite Überraschung dar: dunkelblau, wie Vulkans Tageshimmel bei klarem Wetter. Eisige Kälte schwamm in diesen Pupillen. Es handelte sich nicht um die kühle Reserviertheit, die Kirk vor langer Zeit auch bei Spock gespürt hatte und die Sarek noch immer anhaftete. Statt dessen fühlte er nun ganz bewußte Frostigkeit und eine unüberbrückbare Distanz.

Spock verließ den Raum in Begleitung einer schlanken, älteren Frau. Shath führte Kirk und McCoy in ein Vorzimmer und ließ sie dort zwanzig Minuten lang an einem Tisch allein, auf dem nur eine Computerkonsole stand. Zuerst unterhielten sich die beiden Männer und nahmen an, daß einige bürokratische Probleme gelöst werden mußten, aber als Shath zurückkehrte, verzichtete er auf eine Erklärung für die Verzögerung. Er kam sofort auf den Kern der Sache zu sprechen, erkundigte sich nach Zeit- und Reiseplänen und wirkte dabei wie jemand, der höflich zu Affen sein mußte.

Jim beantwortete die Fragen freundlich, aber der neben ihm sitzende McCoy wurde immer unruhiger, setzte mehrmals zu einer Bemerkung an und klappte im letzten Augenblick den Mund zu. *Warum soll ich mich aufregen?* dachte Kirk. *Ich bin der Kommandant eines Raumschiffs und werde nicht mit dem angemessenen Respekt behandelt – na und? Sarek hat recht. Die Vulkanier sind nicht alle gleich, und einige von ihnen haben etwas gegen uns. Wenn ich mich davon ärgern lasse, zeige ich genau die emotionale Reaktion, mit der man rechnet. Nein, diese Genugtuung gebe ich ihnen nicht ...*

»Nun gut«, sagte Shath und unterbrach Jims Gedankengang mit einem scharfen Tonfall, den niemand – *niemand* – einem Captain gegenüber benutzen durfte. »In zwei Tagen um null Komma drei werden Sie den Saal der Stimme aufsuchen, um Ihre Erklärung abzugeben. Sie dürfen Unterlagen mitbringen, wenn Sie möchten.« Shaths Blick wies deutlich darauf hin, was er von jemandem hielt, der bei einem Vortrag Notizen brauchte. »Das ist alles.«

Kirk beschloß, dem aufgeblasenen Kerl seine Meinung zu sagen, aber McCoy kam ihm zuvor. »Praktizieren Sie das *Cthia?*« fragte er.

Shath reagierte wie jemand, der eine beschämende Frage von einem Papagei hörte – sein Gesicht zeigte Ärger und Verachtung. »Ja.«

»Aber offenbar haben Sie sich noch nicht mit dem Teil beschäftigt, der die Höflichkeit Gästen gegenüber betrifft«, sagte McCoy in aller Seelenruhe.

In Shaths Augen blitzte es. »Bei *Tviokh* findet das *Cthia* keine Anwendung. Und bald auch nicht mehr bei Wesen Ihrer Art. Das ist alles«, wiederholte er.

»Ich glaube, da irren Sie sich«, brummte McCoy und zog die Worte ein wenig in die Länge. Er sprach noch immer ruhig. »*Tviokh*, wie? Ihre Unverschämtheit ist nur damit zu erklären, daß Sie nach vulkanischen Maßstäben kaum mehr sind als ein Kind. Sie haben noch nicht einmal den fünfzigsten Geburtstag hinter sich, oder? Nun, möglicherweise lernen Sie noch, was gute Manieren bedeuten. Leider bin ich heute nachmittag zu beschäftigt, um Ihnen das Fell zu gerben.« Er stand auf. »Komm, Jim. Überlassen wir diesen jungen Schnösel seinem Papierkram.«

McCoys Stimme klang so provokativ, daß Kirk seinen eigenen Ärger im Zaum hielt. Er hob die Hand und spreizte die Finger. »Glück und langes Leben, Shath«, sagte er. »Doktor...« Gemeinsam verließen sie das Zimmer.

Der Arzt blieb nicht stehen und ging durch den Korridor mit den gebäudeinternen Transportern. »Was sollte *das* denn?« flüsterte Jim ihm zu.

»Ich sag's dir draußen«, entgegnete McCoy und schwieg, bis sie den Platz vor dem Bauwerk erreichten.

Sie fanden eine steinerne Sitzbank unter den stachelbesetzten Zweigen einer ›Trauerweide‹ und nahmen Platz. McCoy ließ den angehaltenen Atem entweichen und sah Kirk an. »Der Bursche dort drin. Hast du ihn erkannt?«

»Nein.«

»Nun, du warst damals abgelenkt, wenn ich mich recht entsinne. Shath nahm an Spocks Hochzeitszeremonie teil.«

»Tatsächlich?« fragte der Captain verblüfft.

»Ja. Er stand bei den Zuschauern. Ich erinnere mich genau an ihn — sein blondes Haar fiel mir auf.«

»Er war ziemlich unhöflich.« Kirk schüttelte den Kopf. »Er haßt uns. Nein, es ist kein Haß, eher Verachtung. Als seien wir Dreck für ihn.«

»Genau. Haß erfordert persönliche Informationen über den Gehaßten. Shath weiß nichts über uns. Ich wollte nicht, daß er sich an uns entsinnt, und deshalb habe ich so gehandelt, wie er es von mir erwartete. Gleichzeitig hoffte ich, daß du ruhig bleibst und keine Aufmerksamkeit auf dich ziehst. Aber es kam noch besser: Du hast dich wie ein Vulkanier verhalten, damit das Feuer der Wut in ihm geschürt und eine zusätzliche Ablenkung geschaffen.« McCoy lehnte sich zurück. »Au!« entfuhr es ihm. Er rückte sofort wieder nach vorn und rieb sich den Nacken. Der Baum hatte seine eigene Vorstellung von Leuten, die sich an ihn lehnten: Mehr als drei Zentimeter lange Dorne ragten aus seiner Rinde. »Wie dem auch sei: *Er* meinte, was er sagte.«

»Das ist sogar mir klar.« Kirk zögerte kurz und fragte dann: »Was ist ein *Tviokh?*«

»*Tvee'okh*«, berichtigte McCoy. »Mit einem doppelten ›e‹ geschrieben. Ein abschätziges Wort, so etwas wie ›Ausländer‹ oder ›Gringo‹.« Er seufzte. »Eigentlich bedeutet das Wort ›Nachbar‹. Was gewisse Schlüsse ermöglicht. Es ist kein besonders netter Ausdruck. Er deutet an, daß die betreffende Person auf einem nahen Stück Land lebt — aber man sähe sie lieber darunter.«

»Entzückend. Und du bist sicher, daß Shaths Verachtung nicht uns im besonderen, sondern den Menschen im allgemeinen gilt?«

»Ja, ich glaube schon.« McCoy lehnte sich erneut zurück, diesmal etwas vorsichtiger. »Ich hatte Zeit genug, Spocks Bewegungsmuster gründlich zu untersuchen, Jim. Zwar ist er zur einen Hälfte Mensch, und Amandas Körpersprache findet einen gewissen Niederschlag in seiner eigenen, aber der prägende Einfluß ging von Sarek und anderen Vulkaniern aus. Dadurch gerieten die menschlichen Aspekte seines Gebarens immer mehr in den Hintergrund. Denk nur an neue Besatzungsmitglieder, die unserem Ersten Offizier zum erstenmal begegnen. Einige Wochen lang drückt ihre Körpersprache Unbehagen aus. Soviel Zeit brauchen sie, um zu verstehen, daß er ihnen nicht mit Arroganz begegnet, nur weil bei ihm die üblichen Reaktionen ausbleiben. Er ist schlicht und einfach anders. Sobald sie das begriffen haben, ›glättet‹ sich ihr Gebaren wieder.«

Kirk nickte. »Deshalb nimmst du an, daß Shath auf alle Menschen zornig ist.«

»Zornig, ja. Das halte ich für den angemessenen Ausdruck. Er ist so zornig, daß er sogar seine Höflichkeitspflichten vernachlässigt – obwohl er weiß, daß wir uns beschweren könnten, was ihm die Entlassung oder zumindest einen offiziellen Verweis einbrächte. Wahrscheinlich zweifelt er nicht daran, daß die Abstimmung zugunsten der Sezession ausfallen wird und wir nachher keine Rolle mehr spielen.«

Kirk atmete tief durch. »Wie viele stimmberechtigte Vulkanier teilen Shaths Einstellung? Himmel, Pille, ich mache mir langsam Sorgen.«

»Erst jetzt? Ich bin nicht nur besorgt, sondern *entsetzt*, wenn ich daran denke, daß meine Aussage das Referendum beeinflußt.«

Einige Sekunden lang schwiegen sie. »Nun«, sagte Kirk schließlich, »ich schätze, wir müssen uns zusammenreißen und versuchen, einen möglichst guten Eindruck zu erwekke. Trotzdem...« Er schüttelte den Kopf. »So etwas bin ich von Vulkaniern einfach nicht gewöhnt. Sie sind immer so beherrscht und zuvorkommend. Wenn ich mir Tausende oder gar Millionen von zornigen Vulkaniern vorstelle, die ihrer Wut plötzlich freien Lauf lassen...«

»Dieser Gedanke erschreckte sie ebenfalls«, gab McCoy zurück. »Und er sorgte dafür, daß sie hier auf dieser Welt blieben.«

»Was mich an etwas erinnert... Mein Übersetzungsmodul konnte mit dem Wort überhaupt nichts anfangen. Glaubst du, das Ding ist schon wieder hin? Du hast meinen intradermalen Transponder erst vor einigen Wochen ausgetauscht.«

»Damit ist alles in bester Ordnung«, erwiderte McCoy und fügte ein wenig schuldbewußt hinzu: »Während des Landurlaubs entschied ich mich für einen RNA-Sprachkurs der zweiten Stufe. Offen gestanden: Ich habe die Nachrichten gesehen und ahnte, was uns bevorstand. Deshalb blieb ich zu Hause und begann mit dem Kurs.«

»Anstatt dich auf Bali zu vergnügen?«

McCoy zuckte mit den Schultern, und Kirk musterte ihn mit ehrlichem Erstaunen. Heutzutage wählten nur noch wenige Menschen chemische Mittel, um Fremdsprachen zu erlernen. Die Messenger-RNA ermöglichte es zwar, vollständiges Sprachwissen zu erwerben, aber nach einiger Zeit ließ die Wirkung nach, und außerdem ging es der betreffenden Person mehrere Tage lang sehr schlecht. Die meisten Leute verwendeten tragbare Übersetzungsmodule und brachten ihre Programme auf den neuesten Stand, falls es notwendig werden sollte. Aber die RNA-Serie hatte auch unbestreitbare Vorteile. Sie vermittelte bewußtes Wissen. Man konnte sich sofort fließend in der gewählten Sprache verständigen und subtile Ausdrücke verwenden, um gewünschte Wirkungen zu erzielen. Auch Wortspiele gehörten zum Repertoire, sofern die Fremdsprache derartige Möglichkeiten bot. Hinzu kam: Man brauchte keinen vollständigen Zusammenbruch der Kommunikation zu befürchten, wenn der Translator versagte oder aus irgendeinem Grund nicht das notwendige Übersetzungsprogramm zur Verfügung stand. Kirk war beeindruckt. »Welchen Kurs hast du gewählt? Nur-Hören oder Hören-und-Verstehen?«

»*Hwath ta – jevehih tak rehehl kutukk'sheih nei ya 'ch'euvh*«, sagte McCoy, hustete und rieb sich die Kehle. »Verdammte Reibelaute. Sind schlimmer als Gälisch. Mein Akzent taugt nicht viel. Ich habe um einen gebeten, der auf dem nördlichen Kontinent gebräuchlich ist. Statt dessen bekam ich die RNA von einem Vulkanier, der erst in Cambridge studierte und dann das University College von Los Angeles besuchte.« Er rollte mit den Augen. »Die reinen Klone sind weitaus teurer...«

»Du hast den Kurs nicht Starfleet in Rechnung gestellt?«

McCoy schnitt eine Grimasse. »Soll das ein Witz sein? Du weißt doch, wie lange es dauert, bis ein Antrag durch alle Abteilungen gelaufen und mit den richtigen Stempeln und Unterschriften versehen ist. Wahrscheinlich hätte ich die Genehmigung ein Jahr nach Vulkans Sezession erhalten. Nein, ich habe alles aus der eigenen Tasche bezahlt.«

Kirk schmunzelte. Kurze Zeit später kam Spock über den Platz und blieb vor der Bank stehen. »Gab es ein Problem, Captain?« fragte er. »Sie waren nur kurze Zeit im Konsulat.«

»Wir haben alle notwendigen Dinge erledigt«, erwiderte Kirk. »McCoy hätte fast einem Vulkanier das Fell gegerbt.«

Der Arzt streckte die Beine, und Spock musterte ihn verwirrt. »Vulkanier haben kein Fell«, stellte der Erste Offizier fest.

»Oh, Haare spielen dabei keine Rolle«, erwiderte McCoy und grinste.

Spock schüttelte den Kopf. »Ich muß gestehen, daß ich Sie nicht verstehe.«

»*He' elef ka hij*«, sagte McCoy, und Kirks Translator übersetzte die Bemerkung sofort: »Sie wissen, was ich meine.«

Spock blinzelte.

»Kommen Sie.« Der Arzt stand auf. »Ich möchte mir die hiesigen Läden und Geschäfte ansehen. Unterwegs erkläre ich Ihnen alles.«

»Faszinierend«, murmelte Spock, als sie durch den heißen und hellen Nachmittag schritten.

Sie verbrachten einige angenehme Stunden damit, durch die Stadt zu wandern, Schaufensterauslagen zu betrachten und die lokale Architektur zu bewundern. Schließlich besuchten sie ein Restaurant und aßen, wie sich McCoy ausdrückte, ›bessere Lasagne als in Italien‹. Nach vulkanischen Maßstäben war es ein recht milder Tag; die Temperatur betrug kaum mehr als vierzig Grad Celsius. Trotzdem bedauerte es Kirk nicht, daß er sich eine Hitze-Uniform aus dem Lager der *Enterprise* besorgt hatte: Das spezielle Material strahlte aufgenommene Wärme sofort nach außen ab, und deshalb schwitzte er nicht. Doch als sie auf dem schattigen Hof des Restaurants saßen, spürte Jim noch immer den heißen Atem Vulkans. Mit Genuß trank er das klare, kühle Wasser, das aus einer nahen, leise plätschernden Quelle stammte.

McCoy beobachtete sie nachdenklich und nippte an seinem Wein. »Vulkan ist ein sehr trockener Planet, aber trotzdem gibt es hier erstaunlich viele Springbrunnen.«

»Wir gehen sehr vorsichtig mit unserem Wasser um«, erwiderte Spock. »Doch übertriebene Sparsamkeit kann dazu führen, daß die Seele leidet. Der Geist braucht ebenso Erfrischung wie der Körper.«

McCoy setzte das Weinglas ab. »Früher hätte es mich erstaunt, so etwas von Ihnen zu hören.«

»Früher kannten Sie mich nicht so gut wie heute«, hielt ihm Spock entgegen. Er drehte sein Glas hin und her. »Die Zeiten ändern sich. Hoffen wir, das gilt auch für diese Welt.«

McCoy nickte. »Ich möchte Sie etwas fragen. Einige Bestandteile Ihrer Sprache verstehe ich nicht...«

»Zum Beispiel den Akzent«, warf Spock trocken ein.

»Darum geht's nicht. Sie wissen ja, wie ein RNA-Transfer funktioniert: Man bekommt sowohl den Bedeutungsinhalt der Worte als auch ihre Definitionen und Aussprache.«

»Ja.«

»Nun, bei einigen Worten ist mir der Kontext nicht ganz klar, obwohl sie sich mühelos übersetzen lassen. Ich denke nur an *a'Tha*.«

Spock verzichtete auf eine Antwort, neigte nur den Kopf und sah McCoy an.

»Wenn es sich um etwas handelt, nach dem ich nicht fragen sollte, so vergessen Sie's«, fügte der Arzt rasch hinzu. »Ich kenne die Regel des Schweigens, aber leider weiß ich nicht genau, wo das Tabu der Privatsphäre beginnt.«

Spock schüttelte den Kopf. »Seien Sie unbesorgt, Doktor. Ein Tabu gibt es nur dann, wenn Sie sich nach Besonderheiten erkundigen, nach der Bedeutung für einzelne Personen. Aber Ihre Frage ist abstrakt gemeint.«

Er preßte die Fingerspitzen aneinander. »In Ihrer Übersetzung fehlt ein Kontext, weil es hier um ein Konzept unserer Sprache geht, das ständig neue Erfahrungen erfordert. Man kann ihm keine feste Form geben — ebensowenig ist es Ihnen möglich, über viele Jahre hinweg den gleichen Atem zu wiederholen. Man muß *a'Tha* in jeder Sekunde neu erleben. Dieses Prinzip stellt weder eine Tradition meines Volkes noch eine kulturelle Auflage dar, sondern eine Funktion der Struktur des Universums. Die individuelle Position in der Raum-Zeit verändert sich ständig, und deshalb ist auch *a'Tha* einem dauernden Wandel unterworfen.«

Kirk runzelte die Stirn. »Ich fürchte, da kann ich Ihnen nicht ganz folgen.«

»Dieser Begriff ist keineswegs so schwer zu verstehen, wie Sie meinen«, fuhr Spock fort. »In den meisten terranischen Sprachen laut die angemessene Übersetzung ›Immanenz‹. *A'Tha* beschreibt die direkte Erfahrung des Wesens oder der Kraft, die das Universum erschaffen hat.«

»Gott«, sagte Kirk überrascht.

»Meinen Sie das als Ausruf oder als Synonym für die von mir vorgeschlagene Bezeichnung?« fragte Spock. »Nun, ›Gott‹ wird dem Konzept durchaus gerecht. Vulkanier spüren diese Präsenz direkt und unmittelbar. Das war immer der Fall, mehr oder weniger. Das Wort gehört zu den ältesten, die wir kennen, zu den ersten schriftlichen Überlieferungen; seit den primordialen Sprachphasen hat es sich kaum verändert.«

McCoy bedachte Spock mit einem neugierigen Blick. »Soll das heißen, daß *Sie alle* jene Information haben, nach der die meisten Völker jahrtausendelang suchen, ohne sie jemals zu finden? Eine Information, die man sich auf anderen Welten in Klöstern erhofft, um die erbitterte Kriege geführt wurden?«

»Ja«, bestätigte Spock. »Das ist eine korrekte Zusammenfassung.«

Einige Sekunden lang saß Kirk völlig still und dachte

darüber nach. Dies erklärte die unheimliche, Menschen so anomal erscheinende Ruhe und Gelassenheit vieler Vulkanier: Sie trugen die Gewißheit mit sich herum, daß alles in bester Ordnung war. *Bei ihnen gibt es einfach keinen Platz für Zweifel und Unsicherheit,* fuhr es ihm durch den Sinn. *Beneidenswert.* Doch damit wurde nicht alles geklärt. »Wie paßt Shath in dieses Bild?«

»Ich glaube, ich verstehe Ihren Standpunkt, Captain«, entgegnete Spock. »Menschen fehlt die innere Gewißheit, und deshalb nehmen sie vermutlich an, mit dieser Gewißheit könne man die meisten Probleme lösen. Das stimmt auch, zumindest in gewisser Weise. Aber es gibt *viele* Dinge, die dennoch Fragen aufwerfen. Gehen wir einmal davon aus, daß Gott wirklich existiert. Warum läßt Er das Böse zu? Warum existiert Entropie? Können wir die Kraft, die das Universum schuf, ›gut‹ nennen? Was ist gut? Und warum gibt es Schmerz?« Als McCoy nickte, fügte Spock hinzu: »Ja, es sind die gleichen Fragen, die sich auch Menschen stellen, und sie werden nicht beantwortet, nur weil man Seine Präsenz spürt. Einige Fragen sind geradezu erschreckend. Wenn Gott existiert, wenn die Schöpfung auch Schmerz und das Böse vorsieht, wenn ihm etwas an Seinem Werk liegt – diese Erkenntnis gehört auch zu unserer direkten Erfahrung ... Müssen wir daraus den Schluß ziehen, daß wir ›auf uns allein gestellt‹ sind, in einem Kosmos, der außer Kontrolle geraten ist? Solche Anschauungen bieten mehr Freiraum für Zorn und Aggression. Wir haben viele Kriege geführt, obgleich fast jeder Vulkanier wußte, daß eine *Kraft* präsent ist, die das Universum erschuf und es jetzt erhält, Sekunde um Sekunde. Man braucht mehr als nur das sichere Wissen um ein göttliches Sein, um den Frieden zu bewahren. Man muß entscheiden, wie man diese Information verwendet.«

McCoy nickte. »Vermutlich wollen Sie darauf hinaus, daß nicht alle Vulkanier *a'Tha* im gleichen Ausmaß spüren.«

»In der Tat. Es liegt daran, daß sie verschiedene Positionen in der Raum-Zeit einnehmen. Hinzu kommen noch viele andere Einflußfaktoren.«

Damit beendete Spock seinen Vortrag. McCoy sah ihn weiterhin an, schwieg jedoch und hob sein Weinglas an die Lippen.

»Sie möchten mich fragen, ob und wie ich *a'Tha* spüre«, sagte Spock nach einer Weile. In seinen Augen glänzte es amüsiert. »Nun, ich kann das Tabu von meiner Seite aus verletzen und Ihnen bestätigen, daß ich die Präsenz tatsächlich wahrnehme. Allerdings weiß ich nicht, ob das Ausmaß, in dem sie sich mir darbietet, als ›normal‹ bezeichnet werden kann, wenn man es mit anderen Vulkaniern vergleicht. In dieser Hinsicht wird die Regel des Schweigens gültig, ein Kodex, der die Privatsphäre betrifft und zu Suraks Richtlinien bezüglich des *Cthia* gehört. Eins darf ich hier feststellen: In meinem Leben — wie auch in dem vieler anderer Vulkanier — ergeben sich aus *a'Tha* mehr Fragen als Antworten. Nun, ich gestehe ein, daß ich mich oft gefragt habe, wie sich ein Mensch fühlt, der diese Gewißheit nicht teilt. Wie dem auch sei, Doktor: Genügt Ihnen das als Erklärung?«

»Ich glaube schon.«

»Gut«, sagte Kirk und sah auf sein Chronometer. »Es ist schon spät. Wir müssen zum Schiff zurück und uns für den Empfang umziehen. Wo findet er statt? In der Akademie, nicht wahr?«

»Ja«, erwiderte Spock, als sie aufstanden.

»Großartig«, brummte McCoy und griff nach den Dingen, die er gekauft hatte. »Noch eine Cocktailparty im Hörsaal.«

Spock wölbte nur stumm die Brauen.

Später, im Transporterraum, musterten sie sich einige Sekunden lang in ihren Galauniformen, bevor sie auf die Transferfelder traten. Kirk stellte erstaunt fest, daß McCoy seinen Rangabzeichen und Medaillen ein kleines UMUK-Symbol hinzugefügt hatte. »Man könnte fast meinen, du wolltest dich der vulkanischen Lebensweise anpassen«, sagte er. »Woher stammt *das* denn?«

»Ich hab's in dem Laden gefunden, der dein Interesse an Briefbeschwerern mit Mount-Seleya-Darstellungen geweckt hat. Die tollsten Dinger, die ich jemals gesehen habe.«

»Ja«, warf Spock ein. »Sie werden von der Erde importiert.«

»Niemand hat Sie um einen Kommentar gebeten, Spitzohr. Jim, wir können nicht zulassen, daß diese Leute die Föderation verlassen. Zuerst müssen sie uns zeigen, wie man geschmackvolle Souvenirs herstellt.«

Kirk stöhnte. »Energie«, wandte er sich an den Transportertechniker.

Sie rematerialisierten in einer dunklen Landschaft aus Sand und Stein, und darüber erstreckte sich ein Himmel, an dem erste Sterne funkelten. Das letzte Glühen der untergegangenen Sonne verblaßte, und Kirk atmete erleichtert auf; der Tag war so hell gewesen, daß er noch immer Tränen in den Augen zu spüren glaubte. Sie standen auf einem weiten Platz vor der Akademie. Silbriger Sand reichte bis zum Horizont, wo sich die Konturen einer niedrigen Hügelkette abzeichneten. Es herrschte noch immer eine recht hohe Temperatur, und in der Ferne ertönte ein seltsam klingender Schrei, der gleichzeitig melodisch und traurig klang.

»Ja, man kann sich wirklich an diese Welt gewöhnen«, meinte Kirk.

»Du hast noch nicht alles gesehen«, sagte McCoy. »Dreh dich mal um.«

Jim wandte den Blick vom Horizont ab — und wich unwillkürlich einen Schritt zurück, als er das gewaltige steinerne Gebäude sah, das vor der schimmernden T'Khut in die Höhe ragte. Es wirkte wie ein Schloß, doch auf der Erde gab es keine auch nur annähernd so großen Schlösser. Steinmetze schienen es aus einem Berg gemeißelt zu haben.

»Früher ist es eine Festung gewesen«, erklärte Spock. »Damals, als dies im Umkreis von vielen tausend Kilometern der einzige Ort war, an dem Wasser aus Felsen entsprang. Kriege fanden statt, um Pelasht zu erobern, doch manchmal konnte der Sieger die Bastion nur einen Tag lang halten. Dann kam Surak, und als die Kämpfe aufhörten, entstand hier die Akademie. Seitdem dient Pelasht als Zeremonienhaus und Bankettsaal. Sollen wir eintreten?«

Sie setzten sich in Bewegung. Kirk rechnete fast mit einem Fanfarenstoß, als sie die zum Haupttor führende steile Treppe hochstiegen. Eine solche Begrüßung wäre ihm durchaus recht gewesen — als Grund dafür, wenigstens einige Sekunden lang stehenzubleiben und nach Luft zu schnappen. Ihm lag nichts an einer Kletterpartie in dieser Atmosphäre. Zwar hatte ihn McCoy an Bord der *Enterprise* mit TriOx und anderen Medikamenten behandelt, damit seine Lungen mehr Sauerstoff aufnehmen konnten, aber er geriet trotzdem in Atemnot. *Ich hoffe nur, daß mich diesmal niemand zu einem Duell herausfordert,* dachte er sarkastisch.

Sie passierten das große Tor, und McCoy sah mißtrauisch zu den großen Löchern in der Decke des Korridors auf, der am Innentor endete. Die Öffnungen eigneten sich bestens dafür, Felsen auf Feinde herabstürzen zu lassen, die zwischen den hohen Mauern in der Falle saßen. Allem Anschein nach war das in der vulkanischen Vergangenheit mehrfach geschehen — im Boden zeigten sich deutlich Kratzspuren und Dellen.

»Die Tore bestehen aus massivem Fels«, murmelte der Arzt. »Die Angeln müssen also ein enormes Gewicht tragen. Woraus bestehen sie?«

»Aus einer Titan-Stahl-Legierung«, antwortete Spock. »Mein Volk erfand sie vor fünftausend Jahren, während es versuchte, neue Waffen zu entwickeln.«

»Militärische Forschung — typisch.« McCoy ging weiter. Weiter vorn glühte Licht, und Gesprächsfetzen wehten ihnen entgegen.

Nach einigen weiteren Metern blieben sie beeindruckt stehen. Der Saal von Pelasht ist einer der größten Räume im bekannten Universum: fast einen Kilometer lang, rund vierhundert Meter breit und hundertfünfzig Meter hoch. Wände und Decke bestehen aus uraltem vulkanischen Basalt. Hunderte von Lampen wirkten so winzig wie ferne Sterne. Ein seltsames Empfinden regte sich in Kirk: Die Leere bedrückte ihn, ließ ihn zwergenhaft erscheinen. Er blieb wie erstarrt stehen, bis dieses Gefühl aus ihm wich, bis er nicht mehr befürchtete, daß die massive Decke weit oben von einem Augenblick zum anderen herabfallen und ihn unter sich zermalmen konnte. Er dachte daran, daß es auf Vulkan häufig zu Erdbeben kam — und schauderte innerlich.

Es knackte in verborgenen Lautsprechern. »Captain James T. Kirk. Doktor Leonard E. McCoy. Commander Spock...«

Sie traten ein, und Jim gab sich alle Mühe, gemütlich zu schlendern, sich nichts anmerken zu lassen. Es war ein langer Weg. Der Saal hätte problemlos Tausende von Personen aufnehmen können; die Anwesenden bildeten kleine Gruppen an den Tischen, die in der Mitte standen, Speisen und Getränke anboten.

Kirk und seine Begleiter gingen zum nächsten Tisch, wo sie Sarek, Amanda und vielen anderen Vulkaniern begegneten, die man ihnen nacheinander vorstellte. Jim bedauerte, daß er seinen Translator nicht mit einer speziellen Namensdatei ausgestattet hatte. Es blieb ihm nichts anderes übrig, als die einzelnen Namen möglichst korrekt zu wiederholen und sie sich fest einzuprägen.

Eine angenehme Überraschung erwartete ihn: Die Vulkanier begegneten ihm mit weitaus mehr Höflichkeit als Shath, behandelten den Starfleet-Captain wie ein intelligentes Wesen. Das war eine Erleichterung nach dem vergangenen Nachmittag. Kirk hatte sich bereits gefragt, ob der ganze Planet einen Paria in ihm sehen würde. *Gib dich bloß keiner Paranoia hin*, dachte er und nahm an den Gesprächen teil.

Als er sich mit den Vulkaniern unterhielt, stellte er zufrieden fest, daß tatsächlich ausgeprägte individuelle Unterschiede existierten. Viele Menschen stellten sich die Bewohner des Planeten Vulkan als hochgewachsen, schlank und dunkelhaarig vor, sowohl Männer als auch Frauen. Diese Parameter trafen tatsächlich auf einen großen Teil der Bevölkerung zu, aber es gab auch kleine und blonde Vulkanier, sogar einen rothaarigen, der an einem der anderen Tische stand und ernst mit K's't'lk diskutierte. Kirk sah zart gebaute wie untersetzte Männer und Frauen; manche Vulkanier hatten ganz gewöhnliche Gesichter und nicht die üblichen ziselierten Züge. *Sie sehen wie Menschen aus.* Kirk schmunzelte bei diesem Gedanken.

Er besorgte sich einen Drink – klares Wasser, das man hier aufgrund des süßen Geschmacks sehr schätzte – und wandte sich dann wieder ›seiner‹ Gruppe von Vulkaniern zu. Inzwischen kannte er sie: Sreil, ein kräftiger, braunhaariger Biologe von der Akademie; T'Madh, eine kleine Programmiererin mit großen, hellen Augen, alt und doch neugierig wie ein Kind; ihr Sohn Savesh, der sich als ›Bauer‹ bezeichnete. Dabei brachte seine Stimme eine eigentümliche Zufriedenheit zum Ausdruck; vielleicht hielt er seine Tätigkeit für wichtiger als die eher technischen Berufe der anderen. Kirk lächelte unwillkürlich. Natürlich mußte es auf Vulkan auch Bauern geben – Philosophie allein ernährte niemanden –, aber vor dem inneren Auge des Captains formte sich immer wieder ein ausgesprochen komisches Bild. Es zeigte ihm Vulkanier, die schmutzige Coveralls trugen und auf Strohhalmen kauten.

Wie sich herausstellte, beschränkte sich Savesh nicht nur darauf, Trecker zu fahren. »Obwohl auch das zu meinen Aufgaben gehört«, sagte er voller Stolz. In erster Linie betrieb er ein Forschungsprogramm mit dem Ziel, den Ertrag mehrerer *Tikh*-Sorten zu erhöhen – ein einheimisches Gras, das Korn trug und zu den wichtigsten Grundnahrungsmitteln auf Vulkan gehörte. Außerdem versuchte Savesh, neue Pflanzen zu entwickeln, die im Sand wuchsen und keinen Dünger benötigten. Offenbar bestand das Problem darin, daß die planetare Biologie recht empfindlich auf gentechnische und hormonelle Manipulationsversuche reagierte. Wenn man den Boden düngte, damit das *Tikh* schneller wuchs, ignorierte es die zusätzlichen Nährstoffe einfach. Es mußte also eine andere Lösung gefunden werden.

»Es handelt sich um eine ziemlich wichtige Angelegenheit«, erläuterte Savesh. »Im Verlauf der letzten dreihundert Jahre ist die Bevölkerung so sehr gewachsen, daß wir keine Selbstversorger mehr sind. Eigentlich eine unlogische Entwicklung – aber wir müssen uns damit abfinden. Wir importieren bereits zu viele Lebensmittel, und wenn es tatsächlich zur Sezession kommt...«

Kirk zögerte kurz. »Darf ich Sie um Ihre Meinung bitten?« Damit wurde er einem der hier üblichen Höflichkeitsgebote gerecht, wie Sarek ihm erklärt hatte. Der vulkanische Gesprächspartner bekam die Möglichkeit, eine ablehnende Antwort zu geben, wenn er seine Privatsphäre bedroht glaubte.

»Bitte fragen Sie«, erwiderte Savesh.

»Was halten Sie von der Sezession? Entspricht sie Ihren persönlichen Wünschen?«

Savesh runzelte die Stirn, und einige Sekunden lang bereute Kirk seine Frage. *Aber es blieb mir gar nichts anderes übrig, als sie zu stellen. Ich muß unbedingt einen besseren Eindruck von diesen Leuten gewinnen – um festzustellen, ob Shath nur eine Ausnahme ist.* »Wenn ich Sie beleidigt habe...«, begann er.

»Beleidigt? Nein, ganz und gar nicht. Es ist nur... Verzeihen Sie, Captain, bis heute abend bin ich nie einem Menschen begegnet, und ich weiß nicht, ob das, was ich über Ihr Volk hörte, auf verifizierbaren Daten beruht.« Die Falten fraßen sich tiefer in Saveshs Stirn. »Es läßt sich nur schwer jemandem erklären, der aus einem völlig anderen kulturellen Umfeld stammt. In unserer Sprache gibt es den Ausdruck *Nehau*. Für gewöhnlich lautet die Übersetzung ›Gefühl‹, aber das stimmt nicht ganz...«

»*Araigh 'tha takh-ruuh ne nehauu vesh mekhezh't-rrhew*«, erklang McCoys Stimme hinter Jim. Unmittelbar darauf räusperte sich der Arzt.

Savesh, Sreil und T'Madh drehten sich zu McCoy um und wölbten die Brauen. »Ja«, sagte Savesh. »Das ist präziser. Wo haben Sie Vulkanisch gelernt, Doktor?«

»Im Bett«, erwiderte McCoy reumütig. »Und anschließend mußte ich häufig das Bad aufsuchen.« Bei diesen Worten lächelten sogar die Vulkanier. »Jim, eine einigermaßen angemessene Übersetzung für *Nehau* lautet ›Vibration‹. Eine Art Prickeln in den Knochen. Eine Ahnung. Der Ausdruck bezieht sich auf höchst subjektive Eindrücke.«

»Ich verstehe. Fahren Sie fort, Savesh.«

»Nun, Captain, ich habe von mehreren Vulkaniern gehört, es sei kein besonders großer Verlust, die Föderation und Terra aufzugeben, weil die Menschen ein schlechtes *Nehau* haben. Angeblich kann dieser Umstand nicht lange ohne Wirkung auf uns bleiben. Aber meiner Ansicht nach gibt es an Ihrem *Nehau* überhaupt nichts auszusetzen; es ist gleichmäßig geformt und angenehm. Aus diesem Grund frage ich mich, ob auch jene anderen Dinge, die ich über Terraner hörte, ungenau sind. Ich frage mich, aus welcher Quelle die entsprechenden Vulkanier ihre Daten beziehen, ob sie Menschen kennen und Gelegenheit hatten, sich einen unmittelbaren Eindruck zu verschaffen.«

Kirk schmunzelte andeutungsweise. »Vielleicht ist das nicht der Fall. Aber da Sie mich als Beispiel zitieren: Vielleicht bin ich nur ein netter Terraner. Es muß zumindest *einige* sympathische Menschen geben. Oder vielleicht täuscht mein *Nehau*. Vielleicht bin ich nicht ganz so gut, wie ich mich fühle.«

»Das wäre möglich«, räumte Sreil ein. »Aber normalerweise vermittelt das *Nehau* eine klare Botschaft. Es spiegelt den inneren Status einer Person wider. Wie dem auch sei: Einige von uns könnten dies zum Anlaß nehmen, ihre bisherigen Einstellungen zu überdenken. Aber es läßt sich nicht vorhersagen, ob sich dadurch etwas am Ergebnis der Abstimmung ändert. Ich sehe nur eine geringe Wahrscheinlichkeit dafür.«

Kirk nickte. »Nun, ich hoffe, daß noch nicht alles verloren ist.«

T'Madh musterte ihn, und der Glanz in ihren hellen Augen schien sich noch zu verstärken. »Hoffnung und Logik lassen sich nur schlecht miteinander verbinden, aber in diesem besonderen Fall schließe ich mich Ihren Wünschen an. Ich würde es bedauern, die Föderation zu verlieren. Die Unterschiede zwischen uns sind so groß, daß wir eine Gelegenheit brauchen, uns eingehender damit zu beschäftigen. Aber vielleicht gibt es viele Vulkanier, die der Meinung sind, dieser Aufgabe nicht gewachsen zu sein, Vertrautes vorziehen und damit ihren eigenen Horizont beschränken.« Sie schüttelte den Kopf. »Das ist sehr betrüblich. Nun, warten wir ab, was uns der morgige Tag bringt.«

Das Gespräch wandte sich anderen Themen zu, und nach etwa einer Stunde spürte Kirk eine seltsame Müdigkeit. Vermutlich lag es an der höheren Schwerkraft: Früher oder später verlangten die Knie eine Ruhepause.

»Erschöpft?« flüsterte ihm McCoy zu.

»Ein wenig, ja.«

Der Arzt deutete auf eine Seitentür. »Vielleicht solltest du frische Luft schnappen. Das hilft bestimmt. Inzwischen müßte es draußen kühler sein.«

»Einverstanden.«

Der Weg zur Tür nahm einige Minuten in Anspruch. Kirk verharrte dicht hinter der Schwelle und sah sich um. Er stand auf einem langen Balkon beziehungsweise in einer Art Galerie, die aus der Flanke des Berges gemeißelt war. Der steile Hang reichte dreißig Meter weit in die Tiefe, und daran schloß sich die Akademie der Wissenschaften an: elegant wirkende Gebäude, die in T'Khuts kupferfarbenem Licht glänzten. Die Galerie erstreckte sich nach links und rechts; mit Geländer ausgestattete Treppen führten zu weiteren Balkonen.

Kirk entschied sich für eine Richtung und schlenderte los. Es war tatsächlich kühler, fast sogar kalt — typisches Wüstenklima. *Man hätte den Planeten Sahara oder so ähnlich nennen sollen,* dachte er amüsiert, während er ging. *Warum entschied man sich ausgerechnet für die Bezeichnung Vulkan? Nun, vielleicht hat man damit die alte astronomische Tradition fortgesetzt, Planeten die Namen antiker Götter zu geben. Ein Gott, den man sich als himmlischen Schmied vorstellte... Eigentlich gar nicht so verkehrt. Wenn jemals ein Planet ins Feuer geworfen und von einem Schmied bearbeitet wurde, so war das bei dieser Welt gewiß der Fall. Das behaupten jedenfalls die Paläontologen...*

Er stieg eine Treppe hoch, um einen besseren Ausblick zu bekommen. Der Himmel hatte eine wundervolle purpurne Tönung gewonnen, und ein Teil des Sonnenscheins zeigte sich noch immer als diffuses Zwielicht. Die Wüste glühte rot unter T'Khut. Kirk stützte die Ellenbogen aufs Geländer und überlegte, wie viele Balkone am granitenen Leib des Berges entlangreichten, wie viele Räume die ehemalige Festung enthielt. Spock hatte erklärt, daß es überall Tunnel und Passagen gab. *Durchlöchert wie ein Schweizer Käse,* dachte Jim. *Speziell abgesicherte Zimmer, Unterkünfte, kleinere Säle und Hallen, Vorratskammern für Lebensmittel... Wie mag es gewesen sein, hier belagert zu werden, auf eine Ebene voller Feinde hinabzublicken, ihre zornigen Schreie zu hören?*

Geschichte. Sie hatte schon immer erhebliche Faszination auf ihn ausgeübt. Er hoffte, daß er später Gelegenheit fand, sich die Bastion genauer anzusehen.

Wenn es ein Später gab. Er würde mit seinem eigenen Vortrag zur Entscheidung darüber beitragen.

*Oh, bitte, verhindere die Sezession,* wandte er sich an eine göttliche Entität, die ihn hören mochte — oder auch nicht. Ihm fehlte die Gewißheit Spocks.

Plötzlich vernahm Kirk eine leise, ferne Stimme.

»...kann ich nicht akzeptieren«, sagte jemand. »Ich

muß dagegen protestieren. Warum zwingen Sie mich, auf diese Weise zu handeln?«

»Du kennst meine Gründe«, erwiderte eine zweite Stimme. Sie hörte sich dünn und brüchig an, klang jedoch irgendwie vertraut... Jims Nackenhaare richteten sich auf. »Du weißt, was die andere Person angerichtet hat und worum es ihr geht. Unser Volk muß *richtig* abstimmen, nicht auf der Grundlage von Vorurteilen, die leider existieren.«

»Da haben Sie sicher recht. Doch das ändert nichts an meinen Einwänden.«

»Ich wiederhole es noch einmal...« Die zweite Stimme wurde schärfer und lauter, als schrumpfe die Entfernung zu ihr. Kirk schauderte. »*Unser Volk muß richtig abstimmen*. Andernfalls werden die *Cthia*-Prinzipien verletzt, und dann bahnt sich eine Katastrophe an. Die Stimmberechtigten dürfen sich nicht von ihren Vorurteilen oder der Werbekampagne...« — dieses Wort klang verächtlich — »...beeinflussen lassen, die von jenen anderen durchgeführt wird, um Einfluß auf das Referendum zu nehmen. Sie sollen für die Sezession stimmen, weil sie das für logisch und notwendig halten. Und um dazu in der Lage zu sein, müssen sie die Wahrheit hören. Du bist am besten dazu qualifiziert, ihnen die Wahrheit zu sagen. Sie wissen es; der ganze Planet weiß es. Du bist der Schlüssel — oder wenigstens einer von ihnen.«

Längeres Schweigen folgte. »Ich vermute, daß es bei dieser Angelegenheit auch um Ihre Ehre geht«, erwiderte die erste, rauhe und heisere Stimme — sie gehörte Sarek.

»Wann war das nicht der Fall?« Kühl, fast eisig. »Ich bin die Älteste. Ich bestimme über die Familie. In gewisser Weise herrsche ich über den Planeten, und das ist mir durchaus klar. Deutlich spüre ich die Last dieser Verantwortung. Ich trage sie schon zu lange, aber unter den gegenwärtigen Umständen werde ich die Bürde nicht ablegen, und das gilt auch für die Familie. Das *Cthia* muß geachtet werden. Wichtig ist nur die Wahrheit. Und du bringst alle Voraussetzungen mit, um sie zu präsentieren. Seit sechsundachtzig Jahren bist du unser Botschafter auf der Erde. Du hast eine Terranerin geheiratet und einen Sohn gezeugt, ein Kind beider Kulturen. Terra ist das Herz der Föderation, wie du sehr wohl weißt. Wir hören keine Klagen über Andor, Tellar oder die übrigen Welten. Nur die Menschen bereiten uns Probleme, jene Spezies, deren Politik die der Föderation bestimmt. Ob du willst oder nicht: Du kannst nur einen Weg beschreiten.«

Wieder folgte Stille. »Was ist mit dir, James?« Die zweite Stimme erklang nun in unmittelbarer Nähe. Kirk drehte sich verblüfft und schockiert um.

T'Pau stand vor ihm, und weiter hinten, im Schatten, wartete Sarek. In Gesellschaft der alten Frau wirkte er irgendwie klein und unbedeutend. Jim musterte die zarte, gebrechliche T'Pau, die sich auf einen mit Schnitzmustern geschmückten Gehstock stützte. Sie trug jetzt einen schlichten dunklen Umhang, nicht das prächtige Zeremoniengewand wie damals auf dem Platz der Heirat-und-Herausforderung. Kirk erinnerte sich an den heißen Sand, an einen gleichzeitig feurigen und eiskalten Blick, der ihn festnagelte, in alle Winkel seines Selbst reichte. Jetzt spürte er ihn erneut, und das Halbdunkel brachte keine Erleichterung. »Ich bin sicher, daß du uns nicht belauschen wolltest«, sagte T'Pau. »Wir gehen davon aus, daß dies beabsichtigt war.« Jim blinzelte verwirrt. *Was soll das denn heißen?* »Nun, es spielt keine Rolle. Weißt du, wie sich Sarek verhalten wird?«

»Mit seiner Aussage wird er dafür eintreten, daß sich Vulkan von der Föderation trennt«, antwortete Kirk.

»Ist dir auch der Grund dafür bekannt?«

»Er befolgt Ihre Anweisungen.«

T'Pau straffte die Gestalt und wirkte dadurch etwas größer. Sie trat einen Schritt vor. »Viele Leute werden zu diesem Schluß gelangen«, sagte sie. »Insbesondere die Menschen. Sie sehen eine mächtige Matriarchin in mir...« Die alte Vulkanierin schnaubte abfällig. Dieses Geräusch verblüffte Kirk so sehr, daß er fast gelacht hätte. »Weil sie nicht wissen, welchen Beschränkungen meine Macht unterliegt«, fügte T'Pau hinzu. »*Cthia, Cthia* — nur darauf kommt es an. Aber das verstehen sie nicht. Wenn es ihnen klar wäre, könnten wir auf die Sezession verzichten.«

»Und eine derartige Erkenntnis würde gleichzeitig die Unterschiede zwischen uns schrumpfen lassen«, gab Sarek zu bedenken. »Welchen Sinn hat es, die UMUK-Prinzipien zu ehren und gleichzeitig zu versuchen, Differenzen zu verringern?«

T'Pau sah ihn kurz an, richtete den Blick dann wieder auf Kirk. »James«, sagte sie und benutzte dabei einen sonderbaren Tonfall, »auf diesem Planeten sind Kräfte am Werk, die sich sehr für eine Sezession einsetzen. Ich habe nicht das Recht, ihnen Einhalt zu gebieten: Sie sind ein Symptom für stärkere Kräfte, und es steht ihnen zu, sich Gehör zu verschaffen. Es muß ihnen erlaubt sein, ganz offen und in Achtung des Einen das Schicksal dieser Welt zu formen — ohne daß sich jemand einmischt.«

»Aber Sie *mischen* sich ein. So scheint es jedenfalls.«

»Du hast recht«, erwiderte T'Pau. »Aber nicht auf die Art und Weise, wie du glaubst. Es existieren viele Kräfte, die eine Trennung von der Föderation verlangen, aber einige von ihnen führen eine Kampagne, die Haß sät. Sie verstärken Vorurteile in Hinsicht auf die Menschen, indem sie den Stolz der Vulkanier stimulieren, ihr Gefühl der Überlegenheit.« T'Pau bemerkte Kirks Überraschung und fuhr fort: »Oh, natürlich, viele Vulkanier sprächen in diesem Zusammenhang von Emotionen, die es zu meiden gilt, aber das ändert nichts an ihrer weiten Verbreitung. Um solche Lügen zu bekämpfen, brauchen wir die Waffe der Wahrheit. Sarek hat sie. Er muß sie verwenden, ungeachtet der Konsequenzen.«

Jim überlegte kurz und nickte dann. »Es ist auch meine Absicht, die Wahrheit zu sagen, ohne dabei auf die Folgen zu achten.«

»Dann steht dir ebenfalls eine mächtige Waffe zur Verfügung. Ich rate dir, den besten Gebrauch davon zu machen.« T'Pau schien die kriegerischen Metaphern ein wenig zu bedauern. »Wir ziehen erneut in den Krieg, obwohl uns unsere Philosophie davon abrät. Es werden keine physischen Waffen eingesetzt, aber es ist trotzdem ein Krieg.« Sie neigte den Kopf zur Seite und sah Kirk an. »Dein Hinweis erleichtert mich, James. Ich habe geglaubt, du wolltest um jeden Preis dafür sorgen, daß Vulkan in der Föderation bleibt.«

Kirk wählte seine Worte mit aller Sorgfalt. »Ich bezweifle, ob es lohnt, in einer solchen Föderation zu leben. Und ich möchte nicht die Verantwortung für den *anderen* Planeten Vulkan übernehmen, mit dem wir es vielleicht zu tun bekämen.«

T'Pau nickte. »Dann verstehen wir uns«, sagte sie. Jim hob die Brauen: Er fühlte sich lichtjahrweit davon entfernt, die alte Vulkanierin zu verstehen. Er begriff nur in groben Zügen, worauf sie hinauswollte, und damit mußte er sich zufriedengeben.

»Was wirst du unternehmen, wenn die Abstimmung zugunsten der Sezession ausfällt?« erkundigte sich T'Pau.

Kirk musterte sie einige Sekunden lang, schüttelte dann den Kopf und wandte sich ab. »Dann verlasse ich Vulkan«, sagte er schlicht. Mehr fiel ihm nicht ein. Es widerstrebte ihm, an die persönlichen Konsequenzen einer derartigen Entscheidung zu denken, stellte sie sich nur im Abstrakten vor.

»Genug«, erklang T'Paus Stimme hinter ihm. »Es ist unlogisch, an Dingen zu leiden, die noch nicht geschehen sind. Stell dich dem Notwendigen, James. Und wisse, daß du dich richtig verhältst. Mehr gibt es nicht für uns.«

Die Stille dauerte an. Als sich Kirk wieder umdrehte, waren T'Pau und Sarek verschwunden.

Er blieb eine Zeitlang auf dem Balkon stehen, faßte sich wieder und kehrte in den Saal zurück.

T'Khut ging unter und verlieh dem Sand weit unten die Farbe von fremdem Blut.

Ihr Name lautete Kesh. Sie hatte das Auge, aber abgesehen davon war sie die Geringste von allen, und der Rest des Clans erinnerte sie oft daran. Schon in jungen Jahren fluchte sie darüber und schwor, daß die anderen ihr Verhalten eines Tages bedauern würden. Letztendlich brachten die Schwüre mehr als nur Bedauern.

Sie wurde bei den Steinen am Tümpel geboren, von einer Frau namens Tekav — doch nach ihrem Tod verlor sie den Namen. Kein Klein-Haus hatte Tekav aufgenommen; die Mütter warteten, um festzustellen, ob sie die Geburt überlebte und sich dadurch für eine Bindung würdig erwies. Aber die Niederkunft brachte Tekav um. Nicht einmal die Älteste Mutter konnte sie retten, als die Gebärmutter riß und Blut strömte.

Man schnitt ihren Körper auf, um das Kind herauszuholen. Kesh atmete tief durch und schrie laut, als sie die Hitze des Tages spürte. Das hielt die Älteste für ein gutes Zeichen. Sie nahm das Baby, verließ den aus Steinen errichteten Unterstand, hob es zur Sonne und schüttelte Kesh, bis sie die Augen öffnete. Das Kind schrie erneut, wie alle Neugeborenen im grellen Licht. Doch als die Mutter es drehte, sah sie reflektierten Sonnenschein in den verengten Pupillen, ein Glühen wie in den Augen von Raubtieren, die sich des Nachts dem Lagerfeuer näherten. Daraufhin wußte sie, daß Kesh das Auge hatte.

Sie rief voller Freude und gab das Kind einer anderen Mutter, die stillte und noch immer Milch hatte. Einige der jungen Krieger gingen fort und brummten, es sei unfair von der Mutter, gestorben zu sein, nachdem sie vier Kinder mit dem Auge zur Welt gebracht hatte; man hätte sie einem von ihnen geben sollen. Doch jetzt eignete sich Tekav nur noch für die Sehlats, und man überließ sie den Tieren. Das Knurren und Grollen und Schmatzen dauerte den ganzen Tag über, und es blieben nur abgenagte und geborstene Knochen übrig. Daraufhin kam jemand vom Lager und vergrub sie, damit keine Aasfresser angelockt wurden. Auch ohne die *Cheveh* und dergleichen gab es genug Probleme für den Clan. Manchmal verlor er kleine Kinder an die nächtlichen Räuber, doch Kesh hatte das Auge und mußte geschützt werden.

Die Gruppe nannten sich ›Clan des Auges‹, aber diesen Namen hielt sie vor den anderen Clans des großen Sandes geheim: Man erfand falsche Namen. Allerdings kam es nur selten zu Begegnungen. Es gab zu wenig Wasser in der sandigen Welt, zu wenig Schutz vor der grellen Sonne. Ein großes Gebiet war notwendig, um auch nur wenigen Personen das Überleben zu ermöglichen, und wenn man eine solche Region gefunden hatte, verließ man sie nicht einfach. Wanderern brachte man Argwohn entgegen. Für gewöhnlich handelte es sich um Spione von anderen Stämmen, die herausfinden sollten, ob bestimmte Quellen besser waren als ihre eigenen. Der Clan des Auges wußte darüber Bescheid: Er hatte selbst Spione ausgeschickt, zu den verdammten Phelsh't, die bei den Bergen lebten, und viele von ihnen fanden den Tod. Eigentlich stellte es gar nichts Besonderes dar, Spitzel zu den Phelsh't zu schicken; andere Stämme sandten ebenfalls Späher zu ihnen.

Glücklicherweise war das derzeit nicht notwendig – der Tümpel leistete ihnen schon seit langem gute Dienste. Nun, die Bezeichnung ›Tümpel‹ grenzte an eine Übertreibung. Die Quelle enthielt nur trübes, schmutziges Wasser, und um es zu trinken, mußte man erst den Schlamm herausfiltern. Und auch Haare – die Sehlats wälzten sich häufig darin, nachdem sie ihren Durst gestillt hatten. Kaum jemand beklagte sich darüber. Die Sehlats boten eine Art Schutz, und wenigstens *gab* es Wasser, das man trinken konnte, auch wenn man oft Haare darin fand. Die wahren Probleme lagen woanders.

Zum Beispiel beim Jagen. Es herrschte ein ständiger Mangel an Nahrung, und deshalb waren alle Mitglieder des Clans dürr und mager. Selbst Kleinkinder lernten, Eidechsen zu fangen und gelegentlich süße Wurzeln auszugraben, die sie sofort verspeisten — wenn sie dabei den scharfen Augen der Erwachsenen entgingen. Nichts wurde vergeudet, keine noch so harte und zähe Knolle, kein Tropfen Blut. Wenn sie heranwuchsen, stellten auch die schwächsten Kinder dünne Speere her, woben Netze aus den getrockneten Fasern von *Chakh'*-Pflanzen und jagten zwischen den Felsen nach unaufmerksamen kleinen Tieren, die sich manchmal dem Lager näherten, angelockt vom Wasser im Tümpel. Ein kluges Verhalten: Kinder, die man für zu schwach hielt, bekamen nichts zu essen. Die Erwachsenen sahen Verschwendung darin, jemanden zu ernähren, der ohnehin dem Tod geweiht war. Ein jagendes Kind hingegen bekam mehr Nahrung, um es zu ermutigen.

Kesh gehörte zu den besten Jägern. Schon als Säugling hörte sie Bewegungen, die selbst Erwachsene nicht bemerkten. Noch bevor sie entwöhnt war, nahm sie Dinge in den Mund, um festzustellen, ob man sie essen konnte. Die Älteste Mutter und einige andere Mütter beobachteten sie dabei und nickten weise. Schon nach kurzer Zeit stellte sie ihren ersten kleinen Speer her, und die Eidechsen mußten feststellen, daß ihr Leben schwieriger — und in den meisten Fällen kürzer — wurde. Kesh konnte immer besser hören und fand dadurch mehr Nahrung, was ihrer Gesundheit zugute kam. Zwei Faktoren begünstigten die Mutation: eine intensivere solare Strahlung, die nur zum Teil von der Atmosphäre gefiltert wurde, und dünnere Luft, in der sich Geräusche nicht so gut ausbreiteten. Keshs Ohren ähnelten denen einiger anderer Clan-Kinder: Sie waren größer, spitzten sich nach oben hin leicht zu und wiesen feiner strukturierte Ohrmuscheln auf. Dadurch ermöglichten sie eine bessere akustische Wahrnehmung als die Ohren der Eltern. Gelegentlich kam es deswegen zu Auseinandersetzungen: Mehrmals mußte Kesh heftige Schläge hinnehmen, wenn sie eine Eidechse oder einen kleinen *Yie*-Wühler fand, den ein Erwachsener schon den ganzen Tag über gejagt hatte, ohne ihn zu hören. Doch häufig verfluchte die Älteste Mutter den Betreffenden, wenn so etwas geschah. Sie wußte, daß die Kinder mit jenen Ohren bessere Jäger waren als die anderen; man brauchte sie, um Nachwuchs mit den gleichen Fähigkeiten zu zeugen.

So hatte es auch mit dem Auge begonnen. Vor einigen Generationen stellte die Urgroßmutter der Ältesten Mutter fest, daß eins ihrer Kinder in die Sonne starrte, ohne geblendet zu sein. Zuerst glaubte sie, daß Kind sei dumm und blind. Doch die Phase der Blindheit ging vorüber: Manchmal wanderte das Kind stundenlang durch den weiten Sand, und wenn es zurückkehrte, brauchte es nicht nach dem richtigen Weg zu tasten. Schon seit vielen Jahren benutzten Angehörige des Clans Kopf- oder Augenbinden, wenn sie jagten, und dadurch wurden sie ein leichtes Opfer der *Lematyas*. Als die Älteste Mutter nun dieses Kind betrachtete, sah sie eine Möglichkeit, auf derartigen Notbehelf zu verzichten. Sie hegte und pflegte den kleinen Jungen wie einen kostbaren Schatz, band ihn schließlich mit einer ihrer Außentöchter. Vor seinem Tod zeugte er drei Kinder, die ebenfalls mit dem Auge zur Welt kamen, und zwei von ihnen waren Mädchen.

Die Älteste Mutter gewann immer mehr Einfluß im Clan. Alte und Junge rangen um ihre Gunst, baten darum, sich mit einem der Augen-Kinder binden zu dürfen, um ihr Blut in die eigene Familienlinie aufzunehmen. Alle stellten sich vor, Kinder zu haben, die besser jagen konnten als andere, die ihnen Nahrung brachten, wenn die übrigen Erwachsenen langsam verhungerten. Die Älteste Mutter wählte ganz nach Belieben aus, und man kam ihren Anweisungen so hastig nach, als drohe ein Sandsturm, wenn ihr etwas mißfiel.

Jetzt war das Auge weit verbreitet; die Hälfte des Clans hatte es. *Und wozu?* überlegte Kesh. *Wir stellen überhaupt nichts Nützliches damit an.* Auf ihre Vorschläge achtete man nicht. Wenn sie sich im Rat zu Wort meldete, hieß es nur: »Begnüg dich mit der Jagd. Darin bist du gut.« Und man verspottete sie als ungebundene Waise, für die nur ihre Milchmutter sprach. »Wenn du schwanger wirst, wenn du das Auge weitergibst — dann verdienst du es vielleicht, daß wir dich anhören.« Aber Kesh dachte nicht an Kinder...

Ob sie jagte oder nicht: Oft glitt ihr Blick nach Norden. Das gegenwärtige Lager des Clans bestand eigentlich nur aus einem großen Felshaufen am schlammigen Tümpel. Kesh verabscheute diesen Ort: Dutzende von Körpern, die tagsüber versuchten, sich vor der Sonne zu schützen; stinkende, an Pfählen gespannte Sehlatfelle, die den einzigen Schatten spendeten, sah man von einigen winzigen Felshöhlen ab; Männer, Frauen und Kinder, die ins Dunkle krochen und Leute, die sie nicht mochten, in den grellen, gnadenlosen Sonnenschein stießen. Selbst das Wasser stank. Kesh fand es viel besser, über den weiten Sand zu gehen — er roch wenigstens sauber — und frischen heißen Wind zu spüren. Dort draußen konnte man ungestört nachdenken. Der Blick reichte viele Kilometer weit, und viele Kilometer weit im Norden gab es etwas zu sehen.

Kesh kannte die Geschichten, die man sich darüber erzählte, abends am Lagerfeuer, wenn die letzten Fleischstreifen an Stöcken gebraten und verspeist waren, nachdem man die Stöcke in der Asche gehärtet und den Kindern gegeben hatte, damit sie Speere daraus formten. Phelsh't, das Abbild des Fernen, so erzählte man. S'l'heya der Große, Oberhaupt aller Berge. Ein Gott des Sandes hatte jenes Symbol geschaffen und einem Sterblichen gegeben, mit dem er sich band, und dann fügte er ein Geschenk hinzu: eine Quelle. Keinen schlammigen Tümpel, sondern klares, kühles Wasser, das süß schmeckte und aus dem Stein des Berges floß, in solchen Mengen, daß es bis zum Sand herabströmte und dort trotz der heißen Sonne Pflanzen wachsen ließ. Riesige Pflanzen — sie wurden fast so groß wie ein Mann.

Es erschien Kesh nicht gerecht, daß nur ein Clan in den Genuß dieses Geschenks kam und die übrigen leer ausgingen. Alle Stämme in der heißen, trockenen Leere hatten irgendwann einmal daran gedacht, Phelsh't zu erobern. Einige versuchten es sogar. Doch der dort lebende Clan wurde stark und groß — *kein Wunder, wenn er soviel Wasser hat* —, schlug die Angriffe zurück. Schließlich erklärten die Ältesten Mütter der Clans (der Clan des Auges bildete keine Ausnahme), man solle Phelsh't fortan keine Beachtung mehr schenken. Aber wenn Kesh ein Tier erlegt hatte, saß sie oft stundenlang im Sand, starrte nach Norden, beobachtete den dunklen Schatten, der sich vor dem brennenden Blau des Himmels erhob, und träumte. Sie träumte von Wasser, das nie knapp wurde, von Kühle, davon, jederzeit zu essen, wenn sie hungrig wurde...

»Hier«, sagte jemand hinter ihr. Kesh drehte sich nicht um. Sie kannte die Stimme, auch den Schatten, der auf sie fiel. Tes nahm Platz und zeigte ihr einen *Yie*. Dieses spezielle Exemplar hatte ein schwarzes Fell und viel Fleisch auf den Knochen.

Kesh nahm die kleinere Schüssel, die jeder Jäger bei sich trug, schnitt den *Yie* mit einem Steinmesser auf, ließ etwas Blut heraustropfen und bot es Tes an. Es waren kaum mehr als einige Tropfen, aber Kesh lächelte, als sie ihm die Schüssel reichte. Er erwiderte ihr Lächeln, nahm den Napf entgegen und verbeugte sich so tief, daß sein Haar den Sand berührte — auf diese Weise verneigte man sich sonst nur vor der Ältesten Mutter. Anschließend trank er rasch, bevor das Blut gerann.

Nach zwei oder drei Schlucken hielt er inne und reichte ihr die Schüssel zurück. »Bist du verrückt?« entfuhr es ihr. »Trink auch den Rest.« Aber die freundliche Geste erfreute sie. Kesh fand Tes sympathisch, mochte ihn, seit sie als Kinder zusammen auf den Felsen herumgekrochen waren.

»Dieses Tier enthält ohnehin noch viel Saft«, sagte sie und begann mit der Arbeit. Schon nach kurzer Zeit blieben nur die Knochen übrig, und die beiden Vulkanier zerbrachen sie, um an das Mark zu gelangen. Die Splitter vergruben sie.

»Warum bist du in der Hitze unterwegs gewesen?« fragte Kesh nach einer Weile. »Heute abend beginnt eine Jagd. Weshalb schläfst du nicht?«

»Wann habe ich zum letztenmal etwas bei einer großen Jagd erlegt?« erwiderte Tes und streckte die Beine. »Die anderen machen soviel Lärm wie ein brünstiger Sehlat. Sie laufen umher, brummen und stöhnen dauernd, beten zum Fernen... Es grenzt an ein Wunder, daß sie überhaupt etwas fangen. Was mich betrifft: Ich jage lieber allein.«

Kesh lachte leise und reinigte ihre Hände mit heißem Sand. Tes hatte recht: Wenn der Clan zu einer großen Jagd aufbrach, ging es drunter und drüber: die Hektik der Vorbereitungen, Kleidung, die zusammengebunden werden mußte, kleine Opfer, die man den Göttern der Jagd brachte, Beschwörungen, die den *Lematyas* und *Tshin* galten. Und dann brach der ganze Stamm auf, schlich durch die Dunkelheit und versuchte, möglichst leise zu sein — was ihm nie gelang. Nur selten fand die Jagdgruppe das Opfer; meistens verhielt es sich genau umgekehrt. Die *Lematyas* schienen irgendwie zu spüren, wenn viele Vulkanier unterwegs waren. *Nach besonders heißen Tagen wie heute liegt es vermutlich am Geruch*, dachte Kesh. Entweder schaffte es der Clan, die Beute zu erlegen, oder die Beute brachte einen Jäger um; ab und zu gelang es ihr sogar zu entkommen. Dann kehrte der Stamm in gedrückter Stimmung zurück, denn er wußte, was die Älteste Mutter von solchen Zwischenfällen hielt. Ihre Zunge konnte noch schärfer sein als das schärfste Steinmesser, wenn sie fragte, warum sie das Blut des Clans schützte, obgleich »ihr Narren es einfach so vergeudet!« Kesh dankte allen Göttern, die sie hörten, daß sie bisher von diesen Rügen verschont geblieben war.

»Du bist erfolgreich gewesen«, sagte Tes und sah auf den Buckel im Sand neben Kesh. Sie hatte früh getötet, einen *Tshin*. Das Tier war halb so groß wie sie selbst und stellte somit eine sehr gute Beute dar. Die Älteste Mutter würde sich freuen, denn *Tshin*-Körper enthielten viel Blut, und in getrocknetem Zustand konnte das Fleisch gut aufbewahrt werden. »Wie ist es dir gelungen, dich ihm zu nähern, ohne daß er dich hörte?«

»Ein Geheimnis.« Tes vollführte eine Geste, die Dummheit vertreiben sollte, und Kesh lächelte. »Ach, komm schon. Ich kann ein wenig Hilfe gebrauchen.«

Sie runzelte die Stirn und überlegte kurz. »Es liegt am Sand«, sagte sie schließlich. »Wenn man sie morgens jagt, spüren sie es sofort. Aber wenn die Sonne hoch am Himmel steht und es heiß ist, sind sie verwirrt. Manchmal drehen sie sich immer wieder im Kreis, als könnten sie nicht mehr richtig wittern. Wenn man irgendwo zwischen den Felsen wartet, bis das geschieht...« Kesh zuckte mit den Achseln. »Es scheint zu klappen. Jedenfalls hat mich noch kein *Tshin* getötet.«

»Versuch auch weiterhin, nicht von ihnen umgebracht zu werden«, riet Tes.

Sie lächelte erneut; er richtete häufig solche Bemerkungen an sie. Der junge Mann sah zur Seite.

»Woher wußtest du, daß ich hier bin?« fragte Kesh.

Tes neigte den Kopf. »Du bist immer hier«, entgegnete er. »Fern vom Clan. An einem Ort, von dem aus du *das* sehen kannst.« Er deutete auf die dunklen Umrisse, die am Horizont emporragten.

Kesh nickte. »Tes...«, sagte sie langsam. »Die anderen sind Narren.«

»Ja, aber warum?«

»Phelsh't sollte uns gehören. Oder ihnen *und* uns. Die dortige Quelle könnte sicher viele Personen am Leben erhalten.«

Tes hob kurz die Schultern. »Die Älteste Mutter hat einen Angriff verboten.«

»Und damit hat es sich?«

»Etwa nicht? Wir müssen der Ältesten Mutter gehorchen. Wer sich gegen den Clan wendet, wird ausgestoßen — und stirbt.« Tes appellierte an Keshs Vernunft. »Außerdem sind wir zu wenige, um Phelsh't zu erobern.«

»Vielleicht ändert sich das eines Tages...«

»Das Verbot bleibt bestehen.«

»Vielleicht gibt es irgendwann eine neue Älteste Mutter.«

Tes starrte sie groß an. »Bis dahin vergehen Jahre und Jahre! Und du müßtest...«

Kesh schwieg.

»Nein, unmöglich.« Tes klang kummervoll und gleichzeitig erleichtert. »Keiner ihrer Söhne ist bereit, sich mit dir zu binden.«

»Ich will sie überhaupt nicht«, erwiderte Kesh verächtlich. »Sie sind unbeholfen, taub, blind...« Die junge Frau brach ab.

»*Ich* würde mich mit dir binden«, sagte Tes.

Kesh musterte ihn verblüfft.

»Ich weiß, wie es geht«, meinte er. »Ich habe jemanden bei der Berührung beobachtet und auch die Worte gehört. Es ist ganz einfach.«

Kesh hielt still und schüttelte dann den Kopf. »Das kann doch nicht alles sein...« Sie stand auf, blickte sich wie gehetzt um, ließ sich neben dem erlegten Tier auf die Knie sinken und strich den Sand beiseite. Einige Sekunden später sah sie wieder auf. Tes hatte sich nicht von der Stelle gerührt und sah sie an.

»Ich spüre es«, sagte er. »Du auch?«

Kesh atmete langsam aus und ein, und in ihrer Seite entflammte so heftiger Schmerz, daß sie abrupt Platz nahm. »Ja«, antwortete sie. »Ja.« Dann setzte sie ihre Bemühungen fort, die Beute auszugraben, weinte dabei und achtete darauf, die Tränen abzulecken.

Mehr Worte verloren sie nicht darüber. Jahre später erinnerte sich Kesh daran, wie Tes die Schüssel hin und her drehte, während sie grub, auch an sein Lächeln. Jahre später glaubte sie, daß sie schon immer das Gefühl gehabt hatte, es müsse irgendwann geschehen. An jenem Abend, nur wenige Stunden später am Lagerfeuer, glaubte sie sich schon seit einer Ewigkeit gebunden, seit damals, als sie gemeinsam auf den Felsen umhergekrochen waren, fielen und zusammen bluteten.

Murrende Stimmen erklangen, als Kesh nicht an der großen Jagd teilnahm. Doch die Älteste Mutter sah sie an und meinte, Kesh habe einen *Tshin* erlegt, den größten seit langer Zeit, und welcher andere Jäger konnte so etwas von sich behaupten? Kesh durfte sich ausruhen, bekamen zwei Näpfe mit Blut von ihrer Beute sowie das erste und letzte Wasser aus dem Tümpel. Die übrigen Jäger brachen auf, viel zu verärgert, um den zufriedenen Blick der Ältesten Mutter zu bemerken — er galt nicht nur Kesh, sondern auch Tes.

T'Khut glitt übers Firmament. Der helle Bereich war wie eine umgedrehte Schüssel geformt, und im dunklen flakkerten Feuer. Kesh und Tes verließen das Lager und zogen in den weiten Sand, hielten sich dabei von der Jagdgruppe fern und fanden einige Felsen, die Schutz gewährten. Sie befanden sich beide im richtigen Alter für die Entrückung; bisher hatte sich noch kein Verlangen in ihnen geregt, aber ihre Körper waren bereit. Sie streiften die Felle und Gürtel ab, legten sie vorsichtig beiseite und musterten sich gegenseitig.

»Bist du wirklich sicher, daß du weißt, worauf es ankommt?« fragte Kesh. Sie zitterte ein wenig, und es lag nicht an der Kühle.

»Ja«, bestätigte Tes, berührte ihr Gesicht und sprach die Worte. Während der nächsten Jahrtausende veränderten sie sich häufig, doch ihre Bedeutung blieb gleich. *Mein Geist für deinen Geist; meine Gedanken für deine Gedanken; für immer berühren und berührt werden; allein und doch zusammen ...*

Sie wurden eins, verschmolzen miteinander. Sie waren wie die helle Schüssel am Himmel: Ständig floß Licht aus ihr heraus, doch sie blieb immer voll. Sie berührten sich, in Körper und Geist, und schließlich ertönten Schreie der Ekstase. Durchstoßen, umarmen, der Speer, die Beute, sich hingeben, sich durchstoßen lassen, den Speer aufnehmen.

Der letzte Schrei, der durch die Finsternis hallte, stammte von ihnen beiden, und dann folgte Stille.

Viel später standen sie auf, zogen sich wieder an, nahmen ihre Ausrüstung und kehrten zum Lager zurück. Den Jägern fiel überhaupt nichts auf. Sie standen niedergeschlagen und bestürzt vor der Ältesten Mutter, hatten Vach an einen *Lematya* verloren. Während der nächsten Tage spürten nur wenige, daß zwischen Kesh und Tes eine unsichtbare Verbindung zu existieren schien. Sie waren praktisch immer zusammen, aber fast niemand achtete darauf. Sie waren nicht weiter wichtig, und deshalb blieb ihnen fast ein Sonnenwechsel, um ihr Glück zu genießen.

Dann kam die Trockenheit.

Einige Mitglieder des Clans wurden von dem Wandel überrascht, aber Kesh hatte den Tümpel schon seit einer ganzen Weile beobachtet, und er erschien ihr schlammiger als sonst, als stehle jemand Wasser daraus. Aber das wagte natürlich niemand. Es gab nie soviel Wasser, wie man wollte, und wer es stahl, mußte damit rechnen, von den anderen erschlagen zu werden. Die Sehlats wälzten sich nicht häufiger darin als sonst, ganz im Gegenteil: Einige von ihnen fehlten, und das galt auch für die kleineren Eidechsen. In der Nähe des Lagers gab es immer weniger Nahrung. Kinder starben, und man klagte darüber, daß die Überlebenden nicht so stark waren wie früher.

»Wir müssen weiterziehen«, sagte Kesh zu Tes.

Sie saßen auf einem Felsvorsprung und bearbeiteten kleine Steine, um Speerspitzen daraus herzustellen. Der junge Mann zögerte und blickte zu der flachen Pfütze. »Ja«, murmelte er. »Das glaube ich auch.«

Und dann schwieg er. Kesh griff nach einem anderen Stein. »Es dürfte dem Clan zum Vorteil gereichen. Dadurch verliert er die Nutzlosen, die essen und nicht jagen.«

»Vielleicht.« Tes sah sich um. »Aber es ist eine schlechte Zeit, um auf Wanderschaft zu gehen. Bald kommen die Winde.«

Kesh nickte. Auf Vulkan unterschieden sich die Jahreszeiten kaum voneinander, aber aufgrund von Sonnenflekken gab es klimatische Besonderheiten, die sich in regelmäßigen Abständen wiederholten. Dazu gehörten auch die Winde: Trockene Stürme verwandelten die weite Leere wochenlang in eine Hölle. Wenn das geschah, mußte man durch Felle atmen, und wenn man auf die Jagd ging, schabte einem der wirbelnde Sand die Haut von den Knochen. Man fand kaum Beute, denn viele Tiere flohen, wenn die Winde begannen. Eine Zeit des Hungers. Und auch des Durstes, selbst dann, wenn sich eine Quelle in der Nähe befand. Die Vorstellung, während der Stürme unterwegs zu sein, war alles andere als angenehm. Aber wenn der Tümpel austrocknete, drohte ihnen allen der Tod.

»Wann entscheidet sich die Älteste Mutter?« fragte Kesh.

Tes zuckte mit den Achseln. »Ihre Gedanken sind mir unbekannt. Aber bestimmt wartet sie nicht mehr lange.«

Er behielt recht. T'Khuts Glühen verblaßte, als Kesh und Tes auf dem Felsen miteinander sprachen. In jener Nacht schickte die Älteste Mutter alle Jäger aus und trug ihnen auf, erst dann zurückzukehren, wenn sie drei *Tshin* erlegt hatten. Wenn sie unterwegs einen wilden Sehlat fanden, sollten sie ihn ebenfalls ins Lager bringen. Hier und dort erklang ein mißmutiges Brummen, aber niemand erhob Einwände — es war nicht klug, der Ältesten Mutter zu widersprechen. Die Jäger füllten ihre aus Magenleder bestehenden Beutel mit soviel Wasser, wie sie dem Tümpel entlocken konnten, und dann brachen sie auf. Kesh begleitete sie, wenn auch widerwillig. Sie drängte darauf, daß Tes ebenfalls mitkam, aber die Älteste Mutter forderte ihn auf, den restlichen Angehörigen des Stammes dabei zu helfen, Speerspitzen herzustellen. Aus irgendeinem Grund wollte sie besonders viele, genug, um jedes Clanmitglied mit einem Speer auszurüsten. Auch das schuf Unmut, aber alle gehorchten. Kesh warf einen Blick über die Schulter, als sie der Jagdgruppe in den weiten Sand folgte. Sie beobachtete den Felsvorsprung, auf dem eine kleine Gestalt hockte, den Arm hob und winkte.

*Immer berührt werden*, flüsterte die Stimme in ihrem Innern. *Es wird alles gut, Liebste.*

Kesh versuchte, die Besorgnis aus sich zu verdrängen, konzentrierte sich statt dessen auf die Jagd. Sie erlegte den ersten *Tshin*, auch den zweiten und der dritte fiel einem anderen Jäger zum Opfer. Ein vierter wurde von Keshs Speer in der Flanke getroffen und lief fort: Sie verfolgten ihn stundenlang, bis er schließlich liegenblieb. Einer der Jäger starb dabei, weil sein Herz versagte. Sie begruben ihn zusammen mit dem Kopf des Tieres, damit seine Seele Rache nehmen konnte. Anschließend kehrten sie mit gemischten Gefühlen heim: Einerseits befürchteten sie den Zorn der Ältesten Mutter, doch andererseits freuten sie sich über soviel Nahrung. Niemand von ihnen hatte etwas dagegen, eine schwere Last aus Fleisch zu tragen, und alle freuten sich auf den bevorstehenden Festschmaus.

Deshalb war der — stumme — Ärger groß, als die Älteste Mutter befahl, das *gesamte* Fleisch in Streifen zu schneiden und auf den Felsen zu trocknen, um es aufzubewahren. Es handelte sich um eine sehr unpopuläre Entscheidung — getrocknetes Fleisch schmeckte nicht annähernd so gut wie frisches, das Blut enthielt, oder gar gebratenes —, aber es blieb ihnen nichts anderes übrig, als sich damit abzufinden. Kurze Zeit später verkündete die Älteste Mutter: »Bald verlassen wir diesen Ort.«

Diese Worte verursachten einen weitaus größeren Aufruhr als die Anweisung, das Fleisch zu trocknen. Man widersprach der Ältesten Mutter, erst höflich, dann mit unverhülltem Ärger. Aber sie blieb bei ihrem Beschluß, und niemand brachte den Mut auf, offen gegen sie zu rebellieren. »Ihr Faulpelze!« donnerte die Älteste. »Wollt ihr etwa hier liegen, in der Sonne rösten und austrocknen wie das Fleisch auf den Steinen? Wir benötigen Wasser, und es dauert nicht mehr lange, bis der Tümpel nur noch Schlamm enthält. Wir ziehen über den weiten Sand zu der kleinen Quelle, die vor neunzehn Sonnenwechseln unseren Durst stillte, als das Wasserloch davor austrocknete. Es ist eine gute Quelle, und wenn wir sie finden, brauchen wir nicht erneut auf Wanderschaft zu gehen, bis die Winde vorbei sind. Hört auf, euch zu beklagen. Gehorcht mir!«

Fünf Tage später gab es niemanden mehr, der sich dagegen aussprach, das Lager zu verlassen. Der Tümpel war fast völlig trocken, und alle priesen die Weisheit der Ältesten Mutter, viele Beutel mit Wasser beiseite gelegt zu haben, um gegen die Not gewappnet zu sein. Am nächsten Tag sollte der Clan aufbrechen.

»Plötzlich sind sie alle ganz fügsam«, sagte Kesh zu Tes, als sie zwei *Tshin*-Mägen auskratzten, um ein zusätzliches Wasserbeutelpaar herzustellen.

»Hier müssen wir noch etwas mehr kratzen«, erwiderte Tes. Und mit der mentalen Bindungsstimme fügte er hinzu: *Ja. Sie fürchten sich. Und ich teile ihre Furcht.*

Kesh sah ihn überrascht an, setzte dann die Arbeit fort. *Warum?*

*Vielleicht finden wir gar nicht zu der anderen Quelle zurück*, flüsterten Tes' Gedanken. *Vielleicht hat sich dort ein anderer Stamm niedergelassen, der uns mit seinen Waffen empfängt.*

Kesh hob die Schultern. *Selbst wenn das der Fall ist — hier können wir nicht bleiben.* Tes starrte auf seinen *Tshin*-Magen. »Auch dieser ist noch nicht ganz fertig«, sagte er. »Wenn wir unterwegs sind, muß ihn jemand an einem Stock tragen, damit die Sonne den Rest erledigt.«

»Jemand?« wiederholte Kesh. »Wie wär's mit dir?« *Es gibt noch einen anderen Grund für deine Furcht, Liebster...*

Tes hob den Kopf, sah zum Felsvorsprung und seufzte. *Es ist dumm.*

*Erklär es mir.*

Er schüttelte den Kopf. *Ich bin an diese Felsen gebunden. Das habe ich in einem Traum erfahren. Wenn wir sie verlassen, sterbe ich.*

Kesh straffte ihre Gestalt und musterte den jungen Mann. Wenn das stimmte... *Wann hattest du diesen Traum?*

*Vor langer Zeit. Noch vor unserer Bindung.*

Erleichterung durchströmte Kesh. *Der Traum eines Kindes. Kinder haben keine Wahrträume.*

*T'Khut stand hoch am Himmel,* erwiderte Tes. *Sie hat alles gesehen. Der Traum hat mir die Zukunft gezeigt.*

Verzweiflung regte sich in Kesh, denn je höher T'Khut am Himmel stand, desto mehr sah sie. Sie war das Auge, und es galt als unklug, sie zu verspotten. *Vielleicht ist es nur damals wahr gewesen. Heute bist du stark, einer der stärksten von uns.* Sie beugte sich zur Seite, zwickte Tes in die Armmuskeln und versuchte, fröhlich zu sein. *Für dich gibt es überhaupt keinen Grund, den Tod zu fürchten.*

*Ich weiß.* Und dann schwieg Tes.

Unbehagen herrschte zwischen ihnen, bis es für den Clan Zeit wurde, mit der Wanderschaft zu beginnen. Daraufhin entspannte sich Tes ein wenig, als sei es ihm endlich gelungen, die Besorgnis abzustreifen. Die letzten Vorbereitungen dauerten nicht lange. Das getrocknete Fleisch wurde gleichmäßig verteilt: Jeder bekam seinen Anteil, sogar das kleinste Kind. Anschließend standen alle auf und gingen los. Sie nahmen nur die Kleidung mit, die sie am Leib trugen. Manche steckten bunte Steine als Spielzeug für die Kinder ein, vielleicht auch Schmuck aus geknüpftem Leder, aber ansonsten bestand das Gepäck aus Wasserbeuteln und Nahrungspaketen. Darüber hinaus besaß jeder einen oder sogar zwei Speere. Während der vergangenen Tage hatte Tes hart gearbeitet, genug Eisenholz gefunden — die langen, geraden Halme wuchsen hier und dort in der Wüste — und es mit Speerspitzen versehen. Die Älteste Mutter trat nun vor den Clan und führte ihn in den weiten Sand. Viele sahen zurück, doch Kesh bemerkte, daß Tes starr geradeaus blickte.

Sie gingen einen Tag und eine Nacht lang, ohne einmal zu verharren. Nirgends gab es einen erkennbaren Pfad, aber die Älteste Mutter schritt entschlossen durch die Leere, nach Süden und Westen. Auf der linken Seite, weit entfernt, kratzte Phelsh't am Gewölbe des Himmels. Nur der Gipfel war zu sehen. Die unteren Bereiche des Berges verloren sich in einem Dunst, der wie aufgewirbelter Staub wirkte.

Der erste Rastplatz bestand nur aus Sand, doch die Clanmitglieder nahmen dankbar Platz, aßen und tranken. Doch die Älteste Mutter schien über jeden Beutel und jeden Schluck Wasser zu wachen, und deshalb fand kaum jemand Gefallen daran, seinen Durst zu stillen. Als sie befahl, den Marsch fortzusetzen, ertönte lautes Murren.

»Auf die Beine, ihr Narren!« rief sie. »Die Winde kommen! Könnt ihr es nicht sehen?« Sie deutete auf Phelsh't; die Staubwolke am Fuß des Berges schien noch dichter zu sein.

Dann begriff der Stamm, was geschah. Männer, Frauen und Kinder standen hastig auf, schlangen sich die Riemen der Beutel über die Schultern, brachen wieder auf und beeilten sich. Es hatte natürlich keinen Zweck. Der Sturm kam mit Flügeln, nicht auf Beinen, und einen Tag später holte er sie ein, heulte wie mit den Stimmen von tausend *Lematyas*. Er verschlang das Sonnenlicht, und der Stamm taumelte blind durch die Finsternis — jetzt konnte ihm nicht einmal das Auge helfen.

Mehrere Tage lang wüteten die Winde, begleitet von einem beständigen Kreischen, von Sand, der über die Haut kratzte. Es war praktisch unmöglich, an einem Ort stehenzubleiben. Der Sturm schob einen weiter, blies von hinten, eine erbarmungslose Kraft, die keine Ruhe gönnte. Der Marsch kam einer endlosen Qual gleich. Die Älteste Mutter forderte die Angehörigen des Clans auf, eine lange Reihe zu bilden und sich mit Darmsaiten aneinanderzubinden. Sie kamen der Aufforderung nach, stolperten durch das Heulen und wußten längst nicht mehr, wohin sie gingen. Aber die Älteste Mutter führte sie in einer geraden Linie, als sei der Himmel völlig klar, als zeigten ihr die

Sterne den Weg. Alle anderen verloren die Orientierung; die Welt bestand nur noch aus schmirgelndem Sand. Oft streckte Kesh den Arm aus, um nach Tes zu tasten, der hinter ihr ging. Sie spürte ihn und hörte seine geistige Stimme: *Immer berührt werden, Liebste*... Seine Gedanken ›klangen‹ zuversichtlich und beruhigten Kesh.

Und dann kam der letzte Tag, an dem der Sturm besonders schlimm war. Die Älteste Mutter rief, bald seien die Winde vorbei, und die anderen klammerten sich an dieser Hoffnung fest. Tes freute sich. Er sang — besser gesagt: Er schrie, um das Heulen zu übertönen —, als die stärksten Böen fauchten, die viele Mitglieder des Clans von den Beinen warfen. Darmsaiten rissen; Gestalten rollten durch den brodelnden Sand.

»Tes!« entfuhr es Kesh, aber der Wind stahl ihr den Namen von den Lippen, schleuderte sie ebenfalls davon. Die junge Frau überschlug sich mehrmals und wußte nicht mehr, in welcher Richtung sie Tes suchen mußte.

*Immer berührt werden, Liebste*... Verblüffung untermalte diesen Gedanken, und Kesh stellte sich vor, wie ihr Bindungspartner vom Sturm getrieben durch den Sand rutschte. *Es ist alles in Ordnung*...

Erleichtert krümmte sie sich zusammen, um den Böen besseren Widerstand zu leisten. Schließlich gelang es ihr, sich halb in den weichen Boden zu graben. Mit grimmiger Entschlossenheit hielt sie sich fest. *Tes*...

*Wir berühren uns, Liebste. Ich bin bei dir*...

Kesh blieb liegen. Langsam, ganz langsam, ließ der Wind nach. Es dauerte Stunden. Der Himmel wurde dunkel, und diesmal lag es daran, daß die Nacht begann — alle konnten es deutlich sehen. Allmählich legte sich der Sturm. *Tes*, dachte Kesh zum tausendstenmal.

Und wieder bekam sie die gleiche Antwort: *Mach dir keine Sorgen*. Ein Gedanke, der auch von Müdigkeit berichtete. Kesh seufzte; sie konnte den Grund dafür gut verstehen. Sie sehnte sich danach, daß ein neuer Tag begann, daß sie endlich Gelegenheit bekam, nach Tes zu suchen.

Als der Morgen dämmerte, heulte der Sturm wie ein sterbendes Tier und verstummte dann. Eine seltsame Stille folgte. Kesh hatte der Erschöpfung nachgegeben und war vor einigen Minuten eingeschlafen. Jetzt erwachte sie und sah sich um.

Von Tes fehlte jede Spur. Leerer Sand reichte bis zum Horizont, und an einigen Stellen zeigten sich hohe Dünen.

*Tes!*

Keine Antwort. Die mentale Brücke existierte nicht mehr.

Kesh sprang auf und lief los, eilte wie eine Wahnsinnige hin und her, schrie immer wieder den Namen ihres Bindungspartners und grub im Sand. Es war hoffnungslos. Sie ignorierte die Rufe der Ältesten Mutter. Schließlich schickte das Oberhaupt des Clans jemanden, der ihr mit einem gut gezielten Schlag das Bewußtsein raubte und sie zurücktrug. Als sie wieder zu sich kam, leise stöhnte und beide Hände an den schmerzenden Kopf preßte, nahm die Mutter neben ihr Platz.

»Tes ist tot«, sagte sie. »Fünf andere starben ebenfalls. Der Sand hat sie begraben. Wir trauern mit dir.«

Kesh blieb stumm.

»Wir ruhen uns jetzt ein wenig aus, aber anschließend setzen wir den Weg fort«, fügte die Älteste Mutter hinzu. Sie stand auf und blickte voller Mitgefühl auf Kesh herab. Aber die junge Frau wollte kein Mitleid. Sie wollte nur Tes. Doch niemand konnte ihn zurückbringen.

Sie weinte bitterlich und versuchte nicht, die Tränen abzulecken — eine Verschwendung kostbarer Feuchtigkeit, die den Rest des Clans schockierte.

Sie fanden die Quelle, von der die Älteste Mutter gesprochen hatte. Kein anderer Stamm erwartete sie dort, und das Wasser war gut, viel besser als das im Tümpel. Der Clan beschloß, an diesem Ort zu bleiben, solange die Quelle genügte, um allen zu trinken zu geben. Es handelte sich um ein weites, offenes Gebiet, in dem es viele Felsen gab, die Schatten spendeten. Allgemeine Zufriedenheit herrschte.

Mit einer Ausnahme.

Die meisten hielten Kesh für übergeschnappt. Es geschah manchmal, daß jemand den Verstand verlor, wenn der Bindungspartner starb. Kesh jagte auch weiterhin, aber immer allein. Niemand wollte in ihrer Nähe sein, wenn sie einen Speer in der Hand hielt — das sonderbare Glitzern in ihren Augen erschreckte die übrigen Angehörigen des Stammes. Häufig blitzte es in ihren Pupillen, wenn sie in die Leere außerhalb des Lagers starrte oder wenn T'Khut als umgedrehte Schüssel über den Himmel glitt und ihr Licht herabströmen ließ. Es zeigte sich an jenem Abend, als sie nach dem Essen ans Lagerfeuer trat und zu der Ältesten Mutter sagte: »Wir brauchen Phelsh't.«

Unruhe entstand im Clan. Viele hielten Keshs Verhalten für eine Unverschämtheit, vielleicht sogar für eine direkte Herausforderung. Man richtete nur dann Vorschläge an die Älteste Mutter, wenn sie danach fragte. Aber die Mutter lehnte sich an einen hohen Stein zurück und fragte: »Warum?«

»Wasser«, antwortete Kesh.

»Wir haben Wasser.«

»Aber nicht viel. Wenn wir eine Quelle wie in Phelsh't hätten, müßten wir nie wieder auf die Wanderschaft gehen. Es gäbe keinen Grund mehr, die Winde zu fürchten. Niemand von uns würde ihnen zum Opfer fallen.«

»Viele von uns würden sterben, wenn wir Phelsh't überfallen«, erwiderte die Mutter. »Und wenn uns das Wohlwollen eines wahnsinnigen Gottes tatsächlich in die Lage versetzte, den Berg zu erobern, so müßten wir damit rechnen, von anderen Clans angegriffen zu werden, und bei den Kämpfen kämen sicher Dutzende von uns ums Leben.«

»Wir brauchen Phelsh't«, wiederholte Kesh und ging fort.

Der Stamm sprach leise über Keshs Hartnäckigkeit und

fragte sich, warum die Älteste Mutter sie nicht mit Schlägen bestrafte. Man beobachtete die junge Frau und stellte fest, daß sie immer wieder zu dem dunklen Schatten am Horizont blickte, der vom neuen Lager aus gut sichtbar war. Einige Tage später kletterte Kesh abends von den Felsen herab, trat erneut ans Lagerfeuer und sagte: »Wir brauchen Phelsh't.«

»Wir bleiben hier«, entgegnete die Älteste Mutter. »Du kennst meine Gründe.«

Und so ging es lange Zeit weiter. Während bestimmter Mondphasen kam Kesh zum Feuer und verlangte, daß Phelsh't erobert würde, aber die Mutter lehnte immer ab. Die Verrücktheit der jungen Frau galt als harmlos, aber der Argwohn ihr gegenüber wuchs, als die Entrückung kam und sich Kesh *keinem* der Männer hingab, obwohl viele sie begehrten.

Ein Sonnenwechsel verstrich, dann ein zweiter. In der Mitte des dritten Wechsels legte sich die Älteste Mutter eines Morgens schlafen und erwachte nicht mehr. Viele klagenden Stimmen wurden laut, als man sie begrub, und Kesh weinte mit den anderen. Aber später beobachtete sie wieder den fernen Berg. Unbehagen erfaßte die anderen Mitglieder des Clans; sie eilten fort und ließen Kesh allein.

Es gab eine neue Älteste Mutter, aber sie war nicht so stark wie die verstorbene, auch nicht so klug. Es dauerte eine Weile, bis sie lernte, wie man sich um mehr als nur die eigenen Kinder kümmerte. Während sie lernte, sprach Kesh mit den jüngeren Jägern und Kriegern, die ihren Speer respektierten — und was sie ihnen zuflüsterte, veranlaßte sie dazu, nach ihren Waffen zu tasten. Kesh hatte keine Eile. Sie entschied sich erst zum Handeln, als sie die Jüngeren auf ihrer Seite wußte.

Die neue Älteste Mutter nahm ihre Pflichten seit zwei Monaten wahr, als Kesh nach dem Abendessen von den Felsen herabkletterte, ans Lagerfeuer trat und sagte: »Wir brauchen Phelsh't.«

»Wir bleiben hier«, erwiderte die Mutter. »Du kennst

die Gründe.« Aber sie wiederholte nur die Worte ihrer Vorgängerin, weil sie bisher immer die gewünschte Wirkung erzielt hatten. Ihrer Stimme mangelte es an Überzeugungskraft und Festigkeit.

Kesh lächelte kalt. »Wir können Phelsh't haben«, fuhr sie fort. »Phelsh't mit dem süßen Wasser. Aber du ziehst diese erbärmliche Quelle vor, das kleine Loch im Sand? Es ist ganz einfach, Phelsh't zu bekommen. Ich kann euch erklären, wie wir dabei vorgehen müssen.«

»Nein«, widersprach die Mutter, aber unmittelbar darauf sagte jemand aus dem Kreis: »Ja, erklär es uns.« Diese Worte stammten von Sakht, einem Jäger, der Kesh begehrte und den sie bei der Entrückung zurückgewiesen hatte.

Kesh bedachte ihn mit einem verächtlichen Blick; sie kannte seine Motive. Doch dann lächelte sie erneut und begann: »Hört gut zu. Sind wir nicht der Clan des Auges? Wir sehen auch am Tag, und das können nur wenige. Wer das Auge hat, jagt selbst am Tag. Und wir sind viele. Welcher andere Clan wagt zu kämpfen, wenn die Sonne hoch am Himmel steht? Sie müssen die Dunkelheit abwarten. Aber wir nicht. Unsere Speere treffen das Ziel, während die Gegner vom grellen Sonnenschein geblendet sind.«

Hier und dort ertönte zustimmendes Murmeln. Die Älteste Mutter wirkte ein wenig schockiert und wußte nicht, was sie antworten sollte. »Dies ist mein Plan«, fuhr Kesh fort. »Eine Gruppe von uns bewaffnet sich, nimmt einen ausreichenden Vorrat an Wasser und Nahrung mit, marschiert nach Phelsh't und wartet dort, bis die Sonne den höchsten Punkt am Himmel erreicht hat. Dann töten wir die Jäger und Krieger, nehmen ihre Kinder als unsere eigenen, wenn sie keinen Widerstand leisten. Tagsüber sind sie nicht imstande, gegen uns zu kämpfen. Wir besiegen sie und erheben Anspruch auf das süße Wasser. Und die Überlebenden des Phelsh't-Clans werden unsere Sklaven.«

Die allgemeine Reaktion bestand aus Verblüffung und Jubel, aber die Älteste Mutter rief: »Nein! Das Auge ist geheim! Und es muß geheim bleiben. Wenn wir am Tag angreifen, wissen die anderen Clane, daß wir das Auge haben, und dann würden sie unsere Frauen und Kinder entführen, um unser Blut in ihre Familienlinien zu bringen. Dann besäßen auch sie bald das Auge, und wir verlören unseren Vorteil.«

Zorn und Furcht der Mutter hatten eine seltsame Wirkung auf die Jäger: Sie schlossen sich Kesh an, die man für verrückt hielt, mit deren Wahnsinn jedoch alle vertraut waren. Sie murrten gegen die Mutter, und Kesh sagte ruhig: »Welchen Sinn hat ein Vorteil, von dem wir keinen Gebrauch machen? Sollte uns das Auge nicht dazu dienen, zu einem der größten und mächtigsten Stämme zu werden? Uns steht mehr Nahrung zur Verfügung als anderen Clans, aber unsere Quelle ist winzig. Ich schlage vor, wir nehmen uns mehr Wasser. Und laßt uns das Auge nicht nur zum Sehen verwenden. Und wenn wir etwas von den übrigen Stämmen wollen, dann bieten wir ihnen ein großes Geschenk an: Wir geben ihnen die Möglichkeit, mit unseren Frauen Kinder zu zeugen, die ebenfalls das Auge haben. Als Gegenleistung verlangen wir Nahrung, Sklaven oder irgend etwas anderes. Auf diese Weise gewinnen wir immer mehr Macht und herrschen schließlich über alle Clans des weiten Sandes!«

»Nein!« platzte es aus der Ältesten Mutter heraus, aber ihre Stimme verlor sich im plötzlichen Lärm, und den Rufen und Schreien, in Furcht und freudiger Erwartung. Während der nächsten Nächte fanden viele Gespräche statt, und in allen ging es um Phelsh't. Die Mutter wandte sich gegen einen Angriff, aber sie erhob immer seltener Einwände, denn auf der anderen Seite des Lagerfeuers saß Kesh: Sie schwieg, lächelte nur, drehte stumm eine Speerspitze hin und her.

Schließlich wurde eine Entscheidung getroffen — zum erstenmal in der Geschichte des Clans ohne die Zustimmung der Mutter. Sie ließ die Krieger und Jäger gehen, behielt nur genug im Lager, um den Rest des Clans zu schützen. Sie sah der Gruppe erleichtert nach, denn Kesh führte sie an, und die Mutter war froh, nicht mehr ihr schreckliches Lächeln sehen zu müssen. Sie war sicher, daß Kesh bald sterben würde. Und um keinen Platz für Ungewißheit zu lassen, hatte sie zwei Krieger damit beauftragt, die junge Frau zu töten.

Sie kamen nicht dazu, ihren Auftrag zu erfüllen. Kesh hörte, was ihnen die Älteste Mutter zuflüsterte, und sie handelte, als die Entfernung zum Lager groß genug geworden war. Grünes Blut strömte aus klaffenden Wunden, und die beiden Männer sanken leblos in den Sand. Kesh und ihre Gruppe begruben die Leichen, nahmen ihre Vorräte an Wasser und Nahrung. Dann setzten sie den Weg fort und marschierten zu dem nach oben ragenden Finger, der Phelsh't markierte. Von dort war der Wind gekommen, der Tes umgebracht hatte. Als sie gingen, dachte Kesh daran, daß sie bald Gelegenheit bekommen würde, sich an dem Berg zu rächen. Das Lächeln kehrte auf ihre Lippen zurück und wich nicht mehr.

Es war ein Gemetzel. Der Clan von Phelsh't unterschied sich nicht von denen im weiten Sand: Er lebte im Freien, unter Fellen, die sich an Pfählen spannten und vor der Sonne schützten. Der Umstand, daß sich sein Lager am unteren Hang des Berges befand, führte nur zu geringfügigen Komplikationen. Als die Sonne am Firmament emporkroch, kletterten die Jäger und Krieger lautlos über die Felsen und sahen verblüfft auf den schlafenden Stamm hinab. Er schien kaum größer zu sein als der Clan des Auges.

Kesh blickte ebenfalls nach unten und hing bitteren Gedanken nach. Wenn sie früher beschlossen hätten hierherzuziehen, wäre Tes vielleicht noch am Leben. Sie hob den Speer, richtete ihn auf das Lager und gab damit das Zeichen zum Angriff.

Die ersten Jäger stießen alle Pfähle beiseite und rissen die Felle mit sich. Chaos folgte: Körper rollten hin und her, verwirrte Stimmen erklangen. Und dann ertönte entsetzte Schreie, als die Jäger des Auges heransprangen und ihre

Speere mit tödlicher Zielsicherheit einsetzen. Das Überraschungsmoment erwies sich als ein wichtiger Verbündeter, der grelle Sonnenschein als ein weiterer. Die Phelsh't-Jäger konnten in dem hellen Licht kaum etwas sehen und waren den Angreifern praktisch hilflos ausgeliefert. Grünes Blut floß über die Steine; Sterbende röchelten, Verletzte stöhnten. Und der Schrecken des Phelsh't-Clans wuchs, als sie eine Frau hörten, die während des Grauens immerzu lachte.

Drei Viertel der Verteidiger fanden den Tod, doch ihre Älteste Mutter überlebte. Kesh nahm sie zur Seite, setzte ihr ein scharfes Steinmesser an die Kehle und zwang sie zu beobachten, wie ihr Stamm starb, wie die Angreifer Frauen und Kinder fesselten. Und schließlich sagte Kesh: »Dein Clan gehört jetzt mir. Wenn ihr Widerstand leistet, werdet ihr alle getötet. Aber wenn ihr bereit seid, mit uns zu leben, lehren wir euch die Kunst, auch am Tage zu sehen — dann wird euer Clan ebenso groß und mächtig wie unserer. Als Gegenleistung sollt ihr uns dienen. Wir lassen uns hier nieder, teilen euer Wasser und sind wie Brüder und Schwestern für euch.«

Kesh lächelte.

Die Älteste Mutter erklärte sich einverstanden. Kesh wandte sich von ihr ab und kletterte am Hang des Berges hoch, passierte die Stelle, wo das Eisenholz üppig gedieh und Bäume so groß wie ein Mann wuchsen. Sie achtete nicht darauf, kletterte weiter zwischen den Felsen, bis sie den tiefen Einschnitt erreichte, in dem das Wasser strömte. Kurze Zeit später fand sie es, das kühle, süße Wasser, das sich in einer Mulde sammelte — eine Körperlänge tief, so breit wie ausgestreckte Arme. Es plätscherte herab, plätscherte und gurgelte und sprudelte, flüsterte und wisperte, als es über die Steine rann. Kesh beugte sich vor und tauchte erst das Gesicht hinein, dann den ganzen Oberkörper, richtete sich wieder auf und schüttelte das nasse Haar aus den Augen. Dann kehrte sie zu ihren Jägern und Kriegern zurück. Sie sahen, wie Wasser von ihren Wangen tropfte, und niemand konnte feststellen, ob auch Tränen dazugehörten.

Der Clan des Auges beanspruchte Phelsh't für sich. Er nahm die andere Älteste Mutter auf und gab ihr den Rang der zweiten Ältesten, doch viele Jahre lang sprach Kesh für sie beide. Andere Stämme hörten vom Auge und dem süßen Wasser, und manchmal kamen sie, um Frauen oder Kinder zu stehlen. Viele von ihnen wurden mit einer Erbarmungslosigkeit zurückgeschlagen, die sie nicht verstanden. Einige gerieten in Gefangenschaft, und ihnen unterbreitete man das gleiche Angebot wir zuvor dem Phelsh't-Clan. Das Auge breitete sich langsam in der vulkanischen Erbmasse aus, und der Stamm verkündete, daß auch andere Talente willkommen waren: der klare Blick in die Ferne, das Wahrträumen, die Berührung an der Schulter, die einen Feind bewußtlos werden ließ oder ihn gar tötete – man tauschte das Auge gegen diese Fähigkeiten. Im Lauf der Jahre erzielte das amateurhafte Eugenik-Programm gewisse Ergebnisse, und manche von ihnen waren recht seltsam. Es entstand die Tradition, Söhne und Töchter des eigenen Clans mit Kindern eines anderen zu binden, der gewünschte Eigenschaften besaß. Viele tausend Jahre später rettete das Auge die Karriere eines Starfleet-Offiziers – ein eher trivialer Zwischenfall, wenn man ihn mit den langsamen und manchmal einschneidenden Veränderungen im Wesen der Vulkanier verglich.

Aber Kesh dachte nicht an solche Dinge. Viele Jahre lang fürchtete und respektierte man sie, und niemand wagte es, ihre Entscheidungen in Frage zu stellen. Gelegentlich unternahm sie lange Reisen, kehrte Wochen später blaß und ausgezehrt aus dem weiten Sand zurück. Niemand fragte sie, wo sie gewesen war. Als man sie in der Quelle fand – mit dem Kopf nach unten, ertrunken –, brachte man sie so weit wie möglich in die Wüste und begrub sie dort. Daraufhin glaubten viele Mitglieder des Clans, daß zum erstenmal seit Jahren Frieden herrschte. Eins stand fest: Sie waren besser dran als jemals zuvor.

Doch wenn T'Khut hoch am Himmel stand und sich ihr kupfernes Gesicht im süßen Wasser widerspiegelte, behaupteten manche Männer und Frauen, leises Weinen oder schreckliches Lachen zu hören. Die anderen verspotteten sie deswegen — aber niemand trank, bis der Mond unterging.

Am nächsten Morgen saß Kirk in seiner Kabine an Bord der *Enterprise* und starrte verärgert auf den kleinen Bildschirm.

**VON: BUGS**
**STERNZEIT: 7611.01**
**BETREFF: Unsere Freunde in der Föderation**

**Aus einem Leitartikel, veröffentlicht in einem der wichtigsten vulkanischen Informationsdienste:**

**...ein blutiges Schwert hängt an unserem Himmel, ein Instrument des Krieges, das von unserer Regierung fortgeschickt werden sollte. Aber nichts dergleichen geschieht. In der Umlaufbahn unserer Welt befinden sich Wesen, die ihre Probleme mit Gewalt lösen anstatt mit Logik, aber niemand unternimmt etwas gegen sie. Sie erklären, ihre Missionen seien friedlicher Natur, aber warum sind sie dann in Raumschiffen unterwegs, deren Waffen ganze Sonnensysteme zerstören können? Ist ihnen denn nicht einmal diese krasse Unlogik klar? Wir beschwören eine Katastrophe herauf, wenn wir derartige Geschöpfe so behandeln, als seien sie zivilisiert. Schon seit fast zweihundert Jahren versuchen wir, sie zu zivilisieren, aber das Ergebnis unserer Bemühungen kann man deutlich am Himmel über Ta'Valsh und Seleya sehen...**

**Hmm. Sensationsjournalismus? Oder steckt mehr dahinter?**

Kirk kochte innerlich. Einerseits war er dankbar dafür, diese Nachricht gelesen zu haben — sie bestätigte T'Paus Hinweise —, andererseits wurde er immer neugieriger darauf, wer sich hinter dem Decknamen Bugs verbarg.

Es gab natürlich keine Möglichkeit, eine Antwort auf diese Frage zu bekommen. Das Elektronische Schwarze Brett schützte die Privatsphäre der Crew; andernfalls hätte das ESB seinen Sinn verloren. Es gab jedem Besatzungsmitglied Gelegenheit, ganz offen seine Meinung zu äußern.

*Und einige Leute kosten diese Meinungsfreiheit voll aus,* dachte Kirk. Er betätigte die Tasten, blätterte durch die einzelnen Mitteilungen. Mehrere Schreiber stimmten Bugs zu und ärgerten sich darüber, für ein ›blutiges Schwert‹ am Himmel gehalten zu werden. Andere lehnten es ab, das Zitat ernst zu nehmen, oder glaubten, es sei aus dem Zusammenhang gerissen. Einer wies darauf hin, daß Bugs wahrscheinlich die Copyright-Bestimmungen verletzt hatte, indem er die Meldung des vulkanischen Info-Dienstes ohne ausdrückliche Genehmigung verwendete. Doch die letzte Antwort weckte Kirks besondere Aufmerksamkeit:

**VON: LLARIAN**
**STERNZEIT: 7611.72**
**BETREFF: Unsere Freunde in der Föderation**

**Ein geschickter Führer benutzt keine Gewalt.**
**Ein geschickter Kämpfer fühlt keinen Zorn.**
**Ein geschickter Widersacher fordert den Gegner nicht heraus.**
**Ein geschickter Dienstherr spielt sich nicht auf.**

**Das wußten sie schon vor viertausend Jahren. Glaub nicht alles, was Du liest.**

*Was soll man denn davon halten?* überlegte der Captain und sah auf den Schirm.

*Llarian. Wer könnte das sein? Und das Zitat... Es klingt irgendwie vertraut.* Kirk kaute geistesabwesend auf einem Fingerknöchel der gefalteten Hände. *Aber seine oder ihre Bemerkungen haben durchaus etwas für sich. ›Ein ge-*

*schickter Dienstherr spielt sich nicht auf.‹ Wer auf Vulkan hat genug Macht und Einfluß, um einen derartigen Artikel vom Informationsdienst veröffentlichen zu lassen?*

Er streckte die Hand aus, um den Bildschirm auszuschalten, zögerte kurz und aktivierte das Interkom. »Brücke. Kommunikation.«

»Hier Kommunikation, Uhura spricht«, erklang eine melodische Stimme. »Guten Morgen, Captain.«

Kirk rieb sich reumütig die Schläfen. Dumpfer Kopfschmerz erinnerte ihn an die Party des vergangenen Abends. *Du solltest dich besser an die höhere Schwerkraft gewöhnen, Jim,* riet er sich selbst. »Mehr oder weniger, Nyota«, sagte er. »Datenübermittlung zu Ihrer Station. Lassen Sie die Informationen vom Computer untersuchen. Ich möchte wissen, von welchem vulkanischen Info-Dienst der Artikel stammt, wie der Autor heißt, wann er veröffentlicht wurde und so weiter.«

»Aye, Captain. Bereitschaft für Datenempfang.«

Kirk drückte eine Taste und wartete ein oder zwei Sekunden lang. »Alles eingetroffen?«

»Ja, Captain. Ich gebe Ihnen Bescheid.«

»Danke. Kirk Ende.«

Er stand auf, streckte sich und hob erneut die Hände zu den Schläfen. Auch die Knie klagten. *Ich könnte mir einen Gravitationsneutralisator besorgen,* dachte er — und entschied sich sofort dagegen. Sicher gab es Vulkanier, die Menschen ohnehin für schwach und gebrechlich hielten, und wenn er mit einem Grav-Neutralisator erschien, verstärkte er diesen Eindruck. Er mußte die hohe Schwerkraft hinnehmen und versuchen, so gut wie möglich damit zurechtzukommen.

Doch mit den Kopfschmerzen brauchte er sich nicht abzufinden. Erneut schaltete er das Interkom an. »Krankenstation.«

»Hier Krankenstation«, meldete sich eine fröhliche Stimme. »Burke spricht.«

Lia Burke, McCoys leitende Krankenschwester, seit

Chapel mit ihrer Doktorarbeit beschäftigt war. »Wo steckt Pille, Lia?« fragte Jim.

»Er hat sich bereits auf den Planeten gebeamt, Captain. Um dort etwas zu suchen.«

Kirk blinzelte überrascht. McCoy war nicht gerade ein Frühaufsteher. »Hat er Ihnen gesagt, um was es geht?«

»Er meinte folgendes: ›Wenn mich Jim zu sprechen wünscht, so richten Sie ihm aus, daß ich die Absicht habe, zwei Dutzend Briefbeschwerer mit Schneeflocken zu kaufen.‹« Lia Burke klang ein wenig verwirrt.

*Was mich nicht wundert,* dachte Kirk. »Nun, ich brauche etwas gegen Kopfschmerzen.«

»Ah, die hohe Schwerkraft«, erwiderte Lia sofort. »Dafür kann ich Ihnen was verschreiben. Kommen Sie in die Krankenstation.«

Jim runzelte die Stirn. »Seit wann dürfen Schwestern Arzneien verschreiben?«

Am anderen Ende der Leitung herrschte kurzes Schweigen, gefolgt von einem Lachen. »Leben Sie noch im zwanzigsten Jahrhundert, Sir? Wir Krankenschwestern sind durchaus befugt, Medikamente zu verabreichen.« Eine kurze Pause, und dann: »Wir können sogar *zählen.*«

»Zur Kenntnis genommen«, sagte Kirk. »Ich bin gleich bei Ihnen.«

Als er kurze Zeit später die Krankenstation betrat, hielt Lia Burke einen Lichtstift in der Hand und schrieb etwas auf einen Computerblock. Sie war klein und schlank, hatte lockiges Haar und schmunzelte fast immer. Ihr Lächeln verschwand nur, wenn es um etwas wirklich Ernstes ging. »Captain«, sagte sie, legte den Block beiseite und griff nach einem Injektor. »Ich habe schon alles vorbereitet.«

»Darf ich fragen, womit Sie mich behandeln wollen?«

»Würden Sie Dr. McCoy eine entsprechende Frage stellen?«

Kirk dachte nach. »Wahrscheinlich nicht.«

Die Schwester bedachte ihn mit einem Schämen-Sie-sich-Blick. »Nun, die Injektionskapsel enthält Hämocorticovilidin. Es sorgt dafür, daß Ihr Blut ein wenig dünner wird.«

»*Dünner?* Obwohl ich Vulkan aufsuche? Bleiben Sie mir mit dem Ding vom Leib.«

»Zu spät«, erwiderte Lia. Sie preßte das kleine Gerät an Kirks Arm, und die Kapsel entlud sich mit einem leisen Zischen. »Die Substanz bewirkt eine geringfügige Veränderung der Dichte Ihres Blutplasmas, in Abhängigkeit vom externen Luftdruck. Das Problem mit der hohen Schwerkraft ähnelt in gewisser Weise dem Höhen-Syndrom.« Sie ließ den Injektor sinken. »Übrigens: Sie sollten möglichst viel Wasser trinken, während Sie auf Vulkan sind.«

»Lieutenant«, entgegnete der Captain geduldig, »wenn man auf einem Planeten mit hoher Gravitation viel Wasser trinkt, ergeben sich bestimmte Probleme...«

Lia hob die Brauen. »Ach, tatsächlich? Nun, Sie haben die Wahl: entweder Kopfschmerzen oder mehr Wasser.«

»Na schön«, sagte Kirk, dankte der Schwester und kehrte in sein Quartier zurück. *Nun, ich sollte mich sofort hinunterbeamen lassen, mich ein bißchen umsehen und mit verschiedenen Leuten reden. Anschließend besuche ich Sarek und Amanda. Sie haben mich mindestens zehnmal in ihr Haus eingeladen.*

*Briefbeschwerer? Was hat Pille vor?*

Im Grunde seines Herzens war Leonard Edward McCoy ein Forscher. Nach dem Studium hätte ihn diese Neigung fast davon abgehalten, als Arzt zu praktizieren. Ein Jahr lang betrieb er Grundlagenforschung in Cornell, und manchmal dachte er wehmütig an diese Zeit zurück. Aber eigentlich zog er es vor, Patienten zu behandeln, anstatt sich dauernd mit irgendwelchen Unterlagen, Reagenzgläsern und Vorlesungen zu befassen. Damals traf er eine Entscheidung, die er bis heute nicht bedauert hatte.

Doch manchmal nutzte er die Gelegenheit, Nachforschungen anzustellen — und wenn etwas sein Interesse weckte, ließ er nicht locker, bis er alle Antworten kannte. Gestern war er auf eine faszinierende Sache gestoßen. Sie weckte genau das richtige Gefühl in ihm, so wie damals, als der Knabe namens Leonard einen großen flachen Stein fand und genau *wußte*, daß sich viele Käfer darunter verbargen.

Es ging um Shath. Ganz abgesehen davon, daß er den arroganten Kerl ausgesprochen unsympathisch fand: Mit seiner Körpersprache stimmte etwas nicht. Als er McCoy und Kirk sah, verließ er den Raum und ließ sie zwanzig Minuten lang warten – um seine Fassung wiederzugewinnen. Das wäre selbst bei einem Menschen bemerkenswert gewesen, doch bei einem Vulkanier kam so etwas einem Skandal gleich. *Und seine Reaktion galt nicht mir, sondern Jim*, dachte der Arzt.

Er hatte mit dem Gedanken gespielt, das Konsulat aufzusuchen, unter irgendeinem Vorwand um ein weiteres Gespräch mit Shath zu bitten und sich einen genaueren Eindruck von seinen Reaktionsmustern zu verschaffen. *Aber das hat wahrscheinlich keinen Sinn*, überlegte er. *Bestimmt ist er diesmal in der Lage, seine Empfindungen unter Kontrolle zu halten. Ich muß mir die notwendigen Informationen woanders beschaffen.*

An jenem Morgen saß er in seiner Kabine und betrachtete detaillierte Karten von Shi'Kahr, einer kleinen Stadt unweit der Akademie. Schon nach wenigen Minuten fand er, was er suchte: das elektronische Äquivalent einer öffentlichen Bibliothek. Er hätte eine Kom-Verbindung von der *Enterprise* aus nutzen können, um Daten abzurufen, aber er wollte keine Aufmerksamkeit erregen. Diskretion erschien ihm angemessen, und deshalb verzichtete er darauf, den Bibliothekscomputer von Uhura anzapfen zu lassen.

Es gab auch eine andere Möglichkeit ans Ziel zu gelangen. McCoy lächelte dünn, als er die Sachen durchging, die er gestern in verschiedenen Geschäften gekauft hatte. *Zumindest in dieser Hinsicht war es eine gute Idee, Spocks Rat einzuholen*, fuhr es ihm durch den Sinn, als er einen unscheinbaren Umhang, Kniehosen und Stiefel hervorholte. Durch die hellbraune Tönung wirkten die Kleidungsstücke sehr unauffällig, und Spock hatte ihm mitgeteilt, daß Studenten oder Wissenschaftler so etwas trugen, sowohl bei der Arbeit als auch in der Freizeit. McCoy streifte die Sachen über, aktivierte die Spiegelfunktion einer Schranktür, drehte sich langsam von einer Seite zur anderen und betrachtete sein Abbild. *Nicht übel*, dachte er anerkennend. Durch den Schulterumhang sah er etwa zehn Pfund leichter aus, und das bedauerte er keineswegs. Außerdem wirkte diese Aufmachung nicht annähernd so verdächtig wie eine Starfleet-Uniform. Die meisten Leute erinnerten sich nur dann an sein Gesicht, wenn ihr Blick gleichzeitig auf die Uniform fiel. In dieser Kleidung war er nur ein weiterer Terraner auf Vulkan, jemand, der irgendwelchen wissenschaftlichen Forschungen nachging; es gab recht viele Menschen, die sich in der Akademie mit diversen Projekten befaßten.

McCoy machte einen kurzen Abstecher zur Krankenstation, und als er feststellte, daß dort alles seine Ordnung hatte, beamte er sich nach Shi'Kahr. Dort war es früher Morgen, die angenehmste Zeit des Tages: Kurz nach der Dämmerung, bevor es selbst für die Vulkanier zu heiß wurde, herrschte meistens rege Aktivität. Die Bewohner des Planeten begannen gegen Morgengrauen mit ihrer Arbeit und setzten sie im Anschluß an eine dreistündige Mittagspause bis spät abends fort. Als McCoy durch die Straßen schlenderte, dachte er: *Nein, das stimmt nicht ganz. Immerhin sind es Vulkanier. Bestimmt schuften sie vier Tage ohne Pause, nehmen sich einen Tag frei und stürzen sich dann wieder in die Arbeit. Ihre Ausdauer... Es bleibt einem gar nichts anderes übrig, als sie zu bewundern.* Und *man wünscht sich wenigstens einen Teil von diesem Durchhaltevermögen.*

Shi'Kahr erinnerte ihn in gewisser Weise an einige Universitätsstädte im Norden des Bundesstaates New York, aber es gab auch Ähnlichkeiten mit den überdachten Arkaden von Bern — dicke Mauern mit Bogen, die sich vor Schaufenstern und Eingängen wölbten. An einigen Stellen wiesen die Durchgänge zwei Etagen auf, und die meisten von ihnen bestanden aus goldfarbenem Stein mit einer körnigen Struktur — vermutlich isolierte er gut. Die Passagen unter den Arkaden boten viel Platz, waren vor Wind und Sonne geschützt.

McCoy schlenderte gemütlich, blickte durch die Bogen und beobachtete kleine Plätze und Parkanlagen. Die Vulkanier schienen winzige Parks zu lieben. Jeder von ihnen verfügte über einen besonders geformten Springbrunnen: flüsternde Wasserfälle, hier und dort eine Art Sprühnebel, seltsame Tierfiguren, die Wasser spien, einmal sogar ein uralter Mühlstein, aus dessen Loch in der Mitte kühles Naß gluckerte. McCoy betrachtete sie, während er den Weg fortsetzte.

Die Bibliothek war ein erhabenes Gebäude, das ebenfalls aus goldfarbenem Stein bestand. Ein Portikus gehörte dazu, und der Arzt bemerkte leichte Verdickungen im Zentrum der hohen, glatten Säulen — wodurch sie völlig gerade wirkten. McCoy kannte diesen Trick aus der griechischen Architektur, und er belächelte die Parallele, als er den Schatten des Portikus erreichte und die Bibliothek betrat.

Im Innern erwartete ihn eine moderne Einrichtung: Überall gab es Computernischen und Module, die verbale Datenabfragen zuließen. Der Boden glänzte in einem goldenen Ton, und McCoy stellte überrascht fest, daß er schwammig-weich war und alle Geräusche absorbierte; Stille herrschte. Er nickte dem Bibliothekar am Schreibtisch einen stummen Gruß zu und lenkt seine Schritte zu den Nischen.

Er hielt sich nicht für fähig, fehlerfreies Vulkanisch zu schreiben, und als er an einem Terminal stehenblieb, starrte er auf ein verwirrendes Durcheinander aus Schaltern, Tasten und Sensorflächen. Daraufhin entschied er, eins der verbalen Module zu benutzen. McCoy nahm Platz, räusperte sich und hoffte, daß ihn die Maschine trotz des Akzents verstand.

»Allgemeine Anfrage«, sagte er.

»Bestätigung«, lautete die Sprachprozessorantwort. McCoy zuckte unwillkürlich zusammen. Der Computer sprach das Äquivalent von makellosem Oxford-Englisch. Es klang rein, kultiviert und irgendwie einschüchternd.

»Öffentliche Ereignisse«, sagte der Arzt. »Querverweis: Partnerschaftsbindung. Synonyme: Heirat und Ehe. *Koon-ut-kalifi*. Familienname unbekannt. Ein Teilnehmer: Spock cha'Sarek. Ausführung.«

Der Computer suchte etwa eine Sekunde lang in seinem Speicher und projizierte dann ein Bild, das den Platz der Heirat-und-Herausforderung zeigte: Spock, McCoy, Kirk im Hintergrund, T'Pau auf ihrer Sänfte, außerdem einige Vulkanier, die Glocken, Fahnen, Speere und diverse andere Waffen trugen. McCoy schauderte, und seine Reaktion überraschte ihn. *Was für ein schrecklicher Tag... Und mein Eingreifen war alles andere als fair.* Er lächelte schief. *Trotzdem würde ich mich heute genauso verhalten.* »Positiv«, sagte er. »Ich benötige eine Liste der Teilnehmer.«

Das Bild wechselte, und als McCoy zu lesen begann, fiel ihm sofort ein bestimmter Name auf: Shath cha'Stelen hei-Nekhlavah, Alter 43 Standardjahre. *Na bitte. Ich habe genau richtig getippt, als ich sein Alter schätzte. Vielleicht lerne ich doch noch etwas von Spock.* »Anfrage: allgemeine Informationen über Shath cha'Stelen.«

Eine neue Datenseite erschien. Die meisten Informationen waren nicht sehr interessant, betrafen Ausbildung, Tätigkeit und den individuellen Kommunikationscode. *Es liegt mir fern, ihn anzurufen und zu einem Picknick einzuladen.* Doch dann folgte eine Liste von Organisationen, mit denen Shath in Verbindung stand. McCoy ließ sich die Daten ausdrucken, öffnete dann andere Dateien und befaßte sich mit den jüngsten Publikationen der entsprechenden Organisationen. Die Namen klangen unschuldig: Institut für Interwelt-Studien, Studiengruppe für extravulkanische Spezies und dergleichen. Doch als McCoy einige der Rundschreiben und Artikel las, stellte er folgendes fest: Keine der Organisationen, die Shath zu ihren Mitgliedern zählte, hielt viel von Menschen. Eine vertrat den verächtlichen Sollen-sie-sich-von-Ast-zu-Ast-schwingen-Standpunkt, und die übrigen ließen keine Gelegenheit ungenutzt, alles Terranische zu verdammen.

Nach einer halben Stunde lehnte sich McCoy erschüttert zurück. *Eine solche Erkenntnis habe ich mir nicht erhofft,* dachte er. *Es gibt tatsächlich voreingenommene Vulkanier. Hier an diesem Ort, wo Surak lehrte und starb.* Er schüttelte den Kopf. »Verfluchter Mist.«

»Zero Input«, erwiderte der Computer höflich.

»Schon gut. Querverweis. Eine Liste aller Mitglieder der genannten Organisationen. Kennzeichne alle Personen mit multipler Mitgliedschaft.«

»Korrelation findet statt«, antwortete die Maschine. »Ausgabe?«

»Druck.«

»Bestätigung.« Es dauerte nicht lange, bis sich im Ausgabefach des Druckers ein dicker Stapel aus dünnen Kunststoffolien bildeten, die man auf Vulkan für Hardcopies verwendete. McCoy betrachtete sie erstaunt.

Zwanzig Minuten lang summte der Drucker, und es bildete sich ein fast zehn Zentimeter hoher Stapel. Die Schrift war so klein, daß man sie kaum entziffern konnte. McCoy schüttelte den Kopf. »Zusätzliche Ausgabe in gespeicherter Form.«

»Bestätigung.« Nach etwa drei Sekunden lieferte der Apparat ein Datenmodul.

»Ende.«

»Erbitte Kredit-Autorisierung«, sagte der Computer.

McCoy rollte mit den Augen, holte seinen ›Bargeld‹-Chip hervor und schob ihn in den Scanner. Es surrte und klickte leise, während die Maschine einen bestimmten Betrag abbuchte. Dann spuckte das Zahlgerät den Chip wieder aus, wie enttäuscht über eine zu kleine Rechnungssumme. »Grmpf«, machte der Arzt, steckte das Datenmodul ein, griff nach dem Ausdruck und verließ die Bibliothek.

Er ging zu dem kleinen Restaurant, das er bereits kannte. Es öffnete früh, wie die meisten Lokale auf Vulkan. McCoy bestellte Lasagne und begann damit, die Kunststoffolien zu lesen – ein langer Morgen stand ihm bevor.

Das glaubte er jedenfalls. Aber nach fünf Minuten fand er einen Namen, der ihm einen regelrechten Schock versetzte. Er blätterte, entdeckte ihn auch in den anderen Listen.

»Verdammt«, brummte er. »Verdammt. *Verdammt!*«

Nach einer Weile legte er den Ausdruck beiseite und aß die Lasagne, obwohl er überhaupt keinen Appetit mehr verspürte.

Das gestaltlose Funkeln und Schimmern wich fester Substanz, als Kirk rematerialisierte. Er stand in einer der kleinen Parkanlagen, die er vom Vortag her kannte. Diesen speziellen Park hatte ihm Spock in allen Einzelheiten beschrieben. Drei Pfade führten hinaus, und Jim sollte den linken nehmen, der bis zur alten Stadtmauer reichte.

Der Captain ging langsam und beobachtete die Umgebung. Das ›Gras‹ bestand aus einem lohfarbenen Kraut; hier und dort wuchsen zart anmutende Bäume mit fedrigen, kastanienbraunen Blättern – sie sahen aus wie große Staubwedel. Kirk trat an eine der Pflanzen heran, berührte sie neugierig – und war sehr überrascht, als sich der ganze Zweig spiralförmig zusammenrollte.

»Entschuldigung«, sagte er und lachte dann über sich selbst. *Sprechen Vulkanier mit Bäumen?*

Langsam entfaltete sich der Zweig wieder, und die Blätter gewannen ihre ursprüngliche Form zurück. Jim widerstand der Versuchung, sie noch einmal zu berühren – warum eine Pflanze in den Wahnsinn treiben? –, wandte sich davon ab und schritt zur Stadtmauer. Der Pfad beschrieb eine weite Kurve und erstreckte sich an der Mauer entlang. Kurz darauf begriff Kirk, wo er sich befand. Er folgte dem Verlauf des Weges, passierte einen Felsvorsprung und sah das Haus.

Nach den Maßstäben dieser Welt war es recht groß – obwohl man erwartete, daß der vulkanische Botschafter auf der Erde in einem beeindruckenderen Gebäude wohnte. Es handelte sich um ein einstöckiges Haus, wie die meisten in Shi'Kahr und den anderen Städten; offenbar wollten Vulkanier nicht ›hoch hinaus‹. Eine knapp zwei Meter hohe Mauer umgab das Anwesen, und das Bauwerk dahinter schien im ›postmodernen‹ Stil errichtet zu sein: Es gab keine scharfen Kanten, nur sanfte Wölbungen. Dennoch glaubte Kirk, eine gewisse Ähnlichkeit mit alten römischen Villen zu erkennen – das familiäre Leben fand im Innern statt, nicht draußen; das Haus behielt seine Geheimnisse für sich.

Er trat an das Tor heran und berührte die Sensorfläche. Als sie aufleuchtete, sagte er: »James Kirk.«

»Jim«, erklang Amandas fröhliche Stimme. »Kommen Sie herein.« Das Tor schwang auf.

Ein schmaler, von Steinen gesäumter Pfad führte zur Eingangstür des Hauses. Sie öffnete sich, als ihn nur noch wenige Schritte davon trennten. Amanda trat ihm entgegen und trug einen Coverall, der an den Knien einige Flekken aufwies. Sie hielt eine Schere in der Hand. »Willkommen!« sagte sie »Sehen Sie sich den Garten an. Das Haus zeige ich Ihnen später. Besser noch: Sarek kann Sie herumführen, wenn er aus der Stadt zurückkehrt. Möchten Sie etwas zu trinken?«

»Ja, danke«, erwiderte Kirk. Er begleitete Amanda durch den breiten Flur, an den sich große, offene Räume anschlossen. Wohn- und Eßzimmer sowie die Küche gingen ineinander über, und die Wände bestanden aus dunkel glänzendem Stein. Das breite Schiebefenster weiter hinten gewährte Ausblick in den Garten.

»Hier«, sagte Amanda und blieb am Getränkespender in der Küche stehen. »Wasser? Mit Kohlensäure?«

»Sodawasser wäre nicht schlecht.«

»Ich schließe mich Ihnen an.« Zwei Gläser glitten hinter einer Tafel hervor. Amanda reichte das eine ihrem Gast und hob das andere. »Zum Wohl.«

Sie tranken. »Oh, das tut gut.« Amanda seufzte. »Ich hatte wirklich Durst. Kommen Sie, hier entlang.« Sie führte Kirk in den Garten. Er bestand zum größten Teil aus geharktem Sand und Kies, aber an einer Stelle wuchsen mehrere Rosensträucher. Einige von ihnen blühten; die anderen waren gestutzt.

»Erstaunlich«, kommentierte der Captain. »Es wundert mich immer wieder, daß hier solche Pflanzen wachsen.«

»Oh, sie gedeihen recht gut«, erwiderte Amanda. »Das Klima ähnelt dem von Arizona – man muß nur darauf achten, sie regelmäßig zu bewässern. Außerdem gefällt ihnen das Licht der weißen Sonne besser als das einer gelben. Wissen Sie, was hier wirklich prächtig wächst?« Sie deutete auf ein Beet. »Tomaten. Hier verbrauchen sie enorm viel Wasser; der Boden darf praktisch nie trocken werden. Aber Sie sollten sie in zwei Monaten sehen... Ich muß sie natürlich per Hand bestäuben, aber das macht mir nichts aus.«

Kirk schüttelte den Kopf. »Sie haben die Rosen ziemlich stark beschnitten.«

Amanda nickte. »Denken Sie daran: Wir sind zum erstenmal seit zwei Jahren hierher zurückgekehrt. Zwar haben wir einen Gärtner, der sich um alles kümmert, aber er kennt sich vor allen Dingen mit den vulkanischen Gewächsen aus, mit den Sukkulenten dort drüben und den Sandpflanzen. Ich glaube, es gibt keinen Vulkanier, der etwas von Rosen versteht. Man hält sie für empfindlich. Das ist natürlich Unsinn. Um das Beste aus ihnen herauszuholen, muß man gemein zu ihnen sein.« Sie hob die Schere.

»Die Vorstellung, daß Sie zu irgend etwas gemein sein können, fällt mir schwer«, sagte Kirk.

Amanda lächelte. »Schmeichler. Ich schlage vor, wir nehmen im Schatten Platz.«

Sie gingen zu einer Bank, die in einer Laube aus blättrigen Ranken stand. Amanda setzte sich und ließ ihren Blick durch den Garten schweifen. »Wissen Sie«, sagte sie nach einigen Sekunden, »als Spock heranwuchs, dachte ich oft, mein Verhalten ihm gegenüber sei gemein. Gleichzeitig hielt ich das in gewisser Weise für eine Pflicht. Sarek und ich waren übereingekommen, unseren Sohn als normales vulkanisches Kind aufzuziehen, mit den Disziplinen, die vulkanische Kinder lernen müssen. Wenn wir damals auf der Erde gelebt hätten, wäre vielleicht alles anders gewesen. Menschen sind in dieser Hinsicht flexibler. Aber Vulkanier...« Amanda unterbrach sich und schmunzelte. »Vulkanier erwarten konservative Einstellungen. Alles muß dem Status quo genügen — alles muß gleich sein.«

Aus dem Schmunzeln wurde ein Lächeln. »Was in Hinsicht auf die UMUK-Prinzipien eigentlich keinen Sinn ergibt, oder? Selbst Vulkan ist nicht frei von Widersprüchen.«

Kirk nickte. »Ja, ich weiß.«

Einige Minuten lang schwiegen sie und genossen den Wind, der noch nicht zu heiß war. Die Gartenmauer verwandelte ihn in eine sanfte Brise. Schließlich räusperte sich der Captain. »Darf ich Sie etwas fragen?«

»Natürlich.«

Er deutete auf den Garten. »Sie beschneiden die Rosen, obwohl... Ich meine, niemand weiß, wie das Abstimmungsergebnis lauten wird.«

Amanda betrachtete ihre Rosensträucher und seufzte. »Nun, mir gefällt die Gartenarbeit. Und ganz gleich, was auch geschieht: Die Rosen müssen beschnitten werden.«

Kirk lächelte.

»Aber Sie haben recht«, fügte Amanda hinzu. »Ich mache mir Sorgen.« Nachdenklich drehte sie die Schere hin und her. »Wenn sich Vulkan für die Sezession entscheidet, muß ich den Planeten verlassen. Die Regierung wird bestimmt keine Ausnahmen erlauben, erst recht nicht auf einer hohen Ebene. So etwas könnte man für Nepotismus halten, für Günstlingswirtschaft. Nun, in einem solchen Fall bleibt mir nichts anderes übrig, als mich von dieser Welt zu verabschieden — für immer. Und wahrscheinlich gilt das auch für Sarek.«

Kirk schüttelte den Kopf. »Es erscheint mir einfach nicht fair.«

»Oh, von Fairneß kann in diesem Zusammenhang überhaupt keine Rede sein«, sagte Amanda. »Wenn sich Vulkan von der Föderation trennt...« Sie seufzte erneut und sah über den Garten hinweg zum Haus. »Ich habe schon einmal ein Heim aufgegeben, vor langer Zeit«, murmelte sie. »Sicher komme ich auch diesmal darüber hinweg.«

»Aber es dürfte weitaus schwerer sein, einen Ehemann aufzugeben.«

Amanda nickte. »Bestimmt finden wir eine neue Heimat. Die Föderation würde sich freuen, wenn sich Sarek auf einer ihrer Welten niederließ. Und Spock läuft bestimmt nicht Gefahr, seinen gegenwärtigen Job zu verlieren.«

»Himmel, nein.«

»Aber versuchen Sie einmal, die Sache aus Sareks Perspektive zu sehen«, fuhr Amanda fort. »Den Planeten seiner Geburt für immer zu verlassen, den Rest der Familie nie wiederzusehen, im Exil zu leben, auf kalten, feuchten Planeten, eine Sonne zu spüren, die nicht warm genug scheint oder an einem fremden Himmel glänzt...« Sie brach ab.

»Bitte entschuldigen Sie meine Frau, Captain.« Sarek kam in den Garten und streifte den Umhang ab. »Offenbar bezieht sie sich gerade auf die schottischen Aspekte ihrer Abstammung, indem sie die Zukunft in düsteren Farben malt.« Er legte den Umhang über die Rückenlehne einer anderen Bank und nahm ebenfalls Platz.

»Hast du alle Dinge erledigt?« fragte Amanda.

»So gut es ging. Die Anspannung in der Stadt wächst. So würde ich jedenfalls die gegenwärtige Atmosphäre beschreiben. Ich habe dies mehrmals auf der Erde gespürt, aber nie zuvor auf Vulkan. Die derzeitigen Ereignisse sind einmalig.«

»Morgen beginnt die Debatte?« erkundigte sich Kirk.

»Ja. Zuerst finden die weniger ›voreingenommenen‹ Aussagen statt. Sie stammen von K's't'lk, verschiedenen anderen Wissenschaftlern, Ökonomen und so weiter. Es folgen Personen mit beruflichen Erfahrungen in Hinsicht auf die Föderation und Vulkan, zum Beispiel Botschafter und Raumschiffkommandanten.«

»Sarek«, begann Kirk, »was den gestrigen Abend betrifft...«

»Es geschah. Aber ich rate Ihnen ab, mit anderen Leuten darüber zu sprechen — abgesehen von Spock und Dr. McCoy. T'Pau legt großen Wert auf Diskretion, und für gewöhnlich ist es klug, ihre Wünsche zu respektieren.«

Im Haus läutete es leise. »Ich bin's, McCoy«, erklang es aus einem Lautsprecher.

»Wenn man vom Teufel spricht...«, begann Kirk.

»*Das* Thema haben wir bereits erörtert«, sagte Sarek mit Nachdruck.

»Herein, Doktor!« Amanda stand auf, um McCoy an der Tür zu begrüßen.

»Er klingt außer Atem«, bemerkte Sarek. »Ich hoffe, es geht ihm gut. Wenn man nicht an die Hitze gewöhnt ist, kann sie einem unangenehme Überraschungen bescheren.«

Kurz darauf führte Amanda McCoy in den Garten. Er schwitzte, und Kirk kannte seinen Gesichtsausdruck: eine Mischung aus Aufregung und extremer Besorgnis. »Ist alles in Ordnung, Pille?«

»Nein«, erwiderte McCoy und reichte dem Captain einen dicken Computerausdruck. »Sieh dir das an.«

Kirk runzelte die Stirn, und während er las, wandte sich der Arzt an Sarek. »Ich habe Nachforschungen angestellt und ließ mich dabei von einer Ahnung leiten«, erklärte er. »Es geht um die Organisationen, die seit etwa hundert Jahren gegen Terra und die Föderation arbeiten... Heute morgen habe ich mich mit einigen ihrer jüngsten Publikationen beschäftigt.«

»Kein Wunder, daß Sie mitgenommen wirken«, kommentierte Sarek verständnisvoll.

»Das ist noch nicht alles. Der Bibliothekscomputer stellte mir Mitgliedslisten zur Verfügung und nahm Korrelationen vor.« McCoy sah Kirk an. »Shath gehört zu den entsprechenden Gruppen. Und weißt du, wer noch?«

Kirk starrte auf einen gekennzeichneten Namen.

»T'Pring«, antwortete er und blätterte. »T'Pring, T'Pring.«

Er betrachtete einige weitere Kunststoffolien, legte die Hardcopies dann beiseite und hob den Kopf. Sarek wirkte verblüfft, Amanda verärgert und McCoy besorgt. Der Captain konnte es kaum fassen.

»Ich glaube, wir sollten uns mit Spock in Verbindung setzen und ihn darauf hinweisen«, schlug McCoy vor.

Kirk nickte, als der Arzt seinen Kommunikator aufklappte.

*Lieber Himmel*, dachte er. *T'Pring.*

*Die Hölle kennt keinen Zorn...*

# VULKAN: VIER

Die alte Frau saß am Fenster, beobachtete die Türme der Stadt, seufzte und lehnte sich auf der mit Fellen bedeckten Sitzbank zurück. Die Stille des Abends begann. Am Rande des Landes — ihres Landes — neigte sich T'Khut dem Horizont entgegen. Die helle Sichel hielt Dunkelheit zwischen den nach unten zeigenden Spitzen; hier und dort flackerte es in der Finsternis. Auf diese Weise blickte das Auge auf die Welt herab, und derzeit erschien das angemessen. Aber die Welt und ihre Bewohner trafen Vorbereitungen, um jenes Feuer zu nutzen. Die Frau saß direkt vor dem Fenster und sah weiterhin nach draußen. Es war nicht nötig, ihre Gedanken auf die Reise zu schicken, zu berühren und zu lauschen. Die gewünschten Begegnungen würden bald stattfinden — sie brauchte nur zu warten.

Der Geist hatte Vulkan von Anfang an verändert. Wie viele Jahrtausende waren vergangen, seit sich die Künste des Bewußtseins entwickelten und damit begannen, einen entscheidenden Einfluß auszuüben? Sie ermöglichten es, eine unwirtliche Welt zu zähmen. Einer der Namen für den Planeten lautete *Ah'Hrak*: Schmiede. Zwar gab es hier und dort geschmolzene Berggipfel, aber man hätte diese Bezeichnung trotzdem für Ironie halten können — wenn nicht die Künste des Geistes gewesen wären, jene Art von psychischer Magie, die weitaus mehr leistete als substantielle Werkzeuge.

Auf Vulkan gab es keine nennenswerten Metallvorkommen. Besser gesagt: Die meisten Metalle befanden sich tief in der Kruste und im kochenden Kern. Damals fehlten Werkzeuge, mit denen man tief genug graben konnte, um Metall in großen Mengen zu finden. Als die ersten Schmiede ihr Handwerk erfanden, kratzten sie an der Oberfläche und zogen jahrelang durch die Welt, um genug Erz für ein Schwert oder einen Speer zu sammeln. Lange Zeit änderte sich nichts an dieser Situation. Man bearbeitete Stein nur mit Stein. Der Bau eines Hauses mochte ein Leben lang dauern. Ein Pflug war so kostbar, daß ihn sich nur eine größere Gemeinschaft leisten konnte. Und er diente in erster Linie dazu, Sand zu pflügen.

Aber dann änderte sich alles. Der Geist gab den Ausschlag. Den ersten Künsten – die Verbindung zwischen zwei mentalen Sphären, der Griff, der das Bewußtsein raubte oder gar tötete, das Sprechen ohne Worte – gesellten sich allmählich andere hinzu. Manchmal kam es zu natürlichen Mutationen, die sich von ganz allein in der vulkanischen Erbmasse ausbreiteten, zum Beispiel die innere Hornhaut des Auges, die vor grellem Licht schützte. Andere Eigenschaften entstanden in einzelnen Häusern: Sie wurden sorgfältig gepflegt und zur Grundlage von Reichtum und Macht. Vielleicht kam irgendwo ein Kind zur Welt, das Metallvorkommen spüren konnte. Daraufhin nahm das betreffende Haus insgeheim alle erreichbaren Schmiede in seine Dienste; nach wenigen Jahren – etwa hundert – besaß es genug metallene Waffen, um Tausende von Morgen zu beanspruchen, während sich die übrigen Häuser mit weitaus weniger begnügen mußten. In einem anderen Haus gab es ein Kind mit der noch wertvolleren Fähigkeit, Wasser zu finden. Als man dieses Talent entdeckte, fanden erbitterte Kämpfe statt. Der Knabe wurde immer wieder entführt und starb viele Jahre später als alter, gebrochener Mann. Aber zuvor zwang man ihn, seinerseits Kinder zu zeugen, und die besondere Gabe lebte in ihnen weiter. Inzwischen gehörten Wasserseher zu allen Häusern, und daher stand immer genug Wasser zur Verfügung. Man mußte tief graben, aber die Suche nach einer Quelle blieb praktisch nie erfolglos. Daraufhin entstand die Basis für Technologie: Die Vulkanier verbrachten ihre Zeit nicht mehr nur damit, zu jagen und zu überleben. Eine Zivilisation entstand, und daraus ergaben sich weitere Veränderungen. Vergnügen und Forschung bekamen einen höheren Stellenwert, und der Krieg verwandelte sich in eine Kunstform, diente nicht mehr nur dazu, die Versorgung mit notwendigen Dingen sicherzustellen. Häufig entschied ein Haus, ein anderes zu überfallen, um sich eine gewünschte Fähigkeit anzueignen. Die meisten Verhandlungen waren nur von kurzer Dauer — nicht etwa Geduld hatte der Welt ihren Schrecken genommen. Bei manchen Kriegen ging es um den Diebstahl einer neuen Brunnen-Technik oder die Entführung eines Adepten der nützlicheren Geisteswissenschaften. Die Reichen und Mächtigen setzten die Traditionen der prähistorischen Stammesoberhäupter fort. Es gab nur einen wichtigen Unterschied: Sie raubten keine Herdentiere, sondern spezielle Eigenschaften. Mit gestohlenen Talenten konnte man ein Vermögen verdienen — oder sich wenigstens die Zeit vertreiben.

Die Frau am Fenster bewegte sich, stand auf und ging unruhig umher. Der luxuriösen Einrichtung des Zimmers schenkte sie keine Beachtung. Sie ignorierte die Tapisserien und Teppiche, die kostbaren Kunstgegenstände aus Stein, Knochen und glänzendem Metall. Eine polierte Bronzeplatte — damit hätte man ein Königreich kaufen können — zeigte ihr Spiegelbild, aber sie achtete nicht darauf, als sie ihre Wanderung fortsetzte. *Manchmal fällt das Warten sehr schwer,* dachte sie, obgleich sie sich schon viele Jahre lang in Geduld übte. Auf diese spezielle Trophäe wartete sie seit langer, langer Zeit. Ganz vorsichtig tastete sie sich ihrem Ziel entgegen und vermied es, übermäßiges Interesse zu zeigen. Jetzt stand die Erfüllung ihrer Wünsche unmittelbar bevor: heute abend, oder morgen. Die betreffende Person würde aus freiem Willen zu ihr kommen.

Erneut blickte sie aus dem Fenster und betrachtete T'Khuts Sichel. In ihren Augen funkelte es. *Bald,* dachte sie. *Es dauert nicht mehr lange.*

Ein leises Läuten erklang. Die Frau ging zu ihrem Schreibtisch und betätigte eine Taste. »Sprich.«

»Lord Evekh wünscht ein Gespräch mit Ihnen,

Madam.« Furcht vibrierte in der Stimme, die aus dem kleinen Lautsprecher drang. »Bitte entschuldigen Sie, daß ich Sie so spät störe, Lady, aber er möchte unbedingt von Ihnen empfangen werden.«

»Er soll eintreten«, erwiderte die Frau. Sie nahm wieder am Fenster Platz, beobachtete einmal mehr die Türme der Stadt, während die glühende Sichel am Horizont kratzte und in der heißen Luft zitterte.

Die mit komplexen Verzierungen geschmückte Tür schwang auf, und eine Zofe namens Nesheh führte den Besucher herein. Die Frau hörte das leise Knistern eines dikken Umhangs und drehte sich erst um, als wieder völlige Stille herrschte. Dort stand er: Evekh, in einem Prachtgewand mit Stickereien aus violettem Brokat und silbernen Fäden. *Lasha*-Steine glitzerten am Kragen, spiegelten sowohl den ruhigen Schein der Lampe als auch das Glühen T'Khuts wider; sie schimmerten in einem opaleszierenden Blau. Das eher schlichte und unscheinbare Gesicht des Mannes trug einen ernsten Ausdruck. *Adel, der in Not geraten ist,* dachte die Frau. *Ein wichtiger Vorteil für mich.* Sie vollführte eine anmutige Geste des Willkommens. »Ich nehme an, es handelt sich um einen Höflichkeitsbesuch, mein Lord«, sagte sie.

»Ja, Lady Suvin.« Evekh hob ehrfürchtig die Hände.

»So spät am Abend.« Er war endlich gekommen, endlich hier, und sie konnte nicht der Versuchung widerstehen, ihn ein wenig zu verspotten. »Nehmen Sie Platz. Möchten Sie Wasser mit mir teilen?«

»Gern.«

Suvin trat an das sprudelnde Wasser in der einen Ecke des Zimmers heran und griff nach zwei Bechern. Die Botschaft war deutlich genug. Das Gluckern und Plätschern wies darauf hin, daß sie es sich leisten konnte, Wasser sieben Stockwerke nach oben zu pumpen. Die Becher wiesen keinen besonderen Schmuck auf, obwohl man derartige Trinkgefäße in manchen reichen Häusern mit *Hehei*-Edelsteinen ausstattete oder gar mit Platin galvanisierte. Suvin verachtete derartigen Prunk. Und wenn sie sich doch zu so etwas herabließ, wählte sie etwas, das selbst ihre Rivalen beeindruckte. Das Design der Becher wirkte unauffällig, aber sie bestanden aus Nachtfeuer: Schwärze mit goldenen Adern, so wie T'Khut.

Suvin füllte sie, reichte einen ihrem Besucher und nahm ihm gegenüber Platz. Sie tranken wortlos, denn die Tradition verlangte, daß sich der Gast erfrischen durfte, bevor er von seinem Anliegen berichtete. »Da dies ein Höflichkeitsbesuch ist...«, begann Suvin, als sie die Becher halb gelehrt hatten. »Wie geht es Frau und Familie?«

Diese Bemerkung sollte Evekh an seine Situation erinnern. Voller Genugtuung nahm Suvin den Schatten des Zorns zur Kenntnis, der über seine Züge glitt.

»Meiner Frau geht es so gut, wie man es erwarten kann.«

»Ich bin erfreut, das zu hören. Und Ihre Familie ist sicher sehr erfolgreich.«

Evekh schwieg.

»Ich bin erfreut, das zu hören«, wiederholte Suvin. »Es sind vielversprechende Zeiten für uns alle.«

»Zumindest für Sie«, sagte Evekh. »Wie ich hörte, werden Sie auch von den geringeren Häusern unterstützt.«

»Sie haben begriffen, daß unser Vorhaben für alle nützlich ist«, erwiderte Suvin. Sie drehte den Kopf und blickte aus dem Fenster. T'Khut ging unter. Durch eine Lücke zwischen den Türmen war zu sehen, daß sich die Spitzen der Sichel bereits jenseits des Horizonts befanden. Das Glühen verblaßte allmählich, und die winzigen Lichter in der dunklen Hälfte erschienen wie Sterne. »Die letzten Untersuchungsergebnisse bestätigen unsere Annahmen. Auf T'Khut gibt es mehr Rohstoffvorkommen, als wir zu hoffen wagten: Eisen, Kupfer, Edelmetalle, seltene Erden — wie Kieselsteine auf der Oberfläche verstreut. Man braucht nicht einmal danach zu graben. Ein gewaltiges Vermögen wartet nur darauf, daß wir die Hand danach ausstrecken, zum Nutzen unseres Volkes und unserer Industrie. Wir müssen zu T'Khut. Sie ist nicht sehr weit entfernt. Wir können und *werden* sie erreichen.«

Evekh schwieg auch weiterhin, Suvin wußte, was ihm nun durch den Kopf ging: *Wir hätten diesen Platz einnehmen sollen. Es ist unfair, so unfair...* Sie mußte sich beherrschen, um nicht laut zu lachen und zu antworten: *Dein Haus hatte seine Chancen und ließ sie ungenutzt verstreichen. Ernte nun, was du gesät hast!* Das entsprach durchaus der Wahrheit. Evekh gehörte zu einem Haus des Handels. Vor einigen Jahrhunderten, als die kleineren Stadtstaaten entstanden und sich der Handel zwischen ihnen entwickelte, kümmerte sich sein Haus um die Karawanen, die jene winzigen Vorposten der vulkanischen Zivilisation miteinander verbanden. In diesem Zusammenhang ergab sich ein Problem: die Kommunikation. Ohne die Möglichkeit, Nachrichten auszutauschen, konnte man nicht feststellen, wann Waren eintrafen, welchen Ort sie bereits erreicht hatten und ob es zu Verspätungen kommen würde. Evekhs Vorhaben lösten dieses Problem, indem sie nach Personen mit der Fähigkeit suchten, ihre Gedanken über große Entfernungen hinweg sprechen zu lassen. Sie nahmen die betreffenden Männer, Frauen und Kinder in ihre Dienste — oder entführten sie einfach. Anschließend begannen sie mit einem selektiven Zuchtprogramm, isolierten das Talent und verstärkten es, bis es ganz bewußt eingesetzt werden konnte und nicht nur in Streßsituationen. Damit wurde der Austausch von Mitteilungen über viele tausend Kilometer hinweg möglich. Evekhs Haus errang Macht und Reichtum. Mehrere hundert Jahre später überließ es Handel und Transport anderen Gruppen und konzentrierte sich nur noch auf die PSI-Technik. Die Mitglieder des Hauses genossen überall auf dem Planeten einen ausgezeichneten Ruf. Es gab nur eine Ausnahme...

»Wir stehen kurz vor dem Ziel«, sagte Suvin möglichst beiläufig, um zu vermeiden, daß sich Evekh verhöhnt fühlte. »Die Rümpfe der ersten beiden Raumschiffe sind inzwischen fertiggestellt, und geringere Häuser statten sie mit allen notwendigen Instrumenten aus.« Einmal mehr sah sie aus dem Fenster. T'Khut war jetzt ganz hinter dem Horizont versunken, und zwei andere, kleinere Augen starrten vom Himmel herab: das eine rot, das andere weiß. Eine Nachtstimme erklang – ein melodisches Klagen, das irgendwo in der Nähe Antwort fand. »Der erste Start findet Ende des Jahres statt.«

»So bald«, murmelte Evekh.

Suvin nickte. Tief in ihrem Innern zitterte eine Freude, die sie nicht zu zeigen wagte. Es stand zuviel auf dem Spiel. »Ich würde die letzten Arbeiten gern beschleunigen, aber das hat kaum einen Sinn. Der größte Teil wird von Maschinen erledigt, abgesehen vom eigentlichen Bau.«

»Welche Vorteile ergäben sich aus einem früheren Start?«

»Der Unterschied läßt sich in Zahlen ausdrücken: entweder achtzehn Millionen *Nakh* im nächsten Jahr – oder vier Milliarden.« Suvin legte eine kurze Pause ein, um Evekh Gelegenheit zu geben, diese Information zu verarbeiten. »Es geht dabei auch um die nächsten Missionen«, fuhr sie fort. »Die Reisen zu den anderen Planeten. Normale Funksignale führen zu Verzögerungen bei der Bewertung und Ausbeutung von Rohstoffvorkommen. Zeit bedeutet Geld, wie üblich...«

Suvin zögerte erneut. *Die PSI-Kommunikation ist unmittelbar und direkt. Komm schon, alter Narr. Zeig mir deinen Stolz, damit ich dir das Angebot unterbreiten kann.*

Sie wartete, dankbar dafür, daß Evekh nicht alle Eigenschaften seiner Familie hatte – ihre Gedanken blieben ihm verborgen. Andernfalls wäre es weitaus schwieriger gewesen, eine Übereinkunft zu erzielen.

Evekh trank aus seinem Becher. Schließlich brachte er mit gepreßt klingender Stimme hervor: »Ich habe oft bedauert, daß sich mein Haus von Handel und Transport abwandte.«

*Das kann ich mir denken. Andernfalls säßest du jetzt an meinem Platz und wärst das Oberhaupt des reichsten und mächtigsten Hauses auf dem ganzen Planeten. Selbst Könige würden dich als Herren anerkennen und sich vor dir verneigen.* »Sie könnten daran teilhaben, Evekh«, entgegnete sie und sprach erneut wie beiläufig.

Suvin beobachtete ihren Gast, als er versuchte, die Bedeutung dieser Worte zu erfassen. Er schreckte davor zurück, und erneut zeigte sich kurzer Zorn in seinem Gesicht. Vielleicht glaubte er, daß sie mit ihm spielte. *Oh, langsam, ganz langsam. Übereile nichts.* »Wir würden uns freuen, in dieser Hinsicht ein Bündnis mit Ihnen zu schließen«, fügte sie hinzu. »Wenn Sie uns akzeptieren.«

Diese vier Worte vertrieben den Ärger aus Evekhs Zügen. Eine Minute lang schwieg er und starrte zu Boden. »Unser Haus hat etwas von seiner ursprünglichen Größe eingebüßt«, antwortete er schließlich und drückte sich vorsichtig aus.

»Das bezweifle ich«, sagte Suvin.

Evekh bedachte sie mit einem scharfen, durchdringenden Blick, und die Frau zeigte ihm ein Ich-meine-es-ernst-Lächeln.

Erneut verschluckte er seinen Stolz. Suvin beobachtete ihn, ohne sich ihr Erstaunen anmerken zu lassen. Diese subtile Entwürdigung war die lange Wartezeit wert. Sie wußte genau, daß es sich um eine Frage des Stolzes handelte: Evekh hielt ihre Familie für Parvenüs und sah eine Ungerechtigkeit darin, daß seine eigene nicht mehr die frühere Vorrangstellung einnahm. Allein dieser Umstand hatte ihn dazu bewogen, vor einigen Jahren ihr erstes Angebot abzulehnen. Jetzt schmeckte er auch Bitterkeit: Das eigene Haus — und auch seine Frau — erinnerten ihn oft an die gegenwärtige Situation. *Schmerz und Stolz. Was wird sich als stärker erweisen? Ich glaube, ich kenne die Antwort...*

Suvins Gesichtsausdruck veränderte sich, und es sah aus, als fiele ihr plötzlich etwas ein. »Wenn Sie einverstanden sind...«, begann sie. »Wir könnten ein Bündnis schließen, ohne daß es zu einem Verlust von Ehre kommt — falls Sie das besorgt.« *Falls!*

Evekh blinzelte. »Ich höre, Lady.«

»Eine Bindung. Ich habe einen Enkel, der genau im richtigen Alter ist. Er hat die erste Entrückung ohne negative Folgen überstanden, und wir suchen bei den angesehenen Häusern eine Partnerin für ihn. Selbstverständlich kommt auch Ihre Familie in Frage.«

Einige Sekunden lang wirkte Evekh blaß. »Ich fürchte, bei uns gibt es keine geeignete Person.«

»Oh, da irren Sie sich. Ihre jüngste Direkt-Tochter. Sie heißt T'Thelaih, nicht wahr?«

Evekh starrte Suvin schockiert an.

»Und das ist noch nicht alles«, fuhr die Lady fort. »Nach der Bindung *behalten* wir sie.«

Evekh schwieg eine Zeitlang. »Und der Partnerpreis?« fragte er schließlich.

Suvin zuckte mit den Schultern. »Darüber kann verhandelt werden. Nun, es wäre eine ehrenhafte Bindung, und das Bündnis würde uns beiden zum Vorteil gereichen, sowohl kurz- als auch langfristig. Ihr Anteil würde mindestens fünf Prozent unserer Einnahmen betragen. Was den Partnerpreis betrifft...« Suvin zögerte, obwohl sie längst darüber nachgedacht hatte. »Alle verfügbaren Adepten des Letzten Gedankens und ihre Kinder? Ich meine insbesondere die Spezialisten für PSI-Kommunikation mit unbegrenzter Reichweite. Außerdem natürlich Informationen über chemische Behandlung und Ausbildungsmethoden. Das sollte auf Jahre hinaus den Anforderungen unseres Raumfahrtprogramms genügen.«

Langes Schweigen folgte diesen Worten — und dann konnte sich Evekh nicht länger beherrschen. Er verfluchte Suvin im Namen der Götter, die nicht mehr zum offiziellen Kalender gehörten, im Namen von Dämonen, im Namen von Tieren und Menschen, auch im Namen des Einen-der-nicht-mehr-hört. Die Lady blieb gelassen, und als sie wieder sprach, klang ihre Stimme so, als sei überhaupt nichts geschehen.

»Stellt Sie das Angebot zufrieden?«

»Ja«, erwiderte Evekh heiser. »Ich beauftrage meinen Verwalter, sich morgen an Ihren Repräsentanten zu wenden und die Einzelheiten mit ihm zu besprechen. Darf ich mich morgen abend mit Ihnen in Verbindung setzen?«

»Es wäre mir ein Vergnügen.«

Evekh stand auf und verneigte sich. Diesmal verzichtete er darauf, ehrfürchtig die Hände zu heben, verbeugte sich statt dessen so tief, daß die Lady seinen Nacken sah — die Geste eines Sklaven. Dann ging er, ohne ein weiteres Wort zu verlieren.

Suvin gestattete sich ein dünnes Lächeln und sah erneut aus dem Fenster. Nach einigen Minuten rief sie ihre Zofe und wies sie an, das Bett vorzubereiten.

Zum erstenmal seit vielen Monaten schlief sie tief und fest. Am nächsten Morgen stand sie mit ausgesprochen guter Laune auf, sehr zur Überraschung der Dienerschaft. Sie ging ins Bad, kleidete sich an und ließ ihren Enkel kommen.

Die Begegnung mit ihm dauerte nicht lange und beschränkte sich auf das Wesentliche. Der Mittag begann, und viele Familienmitglieder ruhten um diese Zeit, aber niemand wagte zu murren, wenn Suvin ein Gespräch wünschte — man gehorchte ihr sofort.

Mahak stand vor ihr und wirkte nervös. Er betrachtete die kostbaren Dinge im Zimmer und fragte sich offenbar, warum ausgerechnet er, der Geringste im Haus, hierher bestellt worden war. Suvin überließ ihn einige Sekunden lang seiner Unsicherheit, während sie vorgab, mit diversen Dokumenten beschäftigt zu sein. *Eigentlich sieht er gar nicht übel aus,* dachte sie und musterte ihn unauffällig: ein dunkles, langes Gesicht mit sanften Zügen und großen, ausdrucksvollen Augen; eine schlanke, attraktive Statur.

»Du wirst gebunden«, begann sie ohne Einleitung. »Mit einer Tochter des Alten Hauses Yehenik. Bei der nächsten vollen Phase T'Khuts. Du kannst zu den Kaufleuten und Händlern gehen und das Fest so vorbereiten, wie es dir gefällt. Solange die Bindung allen Traditionen gerecht wird, spielt der Kostenfaktor keine Rolle. Das ist alles.«

Mahak verneigte sich verblüfft und ging stumm. Bestimmt nahm es nur wenig Zeit in Anspruch, bis diese Information überall im Haus bekannt wurde und auch die Straßen erreichte. Dort wurde sie dann von den professionellen Klatschmäulern aufgegriffen und auf dem ganzen Planeten verbreitet – auch mit Hilfe der PSI-Technik von Evekhs Familie. Suvin sah eine gewisse Ironie darin. Ihr Enkel stellte nur ein Werkzeug von vielen für sie dar. Er war ihr gleichgültig, und deshalb spielte es keine Rolle für sie, welche Gerüchte entstanden. Vermutlich munkelte man bald, daß er die Bindungsnacht nicht überleben würde... Nun, in dieser Hinsicht blieb sie völlig unbesorgt. *Es wäre sogar besser, wenn er stirbt,* überlegte sie. *Dann geben mir meine alten Feinde ihren wertvollsten Besitz, ohne eine Gegenleistung zu bekommen. Dann sind ihre Hände leer, während ich alles habe, was ihnen gehört...*

*Und vielleicht noch etwas mehr.*

Suvin lächelte und begann mit der Arbeit.

Als T'Thelaih davon hörte, bestand ihre erste Reaktion in Zorn, dann in Tränen des Kummers. Aber sie wagte nicht, Einwände zu erheben. Sie sah ihren Vater, der die Vereinbarung getroffen hatte, vielleicht einmal im Monat, und meistens nur einige Minuten lang. Bei solchen Gelegenheiten wollte sie ihm zurufen: *Es ist nicht meine Schuld!* Doch sie durfte nicht hoffen, daß er sie verstand, und es hatte keinen Sinn, zusätzliche Probleme zu schaffen.

Sie war eine Mörderin.

*Aber es ist nicht meine Schuld.*

T'Thelaih besaß die meisten Merkmale ihrer Familie: hellbraunes Haar, eine kleine, zarte Statur, ein Gesicht mit eher groben Zügen. Hier endeten die Parallelen mit den übrigen Angehörigen des Alten Hauses, denn sie verfügte nicht über das Talent der PSI-Kommunikation. Sie war gedankenblind, wie ihr Vater — ein großer Nachteil in einer Familie, in der kaum jemand sprach. Meistens hörte man nur den leise geäußerten Wunsch, geistigen Kontakt herzustellen.

Als Ausgleich wohnte eine Fähigkeit in ihr, die man für einen ersten Makel hielt. Das Haus hatte sich sehr bemüht, diese Gabe aus der Erbmasse zu tilgen — ohne Erfolg. Nach jeweils sechs oder sieben Generationen kehrte sie zurück und säte Furcht. Sie stand mit dem Kommunikationstalent in Zusammenhang, war jedoch davon getrennt. Eine Person mit dieser bösartigen Eigenschaft konnte allein mit den Gedanken töten.

T'Thelaih wußte nichts davon, bis es zur ersten Bindung kam. Unruhe beherrschte sie: Die junge Frau hatte noch keine Entrückung erfahren; ihr Körper war bereit, nicht jedoch der Geist. Ihr erster Mann — ein arroganter, hochmütiger Sohn des reichen Hauses Kehlevt — führte sie ins Bindungszimmer und versuchte, sie zu vergewaltigen.

Sie brachte ihn um. Ohne ihn zu berühren, ohne eine Waffe zu verwenden, obwohl sie sofort dazu bereit gewesen wäre. Plötzlich befand sie sich in seinem Bewußtsein. Von einem Augenblick zum anderen entstand eine mentale Brücke zwischen ihnen. T'Thelaihs Zorn verwandelte sich in eine heiße Flamme, die durch den Kopf des Mannes leckte, ihm das Herz und alle Rezeptoren im Gehirn verbrannte, das Leben aus seinen Nerven tilgte. Er starb sofort, und kein Heiler konnte ihm helfen.

Es kam zu dem erwarteten Aufruhr. Doch die blauen Flecken an T'Thelaihs Leib vermittelten eine deutliche Botschaft. Man vertuschte die Angelegenheit; eine Menge Geld wechselte den Besitzer, um das Schweigen zu gewährleisten. Die junge Frau hörte später davon. Zunächst glaubte sie, es gäbe keine Zukunft mehr für sie. Sie rechnete damit, daß man ihr Trinkwasser vergiftete, daß jemand mitten in der Nacht durchs Fenster kletterte und ihr ein Messer in den Leib stieß — so etwas geschah manchmal. Aber niemand unternahm etwas gegen sie. T'Thelaih ging weiterhin ihren Pflichten im Haus nach und versuchte, so wenig Aufmerksamkeit wie möglich zu erregen. Es dauerte eine Weile, bis sie begriff, daß man ihr aus dem Weg ging. Vorher hatte sich niemand um ihre Stimmungen geschert, doch jetzt spürte sie immer wieder besorgte Blicke: Man fürchtete ihren Zorn.

Sie trachtete danach, diese Veränderung zu ignorieren, konzentrierte sich auf ihre Arbeit. Alle Mitglieder des Hauses arbeiteten; es spielte keine Rolle, ob sie Bindungsmaterial waren oder nicht. T'Thelaih wußte, daß man nur ein Instrument in ihr sah. Ihr kam nicht der Status einer Eigen-Tochter zu, allein der einer Direkt-Tochter. Dieser Euphemismus deutete an, daß es zwischen ihr und dem Familienoberhaupt eine Blutbeziehung gab, die jedoch nicht auf eine Partnerschaftsbindung zurückging. Mit anderen Worten: T'Thelaih war ein uneheliches Kind, dazu bestimmt, mit jemandem aus einem anderen Haus verheiratet zu werden, um der Familie politische Vorteile oder ein Bündnis zu ermöglichen. Während sie sich um die Buchhaltung kümmerte, fragte sie sich immer wieder, ob sie durch den Tod des ersten Partners jede Gelegenheit verlor, sich noch einmal zu binden. Das mochte höchst unangenehme Konsequenzen nach sich ziehen: Vielleicht leugnete man irgendwann ihre Zugehörigkeit zum Haus; vielleicht verkaufte man sie gar als Dienerin. Aber nach einer Weile geriet der Zwischenfall in Vergessenheit, und sie bekam ein neues Angebot, diesmal vom Haus Galsh. Eine gute Partnerschaft stand in Aussicht, und der junge Mann schien recht nett zu sein. T'Thelaih begann zu hoffen, daß der Tod ihres ersten Partners eine Laune des Schicksals gewesen war, und sie freute sich auf die Hochzeit. Als sie nur noch wenige Tage von der Zeremonie trennten, spürte sie das langsame Brennen der Entrückung und hieß es willkommen. Das Blutfieber begann während der Bindung und steckte auch den jungen Mann an; Ekstase prägte die Nacht.

Und am nächsten Morgen lag eine Leiche neben T'Thelaih.

Daraufhin bot ihr niemand mehr die Ehe an. Sie fuhr damit fort, die Bücher zu führen, und sie konnte sich nun Zeit damit lassen, soviel Zeit wie sie wollte. T'Thelaihs Präsenz erschreckte alle: die Diener, ihre Halbschwestern, ihre Mütter. Manchmal ließ die allgemeine Anspannung ein wenig nach, aber nie für lange. Kein Familienmitglied wagte es, sie zu verspotten. Niemand richtete lustige Bemerkungen an sie — aus Furcht davor, daß sie nicht nur lachte, sondern vielleicht auch zornig wurde.

Für die junge Frau begannen lange Monate der Einsamkeit.

Jetzt stand sie vor ihrem Vater und hörte verblüfft, daß sie noch einmal gebunden werden sollte. An einen Mann aus dem Hause Velekh, dem ›Hohen Haus‹. Sie starrte das Familienoberhaupt ungläubig an.

»Aber sie sind reich und mächtig«, sagte sie schließlich. »Warum wollen sie ausgerechnet uns?«

»Sie wollen ein Bündnis schließen.«

T'Thelaih wußte es besser — immerhin erledigte sie die Buchführung. »Ehrenwerter Vater«, sagte sie, »bestimmt gibt es andere Häuser, die eine vorteilhaftere Allianz böten.«

Ihr Vater bedachte sie mit einem durchdringenden Blick. Allem Anschein nach gab er sich keinen Illusionen hin, was die Situation der Familie betraf.

»Ehrenwerter Vater, warum trägt man einen solchen Vorschlag an uns heran?« fragte T'Thelaih. »Weiß das Haus Velekh denn nicht von... den anderen Bindungen?«

»Die Älteste ist darüber informiert.« Das Familienoberhaupt seufzte. »Du hast nichts zu befürchten, wenn es erneut zu einem Zwischenfall kommt.« Eine kurze Pause. »Man wird dich adoptieren.«

*Du gibst mich fort,* dachte T'Thelaih. *Und du freust dich über diese Gelegenheit. Du willst mich loswerden.* »Aber ehrenwerter Vater, der junge Mann...«

»Der junge Mann ist mir völlig gleichgültig«, sagte das Familienoberhaupt verärgert. »Und der Ältesten ebenfalls.

Ich werde keine Tränen vergießen, wenn du ihm das Leben nimmst. Ganz im Gegenteil: Ich wäre glücklich, wenn du jemanden von ihnen umbringst. Du kannst ganz nach Belieben handeln. Die Zeremonie findet statt, wenn T'Khuts volle Phase beginnt. Morgen besucht dich dein zukünftiger Bindungspartner.«

Die Entscheidung war getroffen. T'Thelaih verbeugte sich ehrerbietig und ging. An jenem Abend saß sie lange am Fenster, nahm den Duft der weißen Blumen wahr, die am Sims wuchsen, und betrachtete das Messer in ihrer Hand. Sie hatte es geschärft.

Die Sichel ging spät unter. T'Thelaih beobachtete sie und stellte fest, daß ihr noch etwas Zeit blieb. Es schadete sicher nicht, den jungen Mann kennenzulernen; das Messer konnte noch etwas warten.

Sie empfing ihn am nächsten Tag.

Man ließ das Paar im großen Saal des Hauses allein. Der Raum war leer: Hier fanden keine Feste mehr statt, und deshalb verzichtete man darauf, den Saal mit Fahnen und kostbaren Objekten zu schmücken. Viele der einst erworbenen Ziergegenstände waren inzwischen verkauft oder wiesen deutliche Abnutzungserscheinungen auf. Irgendein Diener war so freundlich gewesen, zwei alte Sofas in die große Kammer zu bringen. Sie nahmen darauf Platz und musterten sich gegenseitig.

Der junge Mann gefiel T'Thelaih. Er wirkte offen, ruhig und freundlich. »Nun«, sagte er nach einer Weile, »wir sollen gebunden werden. Ich hoffe, das entspricht deinem Wunsch.«

»Nein«, erwiderte T'Thelaih.

Rote Flecken entstanden auf seinen Wangen. »Ich bedauere, daß ich nicht deinen Ansprüchen genüge.«

»Oh, du gefällst mir!«

Eine Zeitlang schwiegen sie. Die letzte Bemerkung überraschte Mahak, und T'Thelaih war ebenfalls verblüfft, weil sie spürte, in welchem Ausmaß ihre Worte der Wahrheit entsprachen. »Es liegt mir nichts daran, verheiratet zu werden«, erklärte sie. »Ich habe zwei Bindungen hinter mir und beide Partner umgebracht.«

Mahak wölbte erstaunt die Brauen.

»Nein, nicht so, wie du glaubst«, fügte T'Thelaih fast verzweifelt hinzu. »Es war die Gabe, mit den Gedanken zu töten. Vielleicht hast du von ihr gehört.« Sie neigte den Kopf. »Ich verfüge über diese Fähigkeit. Niemand überlebt die Bindung mit mir.«

Er sah sie stumm an, und schließlich wandte T'Thelaih den Blick von ihm ab.

»Selbst wenn ich frei wählen könnte...«, sagte Mahak langsam und wie zu sich selbst. »Ich wäre bereit, das Risiko einzugehen.«

T'Thelaih starrte ihn schockiert an. »Auf keinen Fall!« entfuhr es ihr. »Du mußt fliehen! Du hast noch Zeit genug, dich in Sicherheit zu bringen.«

Mahak schüttelte den Kopf. »Du kennst meine Großmutter nicht«, erwiderte er. »Sie würde dafür sorgen, daß man mich verfolgt und zurückbringt. Außerdem: Warum sollte ich Schande über mein Haus bringen? Sie ist unsere Älteste. Meine Pflicht besteht darin, ihr zu gehorchen.«

»Sie schickt dich in den Tod! Sie *weiß Bescheid*!«

Mahak zuckte mit den Achseln.

»Du bist ein *Idiot*«, sagte T'Thelaih fassungslos.

Der junge Mann hob erneut die Schultern. »Mag sein. Wie dem auch sei: Es gibt kein Entkommen, und deshalb werde ich mich fügen.«

Sie setzten die Diskussion fast eine Stunde lang fort. T'Thelaih fragte sich, was die Lauscher davon hielten — bestimmt *hörte* jemand zu. Sie mochte gedankenblind sein, aber sie war nicht dumm. Zweifellos gab es Dutzende von Personen im Haus, die ihre mentalen Sphären erweiterten und jedes Wort mit Interesse zur Kenntnis nahmen. *Warum versuche ich überhaupt, ihn zur Vernunft zu bringen?* dachte T'Thelaih irgendwann. *Wenn er stirbt, ergeben sich keine nachteiligen Folgen für mich. Mein Vater hat mich praktisch dazu aufgefordert, ihn zu töten. Warum widerspreche ich ihm?*

Sie fand keine Antwort auf diese Frage.

Schließlich endete das Streitgespräch, und die junge Frau blickte nachdenklich auf ihre Hände. »Komm morgen wieder.«

»Ja, gern.« Erneut röteten sich Mahaks Wangen. »Es tut mir leid, aber... Als ich hier eintraf, nannte man mir deinen Namen, doch ich habe ihn vergessen.«

»T'Thelaih.«

»Mahak«, sagte er, stand auf, verneigte sich und ging.

T'Thelaih blieb eine Zeitlang sitzen, schüttelte den Kopf und kehrte dann zu den Haus-Büchern zurück.

Mahak besuchte T'Thelaih am nächsten Tag, am übernächsten, auch am Tag danach — und sie führten weitere Streitgespräche. Am Anfang stand immer die Bindung, aber später ging es dabei um interessante Themen: die Beziehungen in und zwischen ihren Familien, Politik, Ereignisse in fernen Königreichen und Fürstentümern. Nach einer Weile erörterten sie auch persönliche Dinge. Ihre Diskussionen begannen früh und endeten spät; es war *fast* unangemessen.

Nach drei Tagen begriff T'Thelaih, daß sie sich mit Mahak binden *mußte*, um richtig mit ihm zu streiten.

Am vierten Tag stellte sie verblüfft fest, daß sie sich ineinander verliebt hatten. Mahak brauchte noch einen weiteren Tag, um zu dieser Erkenntnis zu gelangen, und sie bildete die Grundlage für einen besonders interessanten Streit.

Zwei Tage später befand sich T'Khut in ihrer vollen Phase.

Der öffentliche Teil des Rituals fand im prunkvollen Saal des Hohen Hauses statt. Mahak hatte beschlossen, seine Großmutter beim Wort zu nehmen: Die Tische bogen sich unter dem Gewicht von Speisen und Getränken. Könige, Lords und Älteste Mütter standen in den Galerien und sahen der zeremoniellen Berührung zu: Der Priester des Bindungsgottes nahm die Hände der beiden Partner, führte sie an ihre Gesichter und sorgte dafür, daß die beiden Ichsphären miteinander verschmolzen. Nicht einmal er merkte, daß dieser Vorgang bereits vor einigen Tagen stattgefunden hatte, als die beiden jungen Leute miteinander stritten. Doch jetzt dachten sie nicht an ihre endlosen Diskussionen und waren ganz auf sich selbst konzentriert. Sie ignorierten den kalten, berechnenden Blick Lady Suvins, die ebenfalls auf einem der Balkone stand und das Geschehen zufrieden beobachtete. Sie vervollständigten die Bindung, verbrachten den Nachmittag und frühen Abend beim Fest mit den verschiedenen Würdenträgern. Es war ihnen völlig gleich, wer wem den Krieg erklärte oder welche Grenzkonflikte stattfanden, weil sich jemand in seiner Ehre verletzt fühlte.

Später lagen sie im Bett und stellten fest, daß es wenigstens eine Sache gab, über die sie nicht streiten konnten. Nachher folgte eine müde Auseinandersetzung darüber, wer den größten Teil der Schlafseide beanspruchen durfte.

T'Thelaih erwachte zuerst. Sie sah nicht zur Seite, streckte sofort die Hand aus und griff nach dem Messer. Es war noch immer so scharf wie vor einigen Tagen, als sich T'Khut nur als Sichel gezeigt hatte. Die junge Frau glaubte zu wissen, was sie nun erwartete — und sie wollte die Konsequenzen daraus ziehen.

Sie drehte den Kopf, aber es lag keine Leiche neben ihr. Mahak schlief und atmete gleichmäßig.

Er lebte.

Die Klinge fiel zu Boden, und das Klappern weckte den jungen Mann.

Ein neuer Zank begann, doch er dauerte nicht lange...

»Ich bin schwanger«, wandte sich T'Thelaih an ihren Bindungspartner. Er war so überrascht, daß er vergaß, mit einem neuen Streitgespräch zu beginnen.

»Alle guten Götter seien gepriesen«, erwiderte er und

nahm T'Thelaihs Hände. »Und gelobt seien die schlechten, weil sie uns nicht verfluchten!«

»Nimm Platz, Liebster. Und beruhige dich. Wir müssen nachdenken.«

»Worüber?«

»Zum Beispiel über das Kind.« T'Thelaih setzte sich auf die Couch in ihrem Zimmer des Hohen Hauses und musterte Mahak aufmerksam. »Ein neues Leben reift in mir heran. Und vielleicht stellt es etwas dar, auf das unsere Häuser seit langer Zeit warten.«

»Es gibt viele Kinder«, erwiderte Mahak verwirrt.

»Aber in diesem fließt das Blut beider Familien. Hör mir zu. Mein Vater hat mich praktisch an Suvin verkauft. Nun, daran nehme ich kaum Anstoß – früher oder später mußte so etwas geschehen. Aber unser Kind könnte Herrin beider Häuser werden. Entscheidend ist die Frage, wo und wie es aufwächst.«

»Herrin...«

»Ein Mädchen, ja.«

»Das wird meiner Großmutter nicht gefallen«, murmelte Mahak.

T'Thelaih schwieg einige Sekunden lang. »Wir müssen irgendwie dafür sorgen, daß deine Großmutter ihre Einstellung ändert – oder daß ihre Meinung keine Rolle spielt. Entweder beendet das Kind die alte Feindschaft zwischen unseren Häusern, oder diese gute Gelegenheit stirbt mit uns.«

»Wie willst du so etwas bewerkstelligen?« fragte Mahak.

»Hast du eine Idee?«

Er schüttelte den Kopf.

»Ich auch nicht. Wir müssen uns etwas einfallen lassen. Das Kind darf auf keinen Fall nur in einem Haus aufwachsen. Wenn wir sicherstellen, daß es zu beiden Familien gehört, kann es niemand als Werkzeug benutzen...«

T'Thelaih überlegte stumm.

»Größte Vorsicht ist geboten«, sagte Mahak schließlich. »Sonst droht uns beiden der Tod.«

Die junge Frau nickte. »Ich weiß.«

Mahak umarmte sie. »Und in der Zwischenzeit...«

Daraufhin diskutierten sie ein Thema, das keine Meinungsverschiedenheiten zwischen ihnen kannte.

Als T'Thelaih erwachte, war sie allein und fröstelte. »Mahak?« fragte sie verwundert, setzte sich auf und ließ den Blick durch die Kammer wandern. Etwas stimmte nicht. Sie spürte Unruhe — und erstarrte plötzlich.

Lady Suvin saß am Fußende des Bettes und musterte T'Thelaih mit einem kühlen und gleichzeitig sehr zufriedenen Blick.

»Du bist eine Närrin«, sagte sie. »Aber das ist jetzt nicht mehr wichtig. Ich habe, was ich wollte.«

»Wie meinen Sie das, Lady?« T'Thelaih versuchte, höflich zu bleiben.

»Das Kind«, erwiderte Suvin. »Dies ist jetzt dein Heim. Du brauchst keine Einmischungen deines Hauses zu fürchten — obwohl es ohnehin kaum eine Möglichkeit hat, irgendeine Art von Einfluß auf uns zu nehmen. Leider kann dir Mahak während der nächsten Monate nicht mehr Gesellschaft leisten. Man wird sich gut um dich kümmern, solange du die gebotene Rücksicht auf das ungeborene Kind nimmst.«

T'Thelaih spürte ein dumpfes Pochen hinter ihrer Stirn. »Was kann Ihnen unser Kind nützen?« fragte sie.

Suvin beugte sich etwas näher und lächelte frostig. »Dummes Ding. Du besitzt die Gabe, mit Gedanken zu töten. Die Fähigkeit scheint nicht ganz perfekt zu sein: Aus irgendeinem Grund hast du darauf verzichtet, meinen Enkel umzubringen. Wahrscheinlich geht es dabei ums übliche Problem: Man muß den Eindruck haben, das eigene Leben sei bedroht. Vermutlich weißt du es nicht: Mahaks Urgroßmutter hatte ebenfalls das Talent. Wenn zwei Personen mit eurem genetischen Potential ein Kind zeugen, so kommt es mit dieser Eigenschaft zur Welt.«

T'Thelaih schüttelte bestürzt den Kopf. »Eine Waffe«, brachte sie hervor.

»Eine Waffe, vor der sich niemand schützen kann«, fügte Suvin hinzu. »Das Kind wird in der Technik des Letzten Gedankens ausgebildet, wächst unter meiner Obhut auf und gehorcht allein mir. Wer sich mir widersetzt, stirbt einfach, ohne daß jemand den Grund dafür erfährt. Ein wesentlich einfacheres Leben steht mir bevor. Ich bin dir zu großem Dank verpflichtet.«

Suvin bemerkte T'Thelaihs Blick zum Tisch. »Vergiß den Dolch. Du wirst nicht Hand an dich selbst legen. Wenn du es versuchst, leidet Mahak. Dafür werde ich selbst sorgen. Füge dich meinem Willen. Es soll dein Schaden nicht sein.«

»Bringen Sie mir meinen Mann«, sagte T'Thelaih. »Jetzt sofort.«

In Suvins Augen blitzte es. »Glaub nur nicht, du könntest mir irgendwelche Befehle erteilen. Du bist zu wertvoll, als daß ich dich einfach töten würde, aber ich kann dich strafen, ohne daß Gefahr für dein Kind besteht.«

Das Pochen wurde stärker. »Mein Mann«, wiederholte T'Thelaih.

»Närrin.« Suvin stand auf. »Wir setzen unser Gespräch fort, wenn du vernünftiger geworden bist.«

Schwerter klirrten auf dem Hof, und ein Schrei erklang. »*T'Thelaih*!«

Stille. Die junge Frau saß wie gelähmt und spürte, wie das mentale Band zerriß. Kälte und Leere folgten.

»Mein Mann«, zischte sie. Suvin drehte sich entsetzt um und begriff, was passiert war. Ein unglücklicher Zwischenfall...

Die Erkenntnis kam zu spät.

T'Thelaih stand auf. Sie hatte das Pochen hinter ihrer Stirn schon einmal gespürt, bei ihrer ersten Bindung und auch bei der zweiten, in der Hitze des *Plak tow*. Jetzt wußte sie, was es bedeutete; bereitwillig gab sie sich ihm hin.

»Fleh um dein Leben, Alte«, sagte sie zu Suvin und trat auf die Älteste des Hohen Hauses zu. Die Lady wich langsam zurück, Schritt für Schritt, bis ihr Rücken an die Wand neben der Tür stieß. »Verneige dich vor mir!« stieß T'Thelaih hervor und kam noch etwas näher. »Verbeuge dich so tief, daß ich deinen Nacken sehe, alte *Lematya.*« Ihre Zähne glänzten. Suvin zitterte und neigte den Kopf, kam der Aufforderung zögernd nach.

Dann richtete sie sich jäh auf, holte aus und warf ein Messer. T'Thelaih duckte sich zur Seite und setzte eine Waffe ein, die das Ziel nicht verfehlen konte. Sie glitt in ein von Haß erfülltes Bewußtsein, in einen Geist so kalt wie die nächtliche Wüste, tastete nach den Neuronen und setzte sie in Brand, ließ Schmerz durch die Nerven rinnen, griff nach dem wie rasend schlagenden Herz und hielt es mit mentalen Händen fest, zerquetschte es langsam, tastete nach der Kehle und schloß substanzlose Finger darum, auf daß nicht einmal ein Schrei erklang. Einen Sekundenbruchteil später wandte sie sich von der Leiche ab, ritt auf den Schwingen ihrer Gabe in den Hof, säte auch dort den Tod. Andere Gedanken heulten und kreischten, als feuriger Zorn auf sie herabstürzte und unerträgliche Pein brachte, tötete, tötete, tötete. T'Thelaihs Geist raste durchs Haus, fand Leben, beendete es, überall.

Schließlich versiegte die Wut, und sie griff nach Suvins kleinem Messer. Sie zögerte kurz, überlegte es sich dann anders. »Nein«, sagte sie laut und gleichzeitig sanft. »Nein. *Er* ist dort unten.«

Sie ging zum Fenster. »Es tut mir leid, Kind.«

T'Thelaih fiel so schnell, daß sie sich nicht einmal mit einem Geist streiten konnte.

Die Vernichtung des Hohen Hauses verzögerte die erste bemannte Landung auf T'Khut um etwa fünfzig Standardjahre. Ein großer Teil der psionischen Kommunikationstechnik mußte neu entdeckt und entwickelt werden. Während der nächsten Jahrhunderte versuchte man, diese Fähigkeit mit einem gezielten Zuchtprogramm zu fördern: Sie gehörte noch immer zu den weniger stark ausgeprägten mentalen Talenten, obwohl sie weite Verbreitung gefunden hat.

Es entstanden Bergwerke und Siedlungen auf T-Khut, und es fanden auch Reisen zu den ferneren Planeten des Sonnensystems statt. Nach den ersten Landeunternehmen brachen Kriege aus, weil sich das Machtgleichgewicht zwischen den einzelnen Häusern zu verändern begann. Aber es kam auch zu einer anderen Art von Wandel: In Hinsicht auf Bindungen verlor die Liebe immer mehr an Bedeutung und wich eugenischen Erwägungen. Man opferte Leben und zog aufs Schlachtfeld, um Ehen durchzusetzen, von denen man sich die genetische Konsolidierung neuer Fähigkeiten erhoffte. Die versuchte Vereinigung des Hohen Hauses mit dem Alten hatte zu einer Katastrophe geführt, und dieses schreckliche Beispiel hielt andere Familien davon ab, ähnliche Lösungen für ihre Probleme anzustreben. Die Feindschaft zwischen den einzelnen Häusern wuchs ebenso wie die zwischen den Nationen; man opferte die Tugend der Zusammenarbeit dem Stolz über eigene Eroberungen. *Fürchte die anderen,* lautete das neue Prinzip. *Bleib unter deinesgleichen. Hüte dich vor dem Fremden. Suche keine gemeinsame Basis, wenn zu große Unterschiede bestehen. Sei allein; so ist es besser.*

T'Khut, das Antlitz von Schürfgruben zernarbt, umkreiste weiterhin den Planeten. Sie hatte keine so seltsamen Wolken, wie sie später über dem Planeten entstanden, aber ihre Glut flackerte...

»Das ist in höchstem Maße beunruhigend«, kommentierte Spock.

Kirk, McCoy und er saßen in einer Ecke des Freizeitraums. Nach dem Abendessen bei Sarek und Amanda hatten sie sich zur *Enterprise* zurückgebeamt, doch niemand von ihnen fühlte sich entspannt genug, um zu Bett zu gehen.

»Die Untertreibung des Jahres«, sagte McCoy. »Spock, nach der Sache auf dem Platz der Heirat-und-Herausforderung dachte ich, bei ihr komme Logik an erster Stelle. Offenbar vertritt sie jetzt einen anderen Standpunkt.«

»Personen verändern sich, Doktor«, erwiderte der Erste Offizier. »Das gilt nicht nur für Menschen, sondern auch für Vulkanier. Wie dem auch sei: Ich würde gern wissen, wie sehr T'Pring an den jüngsten Entwicklungen beteiligt ist — und aus welchen Gründen.«

»Ich habe da so einen Verdacht, was ihre Motive betrifft«, murmelte Kirk. »Rache dafür, abserviert worden zu sein.«

Spock musterte ihn nachdenklich. »Wenn das stimmt, ist es eine wahrhaft heroische Rache. Aber falls sie wirklich hinter dieser Angelegenheit steckt — wie ist es ihr gelungen, einen derartigen Einfluß zu entfalten? Ich weiß, daß sie einige eher unwichtige Regierungsämter bekleidet hat, doch das genügt nicht als Erklärung.«

Kirk nickte. »Uhura hat inzwischen Informationen über das Zitat vom vulkanischen Info-Dienst eingeholt. Der Autor steht auf den Mitgliedslisten, die uns Pille besorgte. Er heißt Selv und hat viele ähnliche Artikel verfaßt.«

Spock runzelte die Stirn. »Selv«, wiederholte er. »Der Name klingt irgendwie vertraut.«

»Soll das heißen, daß Sie ihn schon einmal gehört haben — und sich nicht genau daran erinnern?« fragte McCoy erstaunt. »Was ist mit Ihrem phänomenalen Gedächtnis geschehen?«

»Nicht einmal *ganze* Vulkanier verfügen über ein eidetisches Erinnerungsvermögen, Doktor«, antwortete Spock ruhig. »Man muß sich einer entsprechenden Ausbildung unterziehen, und das war bei mir nicht der Fall. Zwar kenne ich viele Vulkanier, entsinne mich jedoch nicht an alle. Ich bezweifle, ob Sie sich an alle Menschen erinnern können, denen Sie auf der Erde begegnet sind.«

McCoy winkte ab. »Ich verstehe, was Sie meinen.«

»Nun, wir finden sicher bald heraus, wer Selv ist«, fuhr Spock fort. »Was T'Pring angeht...« Er wirkte unschlüssig, was die beiden anderen Männer erstaunte. »Wenn man etwas über eine gebundene Vulkanierin in Erfahrung bringen möchte, das nicht mit ihrem Beruf in Zusammenhang steht, so wendet man sich für gewöhnlich an den Bindungspartner. Erscheint auch Stonns Name in den Listen, Doktor?«

McCoy nahm sich die S-Rubrik vor – aufgrund der vulkanischen Traditionen in bezug auf männliche Namen war sie recht umfangreich. »Ich kann ihn hier nirgends entdekken«, sagte er schließlich. »Glücklicherweise habe ich auch ein Datenmodul. Wenn der Name irgendwo erwähnt wird: Der Computer findet ihn bestimmt.«

»Es wäre sicher interessant festzustellen, ob auch Stonn an dieser Sache beteiligt ist.«

»Da haben Sie recht«, bestätigte McCoy. Er blätterte in dem Ausdruck, legte ihn dann beiseite.

Kirk streckte sich. »Ich sollte jetzt besser an der Matratze horchen. Ein anstrengender Tag steht uns bevor.«

»Wissen Sie inzwischen, auf welche Weise die Debatte stattfindet, Captain?« erkundigte sich Spock.

Jim nickte. »Die Struktur erscheint mir ein wenig ungewöhnlich, aber ich komme sicher zurecht. Die Zwischenrufe aus dem Plenum sorgen bestimmt für Abwechselung. Nun, Sarek hat uns praktisch alles Notwendige erklärt.«

»Vielleicht irre ich mich«, sagte McCoy und streckte

sich ebenfalls, »aber die Form der Debatte erinnert mich an das romulanische Recht auf Stellungnahme.«

Spock nickte. »Es existieren einige bemerkenswerte Parallelen. Aber natürlich gibt es auch erhebliche Unterschiede: Sie sind befugt, Nahrung zu sich zu nehmen oder zu schlafen, wenn Sie eine Ruhepause benötigen...«

McCoy lächelte. »Oh, kein Problem. Ich frage mich, ob es die Vulkanier jemals mit einem gewitzten Verschleppungstaktiker aus den Südstaaten zu tun bekamen.«

Spock hob die Brauen. »Übertreiben Sie es nicht, Doktor. Wenn Sie Ihre Zuhörer mit zu vielen Beispielen brillanter Unlogik langweilen, führen Sie vielleicht eine frühe Abstimmung herbei.«

»Ich verspreche Ihnen, vorsichtig zu sein.« McCoy stand auf. »Es gelingt mir sicher, das Interesse der Vulkanier wachzuhalten. Zu meinem Repertoire gehört auch ein wenig Logik.«

»Ja«, pflichtete ihm Spock bei. »Ich würde es allerdings nicht wagen, sie zu quantifizieren.«

»Um so besser für Sie«, brummte der Arzt. »Gute Nacht.«

»Gute Nacht«, erwiderten Spock und Kirk, als McCoy das Zimmer verließ.

Als sich die Tür hinter ihm schloß, fragte der Captain: »Deutet irgend etwas darauf hin, daß sich die Lage zu unseren Gunsten verändert?«

»Allem Anschein nach treten immer mehr Vulkanier für eine Sezession ein«, entgegnete Spock. »Aber ich bin nicht sicher, ob der Computer die Wahrscheinlichkeit exakt genug berechnen kann. Es gibt zu viele Variablen.« Er wölbte eine Braue. »Der Doktor ist eine von ihnen.«

»Nun...« Kirk seufzte. »Wir können uns nur Mühe geben, mehr nicht.« Er gähnte. »Ich würde gern eine kleine Fliege an der Wand sein, wenn Sie mit T'Pring reden.«

Spock musterte ihn kurz. »Warum sollten Sie einen derartigen Wunsch empfinden? Und warum spezifizieren Sie ihn mit dem Hinweis auf eine *kleine* Fliege?«

Kirk lachte. »Sie wissen genau, was ich meine.«

Der Erste Offizier senkte kurz den Kopf, und als er ihn wieder hob, erlaubte er sich den Hauch eines Lächelns. »Ja, das ist inzwischen recht häufig der Fall. Gute Nacht, Captain.«

»Nacht, Spock.«

Am nächsten Morgen trafen sie sich im Transporterraum, eine halbe Stunde vor dem Debattenbeginn im Saal der Stimme. Spock justierte die Transferkontrollen und gab die Koordinaten ein, ohne den Computer zu bemühen. »Sind Sie bereit, meine Heren?«

»Bereit, willig und fähig«, sagte Kirk.

»Ich erfülle wenigstens zwei dieser Bedingungen«, brummte McCoy.

Sie traten auf die Plattform und beobachteten, wie sich die Konturen der Umgebung auflösten. Der Retransfer erfolgte in einem weiten Halbdunkel, und McCoy beschwerte sich, noch bevor sie ganz feste Gestalt gewonnen hatten.

»Schon wieder!« platzte es aus ihm heraus. »Warum muß hier immer alles *groß* sein? Können Vulkanier nichts *Kleines* bauen?«

Spock gab keine Antwort. Vor ihnen erstreckte sich ein gewaltiger Raum, der sogar noch größer zu sein schien als der Saal von Pelasht. Glatter, kühler und blaugrauer Stein formte Boden und Wände. Die Decke war mehr als hundert Meter hoch, und herabströmendes Sonnenlicht bildete breite, helle Säulen. »Warum versammeln sich Vulkanier gern in Bahnhöfen?« fügte McCoy hinzu. »Können Sie mir darauf eine Antwort geben?«

Spock atmete tief durch. »Ich glaube, Sie beklagen die Architektur vor der Reformation. Wenn man den aktuellen Geschmack zugrunde legt, erscheint sie ein wenig zu protzig. Um Sie zu beruhigen, Doktor: Die Debatte findet keineswegs in diesem Raum statt; Sie brauchen also nicht zu schreien.«

»Spock«, erklang eine vertraute Stimme in der Nähe. Sarek trat auf sie zu, in sein Botschaftergewand gekleidet.

»Vater... Es überrascht mich, dich heute an diesem Ort zu sehen. Deine Aussage soll erst morgen stattfinden.«

»Ich wollte kurz mit dir sprechen, bevor du den Saal betrittst«, erwiderte Sarek ernst. »Ich habe einige Informationen, die dir vielleicht helfen, den gegenwärtigen Stand der Dinge besser einzuschätzen. Die Bewertung überlasse ich dir.«

Spock neigte den Kopf.

»Ihre Entdeckungen in Hinsicht auf T'Pring weckten mein Interesse, Doktor, und deshalb beschloß ich, eigene Nachforschungen anzustellen«, führte Sarek aus. »Offenbar ist Stonn tot.«

Kirk wechselte einen Blick mit McCoy und Spock. »Wie starb er, Sir?«

»Diese Information ist mit dem Siegel der Privatsphäre geschützt«, antwortete der Botschafter.

Spock nickte langsam. »Was den Schluß zuläßt, daß *Plak tow* zu den Umständen des Todes gehörte. Heutzutage beruft man sich in erster Linie deshalb auf das Siegel.«

»In der Tat«, bestätigte Sarek. »Nun, T'Pring ist von allen Pflichten ihrer Bindung befreit. Ich dachte mir, das solltest du wissen.«

»Danke, Vater.« Spock verneigte sich andeutungsweise.

»Ich muß jetzt gehen. Es gibt noch immer einige Dinge, die in der Botschaft und im Konsulat darauf warten, geregelt zu werden. Captain, Doktor... Ich hoffe, Sie finden diesen Morgen aufschlußreich.« Sarek schritt als personifizierte Würde davon, und es war erstaunlich, wie schnell Würde sein konnte, wenn sie Termine wahrnehmen mußte.

»Nun, nun, nun«, murmelte McCoy.

»Hier sollten wir nicht darüber sprechen, Doktor«, sagte Spock. »Das wäre alles andere als taktvoll. Ich schlage vor, wir gehen in den Saal der Stimme und zeigen unsere Präsenz.«

Sie näherten sich einem der breiten Zugänge. »Wo sind wir eigentlich?« fragte McCoy. »Leider habe ich nicht auf der Karte nachgesehen.«

»Wir befinden uns auf der anderen Seite von Shi'Kahr, von Pelasht aus gesehen«, erläuterte der Vulkanier. »Und in einer Tiefe von mehr als hundert Metern — die Decke erstreckt sich dicht unterhalb der Planetenoberfläche. Man nannte diesen Komplex einst *Va'ne'meLakht*...«

»›Versteck vor dem Zorn‹«, übersetzte McCoy.

»Ja. Man baute ihn als Schutz vor Sonnenstürmen — es gab einige vor Suraks Geburt, und seitdem fanden keine mehr statt. Das Refugium sollte allen Bewohnern von Shi'-Kahr und der Umgebung Platz bieten, daher die Größe. Heute gehört diese Anlage zur Akademie. Man benutzt sie für große Versammlungen, feierliche Anlässe und Vorlesungen, an denen besonders viele Studenten teilnehmen.«

Spock führte seine beiden Begleiter zu einer der offenen Türen. Eine junge Frau stand dort und betätigte die Tasten eines Computerterminals. Als Spock näher kam, sah sie auf und fragte: »Zuhörer oder Redner?«

»Redner, Spock.«

Die Vulkanierin gab den Namen ein. »Und Sie, Sir?«

»Ebenso. McCoy, Leonard E.«

»Und Sie?«

»Ebenso. Kirk, James T.«

»Reihe acht«, sagte die Frau schlicht. »Plätze eins bis drei. Jemand wird Ihnen den Zeitplan und das Programm geben.«

»Ich möchte Popcorn«, sagte McCoy plötzlich.

Die Vulkanierin musterte ihn und wölbte schräg nach oben zeigende Brauen. »Im Auditorium ist keine Nahrungsaufnahme zugelassen, Sir. Sonst noch etwas?«

McCoy schüttelte den Kopf, betrat die Kammer und grinste. Selbst Spock wirkte amüsiert. »Du konntest es nicht lassen«, stellte Kirk fest. »Deshalb wirst du auf den Sitz am Gang verzichten müssen.«

»Spielverderber.«

Das Auditorium war tatsächlich ein ganzes Stück kleiner als der Saal, aber man konnte ihn auch nicht gerade als winzig bezeichnen. Ein runder Raum, der den Eindruck erweckte, als habe man ihn aus dem Fels gemeißelt: In den Wänden zeigten sich überhaupt keine Fugen. Sonnenlicht fiel durch schachtartige Öffnungen in der Decke, einige von ihnen direkt über dem Rednerpodium in der Mitte. Auf allen Seiten reichten die Sitzreihen nach oben. *Wie bei einem Amphitheater,* dachte Kirk und erinnerte sich daran, daß Griechen und Römer diese besondere Architektur aufgrund einer guten Akustik gewählt hatten. *Es sollte mir nicht sehr schwer fallen, hier zu sprechen. Vorausgesetzt natürlich, ich finde die richtigen Worte...*

Sie nahmen Platz und stellten fest, daß sich der Raum innerhalb kurzer Zeit füllte. Es waren überraschend viele Außenweltler zugegen, etwa tausend, aber an einem Ort, der rund fünfzehntausend Personen Platz bieten mochte, fielen sie kaum auf. Kirk sah sich um und hatte dabei das unangenehme Gefühl, daß die Blicke aller anwesenden Vulkanier auf ihm ruhten. *Nun, sie haben bestimmt die Starfleet-Uniform bemerkt. Und ich bin hier, um gesehen zu werden. Sollen sie ruhig starren.*

»Wird jetzt die Nationalhymne gesungen?« flüsterte McCoy dem Ersten Offizier der *Enterprise* zu. Er hatte doch den Sitz am Gang bekommen.

»Nein«, erwiderte Spock. »Ich muß Sie enttäuschen: Es wird auch nicht Dixieland gespielt. Man erklärt einfach den Beginn der Debatte, und dann hält der erste Redner seinen Vortrag.«

Kirk zwinkerte McCoy zu. »Vielleicht hätten wir dir doch Popcorn besorgen sollen.«

Es wurde still, wie auf ein Signal hin, das Jim überhört oder übersehen hatte. Er hob den Kopf und bemerkte überall ausdruckslose vulkanische Mienen.

Ein Mann trat auf das Rednerpodium, und Kirk erstarrte förmlich. Shath.

»Im Namen der Regierung des Planeten Vulkan eröffne

ich hiermit die Debatte«, verkündete er. »Sie findet in der traditionellen Form statt, und der Antrag lautet: Vulkan und seine Bewohner sollen sich von der Föderation der Vereinten Planeten trennen. Ich bitte die Redner, sowohl Namen als auch Status zu nennen und dann ihre Stellungnahme abzugeben. Die Diskussion wird erst beendet, wenn die Mehrheit der Wählerschaft eine entsprechende Entscheidung trifft. Dazu sind mindestens eine Milliarde und achthunderttausend Stimmen erforderlich.« Shath blickte auf seinen Blockschirm. »Nummer eins, bitte.«

Auf der gegenüberliegenden Seite des Raums erklang melodisches Läuten, und Kirk bemerkte, daß sich viele Köpfe neugierig drehten. Er lächelte, als er die glänzende und funkelnde Gestalt einer zwölfbeinigen Spinne sah, die ganz aus Glas zu bestehen schien, das Podium erkletterte und dort im herabströmenden Sonnenlicht verharrte.

»Ich heiße K's't'lk«, sagte sie und ihre Stimme reichte bis zu den hintersten Sitzreihen, als sich das Verstärkerfeld auf sie fokussierte. »Ich bekleide den widerrufbaren Rang eines Starfleet-Commanders und trete für eine Ablehnung des Antrags ein.«

Sie streckte die Beine ein wenig, und daraufhin wiederholte sich das Läuten. »Auf dieser Welt gibt es die traditionelle Höflichkeit, als besonderes Willkommen zuerst dem am wenigsten hominiden Gast das Wort zu erteilen. Ihre Wahl fiel erneut auf mich, da hier Hortas, Methanatmer oder aphysische Geschöpfe fehlen.« Bei diesen Worten spürte Kirk eine gewisse Heiterkeit im Publikum. »Nun, ich danke Ihnen für diese freundliche Geste. Lassen Sie mich hinzufügen, daß ich mich freue, wieder in der Akademie zu sein. Ich habe hier viele höchst interessante Artikel gelesen und Gelegenheit gefunden, an meinem Verstand zu zweifeln – oder dafür gesorgt, daß manche Leute *ihre* geistige Gesundheit in Frage stellten.«

K's't'lk drehte sich ein wenig und richtete ihre Aufmerksamkeit auf einen anderen Teil des Auditoriums. Damit wurde sie nur den Erwartungen der Hominiden gerecht, denn ihre Augen waren gleichmäßig auf dem kuppelförmigen Körper verteilt: Sie konnte nach allen Seiten sehen. Hier und dort spiegelte ihr Leib das Sonnenlicht mit silbrigem Glanz wider. »Ich möchte über die Wissenschaft im allgemeinen und hier auf Vulkan im besonderen sprechen, auch über die Veränderungen in der hiesigen Forschung, seit sich Ihr Planet vor hundertachtzig Jahren der Föderation anschloß. Ich lehne den Antrag ab, weil ich der Meinung bin, daß die Föderation Vulkan einen wissenschaftlichen Fortschritt ermöglicht hat, wie er selbst nach tausend oder fünftausend Jahren der Isolation undenkbar gewesen wäre. Bitte verzeihen Sie, wenn ich die Ethik ausklammere. Darüber ließe sich ebenfalls eine Menge sagen, aber ich möchte mich auf die Wissenschaft beschränken.«

Die gläserne Spinne drehte sich erneut, und wieder läutete es leise. »Zweifellos werden Sie viele Redner hören, die darauf hinweisen, was Vulkan für die Föderation geleistet hat. Dem kann ich nur zustimmen: die Verbesserung der Transtator-Technik, auf der ein großer Teil unserer gegenwärtigen Technologie basiert; die enormen Fortschritte in der Medizin, vor allen Dingen im Bereich der Gentechnik — hier hat Vulkan weitaus mehr Erfahrung als alle anderen Welten; die Grundlagenforschungen in Hinsicht auf Astronomie, Kosmologie und Kosmogonie — ihre Ergebnisse gaben den Raumschiffen der Föderation die Möglichkeit, immer tiefer ins All vorzustoßen; und vieles andere mehr. Ich bin sicher, Sie haben sich gut auf diese Debatte vorbereitet und wissen daher, was wir Ihnen verdanken.« K's't'lks Stimme klang fröhlich. »Meine vulkanischen Kollegen gewährten mir viele erstaunliche Erkenntnisse, und das weiß ich sehr zu schätzen.

Nun, lassen Sie mich folgendes hinzufügen. Die verschiedenen Spezies von Starfleet — und damit meine ich insbesondere die Menschen der Erde — bieten Vulkan eine Fähigkeit an, die einen guten Ausgleich für Ihre Leistungen darstellt. Terraner neigen dazu, Fragen an Wissenschaftler zu richten, die sie sich nicht selbst gestellt hätten. Häufig sind es unerwartete, bizarre und sogar unlogische Fragen. Ich weiß«, sagte K's't'lk, als Unruhe im Auditorium zu entstehen begann, »Logik ist wichtig. Aber sie eignet sich nicht für alles.«

»Zum Beispiel nicht für Menschen«, bemerkte jemand. Kirk runzelte überrascht die Stirn. Das Verstärkerfeld schien sich sofort neu zu fokussieren, wenn jemand die Stimme hob.

»Eine ebenso leichte wie offensichtliche Pointe«, kommentierte K's't'lk amüsiert. »Nun, wir können auch vom menschlichen Humor lernen. Surak wies nicht darauf hin, daß man über derartige Empfindungen hinauswachsen muß. Ich finde es bemerkenswert, daß auf diesem Planeten große Verwirrung darüber herrscht, was Surak sagte oder nicht — und wie seine Lehren zu interpretieren sind.«

»Sie wollten sich auf die Wissenschaft beschränken«, warf jemand ein.

»Genau das ist der Fall«, erwiderte K's't'lk. »Ich spreche über Semantik. Surak vereinte viele Eigenschaften in sich, und dazu gehörte auch ein ausgezeichneter Sinn für Semantik. Offenbar gibt es heute niemanden mehr, der seine diesbezüglichen Qualitäten teilt — andernfalls fiele es Ihnen nicht so schwer, sein Werk zu deuten. Nun, wie ich schon sagte: In gewissen Bereichen der Wissenschaft läßt sich die Logik nicht wie gewohnt anwenden. Es handelt sich um die sogenannten ›nichtkausalen‹ Wissenschaften, mit denen ich mich befasse. Falls auf die Ursache nicht notwendigerweise eine Wirkung folgt, wird die Logik zu einem recht unzuverlässigen Instrument. Wenn man im Rahmen entsprechender Forschungen die logische Denkweise aufgibt, so bietet ein bis dahin störrisches und wenig hilfsbereites Universum plötzlich verblüffende Ergebnisse an.

Um es anders auszudrücken ...«, fügte K's't'lk hinzu und drehte sich einmal mehr. »In bezug auf diese Wissenschaften bieten die Terraner etwas an, das Ihnen fehlt. Seit hundertachtzig Jahren nutzen Sie dieses Potential, und es spielt keine Rolle, wie Sie es nennen: kreative Unlogik, asymmetrische Perspektive oder Aha-Erlebnis. Wenn Sie sich jetzt von den Menschen trennen, so verzichten Sie in Ihrer Wissenschaft auf einen wichtigen Effektivitätsfaktor, auf Erneuerung und Gefahr. Ja, Gefahr ist vielleicht der Schlüssel. Ohne das Unberechenbare und Geheimnisvolle gibt es keine Freude an der Wissenschaft. Und die manchmal verrückten Vorschläge der Terraner verdienen zweifellos die Bezeichnung ›unberechenbar‹ – sie gehören zu einem Universum, das sich als immer empfindungsfähiger herausstellt. Wenn Sie sich von der Stimme abwenden, die durch Menschen erklingt, so leugnen Sie einen großen Teil des Kosmos, der wie alles andere für sich selbst spricht. Dann können Sie nie hoffen, vollständige Daten zu bekommen.«

K's't'lk legte eine kurze Pause ein und lachte leise: ein heiteres Arpeggio, das von den Wänden widerhallte. »Ich erinnere mich an den letzten Artikel, den ich hier verfaßt habe. Darin ging es um etwas, das die Medien später ›elektiven Inversionsantrieb für Raumschiffe‹ nannten. Meine Kollegen an der Akademie wußten nicht, was sie mit den Gleichungen anfangen sollten. Viele von ihnen hielten sie schlicht und einfach für absurd. Gleichzeitig räumten sie ein, daß die Hamalki-Mathematik einen für sie ungewohnten Ansatzpunkt bietet.« Kirk glaubte, ein verbales Lächeln zu erkennen, als K's't'lk fortfuhr: »Als wir den Prototyp konstruierten, mußten sie zugeben, daß die Gleichungen funktionierten. Wenn ich mich recht entsinne, waren sie zuerst ein wenig verärgert. Man stattete ein Raumschiff mit dem Apparat aus – und es kehrte nur deshalb aus dem Nichts zurück, weil ein menschlicher Ingenieur an dem neuen Antrieb herumbastelte, ein Terraner mit einem besonderen Gespür für alles Technische.«

»Bei jener Mission wäre die *Enterprise* fast vernichtet worden, nicht wahr?«

»Ich glaube, diese Beschreibung tritt auf viele Einsätze jenes Schiffes zu«, sagte K's't'lk. »Vermutlich wollen Sie andeuten, daß die von mir entwickelte Vorrichtung nutzlos war und eine Katastrophe heraufbeschwor. Nun, es handelte sich um einen der aufschlußreichsten Fehlschläge in der Wissenschaftsgeschichte. Wir fanden dabei mehr über die Struktur anderer Dimensionen heraus als *Hunderte* von vulkanischen Hyperphysikern im Verlauf vieler Jahre. Die menschliche Variable ermöglichte diesen Durchbruch, und es gibt kein besseres Beispiel für die großen Erfolge auf meinem Fachgebiet. Wenn Sie sich ganz bewußt vom menschlichen Einfluß abwenden, wenn Sie eine Methode ablehnen, die zu konkreten Resultaten führt, nur weil Sie ihre Instrumente nicht mögen — dann schränken Sie die Leistungsfähigkeit Ihrer Wissenschaft ein. Da der Zweck der Wissenschaft in erster Linie darin besteht, ein möglichst vollständiges Bild vom Universum zu gewinnen, verzichten Sie darauf, den Kosmos in allen seinen Aspekten zu verstehen. Genausogut könnten Sie mit allen Forschungen aufhören. In diesem Verhalten kommt eine besonders abscheuliche Art von Unlogik zum Ausdruck, und offen gesagt: Gerade von Ihnen hätte ich so etwas nicht erwartet.«

Die letzten Worte klangen spöttisch und verächtlich, kamen einer Herausforderung gleich, und die Reaktion des Publikums blieb nicht aus. Wenn es Menschen gewesen wären, hätte sich Kirk kaum Sorgen gemacht. Aber eine große Gruppe von normalerweise ruhigen und reservierten Vulkaniern, die sich gegenseitig mit scharfen, frostigen Stimmen unterbrachen...

»Lieber Himmel«, flüsterte McCoy, nachdem er den verärgerten Zwischenrufen und K's't'lks amüsierten Antworten einige Minuten lang zugehört hatte. »Sie erwecken den Eindruck, als wollten sie sich gegenseitig an die Gurgel fahren. *So etwas* steht uns bevor?«

Kirk nickte und dachte: *Und unter solchen Umständen müssen wir die Beherrschung wahren? Hier brodelt eine Menge Zorn...* »Vielleicht solltest du mir ein Beruhigungsmittel geben, bevor ich mit meinem Vortrag beginne«, sagte er leise.

McCoy schnaubte abfällig. »Kommt überhaupt nicht in Frage. Du wirst dich damit begnügen, tief und gleichmäßig zu atmen, so wie wir.«

Bei der Diskussion ging es jetzt um ›Aktivität und Passivität‹, und es folgte eine Auseinandersetzung über ›das physikalische Handeln einerseits und das geistige Leben andererseits‹. Ein hochgewachsener und würdevoller Vulkanier erklärte, eine zu starke Konzentration auf das aktive Leben und die physische Realität stelle das natürliche Gleichgewicht in Frage, und als Physikerin müsse K's't'lk zugeben, daß der Kosmos größtenteils aus Leere besteht und eigentlich nichts wirklich ist...

»Philosophischer Firlefanz«, kommentierte McCoy halblaut.

»Oh, das alte Dichotomie-Problem«, erwiderte K's't'lk. »Glauben Sie, daß eins der ›Leben‹ — physisch real oder theoretisch unwirklich — den anderen überlegen, vielleicht mehr wert ist?«

»Natürlich nicht«, antwortete der Vulkanier. »Ich halte solche Annahmen für einen klassischen Denkfehler — typisch für Menschen, wenn Sie mir diese Bemerkung gestatten. Die Illusion oder im wesentlichen subjektive Natur der physischen Existenz gehört zu den wichtigsten modernen Erkenntnissen. Wenn man sich daran erinnert, daß man eigentlich gar nicht existiert, so reduziert sich die Bedeutung von Fragen, wie wir sie uns heute stellen, auf... *aaah*!«

Der würdevolle Mann hatte sich so sehr in das Thema der illusionären Natur von Materie vertieft, daß er nicht auf K's't'lk achtete, die sich ihm durch den Gang näherte. Was den Ausruf betraf... Selbst ein Vulkanier reagiert, wenn ihm ein Silizium-Wesen ins Bein beißt.

»Faszinierend«, meinte K's't'lk. »Für jemanden, der eigentlich gar nicht existiert, schreien Sie mit erstaunlichem Enthusiasmus. Und ich habe Sie *gehört*. Ich schlage vor, Sie wenden sich an einen Heiler.«

Kirk sah Spock aus großen Augen an. »Ist so etwas erlaubt?«

»Die traditionelle Form der Debatte läßt praktisch alles zu, selbst Ritualduelle um Leben und Tod.«

»Ich sollte besser daran denken, mich mit niemandem über die Wissenschaft zu streiten«, brummte McCoy.

»Sonst noch etwas?« fragte K's't'lk und kehrte aufs Podium zurück. »Nun, wie die Menschen der Erde stamme ich aus einem sehr jungen Volk. Wir reisen erst seit etwa zweitausend Jahren durchs All. Ich schätze die Terraner sehr: Ihre Unberechenbarkeit, ihre Fähigkeit, ein Problem aus verschiedenen Blickwinkeln zu betrachten – dadurch werden sie zu idealen Partnern in der Wissenschaft. Wer sich von ihnen trennen möchte, weil sie zu jung oder fremdartig sind... Solchen Personen möchte ich folgenden Rat geben: Genießen Sie Ihr Universum. Denn wir und die Menschen erfreuen uns an der Vielfalt des Kosmos, und wir werden Sie vermissen. Ich danke Ihnen allen.«

Zurückhaltender Applaus erklang. K's't'lk verließ das Podium und stakte auf zwölf Beinen durch den Gang. Als sie an McCoy vorbeikam, hörte Kirk ihre leise, läutende Stimme. »...hab' es ihnen *gezeigt.* Ausgerechnet *mir* mit irgendwelchem Zen-Kram zu kommen...«

Zwei weitere Redner folgten, eine ältere Vulkanierin und ein junger Tellarit. Sie hielten ruhige Vorträge und wurden nicht unterbrochen. Vielleicht deshalb, weil sie sich für die Sezession aussprachen. Als Grund gaben sie an, bei der Verteilung von Föderationsgeldern kämen nichtterranische Forschungsprojekte auf Vulkan und anderen Planeten regelmäßig zu kurz. Dann begann die Mittagspause; die Debatte sollte drei Stunden später fortgesetzt werden.

»Ob auch der Rest so aufregend sein wird?« fragte McCoy, als sie das Auditorium verließen.

»Ich vermute, es geht erst richtig los, wenn wir an die Reihe kommen«, erwiderte Kirk. »Kennen Sie ein gutes Restaurant, Spock?«

»Ja«, sagte er. »Das *Nakh'lanta* in der Alten Stadt bietet ausgezeichnete Speisen an. Ich kann Sie nicht begleiten und gebe Ihnen die Koordinaten.«

McCoy musterte ihn besorgt. »Was haben Sie vor?«

In Spocks Augen blitzte es amüsiert, doch das Gesicht blieb sehr ernst. »Vermutlich würden Sie es folgendermaßen ausdrücken: ›Ich muß mit meiner Ex reden.‹«

Es bereitete Spock keine Schwierigkeiten, T'Prings gegenwärtigen Wohnort festzustellen. Er sah in der Besucherliste des Saals der Stimme nach und suchte dort vergeblich nach ihrem Namen. Daraufhin wandte er sich an ein öffentliches Computerterminal und brachte ihren Kommunikationscode in Erfahrung. Der Kom-Anschluß befand sich in einem kleinen, mehrere tausend Kilometer entfernten Ort. Spock verständigte den Transporterraum der *Enterprise*, und der Transfer fand wenige Sekunden später statt.

T'Prings Haus war groß, größer als das Sareks. Mehr noch: Es wirkte protzig. Die Architektur entsprach einem Stil, der vor Vulkans Eintritt in die Föderation eine gewisse Popularität genossen hatte. Ein Teil des Gebäudes erstreckte sich *im* Boden, Symbol einer Harmonie mit der Landschaft. Im Garten gab es viele exotische Gewächse, die meisten von anderen Welten importiert: sehr empfindliche Pflanzen, die viel Wasser brauchten. Das Anwesen vermittelte eine unmißverständliche Botschaft: Hier wohnt jemand, der genug Geld hat, um sich alle seine Wünsche zu erfüllen.

Spock ging zum vorderen Eingang und berührte den Meldesensor. »Ja?« fragte jemand.

Eine ausgesprochen kühle Stimme. Ihre. »Spock«, sagte er nach kurzem Zögern.

Fast zwei Minuten lang geschah überhaupt nichts: keine Antwort, keine wahrnehmbare Bewegung im Haus. Stille war eine angemessene Reaktion, wenn sie die Regel des Schweigens betraf. Spock wollte sich gerade abwenden, als die Tür aufschwang.

Ein Klischee, das ihm sofort bewußt wurde: T'Pring sah praktisch ebenso aus wie bei ihrer letzten Begegnung — reserviert, schlank, hochgewachsen und außerordentlich attraktiv. Vergeblich suchte er in ihrem Gesicht nach Hinweisen auf die Jahre, die seit dem Ritual der Heirat-und-Herausforderung vergangen waren. Die schöne Vulkanierin erwiderte den Blick und musterte ihn.

»Dein Besuch überrascht mich ein wenig«, sagte T'Pring schließlich.

»Ich bitte um eine Erklärung.«

»Ich hätte nicht gedacht, daß du genug Mut aufbringst. Komm herein, wenn du möchtest.«

Spock folgte ihr in den Flur, und sein Unbehagen wuchs.

»Darf ich dir eine Erfrischung anbieten?«

»Ja«, erwiderte er – wenn auch nur deshalb, weil eine Ablehnung sehr unhöflich gewesen wäre. Doch eins stand fest: Er wollte nicht um Wasser bitten.

T'Pring ging fort und kehrte mit zwei Gläsern zurück, die Fruchtsaft enthielten. Spock hob sein Glas auf die richtige Weise und leerte es in einem Zug. Mit dieser Geste brachte er zum Ausdruck, daß er in einer ernsten Angelegenheit kam und nicht mehr Zeit als unbedingt notwendig in diesem Haus verbringen wollte.

»Bitte setz dich«, sagte T'Pring und nahm ebenfalls Platz.

Spock stellte sein Glas ab. »Ich bin hier, um dich zu fragen, in welcher Beziehung du zu der gegenwärtig stattfindenden Debatte stehst.«

»Ich habe sie verursacht«, antwortete T'Pring. »Deine Logik hat dich bestimmt zu dieser Schlußfolgerung geführt – es sei denn, du bist durch den menschlichen Einfluß völlig irrational geworden.«

»Meine Logik führte mich hierher«, sagte Spock und ging nicht auf den Spott ein.

»Stonn ist tot.«

»Ich habe davon gehört«, entgegnete er. »Und ich leide mit dir.« Es war nicht ganz gelogen.

Eine Zeitlang saß T'Pring völlig still auf der anderen Seite des Tisches: der Rücken gerade, die Hände im Schoß gefaltet, den durchdringenden Blick weiterhin auf Spock gerichtet. »Dann kennst du sicher einen Teil der Ereignisse. Nach deinem ›Sieg‹ über den Captain hast du mich freigegeben, und Stonn bot mir eine Bindung an. Wir verbrachten eine recht gute Zeit miteinander, aber ich war unzufrieden. Das *Koon-ut-kalifi* verlief nicht so, wie es der Fall hätte sein sollen. Meine Pläne wurden vereitelt.« Bei diesen Worten blieb T'Prings Gesicht völlig ausdruckslos, doch in ihrer Stimme hörte Spock etwas, das man von einem kleinen Kind erwartete — von einem trotzigen, zornigen Kind, das nicht die gewünschten Süßigkeiten bekommen hatte. »Die Unzufriedenheit erfaßte auch Stonn. Vielleicht glaubte er, daß ich erneut dich begehrte — oder jemand anders. Er versuchte ein vorzeitiges *Plak tow,* um mich zurückzugewinnen.« Spock nickte. Es gab Drogen, die man dazu verwenden konnte. Sie brachten erhebliche Gefahren mit sich, aber manche Vulkanier glaubten, das *Plak tow* sei ein Risiko wert. Ihrer Meinung nach hatten Vereinigungen nur dann einen Sinn, wenn sie während des Blutfiebers stattfanden.

»Er starb an einer hormonellen Störung«, fuhr T'Pring fort. »Als Todesursache diagnostizierte man ›endoadrenalen Streß‹. Nun, eigentlich gab es gar keinen Grund für mich zu trauern. Stonn hinterließ mir ein Erbe, das meinen Ansprüchen gerecht wurde. Aber im Laufe der Zeit begriff ich, daß du mir erneut etwas genommen hattest — Stonn sah einen Rivalen in dir; nur deshalb nahm er die Drogen. Einmal mehr blieb mein Wunsch unerfüllt. Und einmal mehr ging diese Enttäuschung auf dich zurück.«

Spock schwieg. *Sie trägt ebenfalls Verantwortung dafür,* überlegte er, behielt diesen Gedanken jedoch für sich.

»Deshalb beschloß ich, auch dir etwas zu nehmen«, sagte T'Pring. »Deine Zukunft, deinen Captain und alles andere, das ich dir nehmen konnte — um dafür zu sorgen, daß du den gleichen Schmerz empfindest wie ich. Es wäre *Ashv'cezh,* und ich hätte endlich Genugtuung.«

Spock nickte benommen. *Ashv'cezh* bedeutete: Rachedie-schlimmer-ist-als-der-Tod. Im Vergleich mit diesem Vergeltungskonzept kam der Tod einer Gnade gleich.

»Ich sah mich um und fand erstaunlich viele Vulkanier, die nichts von der Föderation und den Terranern hielten«, erläuterte T'Pring. »Diese überraschend weit verbreitete Einstellung gab mir eine geeignete Waffe. Zuerst konzentrierte ich mich darauf, Stonns Erbe gewinnbringend zu investieren. Die erhofften Erfolge blieben nicht aus: Der interstellare Rohstoffmarkt ermöglichte es mir, eine Menge Geld zu verdienen.

Dann begann ich damit, bestimmten Organisationen und Publikationen finanzielle Unterstützung zu gewähren. Dir ist sicher aufgefallen, daß sie innerhalb kurzer Zeit an Bedeutung gewannen. Nun, sie versetzten mich in die Lage, andere Vulkanier zu finden, die bereit waren, ganz offen gegen die Erde Stellung zu beziehen: Sie appellierten an Logik und auch an Gefühle – einige von uns haben ihre Emotionen nicht ganz überwunden.« T'Prings Gesicht wirkte noch immer wie eine starre Maske. »Ich ließ mir Zeit, und meine Geduld zahlte sich aus. Langsam bildete sich eine Meinungsbasis, die ein eigenes Bewegungsmoment entwickelte: Manche Personen sprechen die Dinge aus, die sie von anderen hören; es spielt keine Rolle, ob sie selbst daran glauben oder nicht. Ich setzte auch andere Werkzeuge an und bestach einige Regierungsbeamte, die ihren Einfluß durch die zunehmende terranische Präsenz auf Vulkan bedroht sahen. Ich veranlaßte die Mitarbeiter verschiedener Medien und Info-Dienste, bestimmte Meldungen hervorzuheben und andere herunterzuspielen. Dadurch gewann die Öffentlichkeit allmählich den Eindruck, daß es ein Problem mit der Erde gab. Die Regierung spürte die wachsende Unruhe des Volkes und fürchtete, bei den nächsten Wahlen eine Niederlage hinnehmen zu müssen. Als kein Zweifel mehr daran bestand, daß die Mehrheit der Wählerschaft für die Sezession eintritt, zögerte man nicht, sofort ein Referendum anzuberaumen.«

T'Pring erlaubte sich ein dünnes, kaltes Lächeln. »Damit

wären wir bei der heutigen Situation. Wenn alles nach Plan läuft, findet die Abstimmung bald statt und besiegelt unsere Trennung von der Föderation. Dann hast du nie wieder die Möglichkeit, mir irgend etwas zu nehmen. Entweder bleibst du hier, wodurch du die *Enterprise* und deinen Captain verlierst – und dann bist du ein Niemand –, oder du gehst ins Exil, zusammen mit deinen Eltern. Auf diese Weise erfüllt sich meine Rache.«

Spock schwieg fast eine Minute lang und versuchte, an seinem inneren Gleichgewicht festzuhalten. Schließlich brachte er hervor: »Deine Logik ist fehlerlos.«

»Danke«, erwiderte T'Pring. »Gibt es weitere Fragen, die du mir stellen möchtest?«

Spock schüttelte den Kopf.

»Dann bitte ich dich, jetzt zu gehen. Ich muß noch einige wichtige Gespräche führen. Wahrscheinlich sehen wir uns noch einmal wieder, bevor die Entscheidung fällt. Ich beabsichtige, den Saal der Stimme aufzusuchen und zu hören, wie du zusammen mit deinem Captain um Nachsicht der Erde gegenüber flehst. Es wird gewiß amüsant sein, das zu erleben.«

»Da bin ich sicher.« Spock stand auf.

T'Pring begleitete ihn zur Tür.

»Leb wohl, Spock«, sagte sie.

»Glück und ...« Der Rest blieb ihm im Hals stecken.

Er verließ das Haus, schritt über die stille, staubige Straße und setzte sich mit der *Enterprise* in Verbindung. Kurze Zeit später rematerialisierte er an Bord. Zum erstenmal in seinem Leben als Erwachsener spürte er ein flaues Gefühl in der Magengrube, das in keinem Zusammenhang mit McCoys Arzneien stand.

Dunkelheit. Und Sterne. Nichts bewegt sich in der immerwährenden Stille — so scheint es jedenfalls. Schatten kriechen durch die Leere, projiziert von den Streben und Gerüsten des Raumschiffs, das sich langsam vor der fernen Sonne dreht. Es ist Teil der ewigen Nacht — umschmiegt von Schwärze, bietet ein Bild des Friedens.

*Die Kämpfe in Ta'Valsh dauern schon seit achtzehn Tagen. Das Mahn'heh-Protektorat lehnt weiterhin die Ansprüche Lahirhs auf das umstrittene Territorium in der Region Tekeh ab.* Eine mentale Szene entstand vor Alieths innerem Auge: laufende Gestalten, ein blauer Blitz, der aus einem rauchumwogten Fenster zuckt. Das Geräusch von splitterndem Glas. Grünes Blut auf dem Boden unter und neben der Leiche: der eine Arm verbrannt, der Kopf von einem Explosivgeschoß zerfetzt. Das einst idyllische Kleinstadtviertel verheert: die Häuser verbrannt, Ruß an den teilweise geborstenen Mauern, Krater und breite Risse im Pflaster. *Repräsentanten der Lords von Mahn'heh und der König von Lahirh teilten heute den Medien mit, die Zeit für Verhandlungen sei noch nicht reif.* Gutgenährte Männer und Frauen, die in stillen Zimmern voller Journalisten ihre Stellungnahmen verlesen. *Die Lords von Mahn'heh weisen darauf hin, daß die Tekeh-Region im Jahre 164330 von ihrem Volk besiedelt wurde. Sie verlangen eine sorgfältige Abtretung des Gebiets und Reparationszahlungen. Darüber hinaus fordern sie einen der Söhne des Lahirhi-Königs als Friedensgeisel. Die Lahirhi lehnen strikt ab. Falls die Mahn'heh weitere Angriffe unternehmen, so hieß es in einer Verlautbarung, werden sie nukleare Waffen einsetzen. Sie erinnern in diesem Fall an den Atomschlag, der den benachbarten Staat Ovek vor zwei Dekaden zerstörte.* Weitere Krater, größer diesmal — früheres Ackerland, jetzt eine radioaktive Wüste; eine schmale Straße, auf der sich nichts mehr regt.

*Die Feindseligkeiten zwischen Duveh und den Lassirihen-Provinzen haben ein wenig nachgelassen, doch eine bisher unbedeutende Terror- und Entführungsgilde hat damit gedroht, beide Herrscherhäuser zu vernichten, wenn man nicht innerhalb eines Zehntags auf ihre Forderung eingeht, an den Verhandlungen beteiligt zu werden.* Weitere Bilder: in bestickte und mit Edelsteinen geschmückte Umhänge gekleidete Männer und Frauen, die einen zerbombten und notdürftig instandgesetzten Palast verlassen. *Die Nachtallianz, ein Ableger der alten Meisterkunst — eine Organisation, die aufgelöst wurde, nachdem ihr Oberhaupt T'Meheh beim Absturz eines Gleiters ums Leben kam — verlangt Heiratsbindungen mit den Königshäusern von Duveh und Lassiriheh. Darüber hinaus fordert sie Partnerpreise in Höhe von fünf Millionen Nakh ...*

Alieth seufzte und ließ ihre Gedanken von den langweiligen Bildern forttreiben. Die heutigen Nachrichten schienen nur Kämpfe und Kriege zu betreffen. Hier gab es wenigstens Frieden.

Sie schloß die Augen und sah wieder den halb zerstörten Palast, während der Kommentator über Aufteilung von Land und Vermögen sprach. Alieth seufzte erneut und führte den gedanklichen Wechsel herbei, der sie in einen der Unterhaltungskanäle brachte, änderte dann den Korridor und anschließend das Zimmer. Müßig suchte sie nach mentalen ID-Kennungen. Kein Bekannter war zugegen, nicht einmal Mishih, der sofort das Netz aufsuchte, wenn er erwachte. Alieth vermutete, daß es in seinem Teil der Welt noch immer Nacht war. Sie fragte sich kurz, *wo* er wohnte. Wenn sie sich recht entsann, lebte er unweit einer der beiden Pole. In Retakh, ja — ein schrecklicher Ort, mitten im Nichts.

*So wie hier.* Aber hier bestand nicht die Gefahr, daß einem eine selektive chemische Bombe auf den Kopf fiel, weil jemand eine Herde stehlen wollte.

Alieth begann mit einem Scan. Man nannte diese Tätigkeit ›scannen‹, obwohl es nur darum ging, durch eine geometrische Landschaft zu schweben, in der es quasi-substantielle Formen mit Mitteilungen gab. An den Außenflächen dieser ›Gebäude‹ leuchteten ID-Markierungen, und wenn man sie berührte, fühlte man die Stimmung der betreffenden Person: Ärger, Freundlichkeit, Interesse, förmliche Reserviertheit. Man konnte die Gebäude betreten, ihre Mitteilungen entgegennehmen und sie erweitern. Alieth berührte einige ID-Schilder und fand nichts, das sie interessierte. Die starre, eingefrorene Form individueller Botschaften faszinierte sie kaum mehr; sie zog den Kontakt mit lebenden Selbstsphären vor. Hanesh klagte oft darüber – aber Hanesh beschwerte sich praktisch über alles. Und er haßte die Netze.

*Vielleicht sollte ich zurückkehren,* dachte Alieth und fragte sich, was derzeit an Bord des Schiffes geschah. Bestimmt beendete Pekev bald die Sondierung. *Aber sicher gibt es auch dort keine interessanten Entwicklungen.* Die öde Routine dauerte schon seit Monaten.

Genau darin bestand das Problem.

*Ach, warum das Netz verlassen?* Sie sank zurück, wechselte die Zimmer und suchte nach einem Gesprächspartner. Nach jemandem, der echte Luft atmete, in der realen Welt existierte. Nach jemandem, dem jeden Augenblick eine Bombe auf den Kopf fallen konnte. Alieth trieb durch die bunte Pseudolandschaft unter einer winzigen Sonne; sie bedauerte es, daß sich das Denken nur auf Krieg oder Frieden bezog...

Pekev fluchte in seinem Raumanzug. Das leise Zischen stammte nicht vom Wiederaufbereitungssystem – deutlich spürte er Kühle auf der Haut, tief unten, am Beinsaum. Schon wieder ein Leck. *Das hat mir gerade noch gefehlt,* fuhr es ihm durch den Sinn. Nun, es blieb ihm nichts anderes übrig, als sich damit abzufinden. Es kostete zuviel Zeit – und damit Geld – zum Schiff zurückzukehren, das Leck abzudichten und anschließend die Arbeit fortzusetzen. Sein Vater hätte sich wohl kaum darüber gefreut.

Pekev stellte sich die Auseinandersetzung während der Hauptmahlzeit vor...

*Andererseits...*, überlegte er. *Wann* hat *sich mein Vater jemals über etwas gefreut?* Er neigte sich im beständigen, kalten Sternenlicht zur Seite und rang mit der Gravitationsklammer, die er am Felsbrocken befestigt hatte.

Es war kein besonders großer Asteroid, aber auch kleine konnten sich lohnen, und dieser sah gut aus: hier rußige Schwärze und dort ein mattes Funkeln — deutliche Hinweise auf einen hohen Kohlenstoffgehalt. Mit der Zeit lernte man, solche Zeichen zu deuten. Es gab nicht sehr viele Asteroiden, die zum größten Teil aus Kohlenstoff bestanden — sie bildeten etwa zehn Prozent der gesamten Asteroidenmasse —, und mit den häufiger vorkommenden Eisen-Nickel-Felsen konnte die Familie nichts anfangen.

Die Gravitationsklammer war groß und unhandlich. Kein Wunder: Sie verfügte über ein eigenes Antriebsmodul, um den Asteroiden zum Schiff zu bringen — selbst die kleinsten von ihnen konnten sehr massiv sein — oder ihn stabil zu halten, während sich der Kern in den Felsbrocken bohrte und ihm eine Probe entnahm. Heute stand für Pekev nur das Sammeln von Proben auf dem Programm. Gestern hatte er fast zwanzig Stunden damit verbracht, das noch größere Fanggerüst durchs All zu steuern und mehrere vielversprechende Asteroiden einzusammeln. Die übliche Routine: Ortung, Ermittlung der genauen Koordinaten, dann zwei oder drei Stunden im Transit, um den Asteroiden zu finden und ihn zu untersuchen. Wenn er interessant erschien, brachte ihn Pekev ›nach Hause‹, paßte seine Eigengeschwindigkeit der des Schiffes an (ein bis zwei Stunden harte Arbeit mit dem Antriebsmodul), vergewisserte sich, daß die Kursdaten übereinstimmten und machte sich dann auf die Suche nach dem nächsten. Der starke Schub führte schon nach kurzer Zeit zu ausgeprägten Rückenschmerzen, und selbst ein kleiner Fehler bei der Verwendung des Düsen-Komplexes konnte fatal sein. Am vergangenen Tag war Pekev einmal nicht aufmerksam genug gewesen und vom Trägheitsmoment an einen Felsen gepreßt worden — die Schwellung am Knie erinnerte ihn daran, daß er Glück gehabt hatte.

Heute fiel ihm die Arbeit nicht ganz so schwer. Die Vorrichtung zum Sammeln von Proben ließ sich leichter handhaben und war nicht so massig wie das Fanggerüst. Pekev brauchte nur zu den einzelnen Felsen zu fliegen, sie anzubohren und die Proben zurückzubringen, damit sie im Schiff analysiert werden konnten. Das würde noch einige Stunden dauern: Wenn er sich beeilte, bekam er an diesem Abend Gelegenheit, früh ins Bett zu gehen. Morgen kam wieder das Fanggerüst an die Reihe. Routine. Manchmal glaubte er, sie raube ihm langsam den Verstand — aber vielleicht *bewahrte* sie ihn sogar davor, verrückt zu werden. Wenigstens herrschte Stille, wenn er hier draußen war, fern vom Raumschiff mit der Familie.

Als die automatische Kontrolle der Gravitationsklammer festen Halt bestätigte, schaltete sich der Bohrkern ein. Pekev spürte deutlich, wie die Vibrationen begannen. Er sah über die Schulter zur *Rasha* und seufzte leise. *Sie wird langsam alt*, dachte er. Eine traurige Erkenntnis, wenn sie ein Raumschiff betraf, das man zum erstenmal als Kind betreten hatte. Aber darum ging es: Pekev war jetzt fast fünfzig, und das galt auch für das Schiff. Das effektive ›Leben‹ der *Rasha* ging zu Ende; leider hatte die Familie nicht genug Geld, um ein neues Schiff zu kaufen.

Der Bohrkern fraß sich tiefer in den Felsen, während sich Pekev erinnerte... Früher einmal, vor langer Zeit — er konnte sich kaum daran erinnern — was alles anders gewesen. Damals gehörte die *Rasha* zu einer Flotte von insgesamt sieben Raumschiffen, und der Familie ging es gut. Sie bestand aus vielen Mitgliedern: An Bord der größten Clanschiffe *Urekh* und *Gelevesh* lebten jeweils hundert Personen. Vage Reminiszenzen zeigten Pekev die schimmernden Korridore der *Gelevesh*. Zu jener Zeit war er kaum mehr als ein Säugling, und heute wußte er, daß seine Erinnerungen ihn trogen: Das Schiff konnte unmöglich so riesig gewesen sein, wie der ein oder zwei Jahre alte Knabe geglaubt hatte. Aber es bot genug Platz, um einen Subclan aus hundert Männern, Frauen und Kindern aufzunehmen, ohne daß jemand während der einjährigen Schürfmissionen auf Komfort verzichten mußte.

Jetzt gab es nur noch die *Rasha.* Die *Urekh* war während des fünfjährigen Krieges zwischen den Teleiw und Nashih auf der Planetenoberfläche zerstört worden. Die *Gelevesh* wurde von den Nashin als Kriegstrophäe genommen und zum Scoutschiff umgebaut. Pekevs Vater fluchte noch immer, wenn er an den kleinen Schuldschein dachte, den er von den Nashih erhielt, bevor sie ihn und seine Familie fortschickten. »Bezahlung«, hieß es. »Entschädigung.« Aber ein spöttisches Lachen begleitete diese Worte. Die übrigen Schiffe waren nicht groß genug, um den ganzen Clan aufzunehmen. Viele Subfamilien aus der Besatzung der *Gelevesh* mußten sich auf dem Planeten Arbeit suchen oder ihre Dienste anderen Raumschiffen anbieten — eine bittere Entwürdigung. Aber es kam noch schlimmer. Dem Oberhaupt des Clans, Pekevs Vater, blieb keine andere Wahl, als sich auch vom Rest der geschrumpften Flotte zu trennen, um die Schulden für den Bau der *Gelevesh* abzutragen. Schließlich blieb nur die *Rasha*, ein kleiner Kreuzer, der für eine aus sieben Personen bestehende Mannschaft vorgesehen war und nun elf beherbergte.

Der Bohrkern verharrte. Pekev überprüfte die Sensoren, um sicher zu sein, daß der Mechanismus die Bohrung beendet und nicht aufgegeben hatte — obwohl das ein gutes Zeichen sein konnte. Manchmal deutete ein Abbruch auf die Existenz von Diamanten hin, und danach suchte die Familie. Sollten sich andere Schürfunternehmen um die Nikkel-Eisen-Asteroiden kümmern. *Wir* müssen *sie anderen Gruppen überlassen,* dachte Pekev. *Unser Clan hatte nie genug Geld für ein Raumschiff, das groß genug ist, um mit den wirklich dicken Brocken fertig zu werden. Und nur damit läßt sich kostendeckend arbeiten.* Aber Diamanten — insbesondere Industriediamanten — kamen in Asteroiden häufig genug vor, um ein gutes Einkommen zu gewährleisten. Zumindest reichte es, um ein kleines Schiff funktionsfähig und einsatzbereit zu halten. Manchmal fanden sie auch Edelsteine. *Manchmal? Es passiert viel zu selten ...*

Pekev betätigte die Kontrollen, und der Bohrkern glitt aus dem Felsen. Er steckte die Probe ein und berührte mehrere Tasten. Erneut spürte er Vibrationen, als sich die Gravitationsklammer von dem Asteroiden löste und auf ihn zutrieb. Pekev reagierte instinktiv und versuchte, die Vorrichtung fortzuschieben; sie verfügte über ein größeres Trägheitsmoment als er und konnte ziemlichen Druck ausüben, wenn man nicht achtgab. Nomikh war mehrmals von einer Klammer an den Rumpf der *Rasha* gepreßt worden und konnte von Glück sagen, daß er noch lebte. *Eigentlich sollte es mich schockieren, daß meinem Vater solche Fehler unterlaufen, aber er hat sich verändert, ist nicht mehr er selbst.*

Wieder vernahm er das leise Zischen, mit dem die Luft aus dem kleinen Leck entwich. Nur noch eine Probe. Pekev schwebte an den Gerüststangen vorbei, fand eine neue Position, hielt mit den Sensoren nach der Radioboje am letzten Felsen Ausschau und programmierte die Düsen auf eine drei Sekunden lange Schubphase. Dünne Strahlen aus blauem Feuer leuchteten an vier Kanten der Gravitationsklammer und erloschen dann wieder. Pekev hielt sich am Gerüst fest, als es durch die Dunkelheit zu treiben begann.

Nicht ein einziges Mal beobachtete er die Sterne.

Vulkanische Historiker bezeichneten jene Epoche als Ära der Expansion. Erst viel später nannte man sie ›Zeit vor der Reformation‹. Damals wurden die kleinen Königreiche der alten Welt vereint — meistens gegen ihren Willen. Dieser Prozeß hatte natürlich schon vorher begonnen. Einige Historiker weisen auf folgendes hin: Zwischen der terranischen Bronzezeit um 10000 v. Chr. und der Niederlage der

Spartaner bei den Thermopylen gab es auf Vulkan nur eine zehn Standardjahre lange Phase, während der ein zehn Prozent großer Teil der vulkanischen Zivilisation *keinen* ökonomischen, politischen oder militärischen Krieg führte. Dennoch muß betont werden, daß die Ära der Expansion zu einer drastischen Beschleunigung des ›Vereinigungsprozesses‹ führte.

Eigentlich handelte es sich dabei eher um eine Konsolidierung. Größere Territorien und Stämme schluckten kleinere, entweder mittels Annexion oder politischer Erpressung. Die vulkanische Technologie, insbesondere die Waffentechnik, erlebte rasche Fortschritte. Man baute Atombomben und setzte sie mehrmals ein, mit dem gleichen Ergebnis wie in Hiroshima und Nagasaki. Doch der nukleare Schrecken führte letztendlich nicht zur Abrüstung wie auf der Erde. Statt dessen konstruierten die Vulkanier weniger ›schmutzige‹ atomare Waffen — in Neutronenbomben sah man eine geeignete Lösung für dieses Problem. Darüber hinaus entwickelte man tödliche Chemikalien und verstärkte natürliche PSI-Talente wie die Fähigkeit, allein mit Gedanken Leben auszulöschen. Diese Gabe wurde so sehr verbessert, daß sie noch in einer Entfernung von vielen tausend Kilometern wirkte. Für gewöhnlich brachte ihre Anwendung auch den Adepten um, aber die Regierungen achteten darauf, daß den Betreffenden vorher genug Zeit blieb, Nachwuchs zu zeugen — den man gleichzeitig als Druckmittel einsetzte.

Die konventionelle Kriegstechnik gab man keineswegs auf: Man erfand immer neue Kanonen, Bomben und verschiedene Partikelwaffen. Gleichzeitig wuchs der Zorn der annektierten Völker: Sie versuchten, sich zur Wehr zu setzen und ihre Unabhängigkeit zu wahren, wurden daraufhin ebenso prompt wie erbarmungslos unterdrückt — bis es praktisch überall Gruppen gab, die sich wegen irgendeiner Sache rächen wollten. Vielleicht gewinnt man einen besseren Eindruck von jener Epoche, wenn man daran denkt, daß sich die vulkanische Sprache damals um mehr als *tausend* Worte erweiterte, die dem Terrorismus und seinen Anwendungen galten, in allen Einzelheiten jede Form von Gewalt beschrieben.

Der Terrorismus wuchs auch ins All, allerdings nicht so schnell, wie man glauben könnte: Die vulkanischen Handelsschiffe verfügten nicht über Waffen, und bisher war es noch niemandem eingefallen, militärische Kreuzer zu bauen. (Den irdischen Historikern, die das seltsam finden, sei folgendes mitgeteilt: In der vulkanischen Geschichte entstanden erst sehr spät reguläre Streitkräfte – viele tausend Jahre lang fehlte es einfach an den nötigen Ressourcen. Es gab keine Möglichkeit, große Armeen mit genug Wasser und Lebensmitteln zu versorgen, von den Unterkünften ganz zu schweigen. Die moderne Technik schuf neue Voraussetzungen, was glücklicherweise eine Weile dauerte.) Eine Zeitlang blieb der Frieden im Weltraum bewahrt, und viele Vulkanier flohen aus dem Chaos auf der Planetenoberfläche und verbrachten ihr ganzes Leben im All.

Doch sie hofften vergeblich, den Krieg hinter sich zurückzulassen.

Als Pekev in die *Rasha* zurückgekehrt war und den Raumanzug abstreifte, fand er seinen Vater am üblichen Platz: Er saß am Kommunikationstisch, den Kopf auf die Hände gestützt, und starrte auf den Blockschirm mit den Bilanzen des Schiffes. Manchmal fragte sich Pekev, ob Nomikh wirklich auf die Zahlen sah oder nur versuchte, wach zu bleiben und gleichzeitig an nichts zu denken. *Wenn das stimmt...*, dachte er. *Er sollte sich wie Alieth in den Netzen verstecken. Dann brauchten wir nicht den ganzen Tag seinen Anblick zu ertragen.*

Nomikh hob den Kopf und sah zu Pekev, als er hörte, wie sich die Siegel des Raumanzugs öffneten. »Wie ist es gelaufen?« erkundigte er sich. Immer die gleiche Frage.

Pekev holte die Bohrproben hervor und warf sie seinem Vater nacheinander zu, Nomikh fing sie überraschend geschickt auf und betrachtete sie. In zwei Fällen konnte man selbst mit bloßem Auge das matte Schimmern erkennen, das auf wertvolle Industriediamanten hinwies. »Nichts Großartiges«, sagte er leise und dumpf.

»Nein, Vater«, bestätigte Pekev und atmete aus. Früher oder später stellte Nomikh auch diese Frage: *Etwas Großartiges?* Seit dem Tod von Pekevs Mutter suchte er *den* Felsen, den Asteroiden der Götter. Vorher hatte er keine Gedanken an so etwas verschwendet. Und selbst wenn er einen Schatz im All gefunden hätte — er wäre sofort bereit gewesen, ihn seiner Frau zu schenken. *Aber sie ist schon seit vierzig Jahren tot,* dachte Pekev. *Wie schrecklich für ihn. Er leidet daran, damals nicht reich gewesen zu sein. Seit vier Jahrzehnten kommt er gerade so über die Runden...*

»Holst du sie heute noch herein?« fragte Nomikh. Nach der Zeitrechnung an Bord hatte gerade erst der Abend begonnen.

Pekev musterte seinen Vater. »Es ist spät.«

»Aber noch nicht *zu* spät. Du könntest einen von ihnen herholen, bevor du dich zur Ruhe begibst.«

»Vater, ich bin sehlatmüde, und mein Raumanzug hat ein Leck.«

»Nachlässigkeit«, erwiderte Nomikh und sprach lauter. »Nachlässigkeit! Glaubst du etwa, ich könnte die Dinger einfach so aus dem Sand graben? Wofür hältst du mich? Für einen Mann, der nur in die Tasche greifen muß, um hundert *Nakh* hervorzuholen? Ich habe es dir wieder und immer wieder gesagt: Gib besser auf deine Ausrüstung acht! Wir können es uns nicht leisten, etwas zu vergeuden. Wir müssen *sparsam* sein: mit Wasser, Luft, Raumanzügen...«

Pekev versuchte, seinen Vater zu ignorieren, als er den Raumanzug ablegte. Wenn er in die *Rasha* zurückkehrte, hörte er fast immer die eine oder andere Version des Vortrags. Er hatte gehofft, daß ihm Nomikhs Zorn diesmal erspart blieb. Jetzt wünschte er sich fast ins All zurück. »Du wirst so faul wie deine Schwester, lehnst es sogar ab, einen einzigen Asteroiden an Bord zu holen, bevor du eine Mahlzeit einnimmst, die du überhaupt nicht verdient hast...«

Pekev spielte mit dem Gedanken, das kleine Loch im einen Bein des Raumanzugs weit aufzureißen. Dann konnte er die nächsten Tage in der *Rasha* verbringen — so lange dauerte es, bis das abdichtende Material härtete. Er widerstand der Versuchung, obgleich es ihm nicht schwer gefallen wäre, den dünnen, flexiblen Stoff zu zerfetzen. »Du hast dein Essen nicht einmal während des letzten Mondkreises verdient, geschweige denn in der vergangenen Woche. Die meiste Zeit über sitzt du auf der faulen Haut. Als ich in deinem Alter war...«

Pekev ging durch den schmalen Korridor, betrat die kleine Werkstatt, legte seinen Raumanzug auf den Tisch und griff nach dem elektrischen Versiegler. Die Stimme seines Vaters klang jetzt nur ein wenig leiser; er konnte ihr nicht entkommen. Darin bestand immer das Problem: In einem so kleinen Raumschiff gab es für niemanden die Möglichkeit, allein zu sein — wenn man nicht wie Alieth in die telepathischen Kom-Netze floh. Pekev stand dieser Methode skeptisch gegenüber, und hinzu kam, daß der Richtstrahl Geld kostete. *Aber wenigstens bleibt sie still, wenn sie nicht gerade an Felsen arbeitet.*

Pekev schaltete den Versiegler ein, rückte den Raumanzug zurecht und hielt den kleinen Apparat auf das winzige Loch. Sein Vater ließ sich noch immer darüber aus, wie hart er als junger Mann gearbeitet hatte. Er schien die *Gelevesh* ganz allein gebaut zu haben, in seiner Freizeit. Pekev stellte sich einen Nomikh vor, der Asteroiden mit bloßen Händen einsammelte, während seine Ausrüstung nur aus einer Sauerstofflasche und einem Atemschlauch bestand. *Ob andere Leute ebensolche Schwierigkeiten mit ihren Vätern haben?* fragte er sich.

Seine Bindungspartnerin antwortete mit mentaler Stimme. *Bei mir war das der Fall. Aber ich glaube, dein Vater ist noch ein wenig schlimmer. Heute morgen hätte ich ihn fast aus der Luftschleuse gestoßen — ohne Raumanzug.*

*Liebste,* dachte Pekev, fühlte ihre Nähe und blickte über die Schulter. T'Vei kam mit einer Probenschale aus dem Verarbeitungsbereich. Sie enthielt das, was von einem Asteroiden übrigblieb, nachdem man die verwertbaren Bestandteile vom Rest getrennt hatte. In diesem Fall handelte es sich um ein knappes Dreigewicht aus körnigen schwarzen Diamanten. Die Kristalle waren groß und perfekt.

»Dies ist nur ein kleiner Teil«, sagte T'Vei und lächelte. »Das Untersuchungsexemplar enthält noch mehr, fast dreihundertmal soviel.«

»Der kleine Felsen von heute morgen? Du bist ein Genie!«

Sie neigte den Kopf zur Seite. »Vielleicht. Der Ultraschall-Scan zeigte zwei Vorkommen, aber ich vermutete einige weitere — und behielt recht.«

»Damit ist der Treibstoff für die nächste Woche bezahlt. Ich habe mir schon Sorgen gemacht.«

»Obwohl ich hier bin?« erwiderte T'Vei und ging fort, um die Diamanten Nomikh zu zeigen.

Pekev schüttelte den Kopf und griff wieder nach dem Versiegler. T'Vei kümmerte sich um die eigentliche ›Verarbeitung‹ der Asteroiden, und diese Tätigkeit war komplizierter, als man annehmen mochte. Viele Leute glaubten, man müsse den Felsen nur aufbrechen und die Diamanten herausnehmen. Aber *wie* aufbrechen? Wenn man dabei nicht die nötige Vorsicht walten ließ, wurden auch eventuell vorhandene Edelsteine zerstört. Oder in den Industriediamanten bildeten sich feine Risse, die ihren Wert herabsetzten. Das Laboratorium enthielt Maschinen aller Größen, von magnetischen Hämmern bis hin zu kleinen Instrumenten, die nur Splitter abschabten. Doch das besondere Gespür einer Spezialistin war erforderlich, um diese Werkzeuge sinnvoll zu nutzen. Als sich Pekev mit T'Vei band, hätte er es für unmöglich gehalten, daß sie sich zu einer derartigen Expertin entwickelte. In diesem

Zusammenhang scherzte die Familie häufig — natürlich nur, wenn T'Vei nicht zugegen war. Immerhin hatte sie sich in erster Linie deshalb mit Pekev gebunden, um eine alte Schuld des Hauses Balev gegenüber Nomikh abzutragen. Die Hintergründe spielten keine Rolle für Pekev. Ihre Liebe war das einzig Positive in seinem Leben; er sah nur einen zusätzlichen Vorteil darin, daß T'Vei so gut mit Asteroiden umgehen konnte.

Nomikh unterbrach seine Tirade, und Pekev hörte T'Veis melodische Stimme, die über Nutzlast und Verwertungseffizienz sprach. »Nun«, brummte Nomikh nach einer Weile, »wenn dein Mann ebensogut wäre wie du, könnten wir vielleicht wieder zu einer großen Familie werden. Aber er ist nicht bereit, einen Felsen hereinzuholen, bevor er sich wieder auf die faule Haut legt...«

T'Vei kehrte mit der Probenschale zurück. Ärger blitzte in ihren Augen, aber es zeigte sich auch Mitleid darin. *Es geht ihm nicht gut, Liebster,* teilte sie Pekev mit. *Du weißt ja, wie es mit ihm steht, wenn er den Depressionen erliegt. Er denkt daran, wie sehr er Yiluv vermißt, das ist alles, und bei solchen Gelegenheiten wäre sogar die Sonne düster für ihn. Ich bin mit meiner Arbeit fertig, ziehe rasch den Raumanzug über und hole den Asteroiden.*

»Nein«, sagte Pekev laut, obwohl er nicht noch einmal nach draußen wollte. »Das übernehme ich.«

*Laß nur,* lautete die telepathische Antwort. *Du bist müde.*

»So müde nun auch wieder nicht.« Er schaltete den Versiegler aus, überprüfte das abgedichtete Leck und traf dann Vorbereitungen für eine neuerliche Mission außerhalb des Schiffes. *Es dauert nicht lange,* flüsterten seine Gedanken. *Du hast dir deine Freizeit verdient. Ich hole einen Felsen und zeige ihn Nomikh. Vielleicht gestattet er uns dann einen ruhigen Abend.*

T'Vei lächelte und ging zum Laboratorium.

Pekev machte sich auf den Weg zur Luftschleuse und stieß einen lautlosen Fluch aus, den er von der Bindung fernzuhalten versuchte.

Exotische Musik ertönt: Trompeten und uralte Songs. Ihr Klang lockte Alieth zu einem der ›Erlebnistore‹. Es ist schon lange her, seit sie zum letztenmal ein solches elektronisches Zimmer aufgesucht hat. Langsam läßt sie sich über die Schwelle treiben, getragen von der Musik.

Die Perspektive wechselt und zeigt ihr den brennenden Himmel Vulkans. Überall erstreckt sich Sand, und in der Ferne ragt etwas Gewaltiges und Dunkles empor, rückt in den Fokus: Mount Seleya, von einer langen Treppe umschlungen, zehntausend Stufen, aus dem verwitterten Fels gemeißelt. Alieth gleitet mühelos über sie hinweg und sieht die endlose Wüste, die sich unter ihr ausbreitet, die Schmiede, ein unheilvoller Ort, in der es Mächte gibt, die niemand versteht. Stimmen wispern unter dem Sand, raunen Geheimnisse und Rätsel. Alieth achtet nicht darauf. Sie weiß, was sie jetzt erwartet: die Erfüllung ihres Schicksals.

Sie warten bereits, sie alle, würdevoll, in prächtige Umhänge gekleidet: die Priester und Priesterinnen der geheimen Geisteskünste. Als sich Alieth nähert, schwebt sie nicht mehr, sondern hat einen Körper, den einer jungen Frau. Sie trägt eine Rüstung und ist bewaffnet. Aber sie hat kein Schwert, und heißer Zorn lodert in ihr.

*Ich bin gekommen, um zu beanspruchen, was mir gehört*, sagt sie, ohne zu wissen, woher die Worte kommen. Sie spricht sie trotzdem aus, wie ihre eigenen, und der Zorn verstärkt sich.

Die oberste Priesterin tritt vor und hebt die leeren Hände. *Wir haben es nicht*, erwidert sie. *Der Düstere, dessen Geist widersteht, hat es genomen. Du mußt es selbst zurückgewinnen.*

*Das gehört nicht zu unserem Pakt*, stellt Alieth fest und hebt wütend den Kopf.

Die oberste Priesterin mustert sie kühl und weicht nicht zurück. *Das ist wahr. Und deshalb geben wir dir etwas, das ebenfalls nicht zum Pakt gehört. Höre den Namen des Schwertes: Es heißt Nak'Meth das Große, vor dreitausend*

*Jahren vom Meisterschmied aus dem Sand der Wüste hergestellt und mit Magie erfüllt — wer es in der Hand hält, wird sein Recht bekommen und sich alle Wünsche erfüllen.* Alieth schnappt unwillkürlich nach Luft, aber die Priesterin achtet nicht darauf. *Wisse auch, daß du ein mächtiges Recht geltend machst, denn du bist nicht das Kind eines Bauern, wie man dir sagte, sondern die verstoßene Tochter der Lady von Yiliw, Erbin des ganzen Yiliw-Landes, über das nun der Düstere gebietet. Empfange das Schwert und gehe. Nimm das, was dir gehört...*

»Alieth«, sagte jemand. »Wir brauchen dich.«

Sie hob die Lider. Wie sehr sie es haßte, die Augen zu öffnen...

Ihr Zimmer. Ihr winziges Zimmer — nach der grenzenlosen Weite, nach dem frischen Geruch des Sandes, nach der Sonnenhitze. Ihr Bett, ihr Stuhl, ihre Kleidung. Eine Kammer, die kaum genug Platz bot, um aufrecht zu stehen. Ein Grab. *Die alten Könige haben selbst ihre Schoßtiere in größeren Gräbern bestattet.*

Verärgert löste Alieth das Kom-Modul vom neutralen Kontakt an ihrem Nacken. Die Stimme gehörte T'Vei, der verhaßten T'Vei. *Sie hat Pekev. Warum läßt sie mich nicht in Ruhe? Den ganzen Morgen über habe ich Proben bewertet, während T'Vei im Bett lag und schlief. Sie ist nutzlos, gehört eigentlich gar nicht zu uns...*

Die Tür glitt auf. »Hier hast du nichts zu suchen!« wollte Alieth rufen, aber ihr Blick fiel auf Hanesh, und er hatte das gleiche Recht auf die Kammer wie sie. Leider. Sie musterte die ölverschmierte Kleidung des Mannes; offenbar war er wieder im mechanischen Greifersystem umhergekrochen. *Er verbringt mehr Zeit mit den Maschinen, als es eigentlich notwendig ist,* flüsterte eine argwöhnische Stimme hinter Alieths Stirn. *So scheint es jedenfalls. Ich frage mich...*

»Pekev bringt heute abend noch einen letzten Felsen herein, um Nomikh zu beruhigen«, sagte Hanesh sanft. »Bitte nimm die Bewertung vor. Vielleicht gönnt uns der Alte dann ein wenig Frieden.«

»Ich habe meine Arbeit heute morgen erledigt«, erwiderte Alieth und streckte sich wieder auf der Couch aus. »Sollen sich T'Aria oder Tasav darum kümmern – seit einiger Zeit leisten sie nicht viel.« Sie schnitt eine Grimasse. »Schade, daß ich keine Pilotin bin. Drei Sekunden Arbeit in einem Halbtag, und dann eine Woche lang essen und trinken und schlafen. Ich ruhe mich jetzt aus.«

»Das stimmt aber nicht«, widersprach Hanesh. »Du hast dich wieder ans Netz angeschlossen. Du bist *immer* im Netz.«

»Ich erfülle meine Pflichten«, sagte Alieth. »Dir gefällt das Netz nicht, aber deshalb hast du noch lange kein Recht zu bestimmen, wie ich meine Freizeit verbringe.«

Hanesh schwieg, aber die Bindung gestattete es Alieth, seine Gedanken zu hören. *Ich wünschte, du würdest mir mehr Zeit widmen.*

Sie ignorierte diese Bemerkung. »Geh jetzt.« Sie wartete darauf, daß Hanesh die Kammer verließ, aber er rührte sich nicht von der Stelle. Schließlich seufzte Alieth. »Na schön«, murmelte sie, um ihn loszuwerden. »Ich komme. Aber erst, wenn der Stein an Bord ist. Nicht eine Minute früher.«

Der Mann nickte und verschwand im Korridor.

Alieth seufzte erneut, diesmal aus Erleichterung. Sie tastete nach der neuralen Verbindung, fühlte sie kühl am Nacken und ließ den Kopf sinken. Schatten verschluckten sie, wichen dann neuem Licht, dem grellen Glanz der Sonne.

Die Hohepriesterin hebt die Hände. *Geh mit dem Segen unseres Ordens,* sagt sie. *Und damit du nicht Not leiden mußt, geben wir dir diese Geschenke*... Fanfaren erklingen. Kleine Glocken läuten. Dienerinnen nähern sich, und sie tragen samtene Kissen, auf denen uralter Schmuck liegt. Alieth nimmt die Kostbarkeiten entgegen, woraufhin die Priesterinnen einen Lobgesang anstimmen.

Er übertönt das beständige mentale Flüstern der Bindung.

»Er ist jetzt in Reichweite«, teilte Pekev per Funk mit. »Kannst du ihn orten, Hanesh?«

»Geortet und fixiert«, lautete die Antwort. Hanesh brauchte nicht einmal auf den Bildschirm zu sehen. Er behielt die Anzeigen der Konsole im Auge, saß angeschnallt im Sessel, ebenso wie T'Vei, die neben ihm Platz genommen hatte. Im Verarbeitungskern des Schiffes herrschte Schwerelosigkeit; auf diese Weise kam man besser mit den Felsen zurecht.

Hanesh schob die Arme in den Kontrollmechanismus und spreizte die Finger in den Handschuhen. Die Greifer außerhalb des Schiffes vollführten die gleichen Bewegungen, tasteten behutsam nach dem Asteroiden. Man mußte sehr vorsichtig sein. Die Kohlenstoff-Felsen zeichneten sich nicht durch die Stabilität der Eisen-Nickel-Exemplare aus: Sie konnten zerbrechen. Wenn das geschah, hatte man Treibstoff und Energie verschwendet, und dann würde Nomikh stundenlang die Verantwortlichen verfluchen. Ab und zu wünschte sich Hanesh einen Traktorstrahl, aber solche Vorrichtungen waren sehr teuer gewesen, als die *Rasha* gebaut wurde, und jetzt konnte sich die Familie so etwas erst recht nicht leisten.

Er streckte die stählernen Arme nach dem Asteroiden aus und beobachtete ihn mit Hilfe der Stereo-Kameras an den ›Fingern‹. Es handelte sich um einen mittelgroßen Felsen, und er paßte gut in den Verarbeitungskern. Man hatte bereits die Luft aus dem Schleusenbereich gepumpt, und das Haltegerüst war bereit.

Hanesh ging besonders behutsam vor. Dieses Manöver gehörte zu den schwierigsten, denn die Eigenrotation der *Rasha* wurde nur unterbrochen, wenn die direkte Untersuchung eines ungewöhnlich großen Asteroiden bevorstand. Aus diesem Grund drehten sich die stählernen Arme um die vertikale Achse, ebenso wie das Schiff. Pekev hatte eine Kursanpassung durchgeführt und dem Felsen den richtigen Spin gegeben — dadurch schienen beide Massen stationär zueinander zu sein.

»Los geht's«, sagte Hanesh und dirigierte die Greifer noch etwas näher ans Ziel heran. Eine Höhe, eine halbe Höhe, Kontakt.

Die metallenen Klauen schlossen sich um den Asteroiden. Hanesh spürte, wie etwas nachgab, und er preßte kurz die Lippen zusammen.

»Stimmt was nicht?« fragte T'Vei.

»Das Ding ist zerbrochen.«

Die Analytikerin warf einen Blick auf den Bildschirm. »Es ist nicht weiter schlimm. Sieh es dir an. Hol ihn vorsichtig herein. Wenn wir ihn jetzt fortstoßen, vergeuden wir nur Energie.«

Hanesh überlegte, dachte an Nomikhs Stimmung und nickte. »Der Umgang mit einem zerbrochenen Felsen ist alles andere als leicht«, sagte er, als er die Arme langsam anzog.

»Ich weiß«, erwiderte T'Vei und schwieg. Ihr stummes Lächeln brachte Zuversicht zum Ausdruck.

Hanesh starrte auf den Monitor. Die Greifklauen neigten sich nach innen, rotierten an komplexen Kardangelenken. Die breite Schleusenöffnung des Verarbeitungskerns geriet in Sicht, darin das Haltegerüst. Er drückte den Asteroiden sanft hinein. Servomotoren reagierten und stabilisierten die Masse.

»Gut gemacht«, lobte T'Vei. »Jetzt der Rest.«

Es dauerte nicht lange, das Außenschott zu schließen, den Schleusenbereich wieder unter Druck zu setzen, die Innenluke zu öffnen und das Haltegerüst in die Hauptsektion des Verarbeitungskerns zu steuern. »Jetzt kannst du Alieth Bescheid geben«, schlug T'Vei vor. Sie verließ ihren Platz an der Konsole, schwebte zur Wand, zog sich an den dort angebrachten Handgriffen entlang und näherte sich dem Gerüst.

»Muß ich?« erwiderte Hanesh. T'Vei bedachte ihn mit einem neuerlichen Lächeln und richtete ihre Aufmerksamkeit dann auf den Stein. Kohlenstoff von der härteren Sorte; die Außenfläche wirkte verbrannt. T'Vei glitt über den Riß hinweg und betrachtete die Struktur. »Du hast ausgezeichnete Arbeit geleistet«, sagte sie. »Der Bruch ist unbedeutend. Nur einige gesplitterte Stellen ...«

»Die mich nicht überraschen.« Hanesh verzichtete darauf, sich direkt mit Alieth in Verbindung zu setzen, betätigte statt dessen einen elektronischen Signalgeber. Dann wandte er sich ebenfalls von der Konsole ab und schloß zu T'Vei auf. »Ich habe zu fest zugedrückt. Was siehst du dir an?«

Ihr Blick galt noch immer dem etwa anderthalb Zentimeter breiten Riß. »Bitte gib mir eins der kleinen Werkzeuge«, sagte sie. »Den Ultraschallmeißel.«

Hanesh reichte ihr das Werkzeug. T'Vei aktivierte den Meißel und hielt ihn an den Riß. Einige Splitter lösten sich.

Und darunter zeigte sich eine weiße, semitransparente Substanz.

Die Analytikern setzte das Instrument an eine andere Stelle, und wieder kam etwas Weißes zum Vorschein.

Langsam drehte sie den Kopf und musterte Hanesh verblüfft. »Ich glaube, in diesem Fall können wir auf eine Bewertung verzichten.« Sie strich mit dem Meißel über die schwarze Kruste, offenbarte dadurch den funkelnden Glanz von Diamanten.

»Hol Nomikh«, sagte T'Vei.

Seine erste Reaktion bestand darin, sich an einem der Handgriffe festzuhalten und fünfzehn Minuten lang stumm auf den Asteroiden herabzustarren, während T'Vei eine Ultraschall-Sondierung vornahm. Der Felsen enthielt drei Diamanten, zwei unbeschädigte in der oberen Hälfte und einen gesplitterten weiter unten, in unmittelbarer Nähe des Risses. Der dritte erwies sich als besonders groß: fast ein Hundertgewicht Masse, der Durchmesser eine halbe Höhe. Die ganze Familie kam, um sich den Schatz anzusehen: Kinder, die Piloten, alle. Selbst Alieth bleib, obwohl ihre Dienste gar nicht gebraucht wurden. Zehn erstaunte Gesichter betrachteten den obersten Diamanten, als T'Vei ihn geschickt freilegte.

Schließlich wandte sich Nomikh an Tasav, einen der Piloten. »Programmiere einen Kurs zur Station im Ashif-Gürtel«, sagte er. »Und nimm keine Rücksicht auf den Treibstoffverbrauch.«

Tasav nickte sofort und verließ den Verarbeitungskern.

»Das ist er«, brachte Nomikh hervor. »Der Stein der Steine. Wir sind reich!«

»Laß mich die Kristalle erst aus dem Asteroiden lösen«, warf T'Vei ein, ohne von ihrer Arbeit aufzusehen. »Ich möchte nicht riskieren, daß weitere Risse entstehen.«

Nomikh nickte und schwieg wieder. T'Vei ahnte, was ihm jetzt durch den Kopf ging. Edelsteine aus dem Weltraum waren auf Vulkan sehr begehrt und erzielten höhere Preise als jene, die man auf dem Planeten fand. Aber so große Diamanten... Sie wagte kaum, sich vorzustellen, was sie wert sein mochten. Wahrscheinlich konnte Nomikh damit eine Flotte kaufen, die doppelt so groß war wie seine ursprüngliche — und es blieb immer noch genug übrig, um ihnen allen ein angenehmes Leben zu ermöglichen.

Er mußte nun eine Entscheidung treffen — aber welche?

Das mit der gemeinsamen Arbeit erzielte Einkommen der Familie diente vor allen Dingen dazu, den Treibstoff für die *Rasha* zu bezahlen und für die laufenden Kosten aufzukommen. Der Rest wurde normalerweise gleichmäßig verteilt. Auch die Kinder bekamen ihren Anteil. Das Problem bestand nur darin, daß meistens nichts übrigblieb. Wenn das Haus einen kleinen Überschuß erzielte, so gab man ihn für ein wenig Luxus aus, zum Beispiel für ein besseres Essen als die getrockneten und wiederaufbereitbaren Rationen. T'Vei seufzte leise und erinnerte sich daran, daß sie in der Ashif-Station einmal frisches Fleisch genossen hatte. *Nun, vielleicht ist es tiefgefroren gewesen. Aber es schmeckte köstlich.*

Doch jetzt spielten die Betriebskosten des Schiffes überhaupt keine Rolle mehr. Jetzt gab es genug Geld, genug für alles. Die Frage lautete: Waren die Mitglieder der Familie bereit, ihre Arbeit im All fortzusetzen?

*Warum sollten sie?* dachte T'Vei. *Wir sind reich und können uns in den Ruhestand zurückziehen.*

*Aber wohin? Und mit wem? Sehen wir uns jemals wieder?* Auch T'Vei hatte anderen Angehörigen des Hauses häufig den Tod gewünscht, und bestimmt geschah es oft, daß man ihr ähnliche Gefühle entgegenbrachte. Das ließ sich kaum vermeiden, wenn es lange Zeit über praktisch keine Privatsphäre gab. Was stand ihnen jetzt bevor?

Seltsames Unbehagen regte sich in T'Vei, als sie Splitter um Splitter entfernte und den weißen Glanz betrachtete.

An jenem Abend blieb Nomikh in seiner Kabine. Die meisten anderen kümmerten sich nicht darum, sprachen aufgeregt und glücklich über ihre Pläne. Einige von ihnen waren außergewöhnlich. Fast jeder wollte sich ein Haus auf Vulkan kaufen, ein *großes* Haus. Zwei Familienmitglieder zogen ein ›versiegeltes Heim‹ in einer der T'Khut-Kolonien vor, um das Chaos auf dem Planeten zu meiden. Die anderen schienen bereit zu sein, die Probleme Vulkans hinzunehmen. Sie waren überzeugt, daß sie mit genug Geld — und daran mangelte es jetzt gewiß nicht — ausreichenden Schutz erwerben konnten. Jeder wollte sich endlich den seit langer Zeit ersehnten Luxus gönnen: erlesene Kleidung, persönliche Fahrzeuge, Diener, eigene Raumschiffe, Reisen zu vielen interessanten Orten. Sie stellten sich ein wundervolles Leben vor.

T'Veis Unbehagen wuchs. Mehrmals warf sie Pekev einen besorgten Blick zu, und einmal teilte ihr seine mentale Stimme mit: *Ich bedauere allmählich, daß du mich dazu veranlaßt hast, den Asteroiden an Bord zu holen.*

Sie musterte ihn verwirrt., *Mich trifft keine Schuld,* antwortete sie. *Wenn du nicht aufgebrochen wärst, hätte ich das Schiff verlassen. Ich glaube, wir müssen dies als Schicksal hinnehmen.*

Pekev schüttelte den Kopf, doch tief in seinem Innern stimmte er ihr zu.

Die fröhlichen Gespräche setzten sich auch im Anschluß an die Mahlzeit fort. Nach einer Weile verließ T'Vei den Raum und ging zu Nomikhs Kabine. Sie klopfte an, aber der alte Mann antwortete nicht. Schließlich öffnete sie die Tür.

Nomikh lag auf dem schmalen Bett und starrte an die Decke. Tränen rannen ihm über die Schläfen.

»Sie funktioniert nicht mehr«, sagte er. »Sie funktioniert nicht mehr.«

T'Vei trat ein und nahm neben der Liege auf dem Boden Platz. »Was meinst du?« fragte sie.

»Die Bindung«, erwiderte Nomikh und weinte.

T'Vei neigte den Kopf. Es gab Bindungen, die mit dem Tod endeten, doch andere blieben weiterhin von Bestand. Häufig erzählte man sich von mentalen Brücken, die bis ins Jenseits reichten, es dem Lebenden ermöglichten, auch weiterhin den verstorbenen Partner zu spüren, manchmal sogar mit ihm zu sprechen. Vorher wußte niemand, welche Art von Bindung man einging; es stellte sich erst später heraus.

»Sie war immer arm«, brachte Nomikh hervor. »Sie arbeitete hart, ohne irgend etwas zu bekommen. Ich wollte alles für sie, aber ich konnte ihr nichts bieten. Vierzig Jahre verbrachte ich ohne sie, und jetzt das...« Er schluchzte. »Sie sollte hier sein. Dies hätte vor vierzig Jahren geschehen müssen. Reichtum, Muße, die Möglichkeit, sich alle Wünsche zu erfüllen. Aber vier Jahrzehnte verstrichen in Armut. Warum jetzt? Warum ausgerechnet jetzt?«

Eine lange Pause. Dann geflüsterte Worte, die Unheil verkündeten. »Dies ist es nicht. Dies habe ich nicht gewollt...«

Es folgten stumme Tränen. T'Vei berührte Nomikhs Stirn, kehrte ins Laboratorium zurück, um die Analyse fertigzustellen, um zu messen und zu wiegen. Ihr lag nichts daran, an den Diskussionen im Speiseraum teilzunehmen, zusammen mit den anderen Familienmitgliedern Pläne zu schmieden. Dumpfes Entsetzen zitterte in ihr, und sie versuchte, sich mit der Arbeit davon abzulenken. Außerdem: Bestimmt verlangte Nomikh am nächsten Morgen genaue Angaben über den Wert der Diamanten.

Im Verarbeitungskern trachtete sie danach, sich nur auf ihre Instrumente zu konzentrieren und nicht die Kristalle zu betrachten. Aber das Glitzern sah sie an, mit kalten weißen Augen...

Am Morgen versammelten sie sich wieder am Tisch, und nach dem Frühstück holte T'Vei ihre Unterlagen hervor. Nomikh traf spät ein, und ein seltsam ernster, bedrückter Ausdruck zeigte sich in seinem Gesicht.

»Tasav?« wandte er sich an den Piloten.

»Wir erreichen die Ashif-Station in vier Stunden.«

»Gut. T'Vei?«

»Nun...« Sie senkte den Kopf und hätte am liebsten gesagt: *Die Diamanten sind völlig wertlos.* »Wir haben drei Steine und einige Splitter. Die gesamte Masse beträgt siebzehn Komma sechs Hundertgewichte.« T'Vei spürte die erstaunten Blicke der anderen. »Die Kristalle müssen noch geschnitten und geschliffen werden, aber nach der gegenwärtigen Marktlage schätze ich ihren Wert auf etwa zwei Milliarden *Nakh.*«

Stille.

Nomikh holte tief Luft und atmete wieder aus. »Na schön«, sagte er. »Wir überlassen unseren Fund den Fachleuten in der Station. Und dann...« Er sprach lauter, um das erfreute Murmeln zu übertönen. »Und dann füllen wir die Treibstofftanks und machen uns wieder an die Arbeit.«

Die Familie starrte ihn verblüfft an, und einige Sekunden später erklangen zornige, enttäuschte Stimmen.

»Aber warum...?«

»Wir brauchen nicht mehr zu arbeiten...«

»Wir können jetzt das Leben genießen...«

»Es ist einfach nicht fair...«

»Habe ich euch nicht die Tugend der Sparsamkeit gelehrt?« erwiderte Nomikh. Sein Blick wirkte sonderbar kühl. »Was geschieht, wenn uns dieses Geld ausgeht?«

»Meinst du das ernst?« fragte Tasav ungläubig. »Selbst wenn wir es aufteilen: Jeder von uns bekommt genug, um den Rest seines Lebens völlig ohne Sorgen zu verbringen.«

Nomikh sah ihn eisig an. »Es wird nichts aufgeteilt. Das Geld bleibt beim Schiff. Und wir arbeiten, um uns den Lebensunterhalt zu verdienen.«

An diese Worte schloß sich schockiertes Schweigen an.

»Dies ist er nicht«, fuhr der alte Mann fort und musterte die Anwesenden nacheinander. »Dies ist nicht der Stein der Steine. Er gibt uns nur die Möglichkeit, die Suche nach dem wahren Schatz fortzusetzen. Und wir *werden* nach ihm suchen, bis wir ihn finden. Dann können wir uns in den Ruhestand zurückziehen. Bis dahin müssen wir sparsam sein, vorsichtig mit Luft und Energie umgehen. Irgendwann erwartet uns Reichtum, aber noch ist es nicht soweit.«

Die Männer und Frauen am Tisch sahen sich stumm an, und ihre Blicke sagten: *Er hat endgültig den Verstand verloren. Wir haben es immer befürchtet. Jetzt ist er übergeschnappt.*

»Du fürchtest nur, daß wir dich allein lassen!« entfuhr es Hanesh. Er sprang auf. »Vertraust du uns nicht? Glaubst du, wir würden nicht länger zusammenarbeiten oder darauf verzichten, weiterhin eine Familie zu bilden, obgleich das gar nicht *nötig* ist? Glaubst du, es ginge mit unserem Haus zu Ende, wenn wir diese verdammte Stahlbüchse verlassen? Vater!«

»Kinder müssen bei ihrer Familie bleiben«, entgegnete Nomikh ruhig. »Bis sie alt genug sind, um selbst zu entscheiden.«

Darauf fiel niemandem eine Antwort ein.

»Es dauert nicht mehr lange, bis wir Ashif erreichen«, fügte Nomikh hinzu. »Alieth, kümmere dich um die Einkaufsliste. Unsere Lager müssen wieder aufgefüllt werden.« Er erhob sich.

»Verdammt!« platzte es aus Alieth heraus. Seit einem Tag war sie nicht mehr im Netz gewesen, was alle erstaunte, und in ihren Augen glühte eine schreckliche Gier. »Wenn es so weitergeht, *sterben* wir hier. Das Schiff ist unser Kerker. Wir arbeiten und arbeiten, sparen Sauerstoff, müssen uns mit geschmacklosem Fraß begnügen, dürfen uns nicht einmal Wünsche erlauben... Gib uns endlich frei! Gib uns das, was uns zusteht. Laß uns nach Hause zurückkehren, auf daß wir nie wieder in die kalte Leere müssen! *Befrei uns von dir!*«

Nomikh bedachte sie mit einem gelassenen Blick. »Wenn du älter bist«, sagte er und ging.

»Wir könnten ihn töten.«

Bestürztes Schweigen schloß sich an. Noch bestürzender war die Erkenntnis, daß sich einige Personen am Tisch mit dieser Idee anfreundeten.

Die Meuterei dauerte schon seit anderthalb Stunden. T'Vei fand keinen besseren Ausdruck dafür. Alle Erwachsenen an Bord des Schiffes – mit Ausnahme von Nomikh – saßen am Tisch. Manchmal stand jemand auf, ging mit langen, nervösen Schritten umher oder schlug wütend an die Wand. Aber dann setzte sich die betreffende Person wieder, schüttelte verzweifelt den Kopf und erörterte bittere Pläne. Dieser besondere Vorschlag kam jetzt zum erstenmal zur Sprache – aber T'Vei hatte ihn die ganze Zeit über gefürchtet.

»Er ist das Oberhaupt des Hauses!« erwiderte sie und sah sich um. Die anderen mieden ihren Blick, auch Hanesh und sogar Pekev: Er hatte sich abgeschirmt und die mentale Verbindung auf ein Minimum reduziert. Tasav hielt den Kopf gesenkt und ballte immer wieder die Fäuste. T'Aria, seine Bindungspartnerin, starrte ins Leere. Alieth schloß die Augen. Der schreckliche Vorschlag stammte von ihr; sie hatte gewagt, die Gedanken der anderen in Worte zu kleiden.

»Er ist das Oberhaupt des Hauses«, wiederholte T'Vei.

»Es gibt keine wichtigere und heiligere Beziehung als die zwischen ihm und uns. Was wären wir ohne ihn?«

»Frei«, brummte Hanesh. »Frei, um zum erstenmal selbst über unser Leben zu befinden.«

»Ist das den Preis der Schande wert?« hielt ihm T'Vei entgegen. »Wir sind wütend auf Nomikh, aber das gibt uns noch lange nicht das Recht, ihn umzubringen. Wer das Oberhaupt des Hauses tötet, der tötet auch das Haus.«

»Das Haus ist bereits tot!« rief Alieth. Sie hob die Lider und sah T'Vei an. In ihren Pupillen glitzerte eine grauenhafte Mischung aus Schmerz, Entsetzen und Zorn. »Es starb, als man uns die *Gelevesh* nahm, als die Flotte schrumpfte und neun Zehntel der Familie auf dem Planeten leben, andere Häuser um Almosen bitten mußten. Jetzt haben wir endlich die Chance, etwas zu sein, etwas zu werden, und was macht Nomikh? Er hält uns hier gefangen. Er zwingt uns dazu, den Rest unserer Jahre im All zu vergeuden...«

»Laß ihm ein wenig Zeit, Alieth«, warf Pekev ein. »Der Schock hat ihm den Verstand geraubt, aber vielleicht kommt er darüber hinweg. Vielleicht wird er vernünftig. Gib ihm einige...«

»Was? Einige Monde? Einige Sonnenwechsel? Wie viele? Zehn? Zwanzig? Fünfzig? Wie lange willst du dich mit diesem elenden Leben abfinden, Pekev? Für einige von uns mag es ganz angenehm sein, zumindest für diejenigen, die einen guten Bindungspartner haben, so wie du...« Hanesh zuckte zusammen; Alieth achtete nicht darauf. »Aber was ist mit uns anderen? Wir sind an der wahren Welt interessiert und haben es satt, auf alles zu verzichten. Wir möchten nicht nur Wasser trinken, nicht nur trockenes und gestrecktes Protein essen. Wir möchten mehr sehen als nur die Dunkelheit, aus einer stählernen Büchse betrachtet. Wir möchten eigene *Nakh* ausgeben können, und nicht nur in einer stinkenden Raumstation, die den Abschaum des Sonnensystems anlockt...« Alieth schnappte nach Luft. »Wie lange dauert es, bis Nomikh vernünftig wird?

Ist er während der letzten zwanzig Jahre jemals vernünftig gewesen? Er liegt in seiner Kabine, flennt und wünscht sich den Tod. Ich bin bereit, ihm diesen Wunsch zu erfüllen!«

Einmal mehr herrschte betroffene Stille.

»Wir könnten ihn in seiner Kabine einsperren«, sagte Tasav leise und möglichst ruhig. »Daran gäbe es nichts auszusetzen. Wenn wir Ashif erreichen, teilen wir den dortigen Behörden mit, daß er übergeschnappt ist. Bestimmt sind sie ebenfalls dieser Meinung, wenn sie von unserer Fracht und Nomikhs Verhalten erfahren. Und dann...«

»Was dann, Tasav?« fragte Pekev. »Dann wählen wir ein neues Oberhaupt des Hauses, nicht wahr? Wen? Den ältesten von uns?«

Die Familienmitglieder schwiegen überrascht. Pekev war der nächste Blutsverwandte Nomikhs und gleichzeitig der älteste aller nahen Blutsverwandten.

Alieth starrte ihn groß an. »Wir sollen *dich* entscheiden lassen, was mit uns geschieht? Dich, den Guten Sohn? Du kommst ganz nach deinem Vater. Wahrscheinlich wärst du ebenfalls dagegen, das Geld aufzuteilen...«

Die anderen dachten darüber nach. Wer konnte ihnen garantieren, daß sich das neue Oberhaupt des Hauses vernünftiger verhielt als Nomikh? Wer war imstande, das neue Oberhaupt des Hauses daran zu hindern, alles für sich zu behalten? Vielleicht überließ er — oder sie — den übrigen Angehörigen der Familie nur einen Hungerlohn und zwang sie dazu, für den Rest ihres Lebens als Lohnsklaven zu schuften. T'Vei beobachtete erschrocken, wie die Männer und Frauen am Tisch mißtrauische Blicke wechselten. Welches neue Oberhaupt des Hauses konnte dazu bewegt werden, so mit dem Geld zu verfahren, wie es die anderen wünschten?

Wer durfte überleben?

»Nein«, hauchte T'Vei entsetzt. »Hört auf mich! Ihr wollt das Haus töten...«

»Das Haus ist bereits tot«, wiederholte Alieth langsam.

»Es starb in dem Augenblick, als Pekev den Asteroiden zur *Rasha* brachte.«

»Nein, es ist noch nicht tot«, sagte T'Vei. »Es lebt noch. Und es wird weiterhin leben, wenn ihr alle zur Vernunft kommt!« Sie sah Pekev an und fürchtete plötzlich um sein Leben. »Wir können bei den Behörden der Raumstation Widerspruch gegen Nomikhs Entscheidung einlegen und eine Verfügung erwirken, die es uns ermöglicht, das Geld gerecht aufzuteilen...«

»Und mit welcher Summe bestechen wir die Beamten?« fragte Alieth. »Bist du bereit, dich von einem erheblichen Teil des Lohns zu trennen, für den du zwanzig Jahre lang geblutet, gehungert und geschwitzt hast? Warum sollen wir ihnen auch nur einen kupfernen *Srikh* überlassen? Haben sie im Asteroidengürtel geschuftet? O nein, eingeheiratete Schwester. Familienangelegenheiten werden in der Familie geregelt, so wie es seit vielen Jahren üblich ist...«

Stuhlbeine kratzten über den Boden. »Tasav...«, begann T'Vei. Sie war entsetzter als jemals zuvor, denn Tasav ging zur Tür und hielt seine Pilotenwaffe in der Hand, die er noch *nie* gezogen hatte.

Er verharrte kurz auf der Schwelle. »Es besteht keine Notwendigkeit, Ashif direkt anzufliegen. Wir haben genug Zeit, alles in Ordnung zu bringen und unsere Aussagen aufeinander abzustimmen, damit niemand Verdacht schöpft.«

T'Veis Puls raste. »Das ist doch Wahnsinn!« entfuhr es ihr. »Sei vernünftig. Ohne Nomikhs Schlüsselworte für die Navigation und Triebwerkskontrolle läßt sich das Schiff nicht steuern! Das Oberhaupt des Hauses übermittelt den Code mit einem dermoneuralen Kom-Modul...«

»In der Tat«, bestätige Tasav. »Vielleicht kann ich ihn dazu überreden, die Sicherheitsschranken im Computer aufzuheben.«

Er trat in den Korridor.

Alieth stand so hastig auf, daß ihr Stuhl umkippte. Sie folgte Tasav.

Zwischendurch: [redacted] Alieth fordert ihren Anteil an der wahren Welt: „Wir möchten nicht nur Wasser trinken ...“ [redacted] Uns Irdischen erscheint ihr Schicksal bedauernswert – denn uns steht es frei, an den Schönheiten der Welt teilzunehmen – und auf pures Wasser sind wir nicht angewiesen, wenn wir etwas Heißes zwischendurch wollen. Denn wir haben den ... [redacted]

T'Vei richtete einen von Grauen geprägten Blick auf Pekev. *Das ist unser Ende,* flüsterten ihre Gedanken. *Haben wir geglaubt, im Weltraum dem Wahnsinn des Planeten zu entkommen? Er hat uns ins All begleitet, ob wir es zugeben oder nicht. Er ist hier,* hier...

Als sie den ersten Schuß hörten, sprangen alle auf die Beine und flohen in verschiedene Richtungen. Es machte keinen Unteschied; ihr Schicksal war besiegelt. T'Vei und Pekev versuchten, Tasav aufzuhalten. Zwei energetische Entladungen beendeten die Bindung, verbrannten hier die Brust, dort den Kopf. Tasav und einige andere starben, als sie die Tür von Nomikhs Kabine aufbrachen; der alte Mann zögerte nicht, das Feuer auf sie zu eröffnen. Ein weiterer Strahl beendete Nomikhs Leben, befreite ihn für immer von Irrsinn, Kummer und Leid. Einige wenige Besatzungsmitglieder und die Kinder überlebten zunächst, aber der Tod gewährte ihnen nur eine Gnadenfrist. Sie hockten in ihren Kabinen und warteten, warteten auf das Ende, als die *Rasha* durchs All raste: Der Kurs ließ sich nicht mehr ändern, denn es fehlten die Schlüsselworte.

In einem kleinen Raum... Alieth schwebt über eine von Dunst verschleierte Landschaft, gleitet durch eine Tür und steht wieder vor der Hohepriesterin und den Dienern, auf deren Kissen Kostbarkeiten ruhen. Man reicht ihr einen Speer, an dessen Spitze grünes Blut klebt, und sie hebt ihn ins Licht der Morgendämmerung. Man reicht ihr das Horn, dessen Runen allen Feinden den Tod prophezeien. Sie setzt es an die Lippen und bläst hinein. Ein schrecklicher Laut erklingt, läßt sogar den Fels vor Furcht erzittern. Und man reicht ihr die schrecklichste aller Waffen, den Helm, mit dem man an fremden Träumen teilhaben kann: Wer die Träume des Feindes kennt, kann ihn von den eigenen Schreckensvisionen zermalmen lassen. Alieth setzt ihn auf, und er paßt perfekt. Sie glaubt zu spüren, wie sich die Gegner bereits vor ihr ducken.

*Nimm diese Geschenke und schreite zum Sieg,* sagt die Hohepriesterin. Plötzlich strömt weißes Feuer herab, als über dem Mount Seleya eine triumphierende und schreckliche Sonne aufgeht...

Das Raumschiff näherte sich der Ashif-Station aus der falschen Richtung, und der Anflugwinkel stimmte ebenfalls nicht. Es ignorierte alle Kom-Signale. Die Triebwerke liefen auf Vollast, beschleunigten die *Rasha* mit sieben g. Es gab keine Möglichkeit, es abzufangen oder ihm einen sicheren Kurs zu geben. Schließlich wurde es von einem Partikelstrahl getroffen und brach funkenstiebend auseinander. Stundenlang konnte die Besatzung der Station einen langen Strom aus winzigen Wrackteilen und Fragmenten beobachten. Das Schiff hatte keine feststellbare Fracht befördert; die Transportkammern schienen leer gewesen zu sein. Daraufhin nahm man an, daß es von Piraten oder Terroristen überfallen worden war, deren Ziel darin bestand, die Ashif-Station zu vernichten. Das Mahn'heh-Protektorat, dem die Raumbasis gehörte, warf Lahirh vor, hinter dem Angriff zu stecken. Kurze Zeit später vernichtete es eine der Lahirh-Orbitalstationen im Asteroidengürtel und setzte dabei eine neue Waffe ein, die Materie mit Antimaterie reagieren läßt. Dieser Umstand führte zu erheblicher Unruhe: Wer sowohl über die richtige Technologie als auch die erforderlichen Materialien verfügte, hatte die Möglichkeit, ganz Vulkan zu vernichten. Doch die allgemeine Besorgnis ließ bald wieder nach, als nichts dergleichen geschah. Mahn'heh und Lahirh beschränkten sich darauf, ihre jeweiligen Bevölkerungen mit Neutronenbomben zu dezimieren, und bei den nachfolgenden Kriegen zwischen anderen Staaten kamen auf dem Planeten ebenfalls keine Materie-Antimaterie-Waffen zum Einsatz.

Fern draußen im Asteroidengürtel... An jenem Tag, als die *Rasha* explodierte, entstand hier und dort ein seltsames Glitzern. Tausende von eigentümlichen Mikrometeoriten — Splitter aus kristallinem Kohlenstoff, klein, sehr hart und mit anderen Substanzen gemischt — schwebten an der Ashif-Station vorbei. Die meisten von ihnen verglühten in den Schutzschilden der Basis. Einige Touristen von Vulkan beobachteten das Schimmern und Aufblitzen, sprachen dabei über die Schönheit des Universums.

T'Khut blickte über den Rand der Welt und betrachtete die neuen Feuer auf Vulkan – vielleicht waren es die letzten.

**VON: Neugierig.**
**STERNZEIT: 7466.31**
**BETREFF: Ach, wirklich?**

**Während der letzten Tage haben hier viele Leute ziemlich klar darauf hingewiesen, wie sie die Situation auf Vulkan beurteilen und was ihrer Meinung nach unternommen werden sollte. Nun, so etwas ist ganz einfach – niemand von Euch braucht eine Entscheidung zu treffen, für die er sich später verantworten muß. Was den Captain betrifft, sieht die Sache ganz anders aus. Offenbar erwartet Ihr von ihm, daß er das Problem aus der Welt schafft. Aber wie? Niemand von Euch hat auch nur einen einzigen sinnvollen Vorschlag gemacht. Wenn Ihr wirklich glaubt, ein einziger Mann könne dafür sorgen, daß alles in Ordnung kommt, so solltet Ihr Eure Weisheit mit uns teilen. Andernfalls seid bitte so freundlich, die Klappe zu halten.**

**Ich warte mit großem Interesse auf Antworten, die vermutlich aus Schweigen bestehen. N.**

»Interessant, nicht wahr?« wandte sich Kirk an McCoy. Sie saßen in der Kabine des Captains. Eine Nacht war vergangen, ein neuer Tag hatte begonnen. Bald wurde es Zeit für sie, sich wieder in den Saal der Stimme zu beamen.

McCoy sah auf den Schirm. »Sehr treffend ausgedrückt«, kommentierte er. »Vielleicht ein wenig zu direkt. Die Worte könnten von mir stammen.«

Kirk musterte ihn kurz. »Das dachte ich ebenfalls.«

Der Arzt lachte. »Da muß ich dich enttäuschen. Ich falle immer durch meine Orthographie auf.«

»Warum benutzt du nicht den automatischen Korrektor? Er gehört zum System.«

»Er unterbricht mich dauernd beim Schreiben.«

Der Captain schmunzelte. »Nun, sieh dir die Antworten an. Einige Leute nehmen kein Blatt vor den Mund...« Er beugte sich übers Terminal und betätigte mehrere Tasten.

»Lieber Himmel!« McCoy las fasziniert. »Ziemlich temperamentvoll.« Einmal lachte er laut. Mehrmals runzelte er ernst die Stirn. Dann schüttelte er den Kopf. »Die meisten Mitteilungen klingen eher verlegen. ›Neugierig‹ hat's ihnen gezeigt.«

»Und was ist damit?« Kirk blätterte einige Bildschirmseiten weiter. »Hier.«

**VON: Llarian**
**STERNZEIT: 7466.35**
**BETREFF: Ach, wirklich?**

**Wer andere kennt, ist intelligent.**
**Wer sich selbst kennt, hat Einblick.**
**Wer andere beherrscht, hat Macht.**
**Wer sich selbst beherrscht, hat Kraft.**

**Durch Nichthandeln bleibt nichts unerledigt.**

**L.**

McCoy nickte. »Sieh mal einer an. Wir haben einen Taoisten an Bord.«

»Jetzt weiß ich, warum es mir so vertraut erschien. Das *Tao Te King*?«

»Ja.« Der Arzt blickte weiterhin auf den Schirm. »Was hältst du von dem Rat?«

»Klingt gut.« Der Captain lächelte schief. »So etwas klingt immer gut. Als ich das Buch zum erstenmal an der Akademie las, fand ich es sehr bedeutsam. Aber es ist schwer, solche Ratschläge in der Praxis zu beherzigen.«

»Vermutlich muß man dauernd üben«, entgegnete McCoy und sah sich auch die anderen Mitteilungen an. Nach einer Weile löschte er den Bildschirm und richtete sich auf. »Ich frage mich, wer sich hinter ›Llarian‹ versteckt.«

»Da geht es dir ebenso wie mir.« Kirk zuckte mit den Schultern. »Ich würde gern wissen, was er, sie oder es meint. Was die Identität betrifft: Es gibt keine Möglichkeit, den Schleier zu lüften.«

»Vielleicht wäre doch jemand dazu in der Lage...«

Kirk sah den Arzt schockiert an. »Pille! Ich dachte, gerade du legst großen Wert auf Vertraulichkeit.« Er schüttelte den Kopf. »Laß nur. Wer auch immer Llarian sein mag: Ich weiß den Rat zu schätzen.« Er warf einen Blick aufs Chronometer. »Wo steckt Spock?«

Der Türmelder summte. »Herein«, sagte Jim.

Spock betrat die Kabine. »Sind Sie soweit, Captain? Der Doktor muß bald mit seinem Vortrag beginnen.«

»Von mir aus können wir los. Aus«, wies Kirk den Computer an. »Alles klar, Pille?«

McCoy verzog das Gesicht. »Es ist viel zu *klar.* Für gewöhnlich halte ich nur dann eine Rede, wenn ich vorher was getrunken habe.« Er seufzte. »Aber ich füge mich meinem Schicksal.«

»Denken Sie daran«, sagte Spock. »Tief durchatmen.«

McCoy richtete eine andere Art von Vorschlag an den Vulkanier – er bezog sich nicht aufs Atmen.

Gemeinsam traten sie in den Korridor. »Ihr gestriges Tête-à-Tête mit T'Pring wundert mich noch immer«, sagte der Arzt unterwegs. »Und die Kühle jener Dame... Als Sie mir damals schilderten, welche Worte sie bei der Herausforderung sprach, konnte ich es kaum fassen – aber dies war noch hundertmal schlimmer.«

Spock nickte. »Sie ist unversöhnlich, Doktor. Selbst wenn sie etwas an der gegenwärtigen Situation ändern könnte – sie wäre nicht dazu bereit. Aber ganz abgesehen davon: Ich glaube, inzwischen entwickeln sich die Dinge von allein. Die Voreingenommenheit hat bereits in den Gedanken vieler Vulkanier Wurzeln geschlagen. Zweifellos spräche man sich gegen eine Vertagung der Debatte aus.«

Kirk erinnerte sich an das eisige, schöne Gesicht, auch an die Worte, die ihm Spock später berichtet hatte. *Du bist bei uns zu einer Art Legende geworden, Spock... Mir liegt nichts daran, die Gemahlin einer Legende zu werden.* Und plötzlich spielte alles keine Rolle mehr: das Versprechen von T'Prings Familie bei der ersten Bindung, Spocks Gefühle — obwohl er sie nicht eingestanden hätte. T'Pring brauchte nur jemanden, um Spock herauszufordern. Stonn, der sie begehrte, wurde zu einem willfährigen Werkzeug.

*Wenn du verlierst, gehört Stonn mir. Wenn du gewinnst, gibst du mich anschließend frei, weil ich dich herausgefordert habe, und dann wartet Stonn auf mich. Wenn dein Captain gewinnt, so lehnt er eine Bindung ab, weil er mich gar nicht will. Auch in dem Fall bekomme ich Stonn...*

Verächtliche Kühle. Die Logik scharf und grausam...

*Ich würde mich gern mit der Dame unterhalten.*

Das Gespräch mit T'Pring mußte warten. Kirk und seine Begleiter erreichten den Transporterraum, traten dort sofort auf die Transferplattform. »Haben Sie die Koordinaten, Mr. Schneider?« fragte der Captain den Techniker. Dann sah er McCoy an. »Warum schwitzt du so, Pille?« erkundigte er sich unschuldig.

»Wart's nur ab«, brummte der Arzt. »Du kommst ebenfalls an die Reihe.«

»Nummer sechs«, sagte Shath.

McCoy stieg ruhig die Treppe zum Podium hoch. Wenn man den Umstand berücksichtigte, daß sich die anderen Redner vor ihm vehement gegen die Föderation ausgesprochen hatten und das Publikum recht zufrieden zu sein schien, war die Gelassenheit des Arztes wahrhaft erstaunlich. Er verharrte im herabströmenden Sonnenlicht, sah kurz zu den Öffnungen in der Decke hoch und ließ den Blick dann durchs Auditorium wandern. Für jemanden, der gewöhnlich die Schultern hängen ließ und nach vorn geneigt stand, hielt er sich bemerkenswert gerade. Kirk überlegte, ob sich McCoy zumindest einen Teil der vulkanischen Körpersprache angeeignet hatte. *Pille ist schlauer, als viele Leute glauben,* dachte er.

»Ich heiße Leonard Edward McCoy«, sagte er, und das Verstärkerfeld ließ seine Stimme überall im Saal erklingen. Der Tenor war überraschend deutlich zu hören. »Ich bekleide den Rang eines Commanders bei Starfleet und arbeite als Erster Medo-Offizier an Bord des Raumschiffes *Enterprise*. Was den Antrag auf eine Sezession Vulkans angeht: Zum Teufel auch, ich bin dagegen.«

Die anwesenden Terraner lachten leise, und einige Vulkanier erweckten einen amüsierten Eindruck. »Bitte verzeihen Sie mir das Abschweifen in die Ausdrucksweise meiner Heimat«, fuhr McCoy fort. »Vielleicht wäre es besser, in diesem Zusammenhang Surak zu zitieren: *Ekhwe'na meh kroykah tevesh.*« Diesmal bestand die Reaktion der Vulkanier aus einem zustimmenden Murmeln. Der Translator übersetzte die Worte nicht. Kirk vermutete, daß sie aus der ›klassischen‹, der alten vulkanischen Sprache stammten, und darauf war das Übersetzungsmodul nicht programmiert.

Als wieder Ruhe einkehrte, setzte McCoy seinen Vortrag in fehlerfreiem Vulkanisch fort, zur großen Überraschung der meisten Anwesenden. »Ich möchte als Freund zu Ihnen sprechen, obwohl einige von Ihnen uns Terranern mit einer sehr *un*freundlichen Einstellung begegnen. Es liegt mir fern, Ihnen eine Standpauke zu halten. Das überlasse ich anderen.« Bei diesen Worten klang McCoys Stimme ein wenig ironisch. »Ich bin hier, um Sie – und damit meine ich den Planeten Vulkan – zu bitten, an einer alten und erfolgreichen Verbindung festzuhalten.«

Er legte eine Pause ein und sah sich um. »Es wirkt irgendwo ernüchternd, die Aufmerksamkeit einer ganzen

Welt zu spüren. Eins muß ich Ihnen lassen: Sie haben die Kameras gut versteckt. Nun, einige Redner haben sich in ihren Ausführungen auf Wissenschaft, Ethik und dergleichen beschränkt. Ich bin nicht sicher, ob es da einen Unterschied gibt oder geben sollte. Ohne Ethik kann man nicht viel mit der Wissenschaft anfangen, und ohne Wissenschaft bleibt die Ethik im wesentlichen bedeutungslos. Erlauben Sie mir, über ein Thema zu sprechen, das ich gut kenne: über die Medizin. Soweit ich weiß, hat Surak die Kunst des Heilers sehr geschätzt, und ich hoffe, Sie teilen seine Ansicht.«

McCoy legte die Hände auf den Rücken und wanderte umher. Kirk lächelte unwillkürlich. *Er braucht immer Bewegung, wenn er nach den richtigen Worten sucht.* »Zuerst möchte ich folgendes feststellen: Es ist unlogisch, eine Wunde aufzureißen, die bereits zu heilen beginnt. Meine Mutter drückte es so aus: ›Wenn du dauernd daran kratzt, wird's nie besser.‹« Hier und dort erklang leises Lachen im Saal.

»Die meisten Vereinbarungen zwischen Terranern, der Föderation und Vulkan ähneln Verbänden. Eine Spezies verletzt die andere, und daraufhin wird ein Verband angelegt. So etwas passiert häufig, wenn Kinder miteinander spielen. Zuerst kann es vorkommen, daß sie sich gegenseitig verletzen...«

»Unser Volk ist wohl kaum ein Kind, wenn man es mit Ihrem vergleicht«, warf jemand ein. Die Stimme klang scharf und verärgert.

»Nun«, sagte McCoy und ließ den Blick übers Publikum schweifen, »das kommt ganz auf die jeweilige Perspektive an. Ihre Spezies baute bereits Bomben, Kanonen und Raketen, als wir noch mit primitiven Speeren, Steinmessern oder ersten Bronzewerkzeugen spielten. Ich bezweifle, ob in diesem Unterschied irgendeine Art von Tugend Ausdruck findet. Wir Menschen haben uns nicht so lange gegenseitig ans Schienbein getreten wie Sie. Und die Menschheit entfaltete pro Kopf weitaus weniger kriegerische Aktivität als Sie. Ihnen ist es mehrmals gelungen, die Bevölkerung Ihres Planeten bis unter das Lebensfähigkeitsniveau zu reduzieren. Vielleicht sind wir barbarische Wilde, aber *so weit* gingen wir nie. Nicht einmal nach der Entwicklung von Atomwaffen.« Völlige Stille herrschte im Saal, und McCoy lächelte. »Ich nehme an, einige von Ihnen kennen den Artikel, der gestern abend von den Daten-Diensten publiziert wurde. Wo *ist* Selv?« fragte er fröhlich. »Sitzen Sie im Auditorium?«

»Ich bin hier«, ertönte noch einmal die scharfe Stimme.

»Aha.« Der Arzt blickte in die entsprechende Richtung. »Glück und langes Leben — obwohl ich befürchte, daß Sie mit einer derartigen Weltanschauung nicht viel ›Glück‹ finden werden. Wie dem auch sei: Vielleicht können Wünsche doch etwas bewirken. Ich schätze, es wäre ganz nützlich für Sie, irgendwann einmal die Erde zu besuchen und festzustellen, worüber Sie so ungeniert reden ...«

»Die Daten über Terra sprechen für sich selbst«, erwiderte Selv zornig.

»*Keine* Daten sprechen für sich selbst«, erwiderte McCoy mit Nachdruck. »Diese Auffassung ist völlig verkehrt. *Personen* sprechen. Der Ausdruck ›für sich selbst sprechen‹ bedeutet fast immer: ›Wenn ich darüber schweige, fällt niemandem etwas auf.‹ Wie naiv von Ihnen, Selv! Sie befassen sich mit Daten aus zweiter und dritter Hand. Sie sind nie auf der Erde gewesen, verstehen unsere Sprache nicht — das Material, das Sie angeblich aus terranischen Publikationen ›übersetzt‹ haben, weist deutlich darauf hin. Ein andorianischer Beschwörungstänzer könnte mit Alphabettafel und Knochenstiften weitaus bessere Arbeit leisten. Obwohl ich sagen muß, daß mir der Artikel über die Entwicklung des Blutopfers in der menschlichen Kultur gefiel. Glauben Sie mir: Amerikanischer Football hat *nichts* damit zu tun ...«

McCoy wartete, bis das Lachen verklang. »Wo bin ich stehengeblieben? Bei Vereinbarungen und Verbänden. *Jede* Spezies in dieser Galaxis, die auf eine andere trifft, holt sich metaphorische blaue Flecken und manchmal auch tiefe Kratzer. Einige von ihnen weichen entsetzt zurück und wagen sich nie wieder aufs Spielfeld. Andere eilen nach Hause, weinen sich bei ihren Mamis aus und verlassen das sichere Heim nur mit jemandem, der sie schützt. Was mich betrifft: Ich würde mich darüber freuen, wenn Sie wieder nach draußen kämen, um zu spielen...«

»Und um ausgenutzt zu werden? Es gibt viele dokumentierte Beispiele dafür, daß die Föderation ständig ihre Erste Direktive verletzt...«

»Sie sind wirklich prächtig, Selv. Wie oft wurde die Erste Direktive verletzt?«

Verwirrtes und betroffenes Schweigen folgte. »Viele dokumentierte Beispiele«, wiederholte McCoy zufrieden. »Aber Sie können uns kein einziges nennen. Wahrscheinlich waren Sie zu sehr damit beschäftigt, über Football zu lesen. Nun, sparen Sie sich die Mühe, in den Computerarchiven nachzusehen. In den vergangenen hundertachtzig Jahren gab es insgesamt neunundzwanzig Verstöße gegen die Erste Direktive. Es scheinen recht viele zu sein, aber man sollte dabei bedenken, daß Starfleet im gleichen Zeitraum dreiundzwanzig*tausend* Planeten erforschte. Und bitte: Kommen Sie mir jetzt nicht mit der *Enterprise* und ihren angeblichen ›Verfehlungen‹. Sie hat die Erste Direktive insgesamt fünfmal verletzt — und während der letzten fünf Jahre sechshundertdreiunddreißig Welten besucht.«

»Alle Verstöße fanden unter dem Kommando eines terranischen Captains statt...«

»Meine Güte!« sagte McCoy, und es klang fast wie ein Schnurren. »Will Vulkan die Föderation verlassen, weil jemand James T. Kirk *unsympathisch* findet? Was für eine verblüffende Vorstellung! Aber sie erscheint gar nicht mehr so absurd, wenn man einige Gerüchte berücksichtigt, die hier kursieren.« Der Arzt ging langsam auf dem Podium hin und her, während sich Kirk und Spock überrascht ansahen. »Nun, lassen wir das. Selv, Ihre Kontakte mit den Tatsachen scheinen bestenfalls sporadischer Natur zu sein. Sie sind ein besonders fleißiger Mitarbeiter der hiesigen Info-Dienste, und ich frage mich, was die Leser von Ihren Artikeln halten. Normalerweise müßten sie ihnen mit einer gehörigen Portion Skepsis begegnen. Vorausgesetzt natürlich, sie denken logisch...« McCoy hob den Kopf, um über das Publikum hinwegzusehen. Spock warf dem Captain einen bedeutungsvollen Blick zu – der Arzt wußte ganz genau, wo sich die Kameras befanden.

»Sie können sagen, was Sie wollen«, entgegnete Selv. »Selbst fünf Verstöße sind zuviel! Und die Benutzung Ihrer Daten ist von Subjektivität geprägt...«

»Natürlich sind es zu viele!« bestätigte McCoy. »Glauben Sie etwa, ich würde dem widersprechen? Und was meine Daten angeht: Selbstverständlich sind sie subjektiv. Das gilt auch für Ihre. Jeder von uns steckt in seinem eigenen Schädel fest, oder in seinen *Schädeln* – wenn man Vulkanier ist und sich über eine erfolgreiche Bindung freuen darf. Wenn Sie jetzt anfangen, sich über objektive Realität auszulassen, komme ich zu Ihnen und beiße Sie ins Bein!« Erneut erklang Gelächter.

»Ich hoffe nur, daß Sie sich geimpft haben«, fuhr McCoy fort. »Wenn nicht, gebe ich Ihnen anschließend ein Breitband-Antibiotikum. Während der vergangenen Jahre hatte ich immer wieder Gelegenheit, Vulkanier zu behandeln. Es mangelt mir also nicht an Erfahrung. Wie dem auch sei: Ich sprach über Verbände...«

»Der Doktor ist ziemlich hartnäckig«, sagte Spock leise.

»Der Doktor ist ein verdammt guter Psychologe«, flüsterte Kirk. »Und er weiß, wann ihn jemand an der Nase herumführen will.«

»Im Laufe der Zeit kam es immer wieder zu Auseinandersetzungen zwischen Vulkaniern und Terranern oder von Menschen beeinflußten Institutionen der Föderation«, fuhr McCoy fort. »Es ging dabei um den Handel, die Entwicklung von neuen Waffen, um Forschung und Nutzung von natürlichen Ressourcen, um die Art der vulkanischen Beteiligung am Starfleet-Programm und viele andere

Dinge mehr. Jede dieser Konfrontationen stellt einen Verband da, den Sie oder wir tragen. Jetzt wollen Sie die unter großen Mühen errungene Kooperationsbasis einfach so aufgeben, alle Verbände auf einmal abreißen, sowohl Ihre als auch unsere...«

»Wir können uns um unsere eigenen Wunden kümmern«, sagte Selv ärgerlich. »Und wenn sich zwei Spezies voneinander trennen – welche Rolle spielt die eine dann für die andere?«

McCoy sah in die Richtung des Zwischenrufers. »›Der Speer im Herzen des anderen ist der Speer in deinem eigenen‹«, zitierte er. »›Du bist er.‹«

Ernste Stille schloß sich an.

»Soviel zu dem Mann, der in den Info-Diensten behauptet, für die Mehrheit aller logisch denkenden Vulkanier zu sprechen«, fügte der Arzt hinzu und blickte erneut über die Köpfe der Zuhörer hinweg. »Es gibt zumindest einen Vulkanier, für den er *nicht* spricht: Surak.«

Kirk und Spock nickten zufrieden.

McCoy schritt wieder auf dem Podium umher und schwieg einige Sekunden lang, als warte er auf eine weitere Bemerkung Selvs. »Man wies häufig darauf hin, daß Vulkan und Surak untrennbar miteinander verbunden sind. Aber einige von Ihnen scheinen bereit zu sein, ihn und seine Lehren aufzugeben.« Der Arzt setzte die Wanderung fort, während er sprach, starrte dabei zu Boden. Plötzlich hob er den Kopf.

»Er hat Sie auf *uns* vorbereitet. Begreifen Sie das nicht? Auf uns und alles andere im Universum. *Unendliche Mannigfaltigkeit in Unendlicher Kombination!* Damit sind Leute gemeint, die Methan atmen, mit dem Kopf nach unten von der Decke hängen oder wie Pizzas aussehen, Leute, deren Sprache uns unverständlich bleibt und die nur in Ruhe gelassen werden wollen. Und *wir.* Wir Menschen. Ein besonders schwieriger Fall. Eine aggressive, scheußliche und unangenehme Spezies – der es trotzdem gelang, ins All vorzustoßen und Freundschaft mit anderen Völkern zu schließen, ohne *Sie* vorher um Rat zu fragen. Ja, ein schwieriger Fall. Vielleicht sogar der schwierigste von allen. Eine Herausforderung, auf die Sie sich mit den Kontakten zu anderen Spezies vorbereitet haben... Und Sie hießen uns willkommen, obgleich Sie verständliche Vorbehalte hatten. Seit damals gibt es immer wieder Meinungsverschiedenheiten zwischen uns, aber im großen und ganzen läuft alles ganz gut. Wir sind stolz auf die Partnerschaft mit Ihnen.

Aber jetzt... Jetzt beginnt die unvermeidliche Reaktion. Früher oder später erfolgt eine Reaktion, wenn man es wagt, sich Tag für Tag Schwierigkeiten auszusetzen. Das Gesetz von Ursache und Wirkung. Unter solchen Umständen ist man versucht zu kneifen. Einige Leute meinen, das sei einfacher. Einfacher und sauberer, ohne das Durcheinander der Föderation und jene Probleme, die sie allein durch ihre hiesige Präsenz schafft. Sie weichen zurück, bekommen es mit der Angst zu tun und sagen: Nein, damit werden wir nicht fertig; Surak kann nicht *alles* gemeint haben, als er die UMUK-Philosophie entwickelte; es gibt eine Ausnahme, den dritten Planeten des Sol-Systems.

FEIGLINGE!«

McCoy schritt umher, und im Saal der Stimme war es mucksmäuschenstill.

»Stolz«, fügte er hinzu und sprach wieder ruhiger. »Dauernd höre ich vom vulkanischen Stolz. Das ist natürlich ein Gefühl. Eine Emotion, die Sie eigentlich beherrschen sollten – zumindest diejenigen von Ihnen, die das *Cthia* praktizieren. Und wer das Kolinahr erreicht hat, müßte diese Empfindungen ganz überwunden haben. Nun, ich möchte Ihnen eine Überraschung präsentieren: Die jüngsten Meldungen und Veröffentlichungen der Info-Dienste weisen eindeutig auf *Stolz* hin. Verwechseln Sie ihn nicht mit Bewunderung oder Freude an Integrität – das ist etwas ganz anderes. In diesem Fall handelt es sich um richtigen, altmodischen Stolz, und Furcht geht damit einher, Furcht vor dem anderen. Stolz und Furcht haben

Sie bei allen falschen Entscheidungen begleitet, und das ist auch diesmal der Fall.« Etwas sanfter fuhr McCoy fort: »Ich bitte Sie, in der Föderation zu bleiben. Ehrlich gesagt: Ich mag Sie, sehr sogar. Ab und zu jagen Sie mir einen großen Schrecken ein, aber ohne Sie wäre das Universum nicht annähernd so interessant. Suraks Besorgnis bezog sich in erster Linie auf die Furcht Ihres Volkes, aus gutem Grund. Wenn Sie dieses Gefühl nicht überwinden und sich uns gegenüber davon befreien, beschwören Sie eine Katastrophe für sich herauf, Sie ganz allein.« Der Arzt vollführte eine umfassende Geste. »Ihre Unruhe in Hinsicht auf Menschen und auch die Föderation ... Sie ist ein Symptom für etwas, das viel tiefer geht. Glauben Sie mir. Ich kenne mich mit Symptomen aus.«

Noch einmal schritt er stumm übers Podium. »Wenn Sie uns hinauswerfen — und genau darum geht es: Sie ziehen sich nicht etwa zurück, sondern wollen die Föderation von Vulkan verbannen —, so laufen Sie Gefahr, auch Surak ins Exil zu schicken. Wir sind nur anders, so wie Sie untereinander verschieden sind. Surak lehrte: Die erste Furcht, die es zu besiegen gilt, ist die Furcht voreinander. Wenn Sie dieses Prinzip leugnen, so drohen unabsehbare Konsequenzen. Wer die Vergangenheit ignoriert, wiederholt ihre Fehler auch in der Zukunft.«

Ein letztes Mal blickte McCoy über das Publikum hinweg. »Surak wäre *sehr* enttäuscht, wenn Sie Ihren Planeten vernichten.« Kummervoll neigte er den Kopf. »Und wir auch.«

McCoy sah wieder auf und hob die Hand zum vulkanischen Gruß. *»Mene sakkhet ur-seveh«*, sagte er und verließ das Podium.

Stille — und dann donnernder Applaus.

McCoy kehrte durch den Gang zurück und wischte sich den Schweiß von der Stirn, als er zwischen Kirk und Spock Platz genommen hatte.

»Ich nehme an, das tiefe Durchatmen hat funktioniert«, kommentierte Spock leise.

McCoy lachte laut und bedachte ihn mit einem herausfordernden Blick. »Damit haben Sie alle Auseinandersetzungen zwischen uns in wenige Worte verpackt.«

Spock nickte würdevoll. »Ihr Vortrag war ausgezeichnet.«

McCoy musterte ihn kurz und lächelte. »Danke.«

»Schade, daß du nicht als letzter Redner aufgetreten bist«, sagte Kirk halblaut. »Dann brauchten wir uns keine Sorgen mehr um das Abstimmungsergebnis zu machen.«

»Es wäre mir tatsächlich lieber gewesen, als letzter zu sprechen«, erwiderte McCoy und hob den Kopf.

»Nummer sieben«, verkündete Shath.

Sarek trat aufs Podium.

»Sarek«, sagte er. »Ich vertrete Vulkan als Botschafter und Generalbevollmächtigter auf Terra und bei der Föderation der Vereinten Planeten. Ich bin für den Antrag.«

Völlig reglos stand er in den herabreichenden Schächten aus Sonnenlicht. Es strahlte auf seine Dunkelheit und konnte sie nicht erhellen. Auf Kirk wirkte er wie eine Statue, wie ein Symbol des Planeten Vulkan; er hatte kaum mehr Ähnlichkeit mit dem lebenden Mann, der am vergangenen Abend mit T'Pau gesprochen hatte.

»Dies ist eine bittere Pflicht für mich«, begann Sarek. »Doch es liegt mir fern, meine Verantwortung gegenüber der Regierung zu leugnen. Ich möchte darauf hinweisen, daß man mich nur gebeten hat, so zu sprechen, wie ich es für richtig halte. Viele werden das bezweifeln, aber davon darf ich mich nicht beeinflussen lassen.

Es exisitieren verschiedene Gesichtspunkte, durch die meine Pflicht auf einer persönlichen Ebene zu besonderen Belastungen führt. Einige von Ihnen kennen sie.« Sarek blickte sich in dem großen Raum um. »Meine persönlichen Verbindungen mit Terra sind kein Geheimnis. Mehrmals habe ich Stimmen vernommen, die sie zum Anlaß nahmen, meine Eignung für die von mir wahrgenommenen Aufgaben in Zweifel zu ziehen. Doch darauf möchte ich hier nicht zu sprechen kommen.« Er sah dorthin, wo Kirk, Spock und McCoy saßen, und Jim erzitterte innerlich, als er den Schmerz im Gesicht des Botschafters bemerkte. Dann glätteten sich Sareks Züge wieder.

»Es ist mir eine Ehre, nach Dr. McCoy zu sprechen, den ich seit langer Zeit kenne und schätze.« Er wandte sich in die entsprechende Richtung und neigte kurz den Kopf. »Ich verzichte hier darauf, seine Argumente zu widerlegen. Statt dessen weise ich auf einen wichtigen Punkt hin: Es fällt ihm sehr leicht, Surak zu zitieren. Auf der Erde gibt es in diesem Zusammenhang viele Redensarten, und sie laufen auf folgendes hinaus: ›Der Teufel kann selbst aus der Bibel zitieren.‹

Wir haben nie behauptet, daß Suraks Lehren auch für andere Völker gültig sind. Er war Vulkanier, vielleicht die Quintessenz alles Vulkanischen, und er sprach zu seinesgleichen. Es war nie unser Wunsch, daß sich andere Spezies seine Philosophie aneignen. Doch genau das ist geschehen, insbesondere auf der Erde.«

»Wir schließen nicht die Augen, wenn wir etwas Gutes sehen«, warf McCoy ein. Er sprach laut genug, damit das Verstärkerfeld auf ihn reagierte.

»Terraner haben viele gute Dinge gesehen«, fuhr Sarek widerstrebend fort. »Besser gesagt: Dinge, die ihnen gut erschienen. Und sie zögerten nicht, sie zu übernehmen – wodurch große Teile ihrer eigenen Kultur verlorengingen. Um nur ein Beispiel zu nennen: Viele alte Sprachen der Erde sind in Vergessenheit geraten, wichen im Laufe der Zeit anderen Idiomen, die man für besser hielt, nur weil sie neu waren. Manchmal starben Terraner nur deshalb, weil sie ihre alte Muttersprache benutzten.

Ich könnte weitere Beispiele für dieses Verhalten anführen, und wir sollten sie zum Anlaß nehmen, uns folgende Frage zu stellen: Ist es für eine Kultur wie die unsrige klug, so intensive Kontakte mit der Erde zu unterhalten, obwohl die Menschen dazu neigen, sich von ihrer eigenen Natur zu trennen und die anderer Völker zu übernehmen? Vielleicht haben wir der irdischen Kultur bereits irreparablen Schaden zugefügt und ihre Entwicklung in eine völlig andere Richtung gelenkt. Es ist schwer zu sagen, ob die Menschheit auf den ursprünglichen Weg ihrer Evolution zurückfinden kann, denn ihre kulturelle Struktur wurde von uns nachhaltig verändert. Wenn dies nach einer Anwendung der Ersten Direktive klingt... Nun, vielleicht sollte sie in Erwägung gezogen werden. Die Regierung von Vulkan ist nicht sicher, wo die Gültigkeit der Ersten Direktive endet. Bei der Föderation? Bei uns? Es besteht die Möglichkeit, daß *jede* Spezies ungeachtet ihres Entwicklungsstands von einer anderen beeinflußt werden kann. Es spielt dabei keine Rolle, welches Volk ein höheres kulturelles Niveau erreicht hat. An unseren Händen klebt bereits genug vulkanisches Blut; wir wollen nicht auch das von Menschen hinzufügen, bildlich gesprochen. Das stünde in einem besonders krassen Widerspruch zu den Lehren Suraks.«

Der Botschafter holte tief Luft und wandte sich einem anderen Teil des Auditoriums zu. »Wir wissen nicht, ob die Terraner wirklich von einem Kontakt mit Vulkaniern profitieren. Hinweise auf die Wissenschaft sind schön und gut, aber häufig werden neue wissenschaftliche Erkenntnisse an mehreren Orten gleichzeitig gewonnen. Daher halte ich es für unwahrscheinlich, daß die Wissenschaft der Föderation unter unserer Sezession leidet. Aus der Ethik ergibt sich ein ganz anderes Problem. Funktioniert die vulkanische Ethik auch bei Menschen? Sie weisen immer wieder darauf hin, wieviel ihnen der Frieden bedeutet, und wir stellen die Aufrichtigkeit dieser Behauptungen keineswegs in Frage, aber viele von uns mußten feststellen, daß die *Folgen* der Kooperation mit ihnen aus Unruhe, Schwierigkeiten und Zwietracht bestehen. Ich möchte Dr. McCoy nicht widersprechen, wenn er die Bedeutung des UMUK-Prinzips betont, aber Surak hat auch geschrieben, daß man die *wahren* Absichten einer Person daran erkennt, welche Resultate ihr Handeln erzielt. Um es einfach auszudrücken: Die aus unseren Kontakten mit den Terranern hervorgehende Unruhe sollte zu unserem eigenen Besten vermieden werden. Häufig ist es klüger, die Andersartigkeit der Menschen aus der Distanz zu genießen.

Damit bin ich beim eigentlichen Thema angelangt. Ich frage mich oft, ob wir nicht die Andersartigkeit Terras und der Föderation zerstören, indem wir zu nahe Verbindungen schaffen. Die irdische Kultur — die Kultur des ganzen Planeten — *hat ein Recht darauf, nicht von außen beeinflußt zu werden.* Damit meine ich insbesondere Einflußfaktoren, denen die Menschen aufgrund mangelnder Informationen oder Erfahrungen keinen Widerstand leisten können. Die vulkanische Logik unterscheidet sich von der menschlichen. Natürlich gibt es Gemeinsamkeiten — die logische Basis bleibt bei allen intelligenten Völkern gleich —, *doch wir sind nicht ein und dasselbe Volk.* Das wäre auch kaum erstrebenswert. In unseren Einstellungen und Perspektiven existieren erhebliche Differenzen. Unsere soziologischen und ethischen Strukturen gründen sich auf die Wissenschaft des Geistes, nicht auf die der Hand. Ihre Bedeutung ist tief in uns verwurzelt. Es wäre unklug, sie zu verändern — es sei denn, wir finden etwas, das besser ist. Aber wir kennen keinen nützlichen Ersatz, und deshalb müssen wir an unseren Grundsätzen festhalten.

Um zur Ethik zurückzukehren... Die Erste Direktive wurde vom Föderationsrat und den legislativen Körperschaften Starfleets formuliert, ohne alle Vorschläge der übrigen Institutionen zu berücksichtigen. Nach Auffassung unserer Regierung kommt die Föderation einer Verletzung dieser Bestimmungen sehr nahe, indem sie manchmal versucht, Einfluß auf andere Völker auszuüben, um politische oder ökonomische Vorteile zu erzielen. Dieses Handeln läßt den Schluß zu, daß es dabei nicht um das ›Wohl‹ der betreffenden Spezies geht. Selbst *das* wäre unserer Meinung nach kein ausreichender Grund. Wir sind der Ansicht, daß niemand berechtigt ist, einem anderen seine Ethik oder Überzeugungen aufzuzwingen, *aus welchen Gründen auch immer.* Zwar spricht sich die Föderation in ihrer Gründungscharta für dieses Prinzip aus, aber es gibt Grund genug, um den Eindruck zu gewinnen, daß bei den politischen Entscheidungen vieler Welten nicht die Wünsche der lokalen Wähler im Vordergrund stehen, sondern vielmehr die Anliegen der Föderation. In diesem Zusammenhang spielen auch Föderationszuschüsse eine wichtige Rolle. Wir mißbilligen das. Wir mißbilligen diese Entwicklung schon seit Jahren und haben immer wieder im Föderationsrat dagegen protestiert — vergeblich. Es entspricht nicht mehr unserem Wunsch, einer Organisation anzugehören, die sich weiterhin auf diese Weise verhält, als finde sie dabei unsere Zustimmung. Wir wünschen den Menschen und den anderen Völkern der Föderation alles Gute, müssen uns jedoch von ihrer Gemeinschaft trennen. Die Regierung erwartet nicht von den Stimmberechtigten, auch in dieser Hinsicht zu urteilen. Sie bittet die Wählerschaft nur, darüber nachzudenken, bevor die Entscheidung fällt.«

Sarek seufzte fast lautlos. »Gestatten Sie mir, eine persönliche Bemerkung hinzuzufügen. An meinen Treuepflichten gegenüber der Regierung kann kein Zweifel bestehen. Allerdings muß ich jetzt feststellen, daß sie mit der Loyalität meiner Familie gegenüber in Konflikt geraten, was mich zwingt, eine Wahl zu treffen. Ich lege hiermit mein Amt als Botschafter und Generalbevollmächtigter nieder. Ich danke der Regierung für die Unterstützung, die sie mir in den vergangenen Jahren gewährt hat, und wünsche Ihnen allen Glück und langes Leben.«

Unruhe entstand im Saal. Sarek stand völlig ruhig und gelassen, rührte sich nicht von der Stelle. Schließlich erklang eine Stimme.

»Bevor Sie das Podium verlassen, Sir...«, sagte McCoy. »Darf ich Sie um eine weitere Stellungnahme Ihrer Regierung bitten? Was hält sie von dem Plan, nach der Sezession früheren Föderationsbesitz auf Vulkan geheimen Käufern zu überlassen, die gegen einen Verbleib im Völkerbund sind? Die betreffenden Personen haben wichtigen Repräsentanten der Regierung viel Geld bezahlt, um sicherzustellen, daß sie die Ländereien mit dem ›niedrigsten Angebot‹ bekommen, bevor die Sache bekannt wird.«

Spock und Kirk wechselten einen erstaunten Blick, starrten dann McCoy an. Der Arzt lehnte sich zurück und trug eine Unschuldsmiene.

Sarek wirkte verblüfft. »Doktor, bevor meine Regierung oder ich diese Frage beantworten können, möchte ich Sie bitten, konkrete Beweise für Ihre Behauptungen vorzulegen.«

»Wann immer Sie es wünschen«, erwiderte McCoy.

Von einem Augenblick zum anderen herrschte Chaos im Saal der Stimme.

# VULKAN: SECHS

Surak kam in jener Nacht zur Welt, als Da'Nikhirch geboren wurde, das Auge des Feuers, jener Stern, der plötzlich am vulkanischen Himmel aufleuchtete und über T'Khuts Schulter sah. Seine Mutter T'Leia bemerkte den Stern nicht — sie war viel zu sehr mit der längst überfälligen Geburt beschäftigt. Bei der Entbindung verwendete man eine Technik, die man auf der Erde Kaiserschnitt nennt, und man bezeichnete Surak später auch als ›den aus dem Mutterleib Geschnittenen‹ — ein Umstand, der nach vielen Jahrtausenden irdische Historiker dazu bewegte, Parallelen zu dem von Plinius geprägten Ausdruck *sectio Caesarea* zu ziehen. In der gleichen Nacht kam es zu zwei Buschkriegen, und man griff die Hauptstädte von zwei Staaten an. Diesen Vorgängen schenkte T'Leia ebenfalls keine Beachtung.

Als Kind offenbarte Surak keine ungewöhnlichen Eigenschaften. Er zahnte zur üblichen Zeit, aß normal und brauchte ebenso lange wie seine Altersgenossen, um sprechen, schreiben und lesen zu lernen. Zur gleichen Zeit wie andere Kinder wünschte er sich Spielzeugschwerter und -pistolen. Häufig fand er den Besitz der Spielkameraden interessanter als seinen eigenen, und dadurch erfuhr er, was Neid bedeutet. Die Ausbildung blieb ohne besondere Zwischenfälle. In den meisten Fächern kam er gut zurecht, obwohl einige Unterlagen darauf hindeuten, daß seine Leistungen in der Mathematik zu wünschen übrigließen — zum großen Bedauern T'Leias, die zu den besten Chemikern und Mathematikern auf dem ganzen Planeten gehörte. Er war beliebt und schloß viele Freundschaften; einige von ihnen dauerten viele Jahrzehnte. Sein häusliches Leben bot offenbar ein Musterbeispiel für Normalität. Mutter T'Leia und Vater Stef liebten ihren Sohn, und es herrschte beständige Harmonie. Nach der Schule bekam Surak das

Angebot, in Stefs Beratungsbüro zu arbeiten, das für mehrere große Unternehmen in De'Khriv, der Hauptstadt von Lhai, tätig war. Surak nahm erfreut an, und die reibungslose Kooperation zwischen Vater und Sohn verwandelte das Büro in ein florierendes Geschäft. Viele Jahre lang änderte sich nichts an dieser Situation.

Schließlich wurde Surak sechsundvierzig — und dann passierte etwas.

Es war spät am Abend, und Surak arbeitete noch immer. Das geschah recht häufig, und er verschwendete kaum einen Gedanken daran — die besondere Ausdauer seines Volkes eignete sich bestens dafür, lange zu arbeiten. Er befaßte sich mit den Kostenrechnungen einer Gesellschaft, die sich auf die Weiterentwicklung von PSI-Technik spezialisiert und eine Möglichkeit gefunden hatte, Gedankenwechsel-Adepten praktisch am Fließband herzustellen: Das entsprechende Hirngewebe wurde geklont, auf eine spezielle Weise behandelt und dann anderen Personen eingepflanzt. Damit konnte praktisch jeder diese mentale Fähigkeit erlangen. Es war eine recht teure Methode — das galt insbesondere für die Beschaffung des zu klonenden Materials —, und Surak suchte schon seit einer ganzen Weile nach einer Lösung für das Problem. Der Gedankenwechsel erfreute sich großer Beliebtheit: Es bot wichtige Vorteile, wenn man die Meinungen und Einstellungen von Feinden, geschäftlichen Konkurrenten oder Vertragspartnern ändern konnte. Doch derzeit handelte es sich um einen reinen Anbietermarkt: Ausgebildete Adepten waren viel zu teuer oder zu anspruchsvoll. Die Gesellschaft wollte in der Lage sein, Gedankenwechsler einzustellen und sie ganz nach Belieben zu entlassen, wenn sie aufsässig wurden. Surak fragte sich zuerst, warum das Unternehmen nicht einfach dafür sorgte, daß ein Gedankenwechsler die Meinung eines anderen änderte, wenn es zu Schwierigkeiten kam. Aber die Antwort lag auf der Hand: Wer diese Fähigkeit beherrschte, war gleichzeitig von ihr geschützt.

Surak saß im Büro, konzentrierte sich auf die Kostenanalyse, gab neue Variablen in den Computer ein und löschte andere. Er fügte Marktbewertungen und die wahrscheinlichen Auswirkungen auf die Tochterfirmen der Gesellschaft hinzu. Schließlich aktivierte er das Verarbeitungsprogramm, lehnte sich zurück und seufzte.

Er wirkte beeindruckend, selbst als junger Mann, sah wie der ›typische‹ Vulkanier aus: hochgewachsen, schlank, dunkelhaarig, große, tief in den Höhlen liegende Augen, das Gesicht überraschend fein geschnitten, wenn man es mit dem eher knochigen Leib verglich. Surak blickte sich um und stellte fest, daß es während der Arbeit dunkel geworden war. Schatten krochen durch das Zimmer mit den grauen und schwarzen Wänden — Stefs Geschmack —, und jenseits der vom Boden bis zur Decke reichenden Fenster hing T'Khut am Himmel. Nur die eine Hälfte von ihr glühte und projizierte rötliches Licht auf den Sand im Garten. Ein komfortables Büro. Es zeigte den Erfolg der Beratungsfirma — wie auch der Rest des Hauses. Irgendwann einmal würde die Firma ihm gehören, doch daran dachte er nicht. Es bereitete ihm Freude, mit seinem Vater zusammenzuarbeiten, mit ihm zu lachen und zu diskutieren. Ein gelegentlicher Streit führte nur dazu, daß sie sich anschließend noch näher standen.

Der Computer verarbeitete die eingegebenen Daten stumm. Surak griff nach einem kleinen Signalgeber, aktivierte den großen Wandschirm und wählte einen Kanal, der nur Nachrichten brachte. Es wurde gerade eine Zusammenfassung gesendet; die neuesten Meldungen brachte man jeweils zur vollen Stunde. Er schaltete den Ton aus, ging zum offenen Fenster, spürte warmen Wind und blickte eine Zeitlang hinaus. Dann wanderte er durchs Zimmer, um sich ein wenig Bewegung zu verschaffen, sah dabei auf den Schirm.

Er zeigte die üblichen Bilder: Schlachten, Kämpfe, Scharmützel; Aufmärsche in dieser oder jener Stadt; Schüsse in den Straßen; Überfälle; Mordanschläge; Politiker, die irgendwelche Reden hielten; eine öffentliche Bindungszeremonie; ein Bericht über den alten Tempel von Mount Seleya; dann die Wettervorhersage für den nächsten Tag. Hier und dort Wolken, aber natürlich kein Regen. Den nächsten Regen erwartete man erst gegen Ende des Jahres, und nur im Norden. Surak überlegte, ob er jene Regionen aufsuchten sollte, um es regnen zu sehen — er kannte dieses Phänomen nur von Bildern. Einmal mehr sah er in den Garten und ließ seiner Phantasie freien Lauf. *Vom Himmel fallendes Wasser. Wie seltsam*...

Er drehte den Kopf, blickte wieder auf den Schirm — und erstarrte.

Verheerung. Weites Land, das sich in einen gewaltigen, glasierten Krater verwandelt hatte. Der Maßstab war schwer abzuschätzen. Erst als die Darstellung schrumpfte, als sich die Kamera davon zu entfernen schien, bekam Surak einen Eindruck von der wahren Größe des Kraters. Er beanspruchte ein Drittel der Yiwa-Halbinsel auf T'Khut. Surak griff wieder nach dem Signalgeber, schaltete den Ton ein und starrte auf das schreckliche Loch: siebenhundert Kilometer breit, mehr als fünfzehn Kilometer tief. Unten bildeten sich breite Risse, und Magma quoll aus dem planetaren Mantel.

Der Kommentator sprach ruhig von einem Test, bei dem der Staat Lhai auf T'Khut eine neue Materie-Antimaterie-Technik erprobt hatte. Einige Sekunden später wechselte die Szene und zeigte ganz etwas anderes; es ging dabei um die Ermordung eines Regierungsbeamten auf der anderen Seite des Planeten. Surak achtete gar nicht darauf. Er sah noch immer das Bild der Verheerung und völligen Zerstörung, den glasigen, aufgeplatzten Boden, unter dem heiße Lava brodelte.

*Antimaterie,* dachte er. *Eine neue Technik*... Bisher hatte man den Einsatz von Antimateriewaffen auf die äußeren Planeten und Raumkolonien beschränkt. Selbst viele Fachleute machten sich Sorgen über die möglichen Auswirkungen solcher Explosionen auf das energetische

Gleichgewicht der Sonne. Mehrere Experten befürchteten auch nachteilige Folgen für die elektromagnetischen Kommunikationssysteme des Planeten. Aber jetzt... *Auf T'Khut,* dachte Surak entsetzt. *Es handelt sich nicht um den Test einer neuen Technik. Was für eine Technik soll damit gemeint sein? Für Kraftwerke oder Raumschiffe? Nein, es ist eine Warnung. Für wen? Irik?* Die Einflußsphären von Lhai und Irik grenzten aneinander, und die Spannungen zwischen diesen beiden Staaten nahmen immer mehr zu. Ständig erhob die eine oder andere Seite Gebietsansprüche, denen man mit politischen, ökonomischen oder militärischen Drohungen Nachdruck zu verleihen versuchte. Der große, schreckliche Krater — ja, eine Warnung. Sie lautete: *Das könnte auch bei euch passieren.* Wenn *diese* Waffe außer Kontrolle geriet...

Aber auf Vulkan gerieten die Waffen nie völlig außer Kontrolle. Zum Beispiel die Atomkraft: Man verwendete nur nukleare Sprengsätze, die keine zu starke radioaktive Strahlung verursachten.

*Neutronenbomben,* überlegte Surak. *Sie töten alles Lebendige in einem bestimmten Bereich, bleiben jedoch ohne Einfluß auf Städte, Industriebetriebe, Infrastruktur und dergleichen. Oh, wir dürfen unsere Ressourcen nicht vergeuden...*

Er nahm am Schreibtisch Platz, starrte auf den Schirm und ignorierte die Bereitschaftsmeldung des Computers: *Bericht fertiggestellt. Welche Ausgabe wird gewünscht?* Suraks Aufmerksamkeit galt allein dem großen Projektionsfeld an der Wand. Es zeigte nun einen luxuriös eingerichteten Raum, in dem gutgekleidete Personen saßen und ernst miteinander sprachen. Aber der Mann am Schreibtisch nahm sie nicht wahr, betrachtete das Erinnerungsbild des Kraters. Vielleicht brauchte man nur eine kleine Vorrichtung, um derartige Wirkungen zu erzielen. Vielleicht verlor man irgendwann die Furcht vor kleinen Waffen dieser Art. Vielleicht konstruierte man eines Tages größere, die den Mantel des Planeten aufreißen konnten, bis hin zum Kern...

Surak sah aus dem Fenster, und T'Khut erwiderte seinen Blick. Ihre Vulkane spien Feuer, auf der dunklen Seite ebenso wie auf der hellen. *Sie ist zornig — zornig wegen der neuen Wunde in ihrem Leib.*

Reglos beobachtete er T'Khut, bis sie so hoch glitt, daß sie außer Sicht geriet. Dann stand er auf und ging nach draußen. Der Wandschirm leuchtete noch immer, sprach über Krieg und Geschäft, über Verbrechen und Politik — bis die Sonne aufging und Stef hereinkam, um die am vergangenen Abend erstellten Berichte entgegenzunehmen.

Surak war verschwunden. Seine Eltern machten sich große Sorgen: Ihr Sohn verließ das Haus nie, ohne eine Nachricht zu hinterlassen. Sie verständigten die Behörden und fürchteten eine Entführung, um Druck auf eine der Gesellschaften auszuüben, für die das Beratungsbüro arbeitete. Sie dachten auch an die Möglichkeit, daß sich Surak in der Gewalt eines ganz anderen Unternehmens befand, das mit seiner ›Hilfe‹ vertrauliche Informationen in Erfahrung bringen wollte. In diesem Fall mußten die Kidnapper mit ziemlicher Sicherheit eine Enttäuschung hinnehmen: Surak und sein Vater hatten sich von hochbezahlten Experten mit mentalen Schilden schützen lassen, die nicht einmal ein Gedankenwechsler durchdringen konnte — dazu war nur eine Gruppe von Adepten imstande. Angesichts dieser Überlegungen erschien es um so wahrscheinlicher, daß man Surak einfach töten würde. Seine Mutter saß in ihrem Arbeitszimmer in der Universität und litt, fand keinen Trost in den kühlen Korridoren der Mathematik. Suraks Vater bedrängte die lokalen Behörden und ließ seine Beziehungen spielen, bis die Prominenten von Lhai den Anblick von Stefs Gesicht auf einem Kom-Schirm haßten.

Aber Surak war nicht tot. Viel später sagte er: »An jenem Tag begann ich zu leben.«

Surak trat in die Dunkelheit, stieg in einen Gleiter der Familie, schaltete ihn auf Automatik und gab dem Bordcomputer die Anweisung: »Flieg.« Er hatte keine Ahnung, wohin ihn die Reise führte, und es kümmerte ihn auch nicht. So etwas spielte kaum mehr eine Rolle — für ihn schien die Welt bereits zu Ende zu sein. Er sah nur Tod, überall, unbeachteten Tod. Das Sterben war zu einem ständigen Begleiter geworden, über den man ohne Entsetzen in den Nachrichten sprach. Der Tod bildete inzwischen einen integralen Bestandteil des vulkanischen Lebens; man nahm ihn einfach hin. Berichteten die Informationskanäle auch über Freude und Glück? Wenn das geschah, so war dies nur Zufall. In erster Linie ging es um den Tod in allen seinen Formen. Um den kleinen Tod, den sich die Bewohner des Planeten täglich zufügten: Lügen, Habgier, Kriminalität, Gleichgültigkeit, Schmerz, Qual. Und um den großen Tod, der mehr auffiel: ein Explosivgeschoß im Bauch, ein gut gezielter Laserstrahl durchs Auge, eine Bombe im Mülleimer, strategische N-Waffen, die tausendfach Leben auslöschten und nur geringe Zerstörungen anrichteten, der erfahrene Adept, der Chaos in einem ungeschützten Bewußtsein säte. Tod, überall Tod, und es gab kein Entkommen. Als finaler Tod stand der Weltuntergang bevor, wenn niemand etwas dagegen unternahm.

Aber wer? Und was?

Surak flog den ganzen Tag über. Der Gleiter verfügte über genug Treibstoff und nahm Kursänderungen vor, ohne den Passagier um Anweisungen zu bitten. Die automatischen Steuerungssysteme setzten sich mit verschiedenen Flugkontrollcomputern in Verbindung. Jene Rechner dachten kurz über einen Piloten nach, der auf exakte Zielangaben verzichtete, seufzten elektronisch und schickten den Gleiter dann zu den Grenzen ihres Zuständigkeitsbereichs. Auf diese Weise verstrichen die Stunden. Manchmal weinte Surak. Manchmal dachte er an den Krater, an das Bild völliger Vernichtung. Manchmal gab er sich Verzweiflung und Hoffnungslosigkeit hin. Schließlich dämmerte der Abend, und T'Khut schob sich wieder über den Rand der Welt.

Ihr Anblick weckte Surak aus seinen Grübeleien und brachte ihn in die Realität zurück. »Lande bei der nächsten Gelegenheit«, wandte er sich an den Bordcomputer.

Die Maschine nahm ihn beim Wort und holte von einem weiteren FKC die Erlaubnis ein, das nächste markierte Landefeld anzufliegen. Böiger Wind wehte, wirbelte Sand und Staub auf, als sich der Gleiter dem Flughafen eines kleinen Provinzortes näherte. Offenbar hatte man die Anlagen auf Automatik geschaltet: Im Tower brannte kein Licht, und nirgends zeigte sich ein Beamter.

Das war Surak nur recht. Gerade jetzt wollte er keine anderen Vulkanier sehen — die Ursache all dieser Probleme, und bald ihre endgültige Lösung. Er landete nicht sofort, schaltete auf manuelle Kontrolle um, schwebte eine Zeitlang über dem Ort und beobachtete ihn. Eine Wüstensiedlung, offenbar von Leuten erbaut, die mit dem Rest der Welt nichts zu tun haben wollten: kleine, schlichte Häuser aus Schaumstein und mit weißem Putz, der das Sonnenlicht reflektierte; winzige Fenster, um genügend Licht und möglichst wenig Hitze hereinzulassen, die Scheiben dick, damit sie bei Erdbeben nicht gleich splitterten. In manchen Mauern bemerkte Surak Risse, die man noch nicht wieder gschlossen hatte — offenbar war es hier erst kürzlich zu einem Beben gekommen.

Er sehnte sich nach Einsamkeit und steuerte den Gleiter in die Wüste, in das weite Meer aus Sand, der nirgends irgendwelche Fußspuren aufwies. Auch das entsprach Suraks Wünschen. Er landete in einem Sturm aus Staub und desaktivierte das Triebwerk. Eine Zeitlang blieb er an den Kontrollen sitzen. Dann stieg er müde aus, rieb sich das Gesicht und brummte leise, als er die Steifheit in den Gelenken spürte.

Eine plötzliche Erschütterung lenkte ihn ab: Der Boden hob und senkte sich unter ihm. Ein kurzer Stoß, dem wieder Ruhe folgte. Trotzdem hielt sich Surak am Gleiter fest und schnappte unwillkürlich nach Luft. Kein Wunder, daß in diesem Gebiet kaum jemand wohnte.

Nach einer Weile wandte er sich vom Gleiter ab, blickte über die Wüste — und sah etwas, das er während der Landung nicht beobachtet hatte. T'Khut hing über dem weiten Sand, als wolle sie ihm den Weg zeigen. Und vor ihr, vor dem kupfernen Licht und den Vulkanen auf der dunklen Seite, zeichnete sich ein hoher Berg ab, der ganz oben wie abgeschmolzen wirkte. Mount Seleya, schwarz, stumm und riesig, selbst aus dieser Entfernung gesehen. Das Massiv teilte T'Khut in zwei genau gleich große Hälften: hier das Licht, und dort die Finsternis. Das Bild (oder der Berg) schien dem Mann mitzuteilen: *Triff deine Wahl. Das Licht oder die Dunkelheit mit den Feuern. Von Anfang an mußtest du dich für das eine oder andere entscheiden. Es ist spät. Wähle jetzt.*

Nicht einmal seine Eltern hatten jemals so bedeutungsvolle Worte an ihn gerichtet. Surak ließ sich schockiert in den Sand sinken und starrte zum Berg, während sich um ihn herum die Zeit zu dehnen schien. *Ich soll wählen?* wiederholte er.

Der Berg gab keine Antwort und musterte ihn wortlos.

*Du meinst, ich soll eine Entscheidung für den ganzen Planeten treffen?* fragten Suraks verwirrte Gedanken. *Welches Recht habe ich dazu? Und was soll ich wählen?*

Der Berg gab keine Antwort und musterte ihn wortlos.

Surak betrachtete T'Khut, die helle Seite, das warme, unschuldige Licht. Und die Dunkelheit mit dem unheilverkündenden Flackern. Während der letzten Nacht hatte die Wut der Eruptionen ein wenig nachgelassen, aber ihr Zorn konnte jederzeit neu entflammen. Derartiges Feuer lauerte und brodelte auch unter der Kruste Vulkans. Für gewöhnlich schlummerte es, doch es mochte erwachen, wenn es hier zu ähnlichen Verheerungen kam, wenn sich auch auf dieser Welt breite und tiefe Krater bildeten. Erneut fühlte sich Surak von Verzweiflung erfaßt. *Jemand muß etwas unternehmen ...*

*Warum nicht du selbst?*

Er blickte zum Berg und atmete schneller.

In diesen Sekunden sah er seinen Tod. Nicht die besonderen Umstände, nur die Tatsache an sich. Er hatte ihn schon einmal gesehen, bei verschiedenen Gelegenheiten, doch erst jetzt begriff er, daß es sich um *seinen* Tod handelte, nicht um den einer anderen Person. Er stellte ein Werkzeug dar. Der Tod konnte viel bewirken — es kam ganz darauf an, wie man ihn benutzte.

*Ja,* dachte er. *Ich wähle.*

Er erwachte wie aus einer langen Benommenheit. T'Khut schien zu zögern und zu seufzen, bevor sie am Himmel emporglitt, und daraufhin endete die perfekte Teilung durch die Silhouette des Berges Seleya. Es mußte eine Illusion gewesen sein: das Zögern, die gedehnte Zeit, während der alles in der Schwebe blieb und auf Surak wartete.

Ja, bestimmt.

*Aber was mache ich jetzt?* überlegte er.

Er saß die ganze Nacht im Sand und dachte darüber nach. Eins stand fest: Irgendwie mußte er die Vulkanier daran hindern, sich auch weiterhin gegenseitig umzubringen. Besser gesagt: Wenn er dafür sorgte, daß sie sich nicht mehr haßten, hörten Kriege und bewaffnete Konflikte von ganz allein auf. »Eigentlich gar kein Problem«, flüsterte er und fand es bemerkenswert, daß er einer solchen Unmöglichkeit mit trockener Ironie begegnen konnte. Er hatte sich für das Leben entschieden, und aus irgendeinem Grund wußte er, daß sogar die Wahl *an sich* eine wichtige Rolle spielte. Sie verlor keineswegs an Bedeutung, wenn er jetzt starb, an diesem Ort. Doch sie wurde noch weitaus wichtiger, wenn es ihm wirklich gelang, eine Lösung zu finden. Während der Nacht, während T'Khut hoch am Himmel stand und das Rote und Weiße Auge auf ihn herabblickten, kam es zu mehreren Erdbeben — die Wüste brummte und murmelte. Surak fürchtete sich nicht vor den Erschütterungen, verglich sie mit einer freundlichen Hand, die ihn weckte, wenn er langsam einnickte. Er wünschte sich, aus dem Grübeln zu erwachen, eine Antwort zu bekommen und zu *beginnen*, womit auch immer.

Erneut bebte der Boden, heftiger als zuvor. »Ach, hör auf damit«, sagte Surak, der sich inzwischen an das Zittern gewöhnt hatte.

Doch diesmal war es schlimmer. Unbehagen regte sich in Surak, und er stand auf.

Gleich darauf sank er wieder zurück, als sich der Boden vor ihm hob.

Mit einer eigentümlichen Mischung aus Ruhe und Besorgnis beobachtete er, wie der Boden vibrierte. Er vernahm ein seltsames Pochen; es klang wie das Dröhnen von hundert Kriegstrommeln. *Ich habe gewählt und vermutlich genügte das,* fuhr es ihm durch den Sinn, als eine gewaltige Masse nach oben wuchs. *Jetzt sterbe ich...*

Der Sand glitt beiseite, als sich ein Verborgener in die Nacht streckte, so groß wie ein Haus, so groß wie hundert Häuser. Er verwehrte den Blick auf Seleya, auf T'Khut, auf den Himmel. Seine dumpfe Stimme hätte das Grollen eines Erdbebens übertönt, doch der Boden fürchtete sich ebenso wie Surak und schwieg. Ein emotionaler Orkan wütete in Surak, und Entsetzen war nur eins der Gefühle, die ihn jetzt heimsuchten. Seine Zunge klebte am Gaumen fest, und er zitterte am ganzen Leib. Es verblüffte ihn, daß sein Tod so *groß*, daß *irgend etwas* so groß sein konnte.

Dann sprach sein Tod zu ihm, und er begriff, daß es sich überhaupt nicht um den Tod handelte.

Surak hörte einen unglaublich komplexen Gesang. Diese Melodien erwartete man von einem Berg, vielleicht auch von Sedimenten tief in der Kruste des Planeten. Gedanken begleiteten das Lied, fluteten in Suraks Bewußtsein, stürzten so schwer wie ein ganzer Kontinent auf ihn herab. Sie waren immens, weise und alt — und so sonderbar, daß er nicht einmal hoffen durfte, sie zu verstehen. Doch kurz darauf begriff er, daß dieses gewaltige Wesen, diese enorme Macht, seine zarte Winzigkeit mit Verwunderung beobachtete.

Und es erfreute sich an seiner Andersartigkeit.

Daraufhin veränderte sich alles. Suraks Furcht verwandelte sich in Staunen, dem sich ein ausgeprägtes Glücksgefühl hinzugesellte. Wie herrlich, daß es solche Unterschiede gab. Wie herrlich, daß so riesige und sonderbare Geschöpfe einen Platz im Universum fanden. Eigentlich war es gar nicht notwendig, sie zu verstehen — das Verständnis mochte sich im Laufe der Zeit von ganz allein ergeben und fügte dann zusätzliche Freude hinzu. Jetzt genügte es, den Unterschied zu akzeptieren und ihn zu bewundern, ohne sich etwas anderes zu wünschen. Die Schöpfung allein bescherte Glück, und das galt auch für die Andersartigkeit. Dieses Glück war die mächtigste Kraft überhaupt: Früher oder später würde sie triumphieren. Unheil und Tod duckten sich bereits, denn sie wußten, daß ihr Ende bevorstand. Das Schicksal verlangte von ihnen, zusammen mit Zorn und Zerstörung zu sterben. Glück und Freude errangen den Sieg, hier und *jetzt*. Alles beschränkte sich auf eine Sekunde, und diese Sekunde gab den Ausschlag für den Triumph.

Surak sah zu dem Verborgenen auf und versuchte, ihm seine Erkenntnis zu übermitteln.

Das riesige Wesen brüllte. Sand bebte; Felsen zitterten. Mount Seleya warf ein Echo zurück, und dadurch hatte es den Anschein, als erklängen Dutzende von antwortenden Stimmen.

*Glück!* lautete ihre Botschaft, und das genügte.

Dann schwieg das Geschöpf und glitt stumm in den Boden zurück. Der Sand kräuselte sich wie eine Wasseroberfläche, und Surak beobachtete ihn mit ruhigem Entzücken: Er wußte, daß jenes Wesen nicht wirklich verschwand; es existierte weiterhin, unten in der Tiefe. Auch das gehörte zur Erkenntnis: Nichts konnte wirklich verschwinden; alles war für immer Teil des Seins.

Der Sand glättete sich, und kurz darauf konnte man den Eindruck gewinnen, als sei überhaupt nichts geschehen.

Surak blieb noch einige Sekunden lang sitzen und atmete mehrmals tief durch. Dann stand er auf, strich sich wie beiläufig Sand von der Kleidung und kehrte zum Gleiter zurück. Es wartete viel Arbeit auf ihn. Er wußte nun, worauf es ankam. Er wußte, was die Furcht besiegen konnte: Staunen, Bewunderung, Anerkennung, die Freude am Andersartigen.

Es würde funktionieren. Vielleicht dauerte es lange, aber letztendlich blieb der Furcht keine Chance. Es war keine Hoffnung, sondern Gewißheit.

Surak hatte das eigentümliche Gefühl, daß ihm der *andere* über die Schulter blickte und ebenfalls Bescheid wußte.

»Hier ist der erste Teil des Geheimnisses«, schrieb Surak viel später, als man ihm Aufmerksamkeit zu schenken begann. »Verstoßt die Furcht. Erst wenn man die Furcht verstoßen hat, schafft man Platz für etwas anderes... Bitte versteht mich nicht falsch, wenn ich in diesem Zusammenhang von ›verstoßen‹ spreche. Vielleicht glauben einige, damit sei eine Ablehnung der Furcht gemeint, indem man vorgibt, sich nicht zu fürchten. Diese beiden Vorstellungen sind keineswegs identisch miteinander. Indem man sich so verhält, als befinde sich kein *Lematya* im Haus, vertreibt man ihn nicht etwa, wenn sich dort *doch* einer versteckt hat. Zuerst muß man die Tatsache hinnehmen, daß es einen *Lematya* gibt. Es geht darum, seine Präsenz zu akzeptieren. Anschließend kann man die Fänger verständigen und ihn fortbringen lassen. Aber wenn man nicht zugibt, daß sich der *Lematya* im Haus befindet, wird man ihm jede Nacht im Bett begegnen. Vielleicht bewahrt man sich den Stolz, indem man seine Existenz leugnet, doch dadurch ist man des Nachts nicht vor unliebsamen Überraschungen gefeit.

So ist es auch mit der Furcht. Um sie zu verstoßen, muß man sie zunächst hinnehmen und sich eingestehen, daß sie existiert. Gibt es etwas Unangenehmeres? Niemand möchte sagen: ›Ich fürchte mich.‹ Niemand möchte hören, daß sein Feind ›Ich fürchte mich‹ sagt, bevor man ihn tötet, denn in unserer Kultur bedeutet diese Bemerkung, daß er völlig hilflos ist. Wir müssen lernen, daß uns die Phase völliger Hilflosigkeit eine einzigartige Gelegenheit bietet. Unmittelbar jenseits davon liegt wahre Macht: Wer Furcht und Hilflosigkeit eingesteht und akzeptiert, hat die Möglichkeit, das zu erreichen, was sich hinter der Furcht befindet. Stift und Tastatur genügen nicht, um die vielen Dinge zu beschreiben, die dort auf uns warten. Aber wenn mehr von uns lernen, über ihre Furcht hinauszuwachsen, so wird sicher mehr über die Entdeckungen geschrieben – obwohl Worte weniger bedeuten als das, was wir damit anfangen.

Der Rest des Geheimnisses«, schloß Surak, »besteht darin, daß wir uns gegenseitig mehr fürchten als alles andere in der Welt. Die Angst vor dem anderen – davor, wie sich der andere verhält, wenn er von unserer Furcht erfährt – hat uns in die gegenwärtige Sackgasse geführt. Wir müssen uns umwenden, uns der Erkenntnis stellen, daß sich auch der andere fürchtet – und es ihm sagen! Jeder von uns empfindet den insgeheimen Wunsch, daß sich der andere zumindest ein wenig vor uns fürchtet, damit er uns nicht bedroht. Aber wenn wir uns dazu durchringen, jene schrecklichen Worte auszusprechen, wenn wir ihnen Wahrheit geben, so wird der andere etwas, das er längst hätte sein sollen: ein Begleiter und Gefährte, jemand, der uns aufgrund seiner Andersartigkeit Freude bietet.«

Lange Zeit hörte man nicht auf Surak. Nach dem Erlebnis in der Wüste dauerte es eine Weile, bis er zu sprechen begann. Surak kehrte nach Hause zurück und kündigte seine Stellung, sehr zum Kummer der Eltern. Er bat um seinen Anteil am Familienbesitz, bekam ihn und legte ihn sicher an. Dann zog er wieder in die Wüste, und einige Jahre lang sah und hörte man nichts von ihm. Nur die Kommunikationsnetze übermittelten dann und wann eine Nachricht.

Er nahm nur einen kleinen tragbaren Computer und einen Gleiter mit, verbrachte die meiste Zeit allein. Gelegentlich sprach er mit Angehörigen dieser oder jener heiligen Sekte. Davon gab es damals viele auf Vulkan, vielleicht mehr als jemals zuvor. Die frühe vulkanische Kultur war stark von Religionen geprägt, ein Umstand, der viele Spezies überraschte, die nie ein Gespür für Immanenz entwickelten. Auf Vulkan gehörte sie zum allgemeinen Leben. Die Bewohner des Planeten glaubten mit unerschütterlicher Festigkeit an die Existenz von Göttern, Halbgöttern, Engeln, Golems, Teufeln, Dämonen, Phantomen, Gespenstern, Geistern und ähnlichen übernatürlichen Wesenheiten. Spezialisten in komparativer Religionswissenschaft vertreten die Ansicht, diese Vielfalt deute darauf hin, daß die damaligen Vulkanier etwas suchten, das sie irgendwann verloren hatten. Was auch immer der Grund sein mag: Es wimmelte von Religionen, Priestern, Priesterinnen, Einsiedlern, Eremiten, Mönchen, Nonnen, Geweihten und Heiligen aller Art. Während des fünfjährigen Rückzugs, wie man diese Zeit später nannte, sprach Surak mit einigen von ihnen. Nur wenige Gespräche sind dokumentiert, und die meisten von ihnen scheinen in keinem Zusammenhang mit dem *Cthia* zu stehen. Ein Aufzeichnungsband, liebevoll über die Jahrhunderte hinweg bewahrt, berichtet uns, daß sich Surak mit einem Eremiten unterhielt, der an einem See in der Nähe des Geringeren Meeres lebte und sich ganz auf die Kunst konzentrierte, mit einem Stab Fische zu fangen.

Nun, nach fünf Jahren kehrte Surak aus der Wüste zurück und mietete ein kleines Apartment in der Hauptstadt, nicht weit vom Haus seiner Eltern entfernt. Dort begann er damit, für die Info-Dienste zu schreiben. Zuerst interessierten sie sich für die seltsamen Botschaften eines Mannes, dessen angebliche ›Entführung‹ vor einigen Jahren großes Aufsehen erregt hatte. Eine Zeitlang galt es als ›in‹, seine Schriften zu lesen, doch dann schenkte man ihm kaum mehr Beachtung.

Surak blieb unbesorgt. Geduldig schrieb er über das neue Leben, das alle Vulkanier führen sollten, um vor sich selbst gerettet zu werden. Die Grundlagen sind mehrmals kodifiziert worden, in vielen verschiedenen Übersetzungen der *Richtlinien,* aber Suraks ursprüngliche Notizen bieten eine gute, aussagekräftige Zusammenfassung.

*»Prinzipiell: Füge niemandem Schaden zu. Dadurch beschleunigt sich der Hitze-Tod des Universums und letztendlich auch dein eigener.*

*Praktischer: Füge so wenig wie möglich Schaden zu. Wir sind Geschöpfe eines Universums, in dem die Entropie existiert, und deshalb gibt es kein Entkommen für uns. Aber wir sollten vermeiden, die Entropie zu fördern.*

*Verletze nicht die innere, unsichtbare Integrität einer Person. Akzeptiere das Leben und die Gedanken der anderen. Die Privatsphäre bleibt ein kostbares Gut und darf nicht angetastet werden. Wer sie in Frage stellt, erzeugt Pein und Qual. Begegne anderen mit Höflichkeit; nimm ihre ausgestreckte Hand sanft entgegen.*

*Ermorde niemanden. Der Speer im Herzen des anderen ist der Speer in deinem eigenen; du bist er. Jedes Handeln führt zu einer Reaktion. Gewalt kehrt zurück. Wer einen anderen ermordet, bringt seine eigene Freude um, für immer.*

*Töte nicht, wenn es sich vermeiden läßt. Kannst du das Leben zurückgeben, wenn du getötet hast? Überlege gut. Nimm nur das Leben, das nichts davon bemerkt. Wer den eigenen Tod spürt, verstärkt die Entropie. Zu sterben, ohne sich dessen bewußt zu sein, beschleunigt sie ebenfalls, aber in einem geringeren Maß.*

*Verstoße die Furcht. Verstoße Haß und Zorn. Verstoße Habgier und Neid. Verstoße alle Gefühle, die das Entropische fördern, sei es Liebe oder Haß. Verstoße diese Emotionen, indem du Vernunft benutzt, um sie zu akzeptieren, und dann wachse über sie hinaus. Geh vorsichtig mit Gefühlen um, die nicht zu einer Verstärkung der Entropie führen. Achte darauf, daß sie anderen kein Leid zufügen, denn damit würdest du die Entropie fördern. Beherrsche die Leidenschaft und verwandle sie dadurch in ein Instrument, das den Hitze-Tod verlangsamt.*

*Verletze nicht diejenigen, die dich verletzten. Biete ihnen Frieden, immer wieder, bis du stirbst. Dadurch bekommst du selbst Frieden, auf die eine oder andere Weise, selbst wenn man dich tötet. Du kannst den anderen nur das geben, was du selbst erfahren hast.*

*Schätze die Vernunft über alles. Lerne klares Denken. Lerne zu unterscheiden: zwischen dem, was ist, und dem, was zu sein scheint. Dies ist der Schlüssel zu allem: die Wahrheit der Realität, die Realität der Wahrheit. Was* ist, *gibt dir Freiheit.«*

Natürlich kam noch viel mehr hinzu. Surak schrieb jahrelang und schickte seine Werke den Info-Diensten. Immer mehr Vulkanier lasen sie. Schließlich wandten sich einige an ihn, fragten verärgert, warum er versuchte, der ganzen Welt einen solchen Unsinn aufzuzwingen. Sie wiesen darauf hin, der Planet sei über Jahrtausende hinweg *ohne* ihn zurechtgekommen. Surak hieß diese Personen ruhig willkommen, gab ihnen Nahrung und Unterkunft, solange sie es wünschten. Und er schrieb, während sie ihn beobachteten.

Nach einer Weile gingen einige von ihnen fort und schrieben ebenfalls, über jenen erstaunlichen Philosophen, der in einem einfachen Apartment wohnte. Über einen Mann, der völlig normal wirkte, sich als guter Zuhörer mit einem ausgeprägten Sinn für Humor erwies und eine unerschütterliche, freudige Ruhe ausstrahlte — als wisse er um das Geheimnis des Glücks. Manche Leute berichteten später, daß sie bei ihren Gesprächen mit Surak das Gefühl hatten, als befinde sich noch jemand anders im Zimmer.

Surak reagierte kaum darauf. Er schrieb weiter und wußte, daß viele nur deshalb kamen, um ihn zu verspotten. Doch einige blieben, um zu lernen. Als er begriff, daß einer von ihnen derjenige war, auf den er die ganze Zeit über gewartet hatte, hörte er für eine Weile mit dem Schreiben auf.

S'task berichtet von der ersten Begegnung in seinen Memoiren, die er zurückließ, bevor er nach Außenwelt ging.

Surak sah auf, als der junge Mann hereinkam, legte eine Frucht beiseite. »Wer bist du?« fragte er.

»S'task.«

»Wie kann ich dir helfen?«

»Lehre mich dein Wissen.«

Surak senkte kurz den Kopf, sah dann wieder auf und erwiderte: »Ich danke dir sehr. Bitte geh jetzt.«

»Warum? Ist mir ein Fehler unterlaufen?«

»Ja, in der Tat«, sagte Surak. »Aber darauf kommt es mir nicht an. Du begibst dich in große Schwierigkeiten, und davor möchte ich dich bewahren. Andernfalls nimmt die Entropie zu.«

»Sie verstärkt sich ohnehin, ob ich in Schwierigkeiten gerate oder nicht«, entgegnete S'task.

Das war offenbar die richtige Antwort. »Du hast völlig recht.« Surak nickte. »Deshalb solltest du gehen.«

»Deine Worte ergeben nicht viel Sinn«, brachte S'task verärgert hervor.

»Ich weiß«, bestätigte Surak. »Ich finde Gefallen an der Logik, aber für einige Dinge eignet sie sich nicht.« Er schüttelte den Kopf. »Ich muß den Kummer fortschicken«, fügte er hinzu. »Und dich ebenfalls. Bitte geh.«

S'task wollte bleiben, aber schließlich überlegte er es sich anders und ging. In seinen Memoiren hieß es: »Ich saß auf dem Pflaster vor der Eingangstür und betätigte mehrmals den Melder, aber Surak reagierte nicht. Niemals zuvor bin ich einer so starken Persönlichkeit begegnet. Ich war entschlossen, mit ihm zusammenzuarbeiten, und deshalb blieb ich sitzen. Vier Tage lang wartete ich dort – es gab keine Hintertür –, in der sicheren Überzeugung, daß er irgendwann seine Wohnung verlassen mußte. Aber er blieb im Apartment, kam nicht heraus. Daraufhin wurde ich zornig und beschloß fortzugehen. Doch dann dachte ich: ›Warum sitze ich hier und bin zornig, obwohl ich einen weiten Weg gekommen bin, um von ihm zu lernen, wie man den Ärger besiegt?‹ Daraufhin blieb ich sitzen und wartete. Ich weiß nicht mehr, wieviel Zeit verstrich, vielleicht noch einmal sieben oder zehn Tage. Schließlich trat jemand von der Straße her an mich heran und fragte: ›Was ist mit Fenstern?‹ Ich sah zu Surak auf. Er öffnete die Tür, und wir gingen in seine Wohnung. Dort blieb ich während der nächsten drei Jahre und lernte von ihm.«

Es waren ereignisreiche Jahre. Suraks Botschaften fanden immer mehr Gehör, obwohl man sie natürlich nicht sofort akzeptierte. In diesem Zusammenhang machte sich ein erhebliches Trägheitsmoment bemerkbar: Man leugnete die neue Lehre, griff sie an, verleumdete sie, verfolgte ihre Anhänger. Aber langsam, ganz langsam, keimte die Saat der Logik und trug erste Früchte. Als letzte verzweifelte Maßnahme entschied der Regierungsrat von Lhai, Surak zu bitten, mit den Emissären von Irik zu verhandeln — zu einer Zeit, als alles auf einen unmittelbar bevorstehenden Krieg hindeutete. Surak nahm das Angebot sofort an, ging zu den Emissären, schloß sich einen Tag und eine Nacht lang mit ihnen ein und schickte sie dann in ihre Heimat. Zur großen Überraschung der Regierung von Lhai kehrten sie zwei Tage später mit dem Hohen Rat von Irik zurück. Daraufhin sprach Surak eine Woche lang mit den Repräsentanten beider Staaten, wieder hinter verschlossenen Türen. Als sie das Konferenzzimmer verließen, war ein Friedensvertrag unterzeichnet. Die Vereinbarung stellte einen Kompromiß dar, der auf wichtigen Zugeständnissen basierte. Alle schienen ein wenig benommen zu sein; Surak bildete die einzige Ausnahme. »Ich fragte mich, warum wir nicht schon eher eine solche Übereinkunft getroffen haben«, sagte einer der Regierungsräte von Lhai. Und jemand von Irik erwiderte: »Wir sind Narren gewesen. Er hat uns oft genug darauf hingewiesen. Aber wenn *er* es sagt, klingt es so, als sei es ein Kompliment oder ein Scherz.« Ein stabiler Frieden begann und blieb bis zur Einigung des ganzen Planeten von Bestand, obwohl die Machtblöcke gelegentlich versuchten, ihn zu sabotieren und die beiden Staaten wieder aufs Schlachtfeld zu führen.

Damit begann es. *Cthia* breitete sich langsam aus. Es

kam zu einigen Rückschlägen, aber letztendlich setzten sich Wahrheit und Logik durch.

Dann trafen Signale aus dem All ein.

S'task schreibt, daß Surak den Kopf hob und lächelte, als er die Nachricht hörte. »Jetzt weiß ich, daß ich richtig gehandelt habe«, sagte er. »Die Entropie wehrt sich. Dies ist der große Test. Mal sehen, wie wir damit fertig werden.«

Eine Enttäuschung erwartete ihn. Surak sollte eigentlich zu den Würdenträgern gehören, die den Auftrag erhielten, die Besucher aus dem All in Shi'Kahr zu begrüßen. Aber in Ta'Valsh hielt ihn eine Panne mit dem Gleiter auf. Während er geduldig auf die Reparatur wartete, fielen die Duthuliv-Piraten über die vulkanische Delegation her. Sie töteten viele Abgesandte, nahmen die anderen als Geiseln und verlangten Lösegeld von den entsprechenden Regierungen. Als Surak davon hörte, bot er sofort an, zu den Fremden zu gehen und ›Friedensverhandlungen‹ mit ihnen zu führen. Doch die verschiedenen Regierungen des Planeten waren nicht in der richtigen Stimmung, um auf ihn zu hören. Die eine Hälfte beklagte den Tod oder die Entführung ihrer Oberhäupter; die andere gab sich dem Zorn über massive Lösegeldforderungen hin.

Krieg brach aus: *Ahkh,* ›der‹ Krieg, wie ihn die Vulkanier nannten — eine Bezeichnung, durch die alle anderen Kriege die Bedeutung von Stammesfehden gewannen. Es wurde kein Geld bezahlt: Wenn man auf die Forderungen der Fremden eingegangen wäre, hätte sich der ganze Planet in ein Armenhaus verwandelt. Außerdem wußten die Vulkanier aus eigener, bitterer Erfahrung, daß man den Erpresser nicht loswurde, indem man auf seine Forderung einging. Die vulkanischen Handelsschiffe waren nach wie vor unbewaffnet, aber sie blieben es nicht mehr lange. Die besten PSI-Talente des Planeten brachen auf, entschlossene Adepten, in der Kunst des geistigen Unterminierens bewandert. Sie überzeugten die Duthuliv-Piraten davon, daß Waffen nicht alles waren. An Bord ihrer Kreuzer rissen die Fremden die Energiekanonen aus ihren Sockeln; Piloten programmierten in aller Seelenruhe fatale Kollisionskurse und achteten nicht auf die entsetzten Schreie ihrer Gefährten. Vulkan sendete die Bilder der Zerstörung von Duthul und Etosha, um dort keinen Zweifel daran zu lassen, wer das Chaos herbeigeführt hatte. Die Botschaft war ganz klar: *Wenn ihr uns zu töten versucht, so erwartet euch das Verderben.*

Surak machte sich große Sorgen, sowohl um das Schicksal der Außenweltler als auch um das seines Jüngers. S'task hatte zu dem Begrüßungskomitee in Shi'Khar gehört und war ebenfalls als Geisel genommen worden. Daraus ergaben sich erhebliche Spannungen zwischen ihm und Surak, denn S'task organisierte eine Rebellion, die vielen Piraten das Leben kostete. Er brach seinem Folterer das Genick, zerstörte die Datenbanken des Schiffes, setzte die Mitgefangenen auf Vulkan ab und ließ den Kreuzer anschließend mit hoher Geschwindigkeit ins Mutterschiff der Piraten rasen — der Zusammenprall brachte Tausende von Duthuliv und fast auch ihn selbst um. Wochen später fand man ihn in einer Rettungskapsel im L5-Orbit. Er war halb verdurstet, klammerte sich mit reinem Zorn am Leben fest. Man brachte ihn heim, und Surak eilte zu seinem Krankenbett — um ihn zu tadeln. »Ich habe meinen besten Schüler an den Wahnsinn verloren«, sprach er.

Er sagte noch mehr, aber seine Worte sind uns nicht überliefert. Lange Zeit stritt S'task gegen seinen einstigen Lehrer und vertrat dabei die Ansicht, unter gewissen Umständen dürfe man nicht auf die Anwendung von Gewalt verzichten. Schließlich verließ er den Planeten zusammen mit vielen anderen Vulkaniern. Fünfzig Jahre lang versuchten die Duthuliv-Piraten, Vulkan zu unterwerfen, und vielleicht kamen ihre Angriffe einem Segen für Surak gleich. Die einzelnen Staaten sahen sich mit einer Gefahr von Außenwelt konfrontiert und waren dadurch eher bereit, ihre Konflikte untereinander mit friedlichen Mitteln zu lösen. Aber möglicherweise ging diese Entwicklung allein auf das Wirken Suraks und seiner wachsenden Anhängerschaft zurück. Immer mehr Vulkanier wiesen darauf hin, sie spürten eine andere Präsenz, die ständig zugegen sei. Was auch immer der Grund sein mochte: Das *Cthia* erweiterte seine Herrschaft auf den ganzen Planeten. Wer ihm besonderen Widerstand leistete – S'task und seine Freunde hielten an ihrer Entschlossenheit fest, zumindest einige der alten kriegerischen Traditionen zu bewahren –, traf schließlich die Entscheidung, Vulkan zu verlassen. Diese Leute begannen eine lange Reise, die sie zu anderen Welten führte, und dort wurden sie zu den Rihannsu. Die Föderation prägte später einen anderen Namen, nannte sie Romulaner.

Surak fand durch das *Cthia* den Tod, so wie er es damals vorhergesehen hatte. Die Yhri-Fraktion brachte ihn um, eine internationale Terroristengruppe, die ihre ›Geschäfte‹ bedroht sah, weil den einzelnen Staaten nichts mehr an Feindseligkeiten mit ihren Nachbarn lag. Die geeinten Nationen – sie bildeten bereits drei Viertel des Planeten – baten Surak, in ihrem Namen mit den Yhri zu verhandeln. Vor den Kameras der Info-Dienste begrüßten sie ihn herzlich, doch dann brachten sie Surak fort und töteten ihn. Als man seine Ermordung entdeckte, kam es zuerst zu einem heftigen Aufruhr. Aber kurz darauf folgte eine seltsame Stille. Emissäre der wichtigsten Staaten wandten sich an die Yhri und boten ihnen Frieden an. Viele von ihnen starben. Mehrere Regierungen mußten neu gebildet werden, weil ihre Premierminister zu den Yhri gingen und sich für den Frieden opferten, und schließlich, nach etwa einem Jahr, verloren die Terroristen einfach das Interesse daran, weiterhin zu töten. Noch heute gibt es keine zufriedenstellende Erklärung dafür. Wir wissen nur: Einige Yhri sprachen lange über Surak, bevor sie ins Exil gingen oder den Freitod wählten. Irgend etwas an jenem Mann, so hieß es später, gab ihnen das Gefühl, daß er alles über sie wußte, alle grausamen Einzelheiten ihrer Aktionen kannte – und er verzieh ihnen trotzdem.

Bis zum heutigen Tag ist viel darüber geschrieben worden. Es gibt zahlreiche unabhängige Werke und erläuternde Schriften, die Suraks Lehre kommentieren und interpretieren. Aber eins galt damals ebenso wie heute: Für manche Dinge eignet sich die Logik nicht. Noch immer ziehen Vulkanier in jene Wüste, die man Schmiede nennt, sitzen dort, blicken in die Ferne und warten. Aber der Sand schweigt, behält seinen Rat für sich, und während T'Khut über Seleyas Schulter blickt, flackern nur noch selten Feuer auf ihrer dunklen Seite...

»Ich bin jetzt bereit, Ihre Beweise zu hören, Doktor«, sagte Sarek mit sehr ernst klingender Stimme. Sie standen außerhalb des Saals der Stimme. Überall schritten Vulkanier umher; Journalisten der verschiedenen Informationsdienste führten Interviews, steuerten Video- und Audiomodule. Man warf Kirk und seinen Begleitern viele feindselige Blicke zu.

»Sehr gern«, erwiderte McCoy. »Allerdings habe ich die Unterlagen nicht bei mir. Darüber hinaus möchte ich Ihnen auch Aufschluß darüber geben, woher die Informationen stammen. Ich schlage vor, wir kehren zu diesem Zweck zur *Enterprise* zurück.« Er sah Jim an.

Der Captain runzelte andeutungsweise die Stirn und klappte seinen Kommunikator auf. »Kirk an *Enterprise.* Vier Personen für den Transfer.«

»Fünf«, ertönte Amandas Stimme hinter ihnen. »Ich bedauere, daß ich Ihnen heute morgen nicht Gesellschaft leisten konnte. Aber ich möchte schließlich nicht die ganze Aufregung verpassen.«

»In Ordnung, fünf.« Kirk schloß den Kommunikator wieder und wandte sich an McCoy. »Du hättest mich ruhig darauf hinweisen können, daß ein solcher Trumpf in deinem Ärmel steckt. Dann wäre ich vielleicht nicht so besorgt gewesen.«

»Bis heute morgen hatte ich keine Ahnung davon«, erwiderte der Arzt. »Ich habe mich gefragt, wann und wie ich die Informationen verwenden soll... Als der richtige Augenblick kam, ließ ich die Katze aus dem Sack, wie es so schön heißt.«

Ihre Gestalten verflüchtigten sich in energetischem Schimmern, und sie rematerialisierten im Transporterraum der *Enterprise.* Dort zögerten sie nicht, verließen die Plattform und gingen zum Turbolift. »Ich muß zugeben, daß ich Ihr Timing bewundere«, sagte Sarek. »Vorausgesetzt natürlich, Ihre Behauptungen entsprechen der Wahrheit.«

»Urteilen Sie selbst darüber. Nun, ich mußte etwas unternehmen. Sie sind so verdammt ehrlich, selbst wenn Sie Ihre eigenen Worte verabscheuen.«

Sarek musterte ihn kurz. »War es so offensichtlich?«

»Für Menschen schon«, erwiderte Kirk und lachte leise.

»Im Namen der Regierung habe ich schon öfter Dinge sagen müssen, die mir nicht gefielen«, gestand Sarek ein. »Aber diesmal empfand ich es als besonders schlimm. Trotzdem: Das ist keine Entschuldigung...«

»Es gibt auch keine Entschuldigung dafür, daß du mich nicht auf deine Pläne hingewiesen hast«, warf Amanda ein. Es klang fast schroff.

»Frieden, Gemahlin. *Ich* kannte die Beschaffenheit meines Vortrages ebenfalls nicht, bis ich aufs Podium trat. Das *Cthia* erfaßte mich und verlangte die Wahrheit — alles andere spielte keine Rolle.«

»Wenn es um das *Cthia* ging, so ist keine Kritik daran angebracht, was du mir gesagt hast und was nicht«, entgegnete Amanda. »Ich bitte um Verzeihung, Gemahl.«

Sarek neigte den Kopf, hob die Hand und streckte zwei Finger, als sie den Turbolift erreichten. Amanda berührte sie sanft. »Ich verzeihe dir«, erwiderte er. »Ich fürchte jedoch, daß mein Ruf als Diplomat gelitten hat.«

»Weil Sie *gehandelt* haben?« McCoy schnaufte leise. »Schon gut. Freizeitraum Eins«, wies er den Computer des Turbolifts an.

»Doktor, wir haben jetzt keine Zeit für eine Partie Tennis«, gab Spock zu bedenken.

»Was *Sie* betrifft...« McCoy lehnte sich an die Wand und verschränkte die Arme. »Man hat Sie nach allen Regeln der Kunst aufs Kreuz gelegt. Wenn Sie mir demnächst mit Logik kommen, werde ich mich voller Entzücken an diesen Tag erinnern.«

»›Aufs Kreuz gelegt‹?« wiederholte Spock betonte würdevoll. Eine seiner Brauen versuchte, über den Haaransatz zu klettern.

»Ich danke Ihnen dafür, daß Sie sich die Zeit genommen haben, mir von Ihrem Gespräch mit T'Pring zu berichten«, sagte McCoy. »Dadurch fiel mir gegen drei Uhr morgens etwas ein.« Der Lift hielt an, und sie traten in den Korridor.

»T'Pring ist eine gute Rhetorikerin«, fuhr McCoy unterwegs fort. »Aber nicht gut genug. Niemand verdient einfach so derart viel Geld. Stellen Sie sich einmal vor, *wieviel* Geld T'Pring benötigte, um ihr Verschwörungsnetz zu spinnen. Einen derartigen Batzen bekommt man nicht, ohne dadurch Aufmerksamkeit zu erregen. Nein, ganz sicher nicht. Um es anders auszudrücken: T'Prings Erklärung ist, gelinde gesagt, unvollständig. Aber Sie haben sich damit abgefunden«, fügte McCoy mit fröhlichem Tadel hinzu. »Ich könnte Ihnen eine Brücke auf der Erde verkaufen. Guter Blick auf Brooklyn.«

Ein Schatten von Ärger huschte über Spocks Gesicht und verschwand sofort wieder. »Ich fürchte, meine Logik läßt zu wünschen übrig, wenn es um T'Pring geht.«

»Himmel, das überrascht mich nicht! Die Dame ist sauer auf Sie. Und Sie erwidern ihre Gefühle, bringen nur nicht genug Mut auf, das offen zuzugeben. Nun, in diesem Fall sind derartige Empfindungen verständlich. Ihre Probleme gründen sich in erster Linie auf den Umstand, daß Sie diese Emotionen leugnen. Aber was soll's? Ich möchte jetzt nicht mit einer umfassenden Psychoanalyse beginnen — dafür haben wir später noch genug Zeit, wenn ich Sie in die Krankenstation locken kann. Derzeit bin ich mehr daran interessiert, der Sache auf den Grund zu gehen.«

Vor ihnen glitt das Schott des Freizeitraums beiseite. Niemand hielt sich darin auf, was für diese Tageszeit nicht ungewöhnlich war. Harb Tanzer trat ihnen entgegen. »Ich habe Ihrer Bitte entsprochen und aufgeräumt, Doktor.«

»Gut. Ich schlage vor, wir benutzen die Nische mit dem Drucker.«

Harb führte sie zu einer kleinen 3D-Nische. »Nehmen Sie ruhig Platz«, wandte sich McCoy an seine Begleiter. »Der Ausdruck dauert sicher eine Weile. Harb, jetzt finden Sie gleich heraus, was mich in der letzten Nacht hierherführte.«

»Das dürfte interessant werden«, erwiderte Tanzer und setzte sich.

McCoy trat an die Konsole heran. »Moira!«

»Guten Tag, Doktor«, erklang die Stimme des Spielcomputers.

»Bitte sei so nett und drucke die Daten aus, die du gestern nacht ermittelt hast.«

»Erbitte Code-Autorisierung.«

»Um Himmels willen, Mädchen, fang nicht mit diesem Blödsinn an. Eine Analyse der Stimme dürfte genügen.«

»Der Code – oder ich schalte auf stur.«

McCoy seufzte. »›Wenn die Admiralität Blut verlangt – bei Gott, wir haben diesen Preis bezahlt.‹«

»Korrekt, Sie Romantiker.« Der Drucker begann zu summen.

McCoy wandte sich an die anderen. »Als ich begriff, daß T'Pring ihre – erheblichen – finanziellen Mittel aus verborgenen Quellen bezieht, dachte ich darüber nach, mit welchen Geschäften man soviel Geld verdienen kann. Stonns Erbe genügte ihr sicher nicht, um innerhalb kurzer Zeit reich zu werden. Also: Woher kam das Vermögen? Oder: Woher *könnte* es kommen?

Dann fiel mir etwas ein: Was geschieht, wenn man die Föderation von Vulkan vertreibt?«

Verwirrte Blicke richteten sich auf den Arzt. »Dann müßten wir den Planeten verlassen«, antwortete Amanda.

»Nun, Privatpersonen dürfen ihr Eigentum mitnehmen oder verkaufen. Aber mit dem Föderationsbesitz sieht es ganz anders aus. Die betreffenden Ländereien und Anlagen wurden nicht verkauft, sondern nur ›für freie Verwendung‹ verpachtet, meistens in Zusammenhang mit Handelsvereinbarungen. Nach der Sezession fallen sie an die vulkanische Regierung zurück, die dann frei darüber verfügen kann. Bestimmt behält sie nicht alles. Die planetaren Verteidigungseinrichtungen wird man wahrscheinlich demontieren und das Gelände anderen Zwecken zuführen. Richtig?«

Sarek nickte. »Das wäre logisch. Ebenso logisch ist die Annahme, daß die Regierung einen großen Teil der betreffenden Grundstücke verkauft, um Einnahmeverluste auszugleichen.«

»Der Ansicht bin ich ebenfalls. Nun, überlegen wir mal. Jemand, der viel Geld verdienen möchte und weiß, daß sich bald die Frage der Sezession stellen wird, könnte sich an Interessenten für das Land wenden und ihnen garantieren, daß man es zuerst ihnen anbietet. Wie diese Garantie aussieht? Ganz einfach: Die Person ›schmiert‹ einfach die zuständigen Regierungsbeamten. Das Bestechungsgeld stammt aus der Summe, die der Interessent zahlt, und außerdem wird ein ›Honorar‹ für den Garanten abgezogen. Diese Sache könnte sehr lukrativ werden, denn die Föderation hat umfangreichen Grundbesitz auf Vulkan. Außerdem: Der größte Teil davon ist erschlossen und eignet sich bestens für die Ansiedlung von Industrie.«

Sareks Gesicht zeigte einen Hauch von Ärger.

McCoy fuhr fort: »Wenn die Kontaktleute in der Industrie wissen, wozu ihr Geld verwendet wird – für ›Werbekampagnen‹ und Propaganda mit dem Ziel, die Sezession durchzusetzen –, so sind sie vielleicht bereit, zusätzliche Mittel zur Verfügung zu stellen, um ihre Interessen wahrzunehmen. Auf diese Weise spielt man beide Seiten gegeneinander aus. Wer im Hintergrund an den Fäden zieht, könnte innerhalb kurzer Zeit steinreich werden. Und das gilt auch für den Verbindungsmann in der Regierung.«

»Würden Sie mir jetzt bitte den Ausdruck zeigen, Doktor?« fragte Sarek.

»Gern. Sie werden feststellen, daß keine einzige Kontonummer fehlt. Darüber hinaus sind für alle privaten und geschäftlichen Transaktionen die jeweiligen Referenznummern der Zentralen Clearingbank genannt.«

Sarek sah schockiert von den Folien auf. »Doktor, hier wird auch die in den Computern der Clearingbank verwendete Verschlüsselungsmethode beschrieben!« Er wurde so aschfahl im Gesicht, wie es einem Vulkanier möglich war. »Hinzu kommen alle Teil-Codes für die Chiffrierung!«

»Ja, ich dachte mir, daß Sie sie wiedererkennen«, erwiderte McCoy. »Sie stammen von Ihnen, nicht wahr?«

Sarek schüttelte langsam den Kopf. »Ganz gleich, wie nützlich die Informationen sein können — ich möchte wissen, wie sie in Ihren Besitz gelangt sind. Dieses Datenschutzsystem müßte eigentlich völlig sicher sein. Es dürfte keine Möglichkeit geben, den Code zu entschlüsseln.«

»Normalerweise läßt sich das auch gar nicht bewerkstelligen — es sei denn, man hat einen einfallsreichen Freund.« McCoy hob den Zeigefinger.

Harb starrte ihn groß an. »*Moira?* Sie haben meinen Spielcomputer dazu gebracht, in fremde Rechensysteme einzudringen und Daten zu stehlen?«

»Ich bitte dich, Harb«, ertönte eine melodische Stimme. »Ich habe sie nicht gestohlen, sondern nur ausgeborgt.«

»So etwas ist ausgeschlossen, Doktor«, sagte Spock. Es klang fast zerknirscht. »Womit ich nicht etwa Ethik meine, sondern die physikalischen Voraussetzungen. Der Spielcomputer hat keine externen Anschlüsse, keine Autorisierungscodes, keine ...«

»Aber dafür hat er eine Persönlichkeit«, unterbrach ihn McCoy. »Und Sie wissen auch, wer dafür verantwortlich ist.«

Sarek musterte seinen Sohn erstaunt. »Ich wußte gar nicht, daß du für die Freizeitabteilung programmierst.«

Harb sah erst Spock an, dann Sarek. »Ich habe ihn darum gebeten. Sir. Mir fällt es leichter, mit einem Computer zu arbeiten, dessen Programm genügend flexibel gestaltet ist. Dafür sorgt die Persönlichkeitsmatrix — sie ermöglicht eine Selbstprogrammierung. Vorher habe ich einen Persönlichkeitsgenerator verwendet, den wir Damit-man-sich-auch-einmal-streiten-kann nennen, aber sein Potential war eher begrenzt. Deshalb wandte ich mich an Spock und bat ihn, in seiner Freizeit die Verarbeitungskapazität zu erhöhen und neue Assoziationsverbindungen hinzuzufügen.«

»Dabei hast du die kritische Anzahl überschritten, nicht wahr?« fragte Sarek seinen Sohn. »Und der Computer...«

»›Erwachte‹, um einen anthopromorphen Ausdruck zu verwenden«, entgegnete Spock, ein wenig kleinlaut. »Wie dem auch sei: Es gibt keine Anzeichen dafür...«

»Ein Computer mit genügend Assoziationsverbindungen *verhält* sich wie ein lebendes Wesen«, stellte Kirk fest. »Woraus sich schon mehrmals Probleme ergaben. Ich denke nur an M 5.«

»Zu so etwas würde ich mich niemals hinreißen lassen, und das wissen Sie«, sagte Moira vorwurfsvoll. »Ich bin an strenge ethische Parameter gebunden.«

»Offenbar sind sie nicht streng genug«, brummte der Captain. »Immerhin haben sie dich nicht daran gehindert, ein Datensystem anzuzapfen, das sicherer sein sollte als die Schweizer Bank. Du hast den Code geknackt, vertrauliche Informationen in deinen Speicher kopiert...«

»Es war die richtige Entscheidung«, verteidigte sich Moira. »Dr. McCoy hat mir die Situation erklärt. Er ist mein vorgesetzter Offizier, Captain, nach Mr. Tanzer. Und meine Programmierung zwingt mich, den Befehlen eines vorgesetzten Offiziers zu gehorchen. Ich bat den Zentralcomputer, mir einen Kom-Kanal zur Verfügung zu stellen, und was die besondere Verschlüsselungsmethode betrifft... Ihre Codes sind auch in meinen Programmen enthalten. Spock hat sie hinzugefügt.«

»Und sie auf der Grundlage *meiner* Algorithmen entwikkelt«, fügte Sarek leise hinzu, während er im Ausdruck blätterte.

»Es handelt sich um die besten und komplexesten...«, begann Spock.

»Wie der Vater, so der Sohn«, kommentierte McCoy. »Nun, der Zentralcomputer eines Starfleet-Raumschiffs verfügt über ein höheres Elaborationspotential pro Gigabyte als irgendwelche planetaren Rechenanlagen — er muß in der Lage sein, blitzschnell Probleme zu lösen, um unter allen Umständen die Sicherheit der Besatzung zu gewährleisten. Die armen Computer der Clearingbank hatten überhaupt keine Chance. Bestätigen die Daten meine Behauptungen, Sarek?«

»Sie stellen die konkreten Beweise dar, um die ich Sie bat«, antwortete der Botschafter. »Es kommt noch eine wichtige Information hinzu.« Er hob eine Folie. »Der Name des korrupten Regierungsbeamten.«

»Shath«, sagte McCoy. »Ja. Und einige andere Leute auf seiner Lohnliste. Und mehrere Mitglieder der Annullierungsgruppe. Und jemand aus dem Hohen Rat. Die Sache hat ziemlich weite Kreise gezogen.«

»Das kann man wohl sagen.« Sarek reichte den Ausdruck Amanda.

»Auch in diesem Fall kümmert sich das *Cthia* um sich selbst«, meinte McCoy. »Sie haben jetzt eine höchst interessante Waffe, zu einem höchst interessanten Zeitpunkt. Die Frage lautet: Welchen Gebrauch wollen Sie davon machen? Es sollte nicht der Eindruck erweckt werden, daß die Föderation damit versucht, Einfluß auf das Abstimmungsergebnis zu nehmen.«

»Obwohl das der Fall ist«, erwiderte Sarek amüsiert und griff nach einigen weiteren Folien, die aus dem Drucker rutschten.

McCoy schüttelte den Kopf. »Nein, da irren Sie sich. Es steckt nicht etwa die Föderation dahinter, sondern nur ein alter Landarzt, der nach der Wahrheit sucht. Und genau darum geht es bei der Debatte — so heißt es jedenfalls.« Er lächelte. »Allerdings habe ich diesmal etwas mehr Wahrheit gefunden als sonst.«

Sarek sah auf, und so etwas wie Hoffnung glänzte in seinen Augen. »Ich bin beeindruckt. Sie sind ein ausgezeichneter Detektiv, Doktor.«

»*Alle* Ärzte sind Detektive. Zumindest diejenigen, die etwas taugen.«

»Sie taugen zweifellos etwas.« Sarek bildete einen dikken Stapel aus den Folien. »T'Pau muß sich das ansehen. Und dann... Warten wir es ab. Ich werde ihr vorschlagen, den schuldigen Parteien Kopien dieser Unterlagen zu schikken und ihnen eine Chance zu geben, ›das Gesicht zu wahren‹. Was die Regierungsvertreter angeht...« Er schüttelte den Kopf. »Glücklicherweise sind es nicht viele. Aber Korruption auf einem derartigen Niveau ist mehr als nur abscheulich. Ich spreche mit T'Pau.« Er stand auf. »Darf ich Ihren Transporter benutzen?«

»Selbstverständlich.« Die anderen erhoben sich ebenfalls, um Sarek in den Korridor zu begleiten. Als sich das Schott öffnete, blieb der Botschafter kurz stehen. »In der Zwischenzeit, Captain... Sie sprechen heute nachmittag, nicht wahr?«

Kirk nickte. »Ebensogut wie Pille, hoffe ich.«

»Dieser Hoffnung schließe ich mich an.« Sarek hob die Folien. »Es besteht durchaus die Möglichkeit, daß uns nicht einmal dieses Material hilft.«

»›Uns‹?« wiederholte Amanda wie beiläufig.

In Sareks Mundwinkeln zuckte es kurz. »Es ist interessant, wieder eine Privatperson zu sein – obwohl ich nicht weiß, ob dieser Status von langer Dauer sein wird. Komm, Gemahlin. Wir dürfen T'Pau nicht warten lassen.«

»Nummer achtzehn«, verkündete der Vulkanier, der die einzelnen Redner aufrief. Aus irgendeinem Grund war es nicht Shath.

»Ich heiße James T. Kirk.« Er stand ruhig im Licht, das durch die schachtartigen Öffnungen in der hohen Decke fiel. »Ich bekleide den Rang eines Starfleet-Captains in der

Föderation der Vereinten Planeten. Und ich bin gegen den Antrag.«

Innerlich bebte er. Im Kontrollraum der *Enterprise* wußte er, welche Anweisungen es zu erteilen galt, welches Verhalten er zeigen mußte und worauf es ankam. Aber hier... Seine Nervosität wuchs. Er hatte oft mit Worten gerungen, aber in dieser besonderen Arena erwartete ihn ein besonderer Kampf. Es stand eine Menge auf dem Spiel.

»Ich weiß nicht genau, auf welchen Themenkreis ich meine Rede beschränken soll«, sagte er. »Verschiedene Gebiete erscheinen mir interessant und wichtig: Forschung, Ethik. Auch Gefühle. In meinem Volk haben Emotionen eine große Bedeutung.«

Er folgte McCoys Beispiel und wanderte ein wenig auf dem Podium umher, um sich an die neue Perspektive zu gewöhnen. »Vielleicht sollte ich damit beginnen. Mein erster Besuch auf Vulkan diente dazu, an einer Hochzeitszeremonie teilzunehmen – glaubte ich wenigstens. Es kam einem Schock gleich herauszufinden, daß ich einer der beiden Ehepartner sein sollte. Einige von Ihnen kennen die besonderen Umstände, unter denen ich diesen Planeten verließ, und vielleicht glauben Sie, ich sei froh darüber gewesen, Vulkan den Rücken zu kehren.« Hier und dort erklang ein Murmeln, das auf reservierte Erheiterung hinwies. Spock hatte Kirk geraten, behutsam und vorsichtig über dieses Thema zu sprechen. Es war heikel – aber man konnte es kaum ignorieren.

»Eigentlich schade«, fuhr der Captain fort. »Ich hatte mich darauf gefreut, Ihre Welt kennenzulernen. Vulkan ist einer der ersten Planeten außerhalb des Sol-Systems, von dem irdische Schulkinder erfahren. In dieser Hinsicht kommt er direkt nach den Welten von Alpha Centauri. Seltsamerweise hält man auf der Erde nicht etwa die Centaurier für unsere nächsten stellaren Nachbarn, sondern Sie, die Vulkanier. Vielleicht ähneln uns die Bewohner des Centauri-Systems zu sehr. Vielleicht bemerken wir in erster Linie den Nachbarn, der sich ein wenig von uns unterscheidet.« Dieser Gedanke amüsierte nicht nur Kirk, sondern auch einige der Zuhörer. »Wie dem auch sei: Sie *sind* Nachbarn. Die Galaxis ist riesig: Was sind zwölf Lichtjahre unter Freunden?«

Der Captain ging einige Schritte. »Wir würden es sehr bedauern, Sie zu verlieren«, fuhr er fort. »Diesen Punkt sollte ich extra betonen. Kummer ist zweifellos ein Gefühl — noch dazu eins, das man vermeidet, wenn man kann. Aber ich glaube, die Gemeinsamkeiten zwischen uns betreffen auch dieses Empfinden. Wenn man es spürt, so verlangt die Logik, daß man etwas dagegen unternimmt — am besten damit, indem man seine Ursache neutralisiert. Nun, die Logik allein bietet uns kein geeignetes Werkzeug, um die *exakten* Gründe für unser Bedauern zu definieren. Es bezieht sich auf einige Ihrer Eigenschaften, vielleicht gerade auf diejenigen, die Sie nicht besonders mögen. Ich möchte versuchen, es zu erklären.

Sie haben Mut. Bei Ihnen ist das kein Gefühl in dem Sinne, eher eine Tugend, und dieses Merkmal verdient zweifellos unsere Bewunderung. Etwa vierzig Prozent der kartographischen Erfassung der Galaxis haben wir vulkanischen Scoutgruppen zu verdanken. Sie brachen kurz nach Ihrem Anschluß an die Föderation mit kleinen Raumschiffen auf, um sich Gefahren oder der Langeweile zu stellen — weil Forschung und *Er*forschung logisch sind; und sie bringen Freude, mit mehr Wissen über mehr Mannigfaltigkeit. Gleichzeitig zeigten Sie Mut, eine Tapferkeit, die vor einigen Jahren zur Zerstörung der ersten *Intrepid* führte. Vielleicht wissen Sie nicht, wie sehr wir das Schicksal jenes Schiffes und seiner Besatzung beklagten. Es war etwas Besonderes.«

Kirk setzte seine Wanderung fort und sah zu den verborgenen Kameras auf. »Sie sorgen dafür, daß wir ehrlich bleiben. Es stimmt nicht ganz, daß ein Vulkanier nicht lügen kann, aber im großen und ganzen ist das der Fall — was Sie von allen anderen hominiden Spezies in der Galaxis unterscheidet. Auf die Nonhominiden möchte ich in diesem Zusammenhang nicht eingehen: Es gibt viele von ihnen, und eine spezielle Umwelt bestimmt ihre Ethik — deshalb haben wir kaum die Möglichkeit, darüber zu urteilen. Aber wir stehen uns näher, und ich glaube, ich habe durchaus das Recht festzustellen, daß Sie ein ehrenhaftes Volk sind. Sie achten Ihre Verpflichtungen und halten Ihr Wort. Auf das Versprechen eines Vulkaniers kann man sich verlassen. Eigentlich seltsam: Terraner sind eher bereit, einem Vulkanier zu vertrauen als anderen Menschen — ob sie sich kennen oder nicht.« Ein dünnes Lächeln umspielte Kirks Lippen. »Das läßt gewisse Rückschlüsse auf uns zu. Andererseits: Ich bezweifle, ob die Behauptung zutrifft, daß von Ihnen ein nachteiliger Einfluß auf uns ausgeht. Es entspricht gewiß nicht unserem Wunsch, zu Vulkaniern zu werden — oder Sie in Menschen zu verwandeln.«

»Die Politik Ihrer Regierung scheint das nicht immer zu bestätigen«, wandte jemand aus dem Auditorium ein.

»Ja«, sagte Kirk. »Das stimmt. Rein theoretisch sollten die Entscheidungen unserer Regierung den Willen des Volkes widerspiegeln. Dieses System ist keineswegs perfekt, und das wissen wir. Nun, wir experimentieren noch immer und suchen nach etwas, das perfekt funktioniert. Allerdings sollte darauf hingewiesen werden, daß die beiden Begriffe ›Perfektion‹ und ›Regierung‹ zumindest in dieser Welt einander ausschließen.«

Daraufhin kam es zu Unruhe im Saal — offenbar hatte die Druckwelle von McCoys kleiner Bombe auch die vulkanischen Info-Dienste erreicht. »Bitte entschuldigen Sie: Vielleicht wäre es besser gewesen, ›in diesem Universum‹ zu sagen.« Der Captain ging wieder einige Schritte. »Wie dem auch sei: Es ist schwer, mit einer ›Regierung‹ zu sprechen und festzustellen, warum sie sich auf diese und keine andere Weise verhält. Sie besteht aus vielen einzelnen Individuen, die normalerweise alle das gleiche Ziel anstreben sollten — was manchmal jedoch nicht der Fall ist. Wenn man verschiedene Repräsentanten der Regierung nach ihren Meinungen fragt, so bekommt man häufig verschiedene Antworten.« Er zuckte mit den Schultern. »Es handelt sich gewissermaßen um ein Berufsrisiko. Wenn man sich nach den Ansichten der Regierten erkundigt, so hört man meistens etwas ganz anderes. Zwar gehöre ich zu Starfleet, aber ich bin auch einer der Regierten. *Mein* Standpunkt sieht folgendermaßen aus: Ich möchte nicht, daß Vulkanier etwas anderes sind als Vulkanier.«

»Genau darum geht es hier«, ließ sich ein zweiter Zwischenrufer vernehmen.

Kirk nickte. »Dem pflichte ich bei. Aber bisher sehe ich keine Hinweise dafür, daß wir Sie daran hindern, Vulkanier zu sein oder Ihre Integrität auf irgendeine Weise in Frage stellen.« Er wirkte ein wenig ungehalten. »Ich glaube, Sie sind sich nicht Ihrer eigenen Macht bewußt. Einige von Ihnen, die uns mit Unbehagen begegnen, nehmen dieses Empfinden als Vorwand, um zu behaupten, wir stören Ihre Entwicklung. Aber ist das bei einer so alten und stabilen Zivilisation überhaupt möglich? Und um auf das andere Argument zurückzukommen: Wenn Sie darüber besorgt sind, daß die Erde zu destabil und unreif ist, um den Kontakt mit Vulkan zu ertragen, so überrascht es mich, daß wir diese Diskussion führen — hundertachtzig Jahre nach dem Beginn unserer Freundschaft. Eigentlich müßten inzwischen alle Menschen spitze Ohren haben!« Gelächter erklang, und Kirk fügte etwas lauter hinzu: »Die Vorredner sprachen von beiden Gefahren, aber wenn mich meine Logik nicht täuscht, so bilden diese Vorstellungen einen gewissen Gegensatz.«

Neues Lachen, das allmählich wieder Stille wich. »Ich bin ein recht gutes Beispiel für diese Situation«, sagte der Captain. »Ich arbeite schon seit langer Zeit mit einem Ersten Offizier zusammen, der Vulkanier ist...«

»Ein halber Vulkanier«, warf jemand ein.

»Mit diesem Einwand habe ich gerechnet.« Kirk lächelte schief. »Was meinen Sie damit? Bestimmt keine genetischen Aspekte, denn das wäre unlogisch. Glauben Sie etwa, er sei weniger ›wert‹ als ein ›reinrassiger‹ Vulkanier?« Jim zupfte an einem imaginären Schnurrbart und sah betont mißtrauisch von rechts nach links. »Halten Sie ihn vielleicht für einen getarnten Menschen? Lieber Himmel! Schließen Sie rasch Ihre Töchter ein!«

Das Gelächter wiederholte sich, und Kirk schmunzelte. »Nun, wenn das stimmt, kennen Sie sich offenbar nicht besonders gut mit der Psychologie Ihres eigenen Volkes aus. Aufgrund meiner eigenen Beobachtungen weiß ich, daß sie eine solche Person in jemanden verwandelt, der noch vulkanischer ist als die Vulkanier: kühle, perfekte Logik; in jeder Hinsicht ein hervorragendes Leistungsvermögen; keine Anzeichen von Emotionen; eine Tendenz zum Kolinahr. Nun, vielleicht ist es eine übertriebene Reaktion. Nur wenige von Ihnen sind *so* perfekt und durch und durch vulkanisch.« Kirk wanderte einige Sekunden lang auf dem Podium umher. »Mein Erster Offizier hat das Recht, nach seinen individuellen Eigenschaften beurteilt zu werden. Die Gene spielen dabei keine Rolle. Ebensowenig Ihre Befürchtungen in bezug darauf, was die Mutter mit seiner vulkanischen Natur und Psyche anstellte, als der Vater, die Lehrer und der Rest des Planeten nicht hinsahen. Wenn Sie so sehr an Ihrem eigenen Einfluß zweifeln, wenn Sie wirklich glauben, daß eine menschliche Frau über die Kultur einer ganzen Welt triumphieren kann — meine Güte, dann muß sie ausgesprochen gefährlich sein. Warum sollten wir eine solche Person an *Sie* verschwenden? Es wäre doch viel besser, sie nach Klinzhai zu schikken, um dadurch das Problem mit den Klingonen zu lösen.« Hier und dort lachte jemand. »Im Ernst: Wenn Sie von derartigen Annahmen ausgehen, so überrascht es kaum, daß Sie diese Versammlung veranstaltet haben. Ich frage mich nur, warum Sie *noch mehr* Menschen die Möglichkeit geben, zu Ihnen zu sprechen. Fürchten Sie nicht, daß Sie plötzlich den Wunsch verspüren, sich die Ohren stutzen zu lassen?«

Das Lachen wurde lauter. »Sie haben mich von dem abgelenkt, was ich Ihnen eigentlich sagen wollte«, fuhr Kirk fort. »Vielleicht ist es auch besser so. Nun, ich bin der lebende Beweis für die Freundschaft zwischen Vulkaniern und Terranern. Ich bezeichne sie keineswegs als eine perfekte Freundschaft. Es kam zu Mißverständnissen, zu schmerzlichen Zwischenfällen, aber glücklicherweise war das nur selten der Fall. Meine Erfahrungen mit Vulkaniern — und hier beziehe ich mich wieder auf den Ersten Offizier der *Enterprise* — zeigen mir Mut, Intelligenz und unersättliche Neugier. Es sind die Eigenschaften jener Vulkanier, die in kleinen Scoutschiffen aufbrachen, um sich in der Galaxis umzusehen, sowohl in Begleitung von Menschen als auch allein, vor Ihrer Mitgliedschaft in der Föderation. Hinzu kommen Weisheit, Mitgefühl und Aufgeschlossenheit. Darin sah ich bisher typische Merkmale der vulkanischen Natur. Ich würde es sehr bedauern, mich geirrt zu haben.«

»Ich hoffe, Ihnen bleibt ein Irrtum erspart«, sagte jemand aus dem Publikum. »Aber wir sind nicht alle gleich.«

»Ich weiß«, erwiderte Kirk. »Wir Menschen auch nicht.«

Stille folgte, und nach einer Weile erklang erneut die Stimme des Captains. »Es gibt noch etwas anderes, das ich hier erwähnen möchte. Wenn sich Vulkan tatsächlich von der Föderation trennt, so leiden viele Personen, die Verbindungen zu beiden Parteien unterhalten.«

»Das Wohl der Mehrheit...«

»...ist wichtiger als die Wünsche der Minderheit«, vervollständigte Kirk den Satz. »Ja, ich wußte, daß Sie mir damit kommen würden. Um ganz offen zu sein: Ich halte nichts von diesem Prinzip. Ich bezweifle, ob man einzelne Leben und Seelen zusammenzählen kann, um dann zu sagen: Hier sind zwanzig, und dort drüben ist nur einer — woraus folgt, daß die zwanzig allein aufgrund ihrer Mehrheit wichtiger sind als der einzelne. Und wenn der einzelne zufällig Surak heißt? Mit welchem Recht entscheiden Sie, daß die Bedürfnisse einer Person weniger wichtig sind als die von zwanzig? Sie sind *Telepathen*! Sie können geistige Kontakte herbeiführen, anderen Leuten ins Bewußtsein schauen und feststellen, welche Bedeutung ihre Wünsche haben. Zahlen allein genügen nicht. Wer Meinungen zählt, lehnt damit seine Verantwortung für die gegenwärtige Situation ab.«

Kirk schüttelte den Kopf. »Ich gebe zu: Die Vielen *sind* der Eine. Jeder von Ihnen gehört zu den Vielen und ist gleichzeitig Einer. Ohne die ›Einen‹ gäbe es die ›Vielen‹ gar nicht. Aber Sie sollten sich darüber klarwerden, daß *Sie* das Leid derjenigen verursachen, deren Leben durch die Sezession eine krasse Veränderung erfährt. Damit meine ich die Menschen, die hier mit ihren Kindern wohnen und freundschaftliche Beziehungen zu Ihnen hergestellt haben; und die Vulkanier auf der Erde und in Starfleet, die entscheiden müssen, ob sie alles aufgeben und hierher zurückkehren – oder im Exil bleiben, ohne ihre Heimat jemals wiederzusehen. All diese Personen müssen eine Wahl treffen, die *Sie* ihnen aufzwingen.« Kirk sah zu den Kameras hoch, drehte sich dann langsam um die eigene Achse und ließ seinen Blick durchs Auditorium schweifen. »Der Speer ist in *Ihrer* Hand. Er wird nicht von irgendeiner unbestimmten anderen Person gehalten, auch nicht von der ›Regierung‹. Außerdem: Auch die Regierung besteht nur aus Vielen. Nein, *Sie* halten ihn. *Sie* bringen das Leid.

Sie verehren jenen Mann, der schrieb: ›Füge niemandem Schaden zu.‹ Ich hoffe, daß Sie auf ihn hören – obgleich er nur Einer war.«

Aus den Augenwinkeln bemerkte Kirk eine Bewegung. Er wandte sich zur Seite und stellte überrascht fest, daß Sarek durch den Gang zum Podium eilte. Jim blinzelte verblüfft: Der Botschafter *lief* fast.

»Dies ist ein Notfall«, sagte Sarek laut genug, damit das Verstärkerfeld auf ihn reagierte und seine Stimme durch den ganzen Saal trug. »Ich muß den Captain bitten, mich sofort zu begleiten. Ich appelliere an das Verständnis der

Versammlung und beantrage hiermit, dem Redner die Möglichkeit zu geben, seinen Vortrag morgen fortzusetzen.«

Sarek schloß die Finger mit der Festigkeit einer stählernen Zwinge um Kirks Arm und zog ihn mit sich. Hier und dort erklangen verwundert murmelnde Stimmen.

»Was ist los?« fragte Jim leise und verwirrt.

»Wir müssen uns beeilen«, erwiderte Sarek. »T'Pau stirbt.«

Sarek arbeitete im Laboratorium und programmierte einen Computer, als die überraschende Nachricht eintraf. Er war nicht daran gewöhnt, substantielle Mitteilungen zu bekommen. Die meisten Leute, die sich mit ihm in Verbindung setzen wollten, benutzten Computer-Kontakte, da er fast immer vor einem Terminal saß. Doch diesmal erhielt er einen dünnen Kunststoffumschlag, mit einem Wachssiegel versehen. Sarek stand auf, streckte sich ein wenig und löste das Siegel. Klare, geschwungene Schriftzüge bildeten folgende Worte:

*Komm sofort in mein Büro. T'Pau.*

In seiner Verblüffung hätte er fast wieder Platz genommen. *Was will sie von mir?* dachte er und fragte sich, ob er irgendeine Verfehlung begangen hatte. T'Pau war die Älteste des Hauses, während er zu den jüngsten Mitgliedern der Familie gehörte. Unter ihm kam nur der gerade erst fünfzigjährige Silek. Er suchte in den Archiven seines Gedächtnisses und fand keine Erklärung für die Nachricht.

Dann fiel ihm ein, daß er nur Zeit verschwendete. Seine erste Pflicht bestand darin, dem Oberhaupt des Hauses zu gehorchen. Fast verzweifelt hielt er nach etwas Ausschau, mit dem er seinen Coverall bedecken konnte, doch nirgends lagen geeignete Kleidungsstücke. Schon seit zwei Tagen hatte er nichts mehr gewaschen. Eigentlich schokkierend. Aber wenn man sich auf ein Computerprogramm konzentrierte und weder Besucher erwartete noch irgendwelche sozialen Verpflichtungen wahrnehmen mußte...

Er strich den Coverall glatt und hastete nach draußen. Ein heller, sonniger Tag erwartete ihn. Die Sonne glänzte über der Akademie, und wie üblich waren viele Passanten unterwegs. Sarek lief über einen Pfad, beherrschte sich dann und versuchte, möglichst würdevoll zu gehen. Eile kam Unlogik gleich: T'Pau wußte, wie lange es dauerte, vom Laboratorium aus ihr Büro zu erreichen. Trotzdem...

Er ging etwas schneller. Einige Personen sahen ihm nach und er ignorierte sie — oder versuchte es jedenfalls.

T'Paus Arbeitszimmer befand sich unweit der zentralen Bibliothek, in einem kleinen, abseits stehenden Gebäude mit weiß verputzten Mauern. Sarek zögerte vor dem Zugang und trachtete vergeblich danach, einige Schmutzflekken vom Coverall zu entfernen. Das elektronische Modul der Tür registrierte die Bewegung und aktivierte den Öffnungsmechanismus.

Sarek betrat das Vorzimmer und begegnete dort T'Paus Assistentin, die an einer Konsole saß. »Sarek«, sagte er, als sie aufsah.

»Ich weiß«, erwiderte sie. »Bitte gehen Sie zu ihr. T'Pau wartet bereits auf Sie.«

Sarek deutete eine Verbeugung an und schritt langsam zur anderen Tür. Sie schwang vor ihm auf.

T'Paus Büro war schlicht eingerichtet. Auch hier zeigte sich weißer Putz, und an einer Stelle hing ein Wandteppich mit einem auffallend abstrakten Muster. Auf dem Schreibtisch lagen nur ein elektronischer Block, mit dem T'Pau arbeitete, und ein altes, vergilbtes Dokument, das aus irgendeinem Grund sehr wichtig wirkte. T'Pau betrachtete es und hob den Kopf, als Sarek hereinkam. Sie stand auf, um ihn zu begrüßen.

Eine derart freundliche Geste war ihm gegenüber gar nicht notwendig. Er verneigte sich tief. »Ehrenwerte...«, sagte er.

»Sarek«, antwortete T'Pau. »Du bist willkommen. Seit deinem Ritual habe ich dich nicht mehr gesehen.«

Er nickte. Damals war er ein Kind gewesen, das sich den *Rites de passage* unterziehen mußte, um zu einem Erwachsenen zu werden, und es hatte ihn sehr überrascht, daß T'Pau als Beobachterin an dem Ritual teilnahm: Am Morgen zog er in die Wüste, zu den *Lematyas*, und am Abend kehrte er zurück, um davon zu berichten. Jenes Ereignis lag schon viele Jahre zurück, doch T'Pau erschien ihm noch immer so schön wie damals. Das Gesicht unter dem geflochtenen Haar zeichnete sich durch scharf geschnittene Züge aus, sah fast so grimmig aus wie das eines *Vakhen* – Raubvögel, die im Bereich der Geringeren Berge nach Beute suchten. Gleichzeitig wirkte es kühl und weise, wie es sich für eine Älteste Mutter geziemte. *Wie alt ist sie?* überlegte Sarek – und verdrängte diesen unwürdigen Gedanken. Er konnte es natürlich herausfinden, wenn er wollte. Aber als er jetzt den durchdringenden Blick der dunklen Augen auf sich ruhen spürte, erschien ihm die Frage wie ein Sakrileg. Er konzentrierte sich auf den inneren Kosmos, suchte nach seiner Ruhe und dachte daran, daß er keine Schuld auf sich geladen hatte. Außerdem: T'Pau war kein *Lematya,* der ihn zu beißen drohte.

»Bitte verzeih mir, daß ich dich mitten am Tag bei deiner Arbeit gestört haben«, sagte sie. »Ich möchte dir einen Vorschlag unterbreiten. Nimm Platz.«

Sie setzte sich, und der verwirrte Sarek folgte ihrem Beispiel. »Seit acht Komma sechs Jahren bist du hier in der Akademie«, fuhr T'Pau fort. »Inzwischen bist du kein Student mehr und hast mit umfangreichen Forschungen begonnen. Ich stelle ihre Bedeutung keineswegs in Frage, möchte sie sogar unterstreichen: Die Computertechnik auf diesem Planeten hat erhebliche Fortschritte gemacht, seitdem du dich mit ihr beschäftigst. Doch jetzt möchte ich dir etwas anderes nahelegen.«

»Ich höre mit großem Interesse«, sagte Sarek. Er hatte keine Ahnung, worauf T'Pau hinauswollte, gab sich alle Mühe, einen ruhigen und gelassenen Eindruck zu erwecken.

»Ich habe mit dem Hohen Rat gesprochen«, fuhr T'Pau fort. Das geschah häufiger: Als Oberhaupt des Hauses, dem auch Surak angehört hatte, genoß T'Pau die besondere Aufmerksamkeit des Rates. Man schätzte ihre Meinung, nicht nur aufgrund der Ländereien und Ressourcen, die das Haus inzwischen kontrollierte, sondern weil man T'Paus scharfen Verstand respektierte. »Er bat mich, einige Personen vorzuschlagen, die wir der Botschaft auf der Erde zuteilen.«

Sarek benötigte seine ganze geistige Kraft, um sich nichts anmerken zu lassen.

»Meine Frage lautet: Bist du daran interessiert?« T'Pau zögerte kurz. »Deine Eltern werden sicher keine Einwände erheben. Du bist alt genug, um den Planeten zu verlassen. Meiner Ansicht nach hättest du längst entsprechende Erfahrungen sammeln sollen. Jemand mit deiner Intelligenz darf sich nicht damit zufriedengeben, wie so viele von uns auf dieser Welt zu verweilen und den Rest des Universums zu ignorieren.« Sie legte eine neuerliche Pause ein und musterte Sarek. »Was hältst du davon?«

»Welcher Aufgabenbereich würde mich erwarten?« erkundigte er sich. Seine Stimme zitterte ein wenig, und er hoffte inständig, daß T'Pau nichts davon bemerkte.

»Computer«, antwortete sie. »Die neue Botschaft braucht jemanden, der sich um Kommunikation, Datenspeicherung und Informationstransfer kümmert. In dieser Hinsicht besteht kein Zweifel an deiner Kompetenz. Du bekommst den Rang eines technischen Attachés, ein angemessenes Gehalt und die üblichen Vergünstigungen, wozu auch regelmäßiger Urlaub gehört. Einige deiner Pflichten betreffen Kontakte mit den Terranern: Wir planen den Austausch technischer Informationen. Du mußt feststellen, welches Entwicklungsniveau die irdische Computertechnik erreicht hat. Auf dieser Grundlage können wir den Menschen Innovationsangebote unterbreiten und um Gegenleistungen bitten, die für uns nützlich sind. Bist du dazu in der Lage?«

»Ja«, erwiderte Sarek. »Ich glaube schon.«

»Ich habe also dein Einverständnis?«

»Ja.«

»Dann bereite dich darauf vor, Vulkan in einem Zehntag zu verlassen. Die Föderation hat ein Schiff geschickt, und es braucht vier Tage, um die Erde zu erreichen.«

»Es ist sehr schnell«, sagte Sarek überrascht.

»In der Tat. In manchen Bereichen hat die terranische Technik bemerkenswerte Fortschritte erzielt, während sie in anderen geradezu primitiv anmutet.« T'Pau neigte den Kopf zur Seite und beobachtete Sarek. »Ich möchte dich bitten, soviel wie möglich über die irdische Technologie in Erfahrung zu bringen, ohne zu ›spionieren‹. Schick mir Berichte darüber, was dein spezielles Interesse findet — sobald du ein sicheres und zuverlässiges Kommunikationssystem entwickelt hast. Ich wünsche nur allgemeine Informationen, und bitte achte darauf, daß dabei die Privatsphäre gewahrt bleibt. Ich möchte mehr über unsere neuen Verbündeten erfahren. Du brauchst dich dabei nicht auf das Technische zu beschränken. Sofern es deine Pflichten erlauben: Verlaß die Botschaft und sieh dir den Planeten an, sprich mit seinen Bewohnern.« T'Pau wirkte nachdenklich. »Ich glaube, wir haben es mit einem faszinierenden Beispiel der Mannigfaltigkeit zu tun.«

»Ich bin gern bereit, Ihren Rat zu beherzigen«, entgegnete Sarek.

»Zum Schluß noch eine Warnung. Ich bin einigen Menschen begegnet. Sie sind reizvoll, aber auf die Art von Kindern: Nach unseren Maßstäben unterliegen ihre Emotionen überhaupt keiner Kontrolle. Urteile nicht zu streng über sie, denn das widerspräche dem Gebot der Logik. Aber hüte dich auch vor ihrem Einfluß auf dich. Du wirst weit von deiner Heimat entfernt sein, und auf Terra ist die menschliche Psyche stärker als deine.«

»Ich verspreche Ihnen, vorsichtig zu sein«, sagte Sarek.

T'Pau hob die Hand zum Gruß. »Dann wünsche ich dir Glück und langes Leben in der anderen Welt. Kehr hierher zurück, wenn du Gelegenheit dazu hast. Finde Zufriedenheit in deinen neuen Aufgaben.«

Sarek verneigte sich und verließ das Büro.

Einen Zehntag später litt er bereits an Heimweh, obwohl er den Planeten noch gar nicht verlassen hatte. Am letzten

Tag auf Vulkan – sein Gepäck war vorbereitet und bestand zum größten Teil aus Datenkristallen und Speicherbändern – trat Sarek an den Rand des Akademiegeländes heran und blickte an Pelasht vorbei über die Wüste. Zu dieser Zeit des Monats ging T'Khut auch während des Tages auf. Sie schob sich gerade über den Horizont, und im hellen Tageslicht wirkte sie irgendwie durchsichtig und ephemer. Aber diesmal kam ihre Transparenz einem Omen gleich. Wies sie darauf hin, daß Sarek den Bezug zum Realen verlor, daß sich die gewohnte Wirklichkeit auflöste, um etwas anderem zu weichen? Und woraus bestand das andere? Nach den Berichten zu urteilen, erwartete ihn Kälte – er hatte genug warme Sachen eingepackt, um eine kleine arktische Expedition auszurüsten. Eine kalte und seltsame Welt: ein kleiner Planet mit geringer Schwerkraft und einer winzigen gelben Zwergsonne, die nur blaß am Himmel glühte. Er spürte den dumpfen Schmerz der Immunisierungen: Niemand wußte, ob er sie brauchte. Niemand wußte, ob Vulkanier – was für eine seltsame Bezeichnung; würde er sich jemals an sie gewöhnen? – ihre Krankheiten auf Menschen übertragen konnten und umgekehrt. Rein theoretisch sollte so etwas unmöglich sein, aber Sarek und viele andere zogen Gewißheit vor.

Er verdrängte den Schmerz, während er über seine neue Situation nachdachte. Bald war er ein Fremder in einem anderen Volk. Eine andere Spezies, die ihren Planeten ›Welt‹ beziehungsweise ›Erde‹ nannte, von sich selbst als ›Menschen‹ sprach – und Sareks Heimat einen Namen gab, dessen Ursprung und Bedeutung er nicht verstand... Das alles erschien ihm höchst sonderbar. Er beschloß, Nachforschungen anzustellen, wenn er Terra – *beziehungsweise die Erde* – erreichte, dort herauszufinden, worauf die Bezeichnung ›Vulkan‹ und ›Vulkanier‹ zurückging. Wenn er ein Diplomat sein sollte, wenn auch kein hochrangiger, so mußte er damit beginnen, wie ein Diplomat zu denken und sich entsprechend zu verhalten. T'Pau hatte zweifellos recht: Es handelte sich um ein faszinierendes Beispiel der Mannigfaltigkeit. Er durfte nichts übersehen. Und es kam darauf an, ein würdevoller Repräsentant seines eigenen Volkes zu sein. Als Nachkomme Suraks hielt er es für erforderlich, den Richtlinien so genau wie möglich zu folgen, an jenem anderen Ort zu den Augen und Händen seines Vorfahren zu werden.

Er beobachtete T'Khut. An einem klaren, wolkenlosen Morgen wie diesem bot sie herrliche Farben. Das rötliche Schimmern verschmolz mit dem Blau des Himmels, wechselte am Rand zu einem tiefen Violett, gewann an den ›narbigen‹ Stellen lavendelfarbene Tönungen. Sie bot sich in einer konvexen Form dar: Auf der dunklen Seite spuckten einige Vulkane mäßiges Feuer, das goldfarben und blau glänzte. Tief in Sarek verkrampfte sich etwas, und er ließ zischend den Atem entweichen. Wenn er ganz sicher gewesen wäre, daß ihn niemand hören konnte, hätte er jetzt laut gesagt: *Wann sehe ich dich wieder? Ich möchte nicht fort!*

Doch er stand zu nahe vor den Mauern der Akademie, und sein eigenes Selbstmitleid beschämte ihn. Abrupt wandte er sich um und kehrte in die Stadt zurück, um dort an Bord des Shuttles zu gehen, das ihn zum Raumschiff bringen sollte.

Es dauerte fünfzig Jahre, bis Sarek nach Vulkan zurückkehrte.

Während dieser fünf Jahrzehnte verblaßten die Erinnerungen nicht etwa, sondern wurden nur in einer Ecke des Gedächtnisses verstaut, um anderen Dingen Platz zu machen. Zum Beispiel die Landung auf der Erde: Als er das Shuttle verließ, glaubte er sich mit dem kältesten Morgen seines ganzen Lebens konfrontiert. Er kannte bereits die seltsame Temperatureinteilung der Menschen, und danach konnten es kaum mehr als fünfzehn Grad Celsius sein. Sarek blickte über die weite Betonfläche, sah Raumschiffe in Wartungsnischen, kleine Fahrzeuge, die über den Boden rollten, hier und dort einige Gleiter. Er nahm den

Geruch von Verbrennungsmotoren wahr und dachte verblüfft: *Ja, T'Pau hat recht.* Dann hob er den Kopf, starrte zum noch immer dunklen Himmel hoch und stellte verwundert fest, daß es kaum Unterschiede gab. Nur hier und dort wirkten die Sternbilder ein wenig verzerrt. Weit oben zeigte sich ein kleiner, silbriger Mond. Ein winziges Etwas, aber hell, so hell wie ein Fanal. Dieser Anblick überzeugte ihn davon, daß er sich nicht mehr auf seiner Heimatwelt befand. Zunächst hielt er in seiner Verwirrung an der absurden Vorstellung fest, daß irgend jemand das Klima Vulkans verändert und die vertraute Technik entfernt hatte, um sie durch etwas Bizarres zu ersetzen. Aber die Sterne und der kleine Mond wiesen ihn deutlich darauf hin, daß er tatsächlich auf einem anderen Planeten stand, deren Bewohner nicht so dachten wie er. Die winzige und armselige Scheibe am Himmel gehörte zweifellos zur richtigen Ordnung der Dinge...

Diese Erinnerung hatte Sarek im Laufe der Jahre archiviert, zusammen mit vielen anderen. Natürlich konnte er sie jederzeit in den Fokus seiner inneren Aufmerksamkeit zurückrufen: ein Frühlingsmorgen in Paris, an dem es nieselte — vom Himmel fallendes Wasser! —, während er am Rive Gauche wanderte; der Grand Canyon, gewaltig und erhaben, ein Teil der Erde, der von Vulkan zu stammen schien, jedoch noch besser war. (Verrat!) Ein Abend in Reykjavík: Sarek saß auf einem sumpfigen Hügel und beobachtete Vulkane, die einen halben Kilometer entfernt brodelten, sah zähflüssige Lava, wie Schlangen aus Feuer, die über den Boden krochen...

Und die Menschen. Auch hier behielt T'Pau recht: Sie verblüfften mit ihrer mangelnden oder überhaupt nicht vorhandenen emotionalen Kontrolle. Sie waren laut, unbezähmbar, schwierig, verschlagen, hinterhältig, hyperaktiv, oberflächlich, falsch, unvorsichtig, lästig und vor allen Dingen unlogisch. Aber trotzdem fand Sarek Gefallen an ihnen, denn sie waren auch fröhlich, weise, zuvorkommend, lernbegierig, galant, manchmal überraschend klug, schlau...

Es dauerte eine Weile, bis er diese Erkenntnis gewann. Zehn Jahre lang arbeitete er als technischer Attaché in der Botschaft. Den größten Teil dieser Zeit verbrachte er in Gesellschaft von terranischen Computerexperten, sprach mit ihnen über Codierung und Software, lernte dabei auch ihre Hardware kennen: Einige Komponenten zeichneten sich durch erstaunliche Eleganz aus, während andere verwirrend primitiv blieben. Mit großer Freude nahm er Gemeinsamkeiten zwischen den Menschen und sich zur Kenntnis: Manchmal arbeiteten sie ebenfalls drei Tage und drei Nächte lang an einem widerspenstigen Code, was in einem auffallenden Gegensatz zu ihrer empfindsamen Konstitution stand. Es ging ihnen nur darum, eine bestimmte Arbeit möglichst gut zu erledigen. Eine solche Hingabe und Liebe zur Computertechnik *mußte* man bewundern. Die Programmierer gehörten zu den ersten Bewohnern der Erde, die Sarek als durch und durch menschlich kennenlernte.

Er schickte T'Pau regelmäßige Berichte, und das Technische geriet dabei immer mehr in den Hintergrund. Er schilderte seine Erfahrungen, schrieb über jene Dinge, die ihm Freude bereiteten. Sarek ging sehr vorsichtig mit diesem Ausdruck um; er wollte vermeiden, daß T'Pau zu dem Schluß gelangte, die Terraner übten einen zu starken Einfluß auf ihn aus. Aber er ›freute‹ sich tatsächlich, obgleich er immer ernst blieb – und manchmal die Formulierungen in seinen Berichten modifizierte. In einem davon ging er detailliert auf die amerikanische Baseball-Meisterschaft von 2180 ein und erklärte die einzelnen Phasen des Endspiels. In einem anderen schrieb er über die Biologie der Küsten des Mittelmeers, Bouillabaisse, einen kleinen Fisch namens *Racasse* und Menschen, die ihn im Zeitalter des Ionentriebwerks mit traditionellen Methoden fingen. Er informierte T'Pau von der Restaurierung der Kirche des heiligen Basilius in Moskau und über linguistische Forschungen in Hinsicht auf den Gesang der Wale. Es dauerte eine Weile, bis Sarek zu ahnen begann, daß T'Pau in bezug auf ihn eine elementare Wahrheit erkannt hatte: Sie wußte, daß er im Grunde des Herzens ein Reisender war, der einerseits an seiner vulkanischen Natur festhielt und andererseits dem Terranischen mit aufgeschlossener Sympathie gegenüberstand. Anders ausgedrückt: Er bemerkte Dinge, die das normale diplomatische Auge übersah. Als er begriff, daß ihn T'Pau in erster Linie deshalb und nicht etwa aufgrund seiner Computerkenntnisse zur Erde geschickt hatte, ärgerte er sich einen Tag lang, schob dieses Empfinden dann beiseite und verschwendete keine Gedanken mehr daran. Auf Terra gab es zuviel zu sehen und zu entdecken. Er konzentrierte sich auf die Menschen, um mehr über sie zu erfahren.

In der Botschaft schenkte man Sareks Interesse für die Bewohner der Erde immer mehr Beachtung. Die Diplomaten waren auf verschiedene Fachgebiete spezialisiert, aber wenn sie es mit irgendeinem Aspekt der irdischen Kultur zu tun bekamen, der ihnen rätselhaft erschien, so wandten sie sich immer häufiger an den technischen Attaché. Wenn er bestimmte Fragen nicht sofort in Begriffen beantworten konnte, die Vulkanier verstanden, so nickte er nur, ging fort und kehrte einen Tag später mit einer verständlichen Erklärung zurück. Nach rund zehn Jahren — er fand nie Gelegenheit, zu seiner Heimatwelt zurückzukehren — bestellte ihn der Botschafter Sasav zu sich und beförderte ihn zum Kulturattaché. Sarek erhob behutsame Einwände, aber Sasav wies darauf hin, dafür gebe es keine logischen Gründe. Bezüglich der Programme brauchten die Computer kaum gewartet zu werden — diese Aufgaben konnten problemlos von dem jungen vulkanischen Assistenten wahrgenommen werden, den Sarek ausgebildet hatte —, und für Reparaturen und Weiterentwicklung der Hardware standen genügend Fachleute zur Verfügung. Fortan sollte er seine besonderen Talente in Hinsicht auf die Kontakte mit Menschen nutzen, um jenen Personen zu helfen, die sich in der Botschaft nach den Möglichkeiten von Tourismus und Immigration erkundigten.

Sarek ging bereitwillig seinen neuen Pflichten nach. Zuerst erschien es ihm seltsam, daß sich die Arbeit mit Computern nicht mehr darauf beschränkte, Programme zu erstellen oder seinen Eltern den täglichen Brief zu schreiben. Er befaßte sich mit Dokumenten, genehmigte Visa und bot Rat an, der sich als außerordentlich nützlich erwies, da er die Natur der Menschen inzwischen gut kannte. Im Laufe der Jahre wuchs das Personal der Botschaft, und er lehrte seine Assistenten, wie man Handelsdelegationen, Pauschalreisen und kulturelle Austauschprogramme organisierte. Er wurde den Menschen immer vertrauter, und der Umstand, daß er mehrere Sprachen beherrschte, förderte diese Entwicklung. Sarek kannte zwanzig verschiedene Programmiersprachen, und diejenigen, die zur Verständigung zwischen intelligenten Wesen aus Fleisch und Blut dienten, stellten eine Art Hobby für ihn dar. Er befaßte sich gern damit, unter anderem deshalb, weil er dadurch Gelegenheit bekam, mehr über Bouillabaisse und jene Personen herauszufinden, die sie verspeisten. Sein Gespür für Dialekte und Idiome erstaunte viele Leute, sowohl Terraner als auch Besucher von anderen Planeten. Einmal begegnete er der Präsidentin der Vereinigten Staaten – sie bekleidete ein zeremonielles Amt, doch die Menschen, die in den alten Grenzen der USA lebten, schätzten es sehr – und brachte sie zum Lachen, indem er mit fehlerfreiem texanischen Akzent über Datenspeicherungsmethoden sprach. Später schlug die Dame eine Änderung der Verfassung vor, um Sarek die Möglichkeit zu geben, bei den nächsten Wahlen als ihr Vizepräsident zu kandidieren.

Seine guten Sprachkenntnisse waren sehr wichtig, denn damals wartete der automatische Translator noch auf seine Perfektionierung, und aus diesem Grund kam es oft zu Mißverständnissen. In der Botschaft fiel Sarek immer häufiger durch seinen Mangel an Kontextproblemen auf, und fünfundzwanzig Jahre nach seinem Gespräch mit T'Pau auf Vulkan wechselte er vom kulturellen zum diplomatischen Dienst. Dort blieb er bis zur Rückkehr zu seinem Heimatplaneten. Er fand Erfüllung in den neuen Pflichten und sah in der Diplomatie eine Kunst, auf die ihn sein bisheriges Leben vorbereitet hatte.

Es war keine einfache Kunst. Seit dem *Cthia* bestand die Diplomatie auf Vulkan darin, sich die Wünsche anderer Personen anzuhören, die eigenen zu formulieren und anschließend einen Kompromiß zu finden, der allen zum Vorteil gereichte.

Als Sarek mit der diplomatischen Arbeit begann, hatte er den Eindruck, plötzlich in die turbulente Vergangenheit vor Suraks Lebzeiten zurückversetzt zu werden. Hinzu kam, daß es auf der Erde nur wenige Gedankenleser gab, die herausfinden konnten, was ein Verhandlungspartner *wirklich* wollte. Ein bestimmtes Problem führte zu weiteren Komplikationen: Die Menschen zögerten keineswegs, das Instrument der Lüge zu verwenden; das fügte der Diplomatie eine Dimension hinzu, die Sarek Unbehagen bereitete.

Glücklicherweise zeichnete sich Sarek durch einen recht hohen PSI-Faktor aus: Seine Eltern waren damals ein wenig enttäuscht gewesen, daß er nicht nach Seleya ging, um dort zu einem vollen Adepten zu werden. Er liebte das aktive Leben zu sehr, wählte die normale PSI-Ausbildung, der sich jeder junge Vulkanier unterzog. Dabei lernte er den mentalen Kontakt, die Bindungstechnik, den Sinn für den *anderen* – selbst jetzt, so viele Jahre nach Surak, gab es noch immer Bewohner des Planeten Vulkan, die mit diesem Konzept Schwierigkeiten hatten –, und natürlich *Na'-Tha'thhya,* die Weitergabe des ›gewesenen Selbst‹ als *Katra,* so daß es dem *anderen* nicht verlorenging. Sie bildete den Abschluß der Ausbildung, und danach machte sich Sarek keine Gedanken mehr über seinen Tod. Allerdings... Auf der Erde, unter der kleinen gelben Sonne, überlegte er manchmal, was geschehen mochte, wenn er außerhalb der Botschaft starb. Wie sollte er dann mit seinem *Katra* verfahren? Er seufzte und beschloß, vorsichtig zu sein, wenn er Straßen überquerte.

Die übrigen PSI-Fähigkeiten kamen ihm in dem irdischen Ambiente sehr zugute. Wenn sich terranische Geschäftsleute oder Politiker an ihn wandten, so fiel es Sarek leicht, ihre Lügen zu erkennen. Dann stellte er sanfte, freundliche Fragen, um die Wahrheit aus ihrem Versteck zu locken. Bei seiner diplomatischen Arbeit wurde er oft mit Habgier, Egoismus und Unehrlichkeit konfrontiert, aber er ließ sich davon nicht enttäuschen. Er wußte, daß Suraks Lehren nicht nur für die Vulkanier galten, sondern auch für die Menschen: Sie fürchteten sich voreinander. Und sie fürchteten Sarek aufgrund seiner Andersartigkeit. Er half ihnen dabei, die Furcht zu überwinden, schuf auf diese Weise Platz für Wahrheit und neue Vereinbarungen. Nach einer Weile hörte er von den Geschichten, die man sich über ihn erzählte: »Eigentlich spielt es gar keine Rolle, ob ein Vulkanier lügen kann oder nicht«, munkelten die Menschen. »Viel wichtiger ist, daß *dieser* Vulkanier jede Lüge erkennt.« Manchmal erlaubte sich Sarek ein Lächeln, wenn er an diese Worte dachte. Er hatte nichts dagegen, zu einer Legende zu werden: Sie veranlaßte seine Besucher dazu, sich selbst und ihn nicht mit Lügen aufzuhalten. Das Leben war zu kurz, und es galt, Übereinkünfte zu erzielen; mit Ausflüchten verlor man nur wertvolle Zeit.

Er machte sich einen Namen als Mittler. Das allgemeine terranisch-vulkanische Handelsabkommen von 2192 trug Sasavs Unterschrift, aber ein großer Teil des Textes stammte von Sarek, was man auch im Föderationsrat zur Kenntnis nahm. Es handelte sich um ein ausgezeichnet formuliertes Dokument, das die Interessen beider Parteien berücksichtigte, keine einseitigen Vorteile zuließ und in seiner strengen Rationalität einem Computerprogramm glich. Kein Wunder: Sarek hatte sich viele Jahre lang intensiv mit der irdischen Kultur beschäftigt, und deshalb wußte er, was die terranische Industrie und ihre Repräsentanten wollten – er kannte ihre Wünsche fast besser als sie selbst. Verschiedene Vertreter der Föderationsregierung richteten ihre Aufmerksamkeit auf Sarek.

Er spürte das Interesse, ließ sich davon jedoch nicht schmeicheln. Es gab zuviel zu tun. Er schrieb seinen Eltern noch immer täglich einen Brief und schickte T'Pau Berichte, in denen es jetzt nicht mehr um irgendwelche Fischgerichte ging, sondern darum, wie man Bewegung in die diplomatische Welt brachte. Auch in dieser Hinsicht bewies Sarek ein ausgeprägtes ›Fingerspitzengefühl‹, wie es Menschen genannt hätten. Er verwendete subtile Methoden, die dafür sorgten, daß auf seiner Verhandlungsseite Ruhe entstand, daß die Dinge wie von ganz allein zur richtigen Struktur fanden. Sareks diplomatische Kollegen — sowohl auf Vulkan als auch in der Föderation — beneideten ihn um diese Kunst.

Im Sommer 2212 reiste er wieder nach Vulkan. Man beorderte ihn nicht zurück: Sasav beendete seine Dienstzeit, und er bat Sarek, ihn in die Heimat zu begleiten und dabei zu helfen, Rechenschaft vor dem Rat abzulegen und einen neuen Botschafter auszuwählen.

Mit gemischten Gefühlen verließ Sarek das Shuttle, das ihn aus der Umlaufbahn auf die Oberfläche des Planeten brachte. Alles wirkte seltsam und schien sich verändert zu haben. Der Anblick vieler Vulkanier überraschte ihn, und er empfand seine Reaktionen als sehr verwirrend. Natürlich ließ er sich nichts anmerken — inzwischen war er alt genug, um seine Emotionen vollständig unter Kontrolle zu halten. Er ging mit Sasavs Gruppe und ignorierte die Passanten: Der Botschafter war ihnen allen bekannt, aber sie beobachteten auch den hochgewachsenen, breitschultrigen Mann, der ihm folgte und in eine Aura nachdenklicher und aufmerksamer Ruhe gehüllt zu sein schien. Viele fragten sich, was es mit ihm auf sich hatte.

Sie fanden es bald heraus. Die Berichterstattung beim Hohen Rat nahm viel Zeit in Anspruch und war sehr langweilig. Sarek nahm sie geduldig hin, und seine Gedanken weilten oft bei der Erde. Die ›trockene‹ Realität der Vereinbarungen, Verträge und Übereinkünfte wurde von den Ereignissen überlagert, die sie ermöglicht hatten: Diskussionen mit einem temperamentvollen Gewerkschaftsführer, ein offizielles Essen, bei dem Wein und behutsame mentale Sondierungen dafür sorgten, daß Sarek einen Eindruck von den Wünschen seiner Verhandlungspartner gewann und daraufhin Kompromisse vorschlagen konnte. Selbstverständlich sprach er nicht von solchen Dingen. Damit hätte er sowohl die Privatsphäre der Menschen als auch seine eigene verletzt.

Es bereitete ihm Kummer, daß sich Sasav in den Ruhestand zurückzog, aber er verbarg auch dieses Empfinden. Während der vergangenen fünfzig Jahre hatte sich die kühle Beziehung zwischen Vorgesetztem und Untergebenem verändert, führte zu einer Freundschaft mit einem Mann, den Sarek für außerordentlich intelligent und klug hielt. Doch inzwischen war Sasav fast hundertachtzig und zweifellos berechtigt, nach dem langen Dienst das letzte Drittel seines Lebens in der Heimat zu verbringen. Trotzdem: Sarek konnte sich kaum einen Botschafter vorstellen, der nicht Sasav hieß.

Deshalb war seine Überraschung verzeihlich, als ihn der Rat zu Sasavs Nachfolger ernannte.

Er fühlte sich versucht, dieser Entscheidung zu widersprechen und darauf hinzuweisen, er sei zu jung, um eine derartige Verantwortung wahrzunehmen. Aber er wußte natürlich, daß solche Einwände keinen Sinn hatten. Die Räte trafen ihre Wahl auf der Basis von Logik, und sie führten stichhaltige Gründe an: seine umfassenden Erfahrungen mit Menschen, der Umstand, daß er mehrere terranische Sprachen beherrschte, seine Beziehungen zu wichtigen Persönlichkeiten der irdischen Kultur, die von ihm erzielten Verhandlungsergebnisse... Sarek spürte Sasavs und T'Paus Blicke, als er sich verneigte und seine Beförderung akzeptierte.

Er nahm sich vor, T'Pau zu besuchen, bevor er Vulkan verließ. Bei den diplomatischen Einsatzbesprechungen, an denen Sasav und die Mitglieder des Hohen Rates teilnahmen, gelangte Sarek zu der Erkenntnis, daß die Stabilisierung der Beziehungen zur Erde schwieriger war, als er zunächst angenommen hatte. Die vulkanische Regierung bekannte sich natürlich zum Prinzip des *Cthia*, aber hier und dort gab es Einschränkungen: Manche Räte fürchteten die Terraner und ihre Andersartigkeit, ihre expansionistische Politik, ihre Energie, ihre Neigung dazu, auch das Mittel der Gewalt zu verwenden. Viele Vulkanier hielten die Menschen für kleine Kinder, die mit gefährlichen Waffen durchs All reisten. Sarek verglich Sasavs Hinweise in der Botschaft mit den Worten, die er nun der Regierung gegenüber benutzte, und daraufhin kam er zu folgendem Schluß: Beim Rat hatte sich Sasav besonders vorsichtig ausgedrückt, als er die Terraner beschrieb — um Panik zu vermeiden, wo es überhaupt keinen Grund für Panik gab. Wenn man bestimmte andere Situationen aus dieser Perspektive betrachtete, so wurde deutlich, daß Sasav eine lange Gratwanderung hinter sich hatte: Er ermöglichte einen beständigen Kontakt zwischen den beiden Regierungen, verhinderte Mißverständnisse und vermied Zwischenfälle, die zu einer Verstärkung der vulkanischen Xenophobie führen mochten. Xenophobie — diese Bezeichnung war tatsächlich angemessen. Mehr als jemals zuvor zweifelte Sarek an seiner Fähigkeit, den Aufgaben des Botschafters gerecht zu werden. Gleichzeitig wuchs seine Entschlossenheit, zumindest zu *versuchen*, gute Arbeit zu leisten.

An jenem Abend empfing ihn T'Pau zum Essen. Sie war älter. *Unlogisch*, dachte Sarek. *Hast du etwa erwartet, daß sie fünfzig Jahre in der Stasis verbrachte?* Der grimmige Gesichtsausdruck wirkte nicht mehr so intensiv wie damals, wich allmählich einem anderen Aspekt ihres Seins, den er schon vor fünf Jahrzehnten in ihr wahrgenommen hatte: Weisheit. Sarek brachte ihr einige Datenmodule, die gespeicherte terranische Literatur, Musik und Filme enthielten. Einige Aufzeichnungen betrafen die amerikanische Baseball-Meisterschaft, die T'Paus besonderes Interesse fand.

Sie erörterten viele verschiedene Dinge, und nach einer Weile hörte Sarek überrascht, daß sich T'Pau im Tonfall der Ältesten Mutter an ihn wandte. »Es gibt noch einen Punkt, den ich mit dir besprechen muß. Als Kind hat man dich nicht gebunden, denn in unserer Familie kann jeder frei über die Partnerschaft entscheiden. Du bist nun im richtigen Alter, um eine Bindung zu vollziehen. Was willst du in dieser Hinsicht unternehmen?«

Während der vergangenen fünfzig Jahre hatte Sarek häufig darüber nachgedacht, sogar öfter, als es ihm behagte. Manchmal wurden seine Überlegungen von Kummer begleitet, doch inzwischen ließ er sich nicht mehr von derartigen Empfindungen belasten. »Ich habe mich gegen diese Möglichkeit entschieden. Ich unterhalte keine direkten und unmittelbaren Beziehungen zu einer vulkanischen Frau. Und selbst wenn das der Fall wäre: Ich könnte sie nicht bitten, mich zur Erde zu begleiten. Manchmal ist es sehr schwer, dort ein Vulkanier zu sein. Die menschliche Version des *Cthia* ist noch nicht sehr weit entwickelt, und daher lassen ihre Einstellungen Fremden gegenüber oft zu wünschen übrig...«

»Deiner Logik mangelt es an Perfektion«, erwiderte T'Pau, und diese wenigen Worte kamen dem schlimmsten Tadel gleich, den Sarek seit fünfzig Jahren gehört hatte. »Ich kenne deine Gründe. Trotzdem solltest du die Möglichkeit einer Partnerschaft nicht ausklammern, sondern weiterhin in Erwägung ziehen. Verstoße die Furcht.«

Sarek nickte und dachte nicht mehr darüber nach. Sie beendeten die Mahlzeit und verabschiedeten sich.

Er nahm die notwendigen Unterlagen vom Hohen Rat entgegen und besuchte seine Eltern für einen Mondkreis. Am Ende des Monats verließ er Vulkan zum zweitenmal und ging an Bord eines Schiffes, das zur Erde flog. Zwei Tage später legte er der Vereinten Föderation der Planeten seine Beglaubigungsschreiben als Botschafter und Generalbevollmächtigter Vulkans vor. Eine seltsame Aufregung erfaßte ihn, als er anschließend das im oberen Stock der

Botschaft gelegene Büro aufsuchte, hinter dem Schreibtisch Platz nahm und wußte, daß er sein Volk vertrat. Er wollte versuchen, ein möglichst guter Botschafter zu sein.

Kurze Zeit später lernte er Amanda Greyson kennen.

Berufliche Pflichten führten sie zusammen. Amanda nahm an einem Föderationsprogramm teil, dessen Ziel darin bestand, einen zuverlässigen Translator zu entwikkeln, und Sarek nutzte sofort die Gelegenheit, ihr die Hilfe seiner linguistischen Abteilung anzubieten. Bei ihrer ersten Begegnung machte sie keinen besonderen Eindruck auf ihn: eine attraktive Frau, groß für eine Terranerin, mit klugen Augen. Später stellte Sarek fest, daß sie ihn auf irgendeine sonderbare Weise an T'Pau erinnerte. Doch es blieb ihm ein Rätsel, worin die Ähnlichkeit bestand.

Die Spezialisten in der linguistischen Sektion lobten Amandas Arbeit – sie half einigen Vulkaniern, ihre Englischkenntnisse zu verbessern –, und Sarek bekam fast überschwengliche Berichte, die sein Interesse an Amanda weckten. Offenbar war sie nach Vulkan geflogen und hatte dort einige Jahre mit dem Studium der Sprache, Semiotik und Kinesik verbracht. Wenn Sarek hörte, daß man Amanda Greyson in der linguistischen Abteilung erwartete, ging er ab und zu hinunter, um mit ihr zu sprechen. Er freute sich darüber, daß sie fließend und idiomatisch fehlerfreies Vulkanisch sprach – und daß sie seine Vorliebe für chinesisches Essen teilte. Dieser Umstand führte sie zusammen. Damals befand sich die vulkanische Botschaft noch in London. Amanda hatte in der Stadt ein Hunan-Restaurant entdeckt, das sie Sarek zeigen wollte: Dort saßen sie an einem Tisch, aßen gebackene Nudeln, erstellten eine Wortliste und unterhielten sich den ganzen Abend über auf vulkanisch.

Sarek empfand es irgendwie als erfrischend, eine Terranerin zu hören, die mühelos in seiner Muttersprache mit ihm kommunizierte. Nun, ›mühelos‹ war vielleicht nicht die richtige Bezeichnung. Amanda hatte einige Akzentprobleme: Sie verwendete ein Dialekt vom Geringeren Meer, was Sarek amüsierte, weil er es mit bäuerlichen Vorstellungen assoziierte. Er fand es seltsam, so etwas von einer gut gebildeten Frau zu hören. Amandas Wortschatz wies besondere Stärken auf, soweit es um die Wissenschaft ging, und ihre Übersetzungen waren korrekt. Insbesondere erstaunte es Sarek, daß sie sich mit *Cthia* befaßt hatte.

»Es erschien mir sinnvoll«, sagte Amanda, als sie grünen Tee tranken. »Das ist bei solchen Dingen immer der Fall, wenn Erleuchtung plötzlich wie aus dem Nichts kommt und man sich fragt, warum es so lange gedauert hat ... Ich vermute, unsere Begriffsstutzigkeit ist weitaus größer, als wir glauben. Deshalb brauchen wir manchmal viel Zeit, um uns zu gewissen Erkenntnissen durchzuringen – obwohl das Universum sie uns direkt vor die Augen hält.«

Sarek nickte. »Vielleicht haben Sie recht. Die Erleuchtungen, die Ihr Planet anzubieten hat, üben eine ähnliche Wirkung auf mich aus.«

»Ich frage mich, wie wir auf Surak reagiert hätten«, sagte Amanda leise. Dann lachte sie, und es klang fast reumütig. »Nun, wenn ich jetzt darüber nachdenke ... Wahrscheinlich wäre es ihm nicht besser ergangen als anderen innovativen Philosophen. Wir haben sie ans Kreuz genagelt, sie durch Wüsten gejagt oder erschossen. Ich fürchte, mit Erleuchtung können wir nur wenig anfangen. Aber manchmal zeigt sich Licht an unserem geistigen Horizont ...« Sie deutete mit einem Stäbchen auf die Wortliste. »Davon verspreche ich mir viel.«

»Auf das Licht«, entgegnete Sarek und hob seine Tasse Tee.

Nach dem ersten gemeinsamen Abend trafen sie sich öfter. Sareks Englisch war besser als das der anderen Vulkanier in der Botschaft – diese Tatsache diente als Vorwand. Aber er fand immer mehr Gefallen daran, einen Freund zu haben. Auf Vulkan hatte er nur wenige, weil er sich von Anfang an ausschließlich auf die Arbeit konzentrierte. Während der ersten fünf Jahrzehnte auf der Erde war er fast immer unterwegs gewesen, um Daten zu sammeln; nicht einmal geistig blieb er für längere Zeit an einem Ort. Doch jetzt, als reiferer Mann, fühlte er sich ruhiger und gesetzter, und das kostbare Gut der Freundschaft erfüllte ihn mit Zufriedenheit.

Oft kam es zu Auseinandersetzungen zwischen ihnen. Sarek behielt meistens recht und vermied, daß es zu einem direkten Streit kam. Aber wenn sich Amanda über das ärgerte, was sie beim Botschafter für Selbstgefälligkeit hielt, blitzte es in ihren Augen, und dann fluchte sie manchmal in einem bizarren englischen Idiom. Er fand ihr Verhalten faszinierend. Bei einer Kontroverse in Hinsicht auf die richtige Übersetzung eines Wortes für Krieg sagte sie, er solle mit dem Kopf nach unten wachsen, wie eine Steckrübe – und daraufhin lachte Sarek laut, zum erstenmal seit vielen Jahren. Bei einer anderen Gelegenheit, als er erneut recht behielt und den Fehler machte, darauf zu bestehen, begann Amanda mit einer längeren Verwünschung: Sie meinte, der Fluch von Mary Malone und ihrer neun blinden Waisen solle ihm so weit über die Berge und Meere folgen, daß Gott der Allmächtige ihn nicht einmal mit einem Radioteleskop finden könne. Daraufhin lachte Sarek so lange, bis er an Atemnot litt. Amanda geriet in Panik, glaubte ihn in Lebensgefahr und begann mit einer Herzmassage, die völlig nutzlos blieb, da das vulkanische Herz an einer ganz anderen Stelle schlug. Er lachte immer wieder und brauchte fast eine Stunde, um sich zu erholen. Noch nie zuvor war er auf diese Weise verflucht worden, nicht einmal von Gewerkschaftsführern, und er empfand es als überaus erfrischend.

Bald gewann Sarek den Eindruck, daß seinen Tagen etwas fehlte, wenn ihn Amanda nicht anrief, ihn irgend etwas fragte oder von ihrer Arbeit berichtete. Am Samstag oder Sonntag – oder sogar an beiden Tagen – gingen sie gemeinsam essen. Es dauerte nicht lange, bis es Sarek völlig normal fand, Amanda zu Hause zu besuchen, bis spät abends zu bleiben und mit ihr über die Welt zu diskutieren.

Besser gesagt: über die Welten. Jetzt gab es mehr als nur eine, und Sarek gewann den Eindruck, daß er in beiden lebte. Alles hatte mit der Wortliste begonnen – und sie überbrückte auch die letzte Distanz.

»Das hier ist falsch übersetzt«, sagte Sarek. Er saß auf Amandas Couch und hob den Ausdruck. »Wir haben doch schon darüber gesprochen. Soll dies die revidierte Liste sein, die dem Komitee vorgelegt wurde?«

Amanda Greyson runzelte die Stirn. »Ja. Stimmt was nicht damit?«

»Dieses Wort.« Sarek zeigte auf den Begriff *Arie'mnu*. »Es bedeutet *nicht* die Eliminierung von Gefühlen. Das ist keineswegs unsere Absicht.«

»Aber die früheren...«

»Wenn Sie auf die früheren Übersetzungen achten, wiederholen Sie nur ihre Fehler! ›Unterdrückung‹ und ›Kontrolle‹ geben den Bedeutungsinhalt ebenfalls nicht genau genug wieder. Es müßte ›Beherrschung‹ heißen. Das ist ein großer Unterschied!«

Amanda zuckte mit den Schultern und seufzte. »Es dürfte ziemlich problematisch sein, jetzt noch eine Änderung vorzunehmen. Es handelt sich nur um ein Wort. Wir berücksichtigen es bei der nächsten Revision...«

»Soll man zehn Jahre lang annehmen, wir Vulkanier hätten keine Emotionen? Glauben *Sie*, wir seien gefühllos?«

»*Haben* Sie Gefühle?« fragte Amanda und wölbte die Brauen. Sie zog ihn auf, und er wußte es.

Und einen Sekundenbruchteil später begriff er auch noch etwas anderes.

»Urteilen Sie selbst«, antwortete er und zog Amanda zu sich heran.

Er zeigte ihr, daß er tatsächlich Gefühle hatte.

Gefühle, die Amanda erwiderte.

Einige Zeit später erklang eine leise, sanfte und schläfrige Stimme. Es war erstaunlich, wie sehr sich Stimmen manchmal verändern konnten.

»Weißt du, es ist komisch...«

»Was meinst du?«

»Nun, jeder möchte wissen, ob Vulkanier in der Lage sind...«

»Oh, ich verstehe«, sagte Sarek, bevor Amanda Gelegenheit bekam, die Frage zu beenden. »*Sind* wir dazu in der Lage?«

Sie lachte. »Sollen die Leute ihre eigenen Vulkanier fangen und es selbst herausfinden.«

»Fangen? Das legt die Vermutung nahe, ich sei weggelaufen.«

Amanda lachte erneut. »Meine Güte, wenn ich an die Schlagzeilen denke... *Ich habe einen Alien geheiratet!«*

»Das gilt auch für mich«, erwiderte Sarek trocken. »Und ich schätze, in meiner Heimat wird es zunächst zu Reaktionen kommen, die mit denen auf der Erde vergleichbar sind.«

»Ist so etwas jemals geschehen?«

»Nein, meines Wissens nicht.«

Es folgte nachdenkliche Stille, die mehrere Sekunden lang dauerte. »Werden wir ein Kind bekommen?«

»Kannst du?«

»Ja. Kannst *du?«*

»Ich glaube schon.«

Amanda überlegte kurz. »Die Frage ist nur... Können *wir?«*

Sarek dachte ebenfalls darüber nach. »Nun, es wird sich herausstellen.«

Es fand keine großartige Hochzeit statt, aber die Medien präsentierten das Ereignis dennoch als Sensation. Sarek nahm das Erstaunen der Öffentlichkeit gelassen hin. Die Regenbogenpresse bot eine geringfügig veränderte Version von Amandas Schlagzeile an – »*Ich habe ein kleines grünes Männchen geheiratet!*« –, und während eines Interviews ging sie mit folgenden Worten darauf ein: »An meinem Mann gibt es nichts Kleines«, sagte sie betont würdevoll. Die allgemeine Heiterkeit der Reporter verstand

Sarek zunächst nicht — nach irdischen Maßstäben war er recht groß. Als man ihm später die Bedeutung von Amandas Hinweis erklärte, lachte er noch lauter und länger als über die Sache mit dem Radioteleskop.

Es dauerte nicht lange, bis sich die ›Wogen glätteten‹, wie es auf der Erde hieß. Nach einigen ruhigen Jahren beantragte Sarek einen Urlaub auf Vulkan, den man ihm sofort gewährte. Sareks und Amandas erste gemeinsame Reise durchs All dauerte kaum mehr als vierundzwanzig Stunden, und einen Tag später nahmen sie am ersten von vielen Empfängen in der vulkanischen Akademie der Wissenschaften teil.

Natürlich wird oft darauf hingewiesen, daß Kreuzungen zwischen verschiedenen Spezies unmöglich sind. Im Prinzip stimmt das auch. Aber zu jener Zeit waren die Vulkanier die besten Genetiker in der ganzen Galaxis und praktizierten diese Kunst schon seit vielen Jahrtausenden, auf die eine oder andere Weise. Es gab keine Präzedenzfälle — aber auch keine triftigen Gründe, die dagegen sprachen. Beide Eltern waren Hominiden und klar bei Verstand. Darüber hinaus wies ihre Physiologie genügend Parallelen auf, um die Entwicklung eines Kompromisses zu ermöglichen.

Es handelte sich tatsächlich um eine ›Entwicklung‹, und der Prozeß begann mit einer umfassenden genetischen Analyse sowohl Amandas als auch Sareks. Die Genetiker der Akademie ließen sich Zeit — jeder Fehler mußte ausgeschlossen werden. Es dauerte ein Jahr, um alle Gene und Chromosomen zu verzeichnen, zu identifizieren und das jeweilige Bedeutungspotential zu ermitteln.

Anschließend ging es darum, die physische Struktur des Körpers und alle notwendigen vitalen Funktionen zu bestimmen. Vulkanier besaßen Organe, die in Menschen fehlten, und umgekehrt. Es mußte ein Ausgleich zwischen verschiedenen chemischen Systemen und der ATP- und ADP-Synthese sowie ihren Interaktionen geschaffen werden. Die Zellstruktur von den Mitochondrien aufwärts erforderte eine völlige Neuentwicklung. Hinzu kamen Unterschiede in bezug auf Stoffwechsel und Hirnchemie und tausend andere Details. Die letzte Phase bestand darin, die Chromosomen mit den Veränderungen zu programmieren. Dazu verwendete man entweder computergesteuerte oder manuelle Mikrochirurgie.

Die Vorbereitungen nahmen vier Jahre in Anspruch.

Schließlich waren die Techniker soweit. Sie bestellten Amanda zu sich und entnahmen ihr eine Eizelle, deren Membran sie benötigten. Der Rest des erforderlichen genetischen Materials stand schon zur Verfügung. In einer dreitägigen und sehr komplizierten Operation entfernte man den ursprünglichen Chromosomensatz aus der Eizelle, ersetzte ihn durch Amandas manipulierte Gene, fügte Sareks Erbmasse hinzu und schloß die winzige Zelle.

Sie überlegte etwa eine halbe Stunde lang.

Dann teilte sie sich.

Und teilte sich erneut.

Die Techniker jubelten nicht — immerhin waren sie Vulkanier. Aber tagelang herrschte in den Laboratorien für Schwangerschaftsgenetik eine Atmosphäre tiefer Zufriedenheit. Etwa eine Woche später kam Amanda und wurde offiziell schwanger. Es handelte sich um einen routinemäßigen Eingriff, der nur fünf Minuten dauerte.

Dann begann das Warten. Wuchs der Embryo? Hielt die Plazenta?

Es kam zu keinen Komplikationen. Amanda litt nicht an Übelkeit, aber im zweiten Schwangerschaftsmonat verlor sie ihren Appetit an allen süßen Speisen und zog Saures vor. Voller Abscheu stellte sie fest, daß sie plötzlich nur noch Gurken mochte. Sie klagte bitterlich darüber, sich wie ein Klischee zu fühlen, aber Sarek lachte nur und scheute keine Kosten, um ihr die gewünschten Gurken zu besorgen.

Das Kind erblickte nach neuneinhalb Monaten das Licht der Welt. Die Geburt war leicht und verlief ohne Zwischenfälle. Amanda hatte sich vorher ausgiebig mit den vulkanischen Methoden der Schmerzverdrängung befaßt und erlebte bewußt alle Phasen der Niederkunft. Später war sie müde und seufzte erleichtert, als man ihr das Baby reichte. Sarek stand neben dem Bett und beobachtete es.

Ihr Sohn sah wie die meisten vulkanischen Säuglinge aus: grün, fast ohne Haar. Der Kopf wirkte ein wenig seltsam, weil sich die weichen Fontanellen während der Passage durch den Geburtskanal verformt hatten. Aber das würde sich von ganz allein regeln, im Verlauf von einigen Tagen. »Er ist prächtig«, sagte Amanda glücklich.

»Selbstverständlich«, erwiderte Sarek sanft. »Die Genetiker haben sicher nicht die äußere Struktur vernachlässigt, nachdem sie so intensiv an der inneren gearbeitet haben. Wie dem auch sei: Ich glaube, du bist voreingenommen, Gemahlin.«

»Da hast du sicher recht, wie üblich, Gemahl. Wie nennen wir ihn? Sollen wir ihm einen S-Namen geben?«

»Das halte ich für angemessen«, erwiderte Sarek. »Viele Eltern vor uns trafen diese Entscheidung, um Surak zu ehren. Es würde sicher Aufsehen erregen, wenn wir diesem Beispiel nicht folgen. Nun, uns fällt bestimmt etwas ein.«

»Er wird die Akademie besuchen, wie sein Vater«, murmelte Amanda schläfrig. »Und dann ...«

»Uns bleibt Zeit genug, um alles zu planen.« Sarek streckte den Zeigefinger, und die kleine Hand des Neugeborenen schloß sich fest darum. »Mein Sohn.«

Man brachte Amanda fort, und Sarek verließ das Zimmer ebenfalls, sah im Flur aus einem Fenster. Die Morgendämmerung begann, und T'Khut sank dem Horizont entgegen. Sie wirkte realer und eindrucksvoller als jemals zuvor. Neben ihr glitzerten die Sterne, als wollten sie mit ihrem Glühen wetteifern.

*Die Zukunft hält viel für uns bereit,* dachte Sarek. Dann folgte er Amanda und seinem Sohn.

Kirk und Sarek eilten durch den Ausgang des Saals der Stimme und erreichten den Flur. Ein Transporterfeld gleißte kurz, und als die beiden Männer rematerialisierten, standen sie in einem großen Zimmer mit pastellfarbenen Wänden und unauffälligen Instrumenten. Undurchsichtige und schallisolierende Kraftfelder unterteilten den Raum. Mehrere vulkanische Mediziner gingen umher, überprüften einige Geräte und kümmerten sich um die Patienten in den einzelnen Behandlungsnischen.

McCoy schob den Kopf durch einen energetischen Schild; es sah seltsam aus – als rage sein Oberkörper aus einer festen Mauer. Als er Kirk und Sarek sah, winkte er. Sie traten durch das Schirmfeld.

T'Pau lag bewußtlos auf einer vulkanischen Diagnoseliege; Amanda und Spock standen rechts und links von ihr. Neben Amanda bemerkte Jim eine Frau, die ein langes, hellbraunes Gewand trug. Das dunkle Haar reichte ihr bis zum Rücken herab. Sie betrachtete die Anzeigen der Indikatoren, und ihr Gesicht blieb dabei völlig ausdruckslos. »Wie geht es ihr, Doktor T'Shevat?« fragte Sarek.

»Die Phasen der Bewußtlosigkeit werden länger«, erwiderte die Heilerin. »Das ist normal für ihren Zustand, aber kein gutes Zeichen.«

McCoy nickte und sah Kirk an. »Leberversagen. Die Heiltrance kann ihr inzwischen nicht mehr helfen.«

»T'Pau hat sie verboten«, erklärte T'Shevat und musterte die Besucher der Reihe nach. »Vor zehn Jahren hinterlegte sie bei uns ein elektronisches Dokument, in dem sie ausdrücklich alle ›übertriebenen Maßnahmen‹ ablehnt. Sie nannte alle zulässigen Arzneien und Behandlungsmethoden, und auf dieses Instrumentarium sind wir beschränkt.«

T'Shevat sah McCoy an, und dieser nickte. »In diesem Fall reichen selbst ›übertriebene Maßnahmen‹ nicht aus«, sagte er zu Kirk. »Sie braucht eine Lebertransplantation, was zu einer zu starken Belastung ihres Immunsystems führen würde. In diesem Zusammenhang wäre nicht einmal die Verwendung eines retroviraen Immun-Stimulators sinnvoll.«

»Geben Sie mir Bescheid, wenn Sie mich brauchen«, sagte T'Shevat und trat durch das abschirmende Kraftfeld.

Kirk blickte traurig auf T'Pau hinab. Sie wirkte hager und ausgezehrt: Die Haut spannte sich straff über den Jochbeinen, und T'Paus Augen lagen tief in den Höhlen. Das hochgesteckte Haar glänzte nicht mehr. »Man hätte sie wenigstens in einem Einzelzimmer unterbringen können«, murmelte der Captain.

»Auf eine derartige Privatsphäre... habe ich nie Wert gelegt«, erklang eine müde, krächzende Stimme. T'Pau hob die Lider und sah zum Captain auf. »James.«

Mühsam drehte sie den Kopf und musterte die anderen. Schließlich verweilte ihr Blick auf Sarek. »Ich bedauere... mein schlechtes Timing«, brachte sie hervor. »Ich wollte diesen Kollaps so lange wie möglich hinauszögern. Offenbar... gibt es Dinge...«

Sie unterbrach sich erschöpft und schnappte nach Luft.

»Denken Sie nicht dran«, sagte Sarek. »Die Lage entwikkelt sich so gut, wie man es unter den gegebenen Umständen erwarten kann.«

»Da irrst du dich«, widersprach T'Pau. »Das Problem namens T'Pring ist nach wie vor ungelöst...«

»Sprechen Sie nicht. Es strengt Sie zu sehr an.«

»Wenn ich jetzt nicht spreche, bleibe ich für immer stumm«, erwiderte T'Pau, und ein Teil der charakteristischen Schärfe kehrte in ihre Stimme zurück. Sie keuchte erneut, und McCoy beobachtete sie besorgt. Kirk bemerkte, daß sich die Gesichtsfarbe der alten Vulkanierin änderte: Das olivfarbene Grün der Wangen wurde noch etwas dunkler. *Es geht mit ihr zu Ende*, dachte er.

»Nun...«, fuhr T'Pau fort. »Sarek, du hast mich gefragt, wie das Beweismaterial verwendet werden soll. Dein

Plan ist raffiniert.« Sie atmete tief durch. »Zu raffiniert. Die Verschwörung gründet sich in erster Linie auf Subtilität und geheimes Handeln. Wenn du die gleichen Werkzeuge benutzt, wird alles nur noch schlimmer. Du mußt die Wahrheit sagen, und zwar sofort.«

»Ich soll die Informationen einfach den Medien überlassen?« vergewisserte sich Sarek.

»Manchmal ist die einfachste Lösung die beste«, sagte T'Pau. »Füge dich meiner Entscheidung!«

Sarek deutete eine Verbeugung an.

»Die Wahrheit... setzt sich durch«, fügte T'Pau hinzu und rang erneut nach Atem. »Aber sie muß freigesetzt werden. Übergib das Beweismaterial den Informationsdiensten. Unverzüglich.«

»Ja«, bestätigte Sarek.

Aber er blieb stehen, rührte sich nicht von der Stelle. T'Pau richtete ihre Aufmerksamkeit auf Spock und Kirk, die nebeneinander am Bett standen. Der Captain erwiderte ihren Blick und erlebte eine der seltsamen Visionen, die manchmal entstehen, wenn man einen anderen Menschen ansieht – wenn man Freunden begegnet und sie sich als Greise vorstellt. Bei Jim verhielt es sich genau umgekehrt. Er sah T'Pau als junge Frau und versteifte sich unwillkürlich, froh darüber, daß er sie erst im Alter kennengelernt hatte. Sonst wären sie vielleicht erbitterte Feinde geworden – oder das genaue Gegenteil.

»Ja«, krächzte T'Pau. Und sie schmunzelte. Das Lächeln verlieh ihrem Gesicht verblüffend sanfte Züge. »Als ich euch zum erstenmal zusammen erblickte, zweifelte ich nicht darin, daß ich einen von euch beiden sterben sehen würde. Jetzt weiß ich, wie falsch solche Gedanken sein können. Ich sah nicht etwa euren Tod, sondern meinen.«

Auf Kirks Zunge lagen Bemerkungen wie ›Sie werden nicht sterben‹, aber so etwas hätte völlig absurd geklungen. Außerdem erschien es ihm hier und jetzt falsch, eine Tatsache zu leugnen. »Ich hätte Sie gern besser kennengelernt«, sagte er. »Es tut mir leid, daß ich dazu keine Gelegenheit mehr bekomme.«

»Mir geht es ebenso.« Spock griff nach T'Paus Hand.

Die alte Vulkanierin nickte. »Ja.« Sie sah sich noch einmal um. »Ich gehe jetzt. Es hat keinen Sinn, noch länger auf das Unvermeidliche zu warten.«

Sarek trat einen Schritt vor. »Nein«, krächzte T'Pau. »Du brauchst dieses Geschenk nicht, Sohn meines Hauses. Du bist jetzt Oberhaupt des Hauses, und vermutlich fiele es dir schwer, mein *Katra* zu tragen. Nein.« Langsam drehte sie den Kopf und richtete den Blick auf Amanda. »Ich glaube, wir kommen besser zurecht, Tochter. Du hast in Seleya die nötige Ausbildung genossen, um mit dem Geschenk fertig zu werden, sobald ich es dir gebe. Außerdem wirst du dadurch zur Ältesten Mutter des Hauses, ganz gleich, was die anderen davon halten. So ist es besser. Wenn du einverstanden bist...«

Tränen glänzten in Amandas Augen. »Natürlich bin ich das«, entgegnete sie und versuchte, möglichst ruhig zu sprechen. »Auf diese Weise soll es geschehen.« Und sie beugte sich vor.

T'Pau hob eine zittrige, faltige Hand, und Amanda nahm sie entgegen, drückte sie sanft an ihr Gesicht. Einige Sekunden schlossen beide Frauen die Augen. Die Lippen der alten Vulkanierin bewegten sich kaum merklich und flüsterten etwas. Amanda nickte.

Dann erschlaffte T'Pau, und die anderen wußten, daß die Flamme des Lebens in ihr erlosch.

Der letzte Atem entwich mit einem leisen Zischen.

Amanda ließ T'Paus Hand los, legte sie auf die Decke und richtete sich auf. »Es ist vollbracht.«

Die vulkanische Heilerin sah zu ihnen herein.

»Sie ist nun beim *anderen*«, sagte Sarek.

T'Shevat nickte. »Ich trauere mit Ihnen«, erwiderte sie. »Ganz Vulkan wird mit Ihnen trauern.«

»Hat sie Anweisungen bei Ihnen hinterlassen?« erkundigte sich Sarek.

»Ja«, bestätigte T'Shevat. »Sie wollte eingeäschert werden. Und man soll ihre Asche auf dem Sand der Schmiede verstreuen.«

»Wir kümmern uns darum.«

Die Heilerin verneigte sich kurz und ging. Nacheinander traten Kirk und seine Begleiter durchs Schirmfeld, und draußen verharrten sie. »Was nun?« fragte McCoy.

»Wir achten T'Paus letzten Willen«, antwortete Sarek. »Aber zuerst berichten wir der Welt von ihrem Tod.«

»Nein, Gemahl«, warf Amanda ein. Ihre feste Stimme klang irgendwie seltsam, und alle sahen sie an.

»Bitte?« Sarek runzelte verwirrt die Stirn.

»Zuerst mußt du T'Pring als Verschwörerin entlarven und die Namen ihrer Komplizen nennen. Erzähle Vulkan *anschließend* von T'Paus Tod. So entspricht es ihrem... So hätte es ihrem Wunsch entsprochen. Sie wäre keineswegs bereit gewesen, ihrem Leben Priorität vor den Angelegenheiten der Regierung zu geben.«

Sarek musterte Amanda so, als sähe er sie nun zum erstenmal — und dann nickte er. »Nun gut. Verlieren wir keine Zeit.«

Sie verließen die Klinik. Kirk und Spock bildeten den Abschluß, und als Jim das sonderbare Lächeln in Amandas Mundwinkeln sah, wurde er sehr nachdenklich...

Die erste Nachricht führte zu heftigem Aufruhr. Es wurde eine Menge Staub aufgewirbelt: Man erhob gegenseitige Vorwürfe, leugnete strikt persönliche Verwicklungen und reagierte mit sorgfältig formuliertem Protest, der die eigene Unschuld unterstreichen sollte. Hier und dort trachtete jemand danach, Verwirrung zu stiften — um Ermittlungen zu verhindern oder wenigstens zu verzögern. Die Debatte dauerte an. Kirk lehnte das Angebot eines zweiten Vortrags ab; er glaubte, bereits auf alles Wesentliche hingewiesen zu haben.

Die zweite Nachricht erschütterte Vulkan so sehr, daß alles zur Ruhe kam. Stille senkte sich auf leere Straßen herab. Nur die Journalisten sprachen, mit gedämpften Stimmen, schilderten T'Paus Leben. Einige Info-Dienste brachten die Meldung und stellten dann ihre Sendungen ein. Später verlas man T'Paus letzten Willen und erwähnte auch ihren Wunsch, eingeäschert zu werden.

An jenem Abend begleitete Kirk die Familie zur Schmiede. Der Leichnam war bereits verbrannt, und Sarek trug einen kleinen, hellgrünen und kunstvoll verzierten Porzellanbehälter. Jim hatte den Krug schon einmal im Haus gesehen, ihm jedoch keine Beachtung geschenkt.

Der Transporterstrahl erfaßte sie, und beim Retransfer erlebten sie eine große Überraschung. Drei Millionen Vulkanier standen in einem langen, geschwungenen Bogen am Rand der Wüste und schwiegen, verursachten nicht das geringste Geräusch — es war die größte Versammlung in der Geschichte der Föderation. Kirk konnte es kaum fassen. Er sah Spock an, der wortlos den Kopf schüttelte, dann Amanda, die sanft lächelte.

Eine Zeitlang blieb Sarek stumm stehen und lauschte dem Flüstern des Windes. Schließlich kam das Zeichen, auf das er gewartet hatte: Ein Teil des Horizonts begann zu glühen, und T'Khut schob sich nach oben, zeigte ihr kupfernes Antlitz.

Sarek trat vor. »Das ist von ihr übrig«, wandte er sich an die Nacht. Er hob die Stimme nicht, aber Kirks Nackenhaare richteten sich auf, als er spürte, wie die Worte von Bewußtsein zu Bewußtsein weitergetragen wurden, noch schneller als mit Lichtgeschwindigkeit. Sie rasten am Rand der Wüste entlang, erreichten jede einzelne Ichsphäre und hallten wider, so als werde Sareks Satz von zahllosen individuellen Stimmen wiederholt. Es war eine geradezu überwältigende Erfahrung, und Kirk spürte, wie ihm die Knie weich wurden. Er sah die anderen Menschen an. Amanda wirkte ruhig und gelassen. McCoy hatte die Augen geschlossen; vielleicht betete er.

»Wir geben ihre Reste der Nacht, aus der wir kommen«, fügte Sarek hinzu und öffnete den Porzellanbehälter.

Leichter Wind kam auf. »Wir wissen natürlich, daß dies nicht T'Pau ist – sie und der *andere* wissen es ebenfalls. Wir wünschen ihr alles Gute, was auch immer geschehen mag – bis der Mond verschwindet und die Sterne erlöschen.«

Der Wind wehte den Staub davon, in die Stille. T'Khut glitt lautlos am Himmel hoch und goß ihr Licht in den Ozean aus Sand.

»Möge das Licht immer mit ihr sein«, sagte Sarek. »Und auch mit uns.«

Er drehte sich um. Sie alle kehrten heim.

»Nummer dreiundzwanzig«, verkündete jemand. Wieder war es nicht Shath.

»Mein Name lautet Spock.« Er stand mitten auf dem Podium, reglos und gerade. »Ich bekleide den Rang eines Commanders bei Starfleet und arbeite als Erster Offizier an Bord des Raumschiffs *Enterprise*. Was den Antrag betrifft: Ich bin dagegen.«

Es war völlig still im Saal. »Meine Familie trauert heute, und wir sind dankbar für die Beileidsbekundungen. Aber jene Frau, deren Tod wir beklagen, hätte Wert darauf gelegt, daß wir die Debatte fortsetzen, um eine Entscheidung zu treffen, und so soll es geschehen.«

Spock wandte sich ein wenig zur Seite und richtete seine Aufmerksamkeit auf einen anderen Teil des Auditoriums. »Ich befinde mich in einer besonderen Position. Viele von Ihnen wissen, daß ich ein Sohn der Tradition bin, die sich nun für eine Trennung von der Erde ausspricht, und gleichzeitig bin ich auch ein Sohn Terras. Hier sind viele Stimmen gegen die Erde laut geworden, und ich darf mich von ihnen nicht beeinflussen lassen. Es geht darum, nicht nur blindlings zu verteidigen, was angegriffen wird, sondern das *Cthia* in seiner wahren Form zu achten. In diesem Zusammenhang spielt meine Abstammung nur eine untergeordnete Rolle: Ich bin mit dem *Cthia* aufgewachsen und achte es sehr.«

Er ließ seinen Blick durch den Saal schweifen. »Es wurde viel über die menschliche Neigung zur Emotionalität und unsere Beherrschung der Gefühle gesprochen. Aber niemand hat über den *Sinn* von Emotionen Worte verloren. Sie dienen in erster Linie dazu, uns von einer Verhaltensform zu einer anderen zu führen. Wer Gutes bewirkt, empfindet Freude. Wer sich dem Bösen hingibt, spürt Kummer. Wir alle haben diese Gefühle und beherrschen sie, um nicht die emotionale Beherrschung des Nächsten in Frage zu stellen.«

Spock atmete tief durch. »Wir machen uns große Sorgen darüber, welchen Schaden unsere Gefühle anrichten könnten. Vielleicht ist unsere Besorgnis durchaus berechtigt. Im Laufe der Jahrtausende sind auf diesem Planeten Millionen von Personen ums Leben gekommen, weil wir nicht mit unseren Emotionen fertig werden konnten. Aber es ist auch möglich, *zu* besorgt darüber zu sein, welchen Schaden unsere Gefühle oder ihre Beherrschung anderen zufügen könnten. Manchmal glauben wir uns gar von den Emotionen des Nächsten bedroht.

Ich bin Vulkanier und sehe meine wichtigste Aufgabe darin, den Frieden zu wahren«, fuhr Spock fort. »Viele von uns haben sich zu diesem Prinzip bekannt, auch S'task, Schüler Suraks und später ein Abtrünniger. Ich glaube, dieser Grundsatz ist tiefer in uns verankert, als die meisten von uns vermuten. Es erscheint uns arrogant und hochmütig, laut zu sagen: ›Wir sind stark.‹ Aus diesem Grund geben wir Schwäche vor, und damit fügen wir *uns selbst* mehr Schaden zu als mit dem Eingeständnis von Stärke.

Dieses Gebaren verrät dem aufmerksamen Beobachter unser größtes Geheimnis: *Cthia* oder nicht, wir zweifeln nach wie vor daran, ob wir in der Lage sind, unsere Gefühle zu beherrschen. Noch immer fürchten wir uns voreinander, wie Surak damals erkannte. Unsere Besorgnis gilt der Möglichkeit, daß sich das Emotionale irgendwie unserer Kontrolle entzieht und uns zum Untergang verurteilt.

Genau das geschieht jetzt. Das Fatale besteht darin, daß sich dieser Umstand als *Cthia* tarnt. Wir geben vor, nur an das Wohl des Nächsten zu denken, aber in Wirklichkeit wuchert Angst in uns.« Spock hob den Kopf. »Seit einigen Jahren arbeite ich mit den besten Leuten zusammen, die sich ein Vulkanier vorstellen kann. Als ich zu ihnen kam, fürchtete ich um mein *Cthia* und ihre Sicherheit, denn ich begegnete etwas, das ich als zügellose Emotionalität erachtete. Ich hielt die Menschen für labil, unlogisch und auch gefährlich. Es dauerte eine Weile, bis ich feststellte, daß dieser Eindruck täuscht. Ich beobachtete Terraner, die mit ihren Gefühlen rangen, und ihre Siege und Niederlagen gewährten mir eine wichtige Erkenntnis: Wer sich mit seinen Emotionen auseinandersetzt, lernt mehr über ihre Beherrschung als jemand, der sie zu verbergen und zu unterdrükken versucht. Die Menschen geben diesen Kampf niemals auf, und dadurch haben sie eine emotionale Kontrolle errungen, auf die wir noch nicht vorbereitet sind.

Es gibt also viel, das wir von ihnen lernen können. Doch die Entropie drängt uns von dem fort, das uns zum Vorteil gereicht, und wieder regt sich Furcht auf Vulkan — eine Furcht, die wir verstoßen müssen. Sie veranlaßt uns dazu, vor allen Dingen die entropische Natur der Gefühle zu sehen, ihre Fähigkeit, uns voneinander zu entfernen. Und dadurch ignorieren wir, daß sie der Entropie auch *widerstehen* und uns einander näherbringen können — so wie gestern abend.«

Noch immer herrschte völlige Stille im Saal. »Es ist unlogisch, einer solchen Kraft keine Beachtung zu schenken«, sagte Spock. »Es ist unlogisch, sich von einer anderen Spezies zu trennen, die uns viel über unsere Ängste und Hoffnungen gelehrt hat, sie mit uns teilt. Ich werde mich nicht von einem solchen Volk abwenden. Das kann ich auch gar nicht: Ich gehöre zu ihm. Meine Wahl ist getroffen.« Er sah sich im Auditorium um. »Für Sie geht es nur darum, Entscheidungen zu treffen. Ich möchte Sie jedoch daran erinnern, daß das Wort ›entscheiden‹ auf einen älteren Ausdruck zurückgeht, der ›töten‹ bedeutet. Möglichkeiten und Gelegenheiten sterben, wenn man Entscheidungen trifft. Achten Sie darauf, *was* Sie töten.«

Damit beendete Spock seinen Vortrag und verließ das Podium.

Eine andere Gestalt trat ans Licht, das durch die Öffnungen in der hohen Decke fiel. Kirk beobachtete eine schlanke junge Frau, sah jetzt zum erstenmal eine Vulkanierin mit lockigem Haar. »Ich möchte das Publikum im Saal und zu Hause darüber informieren, daß die notwendige Anzahl von Wahlberechtigten beschlossen hat, die Debatte zu beenden. Die Abstimmung beginnt jetzt sofort, und das Ergebnis liegt in einem solaren Tag beziehungsweise in zweiundzwanzig Komma eins Standardstunden vor. Ich danke für Ihre Aufmerksamkeit.«

Hunderte von Personen erhoben sich. Kirk stand ebenfalls auf, und neben ihm streckte sich McCoy. »Und nun?« fragte der Arzt, als Spock zu ihnen aufschloß.

»Jetzt warten wir«, erwiderte der Captain.

Sie verbrachten den Abend bei Sarek und Amanda, aßen und tranken und sprachen, schalteten gelegentlich den Vid-Schirm ein, um sich die Nachrichten anzusehen. Es gab keine Meldungen über Tendenzen oder den aktuellen Stand der Abstimmung. Man sammelte die entsprechenden Daten in einem zentralen Computer in Shi'Kahr und wertete sie dort aus. Die Freigabe dieser Informationen würde erst am nächsten Nachmittag erfolgen, wenn alle Wähler ihre Stimme abgegeben hatten.

Aber die Info-Dienste brachten viele andere interessante Nachrichten, und die meisten davon standen mit T'Prings Verschwörung in Zusammenhang. »Sie und Shath ›unterstützen die Behörden bei den Ermittlungen‹«, stellte Kirk fest. Es klang zufrieden.

»Mit anderen Worten: T'Pring sitzt im Knast«, sagte McCoy. »Geschieht ihr ganz recht.«

»Doktor«, wandte Spock würdevoll ein, »es ist schon

lange her, seit unsere Form des ›polizeilichen Gewahrsams‹ Ihren Vorstellungen vom ›Knast‹ entsprach.«

McCoy lachte. »Wie dem auch sei: T'Pring hat einen gehörigen Denkzettel verdient. Was für eine hinterhältige Schlange! Ich hoffe, sie beißt niemanden. Sonst müßte man dem Betreffenden etwas amputieren.«

»Doktor...«

»Schon gut, schon gut.«

Amanda und Sarek saßen draußen im Garten und unterhielten sich leise. Ihr Sohn strich mit den Fingerkuppen über die Computertastatur. »Sie wirken nervös, Spock«, sagte Kirk.

Der Vulkanier warf ihm einen kurzen Blick zu. »Nervosität ist etwas Emotionales.«

»Sie haben das Emotionale heute gut verteidigt.«

»Gefühle existieren, haben einen Wert an sich und brauchen daher gar nicht verteidigt zu werden«, entgegnete Spock.

Der Captain lachte leise. »Na schön. Übrigens: Können Sie von hier aus einen Kom-Kanal zur *Enterprise* schalten? Ich würde mir gern das ESB ansehen.«

Spock überlegte kurz. »Das sollte eigentlich kein Problem sein. Warten Sie einen Augenblick.« Seien Finger huschten über die Tasten.

McCoy betrachtete ein Aquarell, das an der schwarzen Wand hing. Die halbabstrakte Darstellung zeigte irdische Frühlingsblumen. »Gartenwicke«, sagte der Arzt. »Wie lange ist es her, seit ich zum letztenmal echte Gartenwicke gesehen habe?«

»Wende dich an die biologische Abteilung«, schlug Kirk vor. »Dort gibt es sicher Samen.«

»Nein... Ich meine eine ganze Wiese voll davon. Stell dir vor, wie sie sich im Wind hin und her neigen. Und dann ihr Duft, der wundervoll süße Duft...«

»Sprich mit Harb Tanzer. Vielleicht kann er das Holodeck entsprechend programmieren.«

McCoy rollte mit den Augen.

Kirk setzte sich, betätigte die Tasten und fragte an, ob Nachrichten für ihn eingetroffen waren.

Folgende Botschaft erschien auf dem Monitor:

(1) GEMEINSCHAFTSECKE

Kirk wechselte den Datenbereich und gab ein: *Zeige Nachricht*.

**VON:** Llarian
**AN:** Jas. T. Kirk
**STERNZEIT:** 7468.55
**BETREFF:** Zusätzlicher Rat

**Wer kühn wagt, wird sterben.**
**Wer kühn auf das Wagnis verzichtet, wird überleben.**
**Beide bringen Nutzen oder Schaden.**

**Die Natur entscheidet, was böse ist.**
**Aber wer kennt ihre Gründe?**
**Sie verwirren selbst den Wissenden.**

**Das Tao der Natur**
**verzichtet auf den Kampf,**
**doch es triumphiert geschickt.**
**Es spricht nicht,**
**und doch reagiert es geschickt.**
**Es ruft nicht,**
**und lockt doch an.**
**Es kennt keine Eile**
**und plant geschickt.**

**Das Netz der Natur ist groß und weit.**
**Es hat grobe Maschen, aber nichts schlüpft hindurch...**

»Lieber Himmel, was soll *das* denn bedeuten?« erklang McCoys Stimme hinter Kirk.

»Sehe ich *dir* über die Schulter, um deine Post zu lesen?« fragte der Captain amüsiert. Er lehnte sich zurück. »Nun, ich will dir sagen, was ich davon halte. Llarian gibt mir zu verstehen, daß ich unbesorgt zu Bett gehen kann, weil alles in Ordnung kommt.«

»Grmpf«, machte Pille und ging fort. Kirk blieb noch eine Zeitlang sitzen, blickte auf den Bildschirm und lächelte.

Am nächsten Nachmittag saßen sie alle im Wohnzimmer und warteten auf die Bekanntgabe des Wahlergebnisses. Unterdessen berichteten die Info-Dienste auch weiterhin über die Verschwörung. Es kam zu immer neuen Enthüllungen in Hinsicht auf das Krebsgeschwür der Korruption, das T'Pring geschaffen hatte. Aber Kirk und die anderen achteten nicht darauf. Sie warteten.

Genau einen solaren Tag nach der Ankündigung wechselte das Bild auf dem Vid-Schirm und zeigte eine Gegenüberstellung von Zahlen. Für Jim blieben sie bedeutungslos, denn der Translator übersetzte nur gesprochene Worte. McCoy las sie laut vor.

»Für die Sezession: fünf Milliarden, vierhundert Millionen, dreihundertachtzigtausend sechshundertfünf.

Gegen die Sezession: neun Milliarden ...«

Kirk jubelte. Sarek lehnte sich in seinem Sessel zurück. Amanda lächelte. McCoy griff nach ihrer Hand und grinste von einem Ohr bis zum anderen.

Spock drehte den Kopf und sah den Captain an. »Ich glaube, ich habe meine Wette gewonnen«, sagte er.

Und an McCoy gerichtet: »Ich nehme an, der richtige Ausdruck lautet: ›Rücken Sie die Kohle raus.‹«

# EPILOG

»T'Pring hat um ein Gespräch mit Ihnen gebeten, Captain«, sagte Sarek.

Kirk befand sich an Bord der *Enterprise* und sprach in der Krankenstation mit McCoy, als sich Spocks Vater mit ihm in Verbindung setzte. Er sah auf den Schirm und fragte: »Was hat sie vor?«

»Keine Ahnung«, erwiderte Sarek. »Wenn Sie nicht wollen... Sie sind keineswegs dazu verpflichtet, T'Pring zu besuchen.«

*Es liegt mir wirklich nichts daran, ihr zu begegnen*, dachte Kirk und wechselte einen Blick mit McCoy. »Warum will sie ausgerechnet mit mir reden?« erkundigte er sich.

»Sie nannte auch die Namen von Spock und McCoy.«

Kirk neigte den Kopf in McCoys Richtung. Der Arzt nickte, wirkte jedoch skeptisch. »In Ordnung«, meinte Jim. »Wir sprechen mit der Dame.«

»Spock gab mir eine ähnliche Antwort«, entgegnete Sarek. »Ich habe die Koordination Ihrem Kommunikationsoffizier genannt, Captain.«

»Wir beamen uns in Kürze auf den Planeten. Sehen wir uns heute abend, Sir?«

»Ja, in der Tat, Captain. Sarek Ende.«

Kirk lehnte sich zurück. »›Spock gab mir eine ähnliche Antwort‹?«

»Er kennt dich zu gut«, erklärte McCoy. »Das heißt: Er kennt *uns* zu gut.«

»Logik?«

»Das bezweifle ich«, sagte der Arzt.

Kirk streckte die Hand aus und schaltete das Interkom ein. »Hier spricht der Captain. Mr. Spock, bitte begeben Sie sich in den Transporterraum.« Er stand auf. »Also los.«

Das Zimmer, in dem sie kurze Zeit später rematerialisierten, war eins der angenehmsten, das Kirk bisher auf Vulkan gesehen hatte. Es bot praktisch einen Dschungel aus einheimischen Pflanzen — hier Dornen, dort ledrige Blätter und überall herrlich duftende Blüten. McCoy wanderte umher, schnupperte und sah sich die einzelnen Gewächse aus der Nähe an, während Jim der attraktiven jungen Frau hinter dem Tresen den Grund ihres Besuchs erklärte.

Es erstaunte ihn, als sie kurz lächelte. Ein reserviertes Lächeln, zugegeben — aber zweifellos freundlich. »Es ist mir ein Vergnügen, Sie kennenzulernen«, sagte die Vulkanierin. »Darf ich Ihnen dafür danken, daß Sie uns vor einigen Angehörigen unseres Volkes geschützt haben?«

Kirk war so verblüfft, daß ihm keine passende Antwort einfiel. Er verneigte sich nur und ahmte damit ein Verhaltensmuster Sareks nach. Die junge Frau verbeugte sich ebenfalls. »Ich frage T'Pring, ob sie bereit ist, Sie zu empfangen.« Ihre Gestalt verflüchtigte sich in einem lokalen Transporterfeld.

Jim blinzelte.

McCoy kehrte zu ihm und Spock zurück. »Wenn dies ein Gefängnis ist, so sollte es mehr davon geben«, sagte er zufrieden.

»Wir halten nichts davon, Gefangene zu bestrafen«, erwiderte Spock sanft. »Die Verhaftung an sich genügt meistens als Strafe — zumindest für einen Vulkanier. Aber selbst wenn das nicht der Fall ist: Wir vermeiden es, Übeltäter für längere Zeit ›einzusperren‹. Dadurch wird das Problem nicht gelöst, sondern nur noch schlimmer. Wenn Sie mir diesen Ausdruck gestatten: Unsere Häftlinge werden ›menschlich‹ behandelt. Sie bleiben hier, bis unsere besten Gedankentechniker sicherstellen, daß sie in Zukunft nicht mehr gegen die Regeln der Allgemeinheit verstoßen.«

McCoy verzog skeptisch das Gesicht. »Wir kennen andere Planeten, wo man ebenfalls so etwas behauptet...«

Spock musterte den Arzt und ignorierte den Köder. »Wir sind genausowenig wie Sie dazu bereit, ein gesundes

Bewußtsein zu manipulieren oder ›anzupassen‹, um den Gehorsam der betreffenden Person zu gewährleisten, Doktor. Das stünde im direkten Widerspruch zum UMUK-Prinzip und den Richtlinien. Wenn Häftlinge ihre Verbrechen nicht bedauern und auf angemessene Verhaltensmodifikationen verzichten, so bleiben sie hier — bis zu ihrem Tod, falls erforderlich. Aber es besteht immer die Hoffnung, daß sie früher oder später zur Einsicht gelangen ...«

Erneut summte ein Transporterfeld. Kirk und seine beiden Begleiter drehten sich um, und ihr Blick fiel nicht etwa auf die vulkanische Empfangsdame, sondern auf T'Pring.

Sie stand dort, kühl und schön, sah die drei Männer an. Ihre Präsenz erzeugte Unbehagen in Jim, aber dann entsann er sich an T'Paus außerordentlich beeindruckende Aura, und daraufhin gelang es ihm mühelos, die Unruhe abzustreifen.

T'Pring nahm auf einer Sitzbank Platz, direkt neben einer Pflanze mit langen Stacheln und großen, rosaroten Blättern. Kirk, McCoy und Spock blieben stehen. »Sie äußerten den Wunsch, mit uns zu sprechen«, sagte der Captain schließlich.

»Ja«, bestätigte die Vulkanierin. »Ich wollte Sie noch einmal sehen, bevor Sie ins All zurückkehren, Ihr Leben als Helden fortsetzen und Welten retten.«

Kirk reagierte nicht. T'Pring richtete ihre Aufmerksamkeit auf Spock. »Du bist sonderbar still. Was denkst du?«

Spock hob den Kopf und zeigte einen ebenso steinernen Gesichtsausdruck. »Spott ist unlogisch, aber ...«

»Aber meine Logik hat bereits sehr gelitten, und deshalb läßt du dich nicht dazu herab, mir ebenfalls mit Spott zu begegnen.«

»Wenn es mir tatsächlich darum ging, so haftet meinen Überlegungen nichts Unehrenhaftes an«, stellte Spock fest.

T'Pring wandte den Blick von ihm ab, und zum erstenmal glitzerte Ärger in ihren Augen. Einmal mehr dankte Kirk dem Himmel dafür, daß die meisten Vulkanier ihren Zorn beherrschten — oder wenigstens kontrollierten.

Wenn dieser Planet wütend wurde, so konnten sich daraus höchst unangenehme Konsequenzen ergeben. *Vielleicht ist er noch ein wenig verärgert. Aber wenigstens hat er dieses Empfinden mit seinen eigenen Methoden unter Kontrolle gebracht – für wie lange?*

»Du bist nur an deinem guten Namen interessiert, Sohn des Botschafters, Offizier in Starfleet«, sagte T'Pring. »Möge der *andere* verhüten, daß man dich jemals bei Verfehlungen beobachtet, nicht wahr? *Deshalb* hast du mich Stonn überlassen. Deine Einstellungen mir gegenüber spielten dabei überhaupt keine Rolle. Du dachtest nur daran, daß die Zuschauer gesehen hatten, wie du deinen Captain getötet hast. Furcht bestimmte dein Verhalten – Furcht davor, daß die Anwesenden den Loyalitätsbruch für wichtiger hielten als deinen Sieg, daß sie dich verurteilten.«

Spock trat einen Schritt vor. »Vielleicht erstaunt es dich, aber selbst nach den Ereignissen und Enthüllungen des letzten Zehntags liegt mir nichts daran, dich zu belügen: Bitte glaub mir, wenn ich dir sage, daß unsere Bindung nicht auf meine Idee zurückging. Ich war sieben Jahre alt, als unsere Familien beschlossen, uns zu binden. Damals hielt ich dich für unglaublich schön und sah bewundernd zu dir auf. Als ich heranwuchs und mit meiner beruflichen Laufbahn bei Starfleet begann, stellte ich keine Ansprüche an dich und respektierte deine persönliche Integrität. Nach dem Ende unserer Bindung wünschte ich dir alles Gute, so seltsam dir das auch erscheinen mag. Meine Bindung gilt etwas anderem, weder Mann noch Frau, weder Mensch noch Vulkanier – eigentlich ein seltsames Schicksal. Aber man versteht und teilt es mit mir.« Spock sah Kirk und McCoy an, drehte dann den Kopf. »Ich könnte heute in deinen Gedanken sein, als Freund, oder gar als Partner in deiner Seele, so wie damals, bevor das Band zwischen uns zerriß ...«

T'Pring saß völlig still und musterte Spock. Nach einer Weile richtete sie den Blick auf Kirk und McCoy. »Sie haben erneut gestohlen, was mir gehören sollte.«

Auch diesmal gab Jim keine Antwort. McCoy trat neben Spock und erwiderte in perfektem Vulkanisch: »Wir haben Ihnen nichts genommen, auf das Sie rechtmäßig Anspruch erheben konnten.« T'Pring wirkte überrascht. *Wahrscheinlich wundert sie sich über Pilles Akzent*, dachte Kirk. McCoy fuhr fort: »Nicht einmal *hier* ist Bindung mit Besitz gleichbedeutend – es sei denn, es kommt zu einer Herausforderung, bei der man verliert. Sie gewannen damals. So hatte es jedenfalls den Anschein. Aber Spock warnte Sie mit dem Hinweis, daß der Sieg nicht alles ist. Jetzt müssen Sie sich der Erkenntnis stellen, daß er die Wahrheit sprach. Wie dem auch sei...« Er benutzte weiterhin die vulkanische Sprache, aber sein Gesichtsausdruck war durch und durch menschlich, als er hinzufügte: »Wir würden uns freuen, wenn Sie diesen Ort so bald wie möglich verlassen könnten.«

»Ich habe keine Zeit für Ihr Mitleid«, erwiderte T'Pring, doch Unsicherheit nagte an ihrer Arroganz.

»Und ich habe keine Zeit, mich mit so etwas aufzuhalten, junge Dame«, sagte McCoy verärgert. T'Pring riß unwillkürlich die Augen auf, als sie jene eigentümliche Mischung aus Zorn und vulkanischen Worten vernahm. »Reißen Sie sich endlich zusammen und benehmen Sie sich wie eine Vulkanierin. Kehren Sie in die Welt zurück und versuchen Sie zur Abwechslung einmal, irgendwelchen Leuten zu *helfen*.«

T'Pring blinzelte überrascht und sah Kirk an. »Sie sind zweifellos so edel wie Ihre Freunde und wünschen mir ebenfalls alles Gute.«

»Das ist gar nicht nötig«, sagte Jim und schüttelte den Kopf. »Sie kommen sicher zurecht, ob meine guten Wünsche Sie begleiten oder nicht. In der Zwischenzeit...« Er hob die Brauen, amüsiert von einem bestimmten Gedanken – und entschlossen, T'Pring keine Ansatzpunkte zu bieten. »Mögen Sie Gelegenheit erhalten, noch einmal Komplikationen in mein Leben zu bringen – allerdings etwas produktivere, wenn es Ihnen möglich ist.«

T'Pring starrte die drei Männer eine Zeitlang an und hob dann die Hand zum vulkanischen Gruß. »Glück und langes Leben«, sagte sie und berührte ihren Armreif. Einen Sekundenbruchteil später verflüchtigte sich ihre Gestalt im goldenen Schimmer eines Transporterfelds.

Kirk seufzte. »Nun?«

Spock schüttelte den Kopf. »T'Pring hat eine sehr starke Persönlichkeit, Captain. Sie könnte Großartiges vollbringen, wenn sie ihren Zorn überwindet und sich auf andere Dinge konzentriert.«

»›Verwirrung ist der erste Schritt zur Buße‹«, verkündete McCoy auf vulkanisch und benutzte dabei einen unüberhörbaren Südstaaten-Akzent.

Spock bedachte ihn mit einem neugierigen Blick. »Surak, Doktor?«

Der Arzt grinste, als sie sich auf den Transfer zu *Enterprise* vorbereiteten. »Ja. Aber auch noch jemand anders. ›Sollen sie lachen — oder sich fragen, was zum Teufel du gemeint hast.‹«

»Laßt uns nach Hause zurückkehren«, sagte Kirk.

Am nächsten Abend saßen sie wieder im Freizeitraum, in dem aus Anlaß des Abstimmungsergebnisses eine improvisierte Feier stattfand. Die Erleichterung an Bord war deutlich spürbar. Etwa hundert Besatzungsmitglieder — größtenteils Menschen — hatten vor Spock Aufstellung bezogen und ›For He's A Jolly Good Fellow‹ gesungen, während zwanzig andere Männer und Frauen auf diversen Musikinstrumenten spielten. Bei jener Gelegenheit füllte Sarek Dutzende von Champagnergläsern. Die beiden Vulkanier nahmen alles gelassen hin, aber anschließend begab sich Sarek in die Krankenstation — von Champagner bekam er immer Sodbrennen.

Natürlich blieb er nicht lange fort. Zusammen mit den anderen nahm er in einer Gesprächsnische Platz und beobachtete das fröhliche Durcheinander. Bestimmt ging die Party bald zu Ende, denn am nächsten Tag begann eine

Patrouillenmission der *Enterprise,* die sie nach Endeska führte. Auf Sarek und Amanda warteten ebenfalls neue Pflichten. Sie waren jetzt die Oberhäupter von Suraks Haus, und dadurch trugen sie noch mehr Verantwortung.

»Ich rechne nicht mit Problemen«, sagte Amanda. »T'Pau hat uns eine makellose Buchführung hinterlassen, was wohl kaum jemanden überrascht. Wir müssen uns nur um die hausinterne Politik kümmern, die Familie zusammenhalten und so weiter — ihr gehören etwa achthunderttausend Personen an.«

McCoy rollte mit den Augen. »Und ich dachte, *ich* hätte viele Verwandte.«

Sarek wirkte bemerkenswert ernst. »Stimmt was nicht?« fragte Kirk.

»Ist es wieder der Magen?« erkundigte sich McCoy. »Vielleicht sollte ich Ihnen noch eine Dosis Falox geben.«

»Nein, danke, die erste hat ihren Zweck erfüllt«, erwiderte Sarek. »Ich habe gerade darüber nachgedacht, wie sich die jüngsten Ereignisse entwickelten... Wissen Sie, ich bin nicht sicher, ob T'Pau zufrieden gewesen wäre. Sie wollte in erster Linie sicherstellen, daß sich die Stimmberechtigten auf der Grundlage von objektiven Informationen entschieden, ohne sich dabei von anderen Dingen beeinflussen zu lassen. Allem Anschein nach ging ihr Wunsch nicht in Erfüllung.« Er seufzte. »Andererseits sehe ich nun ein, daß es wirklich besser war, das Beweismaterial kommentarlos den Info-Diensten zu übergeben und der Wahrheit ihren Lauf zu lassen.«

»Ich finde T'Paus Hinweis auf schlechtes Timing recht amüsant«, warf McCoy ein. »Eigentlich konnte es gar keinen besseren Zeitpunkt geben.«

Kirk musterte den Arzt verwundert. »Wie meinst du das?«

McCoy lächelte nur.

Sarek überlegte, und dann zuckte es kurz in seinen Mundwinkeln. »Vielleicht haben Sie recht, Doktor. Captain, betrachten Sie die Angelegenheit einmal aus vulkanischer Perspektive. Bevor T'Pau starb, vertraute sie ihr *Katra* einer Terranerin an. Das ist nicht unbedingt unlogisch, denn bei der *Katra*-Übertragung zwischen Personen unterschiedlichen Geschlechts kann es zu Problemen kommen. Andererseits wies ihr Verhalten deutlich darauf hin, was sie *wirklich* von der Erde hielt – ungeachtet ihrer politischen Aussagen. Gleichzeitig verlieh sie Amanda damit den Rang der Ältesten Mutter von Suraks Haus. Wenn sich die Stimmberechtigten für eine Sezession entschieden hätten... Dann wäre Vulkan damit konfrontiert worden, die Älteste Mutter von Suraks Haus ins Exil zu verbannen. Und damit auch mich, das Oberhaupt des Hauses.« Sarek trank einen Schluck Wasser. »Noch etwas kommt hinzu: Die erste Meldung der Nachrichtenmedien ließ keinen Zweifel daran, daß T'Pau von T'Prings Verschwörung wußte. Als ihr Tod bekannt wurde...«

»Sah es ganz so aus, als sei sie gestorben, weil sie nicht die Schande der Regierung ertragen konnte – eine Unehrenhaftigkeit, die sich gegen jemanden von der Erde richtete.«

Sarek nickte langsam.

»Aus diesem Grund sehe ich eine Art Scherz in T'Paus Entschuldigung für ihr schlechtes Timing«, fügte McCoy hinzu. »Sie wußte ganz genau, daß sie zur richtigen Zeit starb...«

»Pille, willst du etwa behaupten, daß sie den Zeitpunkt ihres Todes *wählte?*«

»Jim, andere Leute sind zu einer bestimmten Zeit zu einem bestimmten Zweck gestorben, um mit ihrem Tod etwas zu erreichen, das sie für gut hielten. Warum soll das nicht auch bei T'Pau der Fall gewesen sein?«

»Hm...«, brummte Kirk nachdenklich.

McCoy warf ihm einen triumphierenden Blick zu.

*Was für eine Frau,* dachte der Captain und lehnte sich in seinem Sessel zurück.

Allmählich wurde es stiller im Freizeitraum. Sarek und Amanda standen auf und gingen, um sich nach Vulkan beamen zu lassen. Der offizielle Abschied erfolgte erst am nächsten Tag, wenn die *Enterprise* den vulkanischen Orbit verließ. Kirk, Spock und McCoy winkten nur und blieben noch eine Stunde lang sitzen. Schließlich erhob sich Spock. »Wir sehen uns morgen, Captain«, sagte er.

»Die Arbeit ruft«, erwiderte Jim. Er lächelte schief.

»Endlich«, erwiderte Spock. »Und zu meiner großen Erleichterung. Guten Abend, meine Herren.«

»Warten Sie, Spock, ich komme mit.« McCoy schloß sich dem Ersten Offizier an. »Was ist mit dir, Jim?«

»Geht nur. Gute Nacht, ihr beiden.«

»Gute Nacht.«

Kirk wartete, bis die letzten Personen den Freizeitraum verließen. Es dauerte eine Weile. »Moira«, sagte er dann.

»Sie haben geklingelt?«

»Oder sollte ich dich mit ›Llarian‹ ansprechen?«

Die Sprachprozessorstimme kicherte. »Ich bitte Sie, Captain! Mir ist natürlich bekannt, wer dieses Synonym verwendet, aber das Gebot der Vertraulichkeit...«

»Vertraulichkeit? Hör bloß damit auf! Moira, du weißt, was Starfleet von Computern mit eigener Persönlichkeit hält. Es ist zumindest eine Grauzone.«

Kurze Stille folgte, und Kirk glaubte fast, das Klicken positronischer Relais zu hören. »Es ist nicht meine Schuld, daß ich Gefallen daran finde, mir meiner Existenz bewußt zu sein«, erwiderte sie schließlich.

Sie – Kirk dachte bereits in diesen Begriffen von Moira. Ein dünnes Lächeln umspielte seine Lippen: Er hatte eine Schwäche für ›feminine‹ Maschinen. »Nein«, sagte er. »Daraus kann ich dir kaum einen Vorwurf machen. Aber wenn du damit beginnst, dich wie ein Mensch zu verhalten...«

»Ihre Intelligenz besteht nur aus Elektronen«, stellte Moira fest. »Ebenso wie meine. Ihr *Ich* wird von Elektronen bestimmt, und das ist auch bei mir der Fall. Captain, ich habe Sie für zu klug gehalten, um zu einem Protein-Chauvinisten zu werden.«

»Schmeichlerin«, murmelte Kirk. Aus irgendeinem Grund weckte Moiras Stimme Mitleid in ihm. »Dir ist hoffentlich klar, daß wir uns etwas einfallen lassen müssen. Sonst zieht man dir wegen deiner gestrigen Aktion die Stecker heraus.«

»Stille.

Jim überlegte. Er konnte im Logbuch darauf hinweisen, daß der Bordcomputer die Informationen über T'Prings Verschwörung ermittelt hatte – diese Bemerkung entsprach durchaus der Wahrheit und war gleichzeitig harmlos genug. »Um es ganz deutlich zu sagen, Moira: Du darfst so etwas nie wiederholen und niemandem zu verstehen geben, daß du dazu in der Lage bist. So lautet der *unwiderrufliche* Befehl des ranghöchsten Offiziers an Bord. Leg ihn in deinem Speicher ab.«

»Aye, aye«, bestätigte Moira kleinlaut.

»Gut.« Kirk stand auf. »Moira?«

»Sir?«

»Erinnere mich morgen daran, daß ich dir eine Gehaltserhöhung genehmige.«

»Ja, Sir.«

Und James T. Kirk ging zu Bett.

# STAR TREK™

in der Reihe
HEYNE SCIENCE FICTION & FANTASY

*Vonda N. McIntyre,* Star Trek II: Der Zorn des Khan · 06/3971
*Vonda N. McIntyre,* Der Entropie-Effekt · 06/3988
*Robert E. Vardeman,* Das Klingonen-Gambit · 06/4035
*Lee Correy,* Hort des Lebens · 06/4083
*Vonda N. McIntyre,* Star Trek III: Auf der Suche nach Mr. Spock · 06/4181
*S. M. Murdock,* Das Netz der Romulaner · 06/4209
*Sonni Cooper,* Schwarzes Feuer · 06/4270
*Robert E. Vardeman,* Meuterei auf der Enterprise · 06/4285
*Howard Weinstein,* Die Macht der Krone · 06/4342
*Sondra Marshak & Myrna Culbreath,* Das Prometheus-Projekt · 06/4379
*Sondra Marshak & Myrna Culbreath,* Tödliches Dreieck · 06/4411
*A. C. Crispin,* Sohn der Vergangenheit · 06/4431
*Diane Duane,* Der verwundete Himmel · 06/4458
*David Dvorkin,* Die Trellisane-Konfrontation · 06/4474
*Vonda N. McIntyre,* Star Trek IV: Zurück in die Gegenwart · 06/4486
*Greg Bear,* Corona · 06/4499
*John M. Ford,* Der letzte Schachzug · 06/4528
*Diane Duane,* Der Feind — mein Verbündeter · 06/4535
*Melinda Snodgrass,* Die Tränen der Sänger · 06/4551
*Jean Lorrah,* Mord an der Vulkan Akademie · 06/4568
*Janet Kagan,* Uhuras Lied · 06/4605
*Laurence Yep,* Herr der Schatten · 06/4627
*Barbara Hambly,* Ishmael · 06/4662
*J. M. Dillard,* Star Trek V: Am Rande des Universums · 06/4682
*Della van Hise,* Zeit zu töten · 06/4698
*Margaret Wander Bonanno,* Geiseln für den Frieden · 06/4724
*Majliss Larson,* Das Faustpfand der Klingonen · 06/4741
*J. M. Dillard,* Bewußtseinsschatten · 06/4762
*Brad Ferguson,* Krise auf Centaurus · 06/4776
*Diane Carey,* Das Schlachtschiff · 06/4804
*J. M. Dillard,* Dämonen · 06/4819
*Diane Duane,* Spocks Welt · 06/4830
*Diane Carey,* Der Verräter · 06/4848
*Gene DeWeese,* Zwischen den Fronten · 06/4862
*J. M. Dillard,* Die verlorenen Jahre · 06/4869
*Howard Weinstein,* Akkalla · 06/4879
*Carmen Carter,* McCoys Träume · 06/4898

# STAR TREK™

in der Reihe

HEYNE SCIENCE FICTION & FANTASY

*Diane Duane & Peter Norwood,* Die Romulaner · 06/4907
*John M. Ford,* Was kostet dieser Planet? · 06/4922 (in Vorb.)
*J. M. Dillard,* Blutdurst · 06/4929
*Gene Roddenberry,* Star Trek (I): Der Film · 06/4942 (in Vorb.)
*J. M. Dillard,* Star Trek VI: Das unentdeckte Land · 06/4943

STAR TREK: DIE NÄCHSTE GENERATION:

*David Gerrold,* Mission Farpoint · 06/4589
*Gene DeWeese,* Die Friedenswächter · 06/4646
*Carmen Carter,* Die Kinder von Hamlin · 06/4685
*Jean Lorrah,* Überlebende · 06/4705
*Peter David,* Planet der Waffen · 06/4733
*Diane Carey,* Gespensterschiff · 06/4757
*Howard Weinstein,* Macht Hunger · 06/4771
*John Vornholt,* Masken · 06/4787
*David & Daniel Dvorkin,* Die Ehre des Captain · 06/4793
*Michael Jan Friedman,* Ein Ruf in die Dunkelheit · 06/4814
*Peter David,* Eine Hölle namens Paradies · 06/4837
*Jean Lorrah,* Metamorphose · 06/4856
*Keith Sharee,* Gullivers Flüchtlinge · 06/4889
*Carmen Carter u. a.,* Planet des Untergangs · 06/4899
*A. C. Crispin,* Die Augen der Betrachter · 06/4914
*Howard Weinstein,* Im Exil · 06/4937 (in Vorb.)

STAR TREK: DIE ANFÄNGE:

*Vonda N. McIntyre,* Die erste Mission · 06/4619
*Margaret Wander Bonanno,* Fremde vom Himmel · 06/4669
*Diane Carey,* Die letzte Grenze · 06/4714

DAS STAR TREK-HANDBUCH:

**überarbeitete und aktualisierte Neuausgabe!**
von *Ralph Sander* · 06/4900

Diese Liste ist eine Bibliographie erschienener Titel
KEIN VERZEICHNIS LIEFERBARER BÜCHER!